JAMIE DOWARD

# Verrat



GOLDMANN
Lesen erleben

*Buch*

An einem trostlosen Strandabschnitt an der südenglischen Küste wird der Körper eines Mannes gefunden, dem Hände und Kopf abgetrennt wurden. Der Leichnam liegt am »Traitor's Point«, einem Ort, an dem früher Verräter hingerichtet wurden. Der Tote hatte für eine Bank gearbeitet, die angeblich von der CIA gegründet wurde. Dies ruft die Finanzanalystin Kate Pendragon vom MI5 auf den Plan. Sie wird DCI Sorrenson zur Seite gestellt, der vor Ort in dem Mordfall ermittelt. Bald schon mehren sich die Hinweise auf einen unmittelbar bevorstehenden Terroranschlag. Doch Kate ist misstrauisch: Die Informationen, die sie auf diese Spur gebracht haben, waren zu leicht zu finden. Kate beschleicht der unheilvolle Verdacht, dass CIA und MI5 hinter den Kulissen von einem perfiden Drahtzieher gegeneinander ausgespielt werden. Doch für die Geheimdienste steht zu viel auf dem Spiel, als dass sie sich von einer einzelnen Agentin in die Karten schauen ließen. So drohen Kates Warnungen ungehört zu verhallen, während der Countdown des Terrors unerbittlich abläuft …

*Autor*

Jamie Doward arbeitet als Reporter für die renommierte englische Wochenzeitung *The Observer*. Seine Spezialgebiete sind Politik, Terrorismus und die Finanzmärkte. Wenn den passionierten Marathonläufer nicht gerade eine seiner Recherchereisen rund um den Globus führt, lebt er mit seiner Frau im Norden Londons und an der Nordostküste von Kent.

Jamie Doward

# VERRAT

Thriller

Aus dem Englischen
von Verena Kilchling

GOLDMANN

Die Originalausgabe erschien 2015
unter dem Titel »Toxic« bei Constable,
an imprint of Constable & Robinson Ldt, London.

Dieses Buch ist auch als E-Book erhältlich.

MIX
Papier aus verantwortungsvollen Quellen
FSC® C014496

Verlagsgruppe Random House FSC® N001967
Das FSC®-zertifizierte Papier *Pamo House* für dieses Buch
liefert Arctic Paper Mochenwangen GmbH.

1. Auflage
Taschenbuchausgabe Dezember 2015

Umschlaggestaltung: UNO Werbeagentur, München
Umschlagmotiv: Copyright © tom@the-parish.com
Redaktion: Alexander Groß
An · Herstellung: Str.
Satz: omnisatz GmbH, Berlin
Druck und Bindung: GGP Media GmbH, Pößneck
Printed in Germany
ISBN: 978-3-442-48130-9
www.goldmann-verlag.de

Für Terry und Jack

# Kapitel 1

Dem Bericht der örtlichen Polizei zufolge wurde die Leiche von Schulkindern gefunden, die den Strand im Rahmen einer geologischen Exkursion nach Fossilien absuchten.

Der öde Küstenstreifen war ein guter Ort, um nach Spuren aus längst vergangener Zeit zu fahnden, denn versteinerte Wahrheiten kauerten hier wie kleine Krebse im Kies. Der Strand erinnerte eher an eine Prärie, war eine weite, von Flechten überwucherte Ebene, die die Schattierungen nasser Rinde annahm, wenn dunkle Wolken vom Ärmelkanal herüberzogen.

Doch an dem Tag, als Kate den Strand zum ersten Mal sah, als die Küste mit ihr sprach und ihr eindrucksvoll klarmachte, wie alles – das Meer, das Land, der Himmel – miteinander verbunden war, erstrahlte der Kies durch eine hartnäckige Frostschicht in verblichenem Weiß.

Der weite Februarhimmel über dem Meer schien eher zu einem Kontinent zu passen als zu einer kleinen Grafschaft wie Kent. Hier konnte man sich als Mensch sehr klein und einsam vorkommen. Imperien konnten fallen, Länder in sich zusammenstürzen, Wirtschaftssysteme kollabieren – die Küste blieb unveränderlich. Ihre Geologie bot eine gewisse Sicherheit, ihre physische Beschaffenheit etwas Beruhigendes.

Dieser Küstenstreifen erzählte eindrucksvoll von den gescheiterten Bemühungen des Menschen, sich die Natur untertan zu machen. Nach Anzeichen für Selbstüberschätzung musste man nicht lange suchen: Alte Fischerboote lagen einsam und verlassen am Strand und verrotteten in der Winterkälte wie die Gerippe angeschwemmter Grindwale; baufällige Bretterbuden, in denen die Fischer einst Zuflucht gesucht hatten vor unbarmherzigem Wetter, murmelten Geschichten vor sich hin, Geschichten aus einem toten Zeitalter. Inzwischen bestanden diese Buden mehr aus Löchern und Rissen denn aus Substanz. Der Himmel strömte durch die erkämpften Freiräume, eroberte die Schatten der vor sich hin faulenden Gebilde, ihr vom regelmäßigen Ansturm der Küstenwinde zersplittertes feuchtkaltes Holz.

Hinter diesem zertrümmerten Tableau der Vergangenheit türmte sich groß und hässlich ein Bauwerk aus der Moderne, ein Atomkraftwerk, das einem altersschwachen, vor Jahrtausenden gelandeten Raumschiff glich. Wie eine Kröte hockte es etwa dreihundert Meter vom Strand entfernt in der Landschaft.

Die Schulkinder hatten anfangs geglaubt, dass es sich bei der Leiche um ein weiches, aufgedunsenes Meerestier handelte. Das nackte graue Fleisch verlieh ihr mehr Ähnlichkeit mit einem Meeressäuger als mit einem menschlichen Wesen. Dieser Irrtum war verständlich. Das Fehlen von Kopf und Händen machte den Leichnam kaum als solchen erkennbar, und seine Nacktheit raubte ihm zusätzlich jede menschliche Würde. Erst als eins der Kinder es gewagt hatte, ihn mit einem Stock anzustoßen, ihn zur Seite zu rollen, bis ein Arm hervorgesprungen war, hatte der begleitende Lehrer die Kinder weggezogen. Sie befanden sich nun in psychologischer Behandlung und würden dennoch nie vergessen, was sie gesehen hatten; der Moment, in dem sich das merkwürdige Meerestier in eine verstümmelte Leiche verwandelt hatte, würde sie für den Rest ihres Lebens begleiten, eine Erinnerung, über die sie nicht gern sprechen würden.

Kate hatte den Polizeibericht mehrmals gelesen, hatte ihn immer wieder gründlich studiert, als hoffte sie, er enthielte eine Art Code, der sich knacken ließ und neue Informationen lieferte. Doch diese Vorstellung war unrealistisch, wie sie wusste, so gut wie aussichtslos. Also war sie zwei Wochen nach dem Auffinden der Leiche die hundertzwanzig Kilometer von London zu diesem Strand am äußersten Südostzipfel Englands gefahren, in der Absicht, sich selbst davon zu überzeugen, dass dieser Mord sie nichts anging.

Der Ausflug war ein Versuch ihrerseits, ihre Aktivitäten in diese Richtung einstellen zu können, einen Strang der übergeordneten Ermittlungen abzuklemmen, von denen ihr Chef McLure geradezu besessen war. Seit man die Leiche entdeckt hatte und erste Hinweise auf ihre Identität aufgetaucht waren, war er davon überzeugt, dass der Leichnam reden konnte, dass er ihnen Informationen über den früheren Arbeitgeber des toten Mannes liefern konnte. »Tote können einem durchaus noch Geheimnisse verraten«, hatte er zu ihr gesagt. Sie hatte da so ihre Zweifel.

Der für die Mordermittlungen zuständige Detective Chief Inspector von der örtlichen Kriminalpolizei hatte sich von ihrem Anruf überrascht gezeigt. »Sie sind vom MI5? Der Tote war Banker, kein Terrorist«, hatte seine erste Reaktion gelautet. »Andererseits läuft das heutzutage für viele auf dasselbe hinaus, nicht wahr? In der Wahrnehmung der Leute richten beide Gruppen wohl ähnlichen Schaden an. Aber klar, kommen Sie her, dann zeige ich Ihnen den Fundort. Ziemlich trostloses Fleckchen Erde. Ziehen Sie eine warme Jacke an.«

So stapften sie also an diesem eiskalten Februartag über den Kies und blieben an einem unansehnlichen Strandabschnitt stehen. Über ihnen erstreckte sich ein straff gespannter Himmel, der aussah, als würde er zerspringen, wenn die Temperaturen noch weiter sanken. Hier und da hüpfte eine Plastikflasche oder ein Stück knorriges Schwemmholz auf dem Wasser. Es war kein Ort für Heiratsanträge oder Picknickausflüge.

Der Detective Chief Inspector, der mit Nachnamen Sorrenson hieß – »durch meine Adern fließt Wikingerblut, auch wenn ich ansonsten durch und durch ein Kent-Gewächs bin« –, zeigte aufs Meer hinaus, wo mehrere große Öltanker am Horizont entlangtuckerten und Dieseldämpfe hinter sich herzogen. »Der Ärmelkanal zählt zu den am stärksten befahrenen Schifffahrtstraßen der Welt«, erklärte er. »Da draußen ist also die Hölle los, und dann als Kontrast das hier.« Er wies auf die ausgedehnte Fläche aus pelzartig bereiften weißen Kieseln. »Verstehen Sie, was ich meine?«

Sie sog die Aussicht in sich auf, gierig nach weiten Horizonten. London bot nur schmalste Perspektiven. Ihre Sichtweite bemaß sich normalerweise in Metern, nicht in Kilometern. Wolkenkratzer grenzten Ausblicke ebenso sehr ein, wie sie neue schufen.

Sie sah in beide Richtungen den Strand entlang. Irgendetwas fehlte. Dieses Gefühl verwirrte sie, und sie musste einen Moment nachgrübeln, bevor sie wusste, was es war: die Brandung. Das Meer lag so glatt und unberührt da wie ein See. Über der ganzen Gegend lag eine gespenstische Stille, als hätten Meer und Land einen Waffenstillstand vereinbart. »Wird hier viel angeschwemmt?«, fragte sie Sorrenson.

»Hier in Dungeness? Nein. Etwas weiter die Küste entlang schon. Hin und wieder ein Seehund. Einmal auch ein Wal. Ein paar herrenlose Boote. Aber nicht hier. In Dungeness passiert nie etwas. Das ist Geisterland.«

Sie rieb sich die Hände, um sie aufzuwärmen. Diese eisige Kälte konnte eine Leiche wochenlang konservieren. »Wieso Geisterland?«

Sorrenson machte eine ausschweifende Geste mit beiden Händen. »Sie brauchen sich nur umzusehen. Die wenigen Gebäude hier sind halb zerfallen. Im Grunde erinnert dieser Küstenabschnitt an einen verlassenen Western-Filmset. Wir haben sogar einen alten Dampfzug, der durch diese Einöde fährt – der Spleen irgendeines vor langer Zeit gestorbenen Viktorianers, aus Zeiten, als sich die Küstenbewohner noch mit Fischfang ihren Lebensunterhalt verdienten. Jetzt wohnt hier ja kaum noch jemand. Es gibt keine Arbeit, bis auf ein paar Gelegenheitsjobs im Atomkraftwerk, das ohnehin bald abgeschaltet wird, weil es so veraltet und gefährlich ist. Niemand lebt gern in der Nähe eines dahinsiechenden Atommeilers. Nur Tiere, und selbst davon gibt es nicht viele. Angeblich haust in der Gegend irgendwo ein Rudel großer schwarzer Katzen. Aber für Menschen ist es hier nicht sehr einladend. Kein Wunder, dass ich in all den Jahren, die ich nun schon bei der Polizei bin, kaum jemals hierhergerufen wurde. Wie gesagt: In diesem Geisterland passiert nie etwas.«

»Bis jetzt.«

Sorrenson nickte. »Offenbar sogar etwas Bedeutsames. Wenn ihr euch eingeschaltet habt. Was ist denn der Hintergrund?«

Sie drehte sich zu ihm um und sah ihn an. Erst jetzt fiel ihr auf, dass er einem Mann ähnelte, mit dem sie in der Vorwoche geschlafen hatte. An den Namen des Mannes konnte sie sich nicht mehr erinnern, aber sein Aussehen war ihr noch ungefähr im Gedächtnis. Er war relativ groß gewesen, dunkelhaarig, etwa Mitte vierzig und dankbar für die Gelegenheit, seine Frau zu betrügen. Der Sex mit ihm war ein Fehler gewesen. Wieder einmal. Sie fröstelte in der Kälte. »Tut mir leid, aber darüber darf ich leider nicht sprechen«, antwortete sie. »Und selbst wenn ich dürfte, gäbe es nur wenig zu erzählen. Genau wie Sie glauben wir, den Namen des Toten zu kennen. Das war es dann auch schon.«

»Die Tätowierung hat Sie draufgebracht, stimmt's? So haben wir jedenfalls den Treffer in der Vermisstendatei gelandet.«

»Ja. Er hatte seine Blutgruppe eintätowiert. Wir glauben, dass er früher bei der amerikanischen Armee war, vielleicht sogar bei einer Spezialeinheit. Später kam er nach London und machte ein Vermögen als Vermittler für ausländische Geschäftsleute und Banker. Und dann …« Sie starrten beide aufs Meer hinaus. Es war ein windstiller Tag. Um die Leiche so hoch auf den Strand hinaufzuspülen, wäre ein heftiger Sturm nötig, dachte sie.

»Und dann ist er hier gelandet«, sagte Sorrenson. »Angeschwemmt. Ohne Hände und ohne Kopf.«

»Sind Sie sich da sicher?«

Der DCI sah sie überrascht an. »Wie meinen Sie das?«

»Sind Sie sicher, dass er angeschwemmt wurde?«, fragte sie.

»Na ja, es besteht natürlich auch die Möglichkeit, dass die Leiche hier deponiert wurde. Der Verwesungszustand war so weit fortgeschritten, dass wir im Grunde nichts ausschließen können. Wahrscheinlicher ist dennoch, dass der Leichnam vor der Küste aus einem Boot geworfen wurde und allein seinen Weg hierhergefunden hat. Warum sollte sich jemand die Mühe machen, ihn ausgerechnet hier abzuladen?«

Was der Detective sagte, klang durchaus plausibel. Sie machten kehrt und durchquerten den frostbedeckten, unter der matten Wintersonne glitzernden Kies, um zu Kates Auto zurückzukehren.

»Eine Frage hätte ich noch«, sagte sie, nachdem die Autoheizung mit beruhigendem Surren angefangen hatte, heiße Luft ins Auto zu pumpen, und sie endlich ihre Hände wieder spürte. »Im toxikologischen Gutachten steht, dass große Mengen Alkohol und Kokain in seinem Blut gefunden wurden.«

»Ja, der Alkoholgehalt entsprach ungefähr einer Flasche Whiskey.«

»Hatte ich es also richtig in Erinnerung.«

»Banker … maßlos in allem.«

»Da haben Sie recht.« Sie nickte. »Soll ich Sie zurück zu Ihrer Polizeiwache fahren?«

»Ja, danke. Hoffentlich haben Sie nicht das Gefühl, die Fahrt hierher ganz umsonst angetreten zu haben. War ja nicht viel zu sehen.«

»Ein bisschen hat es schon geholfen«, erwiderte sie nachdenklich. »Es ist immer gut, Fakten nicht nur in Berichten nachzulesen, sondern sich selbst von ihnen zu überzeugen.«

Sorrenson sah sich im Innenraum ihres Golfs um. »Wo ist denn das Spionagezubehör, Mrs Pendragon?«

Sie startete den Motor und warf verstohlen einen Blick zu ihm hinüber. Kein Ehering, wie ihr auffiel. Ungewöhnlich für einen Mittvierziger. Sie schätzte ihn etwa fünf Jahre älter als sich selbst. »Kein Zubehör. Etatkürzungen. Wie überall. Wenn nicht, wäre dieses Auto natürlich vollgestopft mit Agentenspielzeug. Ist schließlich ein Geschäftswagen, bezahlt vom hart arbeitenden Steuerzahler.«

Sorrenson lachte. »Sie sehen irgendwie ganz anders aus, als ich mir eine Agentin vom MI5 vorgestellt hätte.«

»Da sind Sie nicht der Erste, der das sagt. Ich bin auch gar keine Agentin.« Sie lenkte den Golf vom Buschland hinter dem Strand auf die einspurige salzgebleichte Straße, die sich die Küste entlangschlängelte.

»Offenbar keine besonders originelle Bemerkung von mir. Zum Glück kein Verbrechen, oder?«

»Nein, aber geirrt haben Sie sich trotzdem, und zwar in

doppelter Hinsicht. Weil ich nämlich noch nicht mal richtig beim MI5 bin. Ich wurde lediglich von der Financial Intelligence Unit des Finanzministeriums an den Geheimdienst ausgeliehen. Meine Aufgabe besteht darin, Geldwäschegeschäfte und Terrorismusfinanzierung aufzudecken. Ich verfolge also Geld, keine Personen. Und das ist auch gut so. Geld ist deutlich gesprächiger als die meisten Menschen, vor allem, wenn sie tot sind.«

Sorrenson blickte aus dem Fenster. »Warum sind Sie dann hergekommen? Der Ausflug kann Ihnen nicht viel gebracht haben. Am Strand liegt kein Geld herum.«

»Da haben Sie natürlich recht. Es war trotzdem schön, mal aus London herauszukommen. Ich wollte diesem abgelegenen Eckchen Englands schon immer einen Besuch abstatten. Sehr beeindruckend, das muss ich sagen. Ich habe gelesen, dass es die einzige echte Wüste Großbritanniens ist.«

Er musterte die große Frau mit den langen dunklen Locken. Ein bisschen eigenwillig war sie ja. Unterkühlt, aber nicht völlig unzugänglich. Und sie recherchierte offenbar gern und gründlich. »O ja, eine Wüste ist dieser Ort allerdings. Aber vielleicht nicht mehr lange. Ein paar Kilometer entfernt liegt ein stillgelegter Militärflughafen, der zu einem wichtigen Verkehrsknotenpunkt ausgebaut werden soll, mit Hochgeschwindigkeitszügen nach London und zwei Millionen Flugpassagieren im Jahr. Und das ist erst der Anfang. Für die Region soll das Ganze Geld und Arbeitsplätze bringen. Fortschritt nennen sie das.«

Sie versuchte sich den weiten Himmel dieser Küste voller Flugzeuge vorzustellen. Es gelang ihr nicht. »Wer steckt hinter dem Plan?«

»Sie folgen wieder dem Geld, was? Die Besitzer des Militärgeländes, ein Saudi-Prinz und sein Sohn. Der Prinz wohnt hier ganz in der Nähe. Hat das Grundstück vor ein paar Jahren gekauft. Momentan ist er noch der Einzige, der den Flughafen nutzt. Na ja, und die eine oder andere Frachtmaschine. Die Rollbahn ist die längste in Europa. Die Amerikaner wollten sie in den Sechzigern für ihre Bomber verwenden, haben es sich dann aber anders überlegt und sie woanders stationiert. Jetzt ist der Flughafen wie der Rest dieser Gegend: Ghostville.«

Sie beobachtete, wie die Küste in ihrem Rückspiegel verschwand. Kies ging in Asphalt über. Entlang der Straße reihten sich einige steinerne Bungalows, deren Kunststofffenster aufs Meer hinausgingen. Eine Vision drehte Kreise in ihrem Kopf, bedrängte sie, insistierte. Zuerst war sie nicht greifbar, erschien ihr nicht wichtig, ergab keinen Sinn. Sie fiel aus dem Rahmen, passte nicht zu ihren aktuellen Gedanken, zu dem Ort, an dem sie sich befand. Vor ihrem inneren Auge sah sie Tausende Menschen durch London rennen, während ihnen entlang der Straße das Publikum zujubelte. Es handelte sich um einen warmen Frühlingstag. Sie sah Wasserstationen und große digitale Zeitanzeigen, aufblasbare Torbogen und die Namen von Sportbekleidungssponsoren auf Plakatwänden. Sie sah den London-Marathon.

Die Vision wehte weiter durch ihren Kopf wie eine Plastiktüte im Wind. *Marathon*, dachte sie. Man läuft keinen Marathon, wenn man Alkoholiker ist.

»Du kannst dir nicht vorstellen, wie schwierig es ist, in Twickenham einen Container zu mieten.«

Sie vertiefte sich weiter in ihre Zeitung. Die Rubrik mit den Todesanzeigen erwies sich als überaus fesselnd, weil ihr die Verfasser der Nachrufe gleich mehrere Schritte voraus zu sein schienen.

»Ich meine, ich kann mit einem Federstrich Telefone und

Handys abhören lassen, kann den Abhördienst GCHQ damit beauftragen, Tiefseekabel anzuzapfen, die von Land's End weiß der Henker wohin führen, aber wenn ich versuche, jemanden zu finden, der mir einen Container vermietet: Vergiss es, keine Chance.« McLure zeigte mit dem Finger auf Kate. »Du mit deinem minimalistisch-urbanen Lebensstil und deinem weitläufigen Loft-Apartment hast dieses Problem natürlich nicht. Gott, wie ich dich beneide!«

Sie legte die Zeitung beiseite und sah ihn an. Seine Scheidung forderte ihren Tribut. Seit McLure versuchte, sein altes Leben hinter sich zu lassen und ganz neu anzufangen, bot jeder Tag Anlass für Frust. Das Familienheim leer zu räumen war die aktuellste Herausforderung, und er packte sie voll übler Laune an und hielt Kate mit mürrischen Kommentaren auf dem Laufenden.

Sie hatte durchaus Verständnis für ihn. Es fiel schwer, sich auf private Probleme zu konzentrieren, wenn man persönlich dafür verantwortlich war, mehr als zweihundert mutmaßliche Terroristen zu überwachen, die in Großbritannien auf freiem Fuß waren. Außerdem war sie nicht ganz unschuldig an seiner Misere. Wenn sie daran zurückdachte, was im vergangenen Jahr zwischen ihnen vorgefallen war, zuckte sie jedes Mal zusammen. Das Ganze war ein großer Fehler gewesen. Es war nur zu einer kläglichen Handvoll erotischer Aufeinandertreffen gekommen, aber bereits das stellte einen massiven Verstoß gegen jedes geheimdienstliche Protokoll dar.

Zumal die Affäre so rasant eskaliert war. Schon bald hatte McLure davon gesprochen, seine Frau für sie verlassen zu wollen, ob sie sich nicht gemeinsam eine Wohnung kaufen sollten? Es war eine schreckliche, gefühlsduselige, klaustrophobische Liaison gewesen, weit entfernt von der Wirklichkeitsflucht, die Kate sich davon erhofft hatte. Sie hätte sich beim besten Willen keine furchteinflößendere Zukunft vorstellen können als die mit einem zehn Jahre älteren Geheimdienstkollegen, der noch dazu ihr Vorgesetzter war. Was hatte sie sich nur dabei gedacht, etwas mit ihm anzufangen? Diese Frage stellte sie sich immer wieder. Mit dem Thema musste sie sich definitiv noch eingehender beschäftigen, doch es kam immer wieder etwas dazwischen. Tote Menschen beispielsweise.

Am Ende war es eine Erleichterung gewesen, als Marion, McLures Frau, seine verräterischen SMS an Kate gefunden hatte. Ein Agent, der nicht einmal vor der eigenen Frau etwas geheim halten konnte – vollkommen absurd. Die Effizienz, mit der Marion die Ehe abgewickelt hatte und mit der gemeinsamen elfjährigen Tochter nach Spanien ausgewandert war, war beeindruckend gewesen. Kate hatte sich an eine aufgeflogene Schläferzelle erinnert gefühlt, die sich schneller auflöste, als man gucken konnte. So viel Energie, die in die Beendigung einer Ehe floss. Der Mensch konnte sehr tatkräftig sein, wenn es um Zerstörung ging.

Sie goss Kaffee aus einer Cafetiere in eine Tasse und reichte sie McLure. Bei der Arbeit war er immer »McLure«. Nie Tony. Trotz ihrer ... Aber Tony wäre ihr viel zu intim gewesen. »Die große Hausräumungsaktion läuft also nicht ganz nach Plan?«

»Ein Albtraum! Jetzt, wo ich das Haus entrümpelt habe, finde ich keinen Ort, an dem ich das Zeug lagern kann. Alles stapelt sich im Wohnzimmer und verhöhnt mich. Meine ganze beschissene Vergangenheit.«

Für einen kurzen Moment begegneten sich ihre Blicke, während der Verkehrslärm von der Straße heraufschallte. McLure lächelte und hob seine Tasse. »Danke für den Kaffee. Tut mir leid, dass ich dich ständig volljammere. Es ist halt ... nicht so einfach, weißt du. Das alles hinter sich zu lassen. Was für ein Chaos. Aber na ja, irgendwie ist es auch gut. Notwendig.«

Sie spürte, wie sie sich innerlich entspannte. Der Umgang mit McLure normalisierte sich allmählich. Noch ein paar Monate, und alles würde wieder beim Alten sein in Kates Leben. Sie würde nicht mehr beim MI5 arbeiten, sondern vermutlich in irgendeine andere Regierungsbehörde versetzt werden. Es würde Gras wachsen über ihren Anteil an der Zerstörung von McLures Leben, ihre Fingerabdrücke würden vom Tatort verschwinden. »Schön zu hören. Freut mich für dich. Bald wird alles wieder leichter.«

»Ja, ich weiß. Im nächsten Leben verlege ich mich trotzdem auf die Vermietung von Containern, das steht fest. Die Nachfrage nach Containern ist definitiv größer als die nach Terrorbekämpfung. Geht's da um unseren Mann vom Strand?« Er zeigte auf die aufgeschlagene Seite mit den Todesanzeigen.

Sie nickte. »Darf ich dir Brad Holahon vorstellen? Offenbar der Inbegriff des amerikanischen Superhelden. Mammon und Marine, beides. Laut seinem Nachruf war er ein ehemaliger US Navy Seal, der später der Verbindungsbeamte der CIA in Lettland wurde, bevor er ins Londoner Bankenviertel kam. Dort hat er ein Vermögen damit verdient, Kapitalgeber und Menschen mit Ideen zusammenzubringen. Die Hälfte aller Dotcom-Börsengänge wäre ohne ihn überhaupt nicht zustande gekommen, zumindest wird das hier so behauptet. Da steht auch, die Todesursache sei noch nicht bestätigt, aber man gehe davon aus, dass er ertrunken sei.«

»Falls Kopflose überhaupt ertrinken können. Hast du schon mit unseren amerikanischen Freunden gesprochen?«

»Ja, habe ich. Sie sind genauso ahnungslos wie wir. Angeblich hat er längst nicht mehr für sie gearbeitet. Sie haben keine Ahnung, wer es auf ihn abgesehen haben könnte. Er sei sauber gewesen.«

McLure musterte nachdenklich seine Kaffeetasse. »Klar,

dass sie das sagen. Die lügen doch, sobald sie den Mund aufmachen. Von wegen Sonderbeziehung! Sie lügen, lügen, lügen. Aber vielleicht sagen sie ja diesmal ausnahmsweise die Wahrheit. Der MI6 glaubt auch nicht, dass Holahon noch für die CIA aktiv war. Jedenfalls gibt es keine Anzeichen für Spionagetätigkeit seinerseits – wir sind also wieder bei null.« Er zeigte auf ein Whiteboard an der Wand. Auf einer daneben angebrachten Ablage wartete ein ganzes Arsenal an Filzmarkern auf seinen Einsatz wie Opferkerzen in einer Kirche. »Was steht noch in den Todesanzeigen?«

Sie blickte erneut in die Zeitung. »Er war Marathonläufer, das hatten mir schon seine Kollegen erzählt. Diesem Nachruf hier zufolge hat er schon siebzehn Marathons absolviert. Noch dazu mit guten Zeiten – viele davon unter drei Stunden. Ein Fitnessfanatiker.«

McLure musterte prüfend das abgedruckte Foto von Holahon. »Für einen Dreiundfünfzigjährigen ist er auf jeden Fall gut in Schuss. Aber das sind diese Leute ja meistens.«

»Diese Leute?«, fragte sie. Wenigstens hatte er den Anstand, ein beschämtes Gesicht zu machen. McLure stammte noch aus einer Zeit, als die sexuelle Orientierung eines Menschen als Frage der nationalen Sicherheit betrachtet worden war.

»Ja, diese Leute«, murmelte er. »Hast du schon mit seinem Lebensgefährten gesprochen?«

»Er war Single. Sein Expartner sagt, sie hätten sich zuletzt vor drei Jahren gesprochen. Seither hat sich Holahon ganz dem Laufsport und dem Geldverdienen verschrieben, mit gleich großem Engagement. Seine Computeraktivitäten deuten darauf hin, dass er hin und wieder Pornos geschaut und Online-Roulette gespielt hat. Nichts Extravagantes. Er scheint nur wenige enge Freunde gehabt zu haben. Überhaupt ist er in vielerlei Hinsicht extrem fad und nichtssagend.

Das prahlerische Gehabe, das Leute mit derartigem Vermögen normalerweise an den Tag legen, war ihm offenbar fremd.«

McLure drehte die Zeitung in den Händen, als wollte er den Wert der darin enthaltenen Informationen abwiegen. Dann legte er die Zeitung beiseite, nahm einen Schluck Kaffee und betrachtete wieder das leere Whiteboard. »Gut möglich, aber da ist immer noch die Verbindung zu Higgs. Man kann nicht für Higgs arbeiten, ohne Dreck am Stecken zu haben. Jeder, der mit Higgs zu tun hat oder hatte, ist für immer belastet. Und schlechten Menschen passieren schlechte Dinge. Wir kennen alle die Gerüchte, die über Higgs im Umlauf sind. Über die zwielichtigen Geschäfte dieser Bank.«

Sie nickte und kaute nachdenklich an ihrer Lippe. Ihr Chef lief schon wieder Gefahr, obsessiv zu werden. Ihnen lagen keinerlei Beweise dafür vor, dass Holahons Tod mit seiner Arbeit für Higgs zu tun hatte. Aber McLure wollte unbedingt etwas finden – irgendetwas –, was seine Theorien über die Bank stützte. So wie es derzeit aussah, konnte er da lange warten. Sie reichte ihm einen Stapel Unterlagen. »Ein Teil der Konten, die Holahon bei Higgs betreut hat. Einige sind Schwarzgeldkonten und daher interessant. Bei anderen Konten war er Mitunterzeichner. Ein paar Oligarchen, davon mehrere im Nahen Osten, die üblichen Gestalten. Man weiß nie, vielleicht landest du ja einen Glückstreffer. Deine Ahnung kann sich immer noch als zutreffend herausstellen.«

»Hoffentlich«, sagte McLure. »Wir haben nicht die nötigen Mittel, um die Mörder von toten Bankern vor Gericht zu bringen. Das ist nicht unser Aufgabenbereich, sondern Sache der Polizei. Aber der Mord könnte beleuchten, was im Inneren der Higgs Bank vor sich geht. O Gott, ich bete, dass es nicht nur irgendein belangloses Tötungsdelikt ist. Eifersüchtiger Ex oder so was. Das wäre komplette Zeitverschwendung.

Hoffentlich hat es irgendetwas mit Higgs zu tun. Das wäre unser Türöffner. Danke für den Kaffee.«

Er marschierte aus ihrem beengten Büro, während sie weiter auf Holahons Foto starrte. In keinem Nachruf wurde erwähnt, dass er zum Zeitpunkt seines Todes sturzbetrunken gewesen war. Und vollgepumpt mit Koks. Sie musterte die muskulöse, breitschultrige Gestalt, die ihr aus der Zeitung entgegenstarrte. Dabei schwirrte ihr immer wieder ein Satz durch den Kopf. Er sieht überhaupt nicht aus wie ein Trinker, dachte sie. Er sieht überhaupt nicht so aus.

# Kapitel 2

Prinz Aldud Bin Talid Sin Abdullah spähte aus dem Fenster eines seiner beiden Privatjets der Marke Gulfstream. Unter sich sah er das Kraftwerk, das sich an die Küste schmiegte, und dahinter seine private Landebahn. Das Kraftwerk war wirklich ein unansehnliches Gebäude, so zweckmäßig, so verschlossen. Eine Beleidigung Gottes geradezu. Eigentlich war die gesamte Halbinsel hässlich, ein eigenartiger, kalter, trostloser Ort, nur aus Kiesstrand und schrecklichen flachen Häusern bestehend, die geradezu danach schrien, plattgewalzt zu werden und Platz für einen großen neuen Flughafen zu machen. Seinen Flughafen.

Trotz der Hässlichkeit seiner Umgebung war der Prinz gut gelaunt. Sein Lieblingsfalke war von einer potenziell tödlichen Krankheit genesen, und ein Rennpferd aus seinem Stall wurde für ein Rennen am Ende der Woche als haushoher Favorit gehandelt.

Und dann war da noch der Flughafen. Die Baugenehmigung für die Erweiterung war bereits im vorigen Jahr erteilt worden, doch erst seit letzter Woche, als der von Umweltschützern eingereichte Antrag auf nochmalige juristische Prüfung vom Obersten Gericht abgelehnt worden war, gestattete es sich der Prinz, ein wenig von der Zukunft zu träumen.

Das Flughafenprojekt würde in den kommenden Jahren zig Millionen Pfund an Einnahmen bringen, hatte ihm sein Kreis aus Finanzberatern prophezeit. Die Margen würden eng sein, aber der Flughafen würde innerhalb eines Jahrzehnts profitabel werden, hatten sie behauptet. Die Leute waren süchtig nach dem Fliegen, und Flughäfen gaben ihnen, wonach sie gierten.

Der Prinz brauchte das Geld nicht. Derartig kleine Summen waren für ihn im Grunde völlig unbedeutend. Er war Milliardär, wohlhabender als so mancher Einzelstaat. Nein, es war Prestige, wonach er sich sehnte. Noch mehr Prestige, als es ihm sein beinahe unübertroffener Reichtum verlieh. Er war achtundsechzig Jahre alt und hatte Prostatakrebs, die Prognose war schlecht. Bald würde er an einen neuen Ort weiterziehen, einen Ort, an dem ihm sein Wohlstand keine Türen mehr öffnete, keinen Respekt mehr verschaffte. Vor seinem endgültigen Abschied von dieser Welt musste er Ordnung in seinen Nachlass bringen. Bis dahin musste der Flughafen eröffnet, sein Vermächtnis gesichert sein. Der Flughafen war Teil seiner Strategie, Unsterblichkeit zu erlangen. Fast war ihm danach, sich niederzuknien und die Rollbahn zu küssen, nachdem er die Treppe des Jets hinabgestiegen war. Er nickte der wartenden Meute aus Assistenten und für seine Sicherheit zuständigen Gorillas zu. Wenn diese Leute nur wüssten, dachte er.

Während sein kugelsicherer Bentley von einem Chauffeur gesteuert durch die kahle Mondlandschaft der Halbinsel zu seinem etwas weiter landeinwärts gelegenen, von Edward Lutyens entworfenen Anwesen raste, wurde der Prinz von Carlyle auf den neuesten Stand gebracht. Carlyle war ein reizbarer, hagerer Mann, der keine anderen Interessen zu haben schien, als das Geld seines Arbeitgebers zu vermehren. Carlyle hatte seine Karriere als Geschäftsmann mit Franchise-Pizzerien in Osteuropa gestartet, wo er sich der örtlichen Mafia angeschlossen hatte. Diese war nach dem Bürgerkrieg gerade dabei gewesen, Waffen aus dem früheren Jugoslawien zu schmuggeln. Wenige Wochen später hatte Carlyle keine Pizza Margherita mehr verkauft, sondern AK47-Sturmgewehre, und zwar mittels einer ganzen Reihe von Briefkastenfirmen, die es beinahe unmöglich machten, seine Transaktionen zurückzuverfolgen. Empfänger der Lieferungen waren hauptsächlich afrikanische Diktatoren und deren Kontrahenten gewesen, oft hatte er mit beiden gleichzeitig Geschäfte gemacht. Die CIA schätzte, dass Carlyle auf dem afrikanischen Kontinent drei Bürgerkriege angeheizt hatte, Konflikte, über deren fortwährende Dauer der Geheimdienst nicht unglücklich war, durchkreuzten sie doch die Versuche Chinas, sich einen immer größeren Anteil an den afrikanischen Bodenschätzen unter den Nagel zu reißen.

Beim Verkauf eines gewaltigen Waffenlagers hatte Carlyle dann den Prinzen kennengelernt, dessen Ölpipelines von Terroristen bedroht wurden und der daher Söldner und Waffen brauchte, um seine Infrastruktur zu verteidigen. Carlyle hatte ihm beides gern verschafft. In Bosnien herrschte kein Mangel an arbeitslosen Kämpfern, und seine dortigen Kontaktpersonen waren dankbar für die Arbeit. Der Prinz zeigte sich ebenfalls hochzufrieden, denn Carlyles Söldner hatten sich voller Elan um »das Ärgernis« gekümmert, wie Carlyle es genannt hatte.

»Der neue Pool ist sehr beeindruckend geworden«, berichtete Carlyle und blickte aus dem Fenster, vor dem die für die Region typischen Hopfenfelder gerade in die Weinberge des Prinzen übergingen. »Die Baufirma hat wie gewünscht Ihr Familienwappen als Mosaik am tiefen Ende des Beckens eingearbeitet. Außerdem mussten wir das Pony einer Ihrer Töchter einschläfern lassen, aber das war es eigentlich schon an Neuigkeiten, seit Sie letzten Monat hier waren.«

Der Prinz wirkte vorübergehend bekümmert. »Welches Pony?«

»Panzer.«

Es entstand eine Pause.

»Das ist das …«

»Pony Ihrer ältesten Tochter.«

»Meiner Ältesten?«

»Fatima.«

»Ah ja, Fatima. Ein liebes Mädchen. Inzwischen ist sie …«

»Fünfzehn. Und genießt ihr Leben am Roedean Internat, wie mir der Schulleiter berichtet. Möchte Tierärztin werden.«

Der Prinz schnaubte verächtlich. »Manchmal mache ich mir wirklich Sorgen um meine Kinder. Die englische Erziehung schränkt ihren Horizont ein. Sie müssen Weitblick entwickeln, eine Vision, aber das fehlt ihnen. Allen sieben. Na ja, bis auf Faisal vielleicht.«

Carlyle antwortete nicht. Er hatte ein wachsames Auge auf die Kinder des Prinzen, doch Faisal – Prinz Faisal, wie er genannt wurde, der offizielle Erbe – war ein ganz spezieller Fall. Im Laufe der Jahre hatte es Carlyle immer wieder enorme Mühe gekostet, die Eskapaden von Prinz Alduds Erstgeborenem auszubügeln. In vielerlei Hinsicht hatte das dazu geführt, dass er nun zwei Dienstherren hatte: den Prinzen selbst und dessen ältesten Sohn. Diese Doppelrolle im Dienste zweier Männer, deren Lebensstil und Ansichten nicht immer vereinbar waren, sorgte für Spannungen. Und für Chancen. Carlyle erzählte dem älteren Prinzen nicht einmal die Hälfte dessen, was es über seinen Sohn zu berichten gegeben hätte – es hätte ihn nur unnötig gequält, was sein Sprössling alles anstellte. Der Unfall mit Fahrerflucht, die Sexfalle, die ihm die Boulevardpresse mit einem fünfzehnjährigen Mädchen gestellt hatte, das Abschießen von Rindern mit einer Uzi, die Vorwürfe wegen Insidergeschäften, der Vorfall mit dem Jetski, die Brandstiftung an einem Cambridger College, die Vaterschaftsklagen, die umfangreichen Spenden an zweifelhafte militärische Gruppen, die selbst Carlyle Angst machten, der eine recht entspannte, unvoreingenommene Einstellung zum Thema Terrorismus hatte. Und sämtliche Scherben musste er, Carlyle, wieder aufsammeln. Es war ein seit vielen Jahren andauerndes Gemetzel, das dazu geführt hatte, dass Carlyle nun den einzigartigen Status als Faisals Problemlöser des Vertrauens genoss und in dunkle Geheimnisse eingeweiht wurde. Das machte ihn nützlich, gefährlich und interessant für andere.

Und es war anstrengend. Faisal war erst neunundzwanzig. Er befand sich noch am Beginn jenes Pfads der mutwilligen Zerstörung, den er eingeschlagen hatte. Wenn sein Vater starb, würde er ernsthaften Schaden anrichten, das war Carlyle seit Langem klar. Es würde etwas Episches werden, etwas, was in die Geschichte eingehen würde. Etwas wahrhaft Unvergessliches.

Der Bentley passierte das Sicherheitstor und ließ die dicke, schützende Grundstücksmauer hinter sich. Der Prinz war erfreut, wenn auch nicht überrascht darüber, dass ihn sein Personal vor dem Haus empfing. Befriedigt registrierte er das aufgesetzte, gezwungene Lächeln auf den Gesichtern. Es hatte etwas Beruhigendes, wie er fand. Weil es ihm ein Gefühl von Macht verlieh.

Der Hyde Park war ein guter Ort, um sich abzureagieren. Kate spürte, wie ihre Wut dahinschmolz, während sie die vertraute Fünfzehn-Kilometer-Runde absolvierte, eine Kombination aus kleinen Hügeln und schnellen Ebenen, die sie mithilfe ihrer GPS-Uhr ausgewählt hatte, die außerdem ihre Herzfrequenz überwachte und ihre Laufzeiten an ihren Rechner sendete. Eine leicht verlängerte Mittagspause verschaffte ihr genug Zeit, die Runde zu absolvieren und vor drei wieder an ihrem Schreibtisch zu sitzen. Ein Tag ohne Joggen, und Kate hatte ein Problem. Mehrere Probleme sogar, mit denen sie sich auseinandersetzen musste. Scheinbar unüberwindbare Probleme, die in den frühen Morgenstunden auftauchten und sie tagelang nicht wieder losließen.

Sie rannte an der Peter-Pan-Statue vorbei und näherte sich dem See The Serpentine. Der Rasen war mit einer dünnen Schneeschicht bestäubt, und die Enten und Gänse am Seeufer bildete ihre einzige Gesellschaft. Irgendwie bizarr, dachte sie, sich in einer Stadt mit sieben Millionen Einwohnern derart abgeschieden zu fühlen und derart viel Platz um sich herum zu haben. Genau das war der Grund dafür, dass sie joggte. Beim Laufen hatte sie den Eindruck, aus sich selbst heraustreten zu können und in eine andere Person zu schlüpfen. Sie ging ganz in dieser anderen Person auf, streifte alle ihre Ängste ab. Das befreiende Glücksgefühl, das sie dadurch überkam, war greifbar, ein spürbarer chemischer Prozess. Der süchtig machte. Früher hatte Sex diese Funktion übernommen. Wenn sie ehrlich war, übernahm Sex immer noch diese Funktion, wenn sie wieder einmal auf der Flucht war vor ihren Problemen. Und diese Fluchten nahmen nicht etwa ab, sondern eher noch zu. Nach der Sache mit McLure hatte sie eine besonders schlimme Phase durchgemacht. Laufen als Ventil war deutlich sinnvoller – sauberer und gesünder, sowohl seelisch als auch körperlich. Und es gab hinterher keinen lästigen Smalltalk. Keine Komplikationen. Ihre Laufrunden verwandelten Kate jedes Mal in ein unbeschriebenes Blatt zurück, reinigten sie von innen heraus, spülten die Giftstoffe aus ihrem Körper und ihrem Geist. Wenn sie dabei an anderen Läufern vorbeikam, musterte sie neugierig deren Gesichter und merkte, dass es ihnen genauso ging. Ich weiß, wovor ihr davonrennt, dachte sie dann. Ich weiß, wonach ihr euch sehnt.

Sie beschleunigte ihr Tempo, als sie am Diana-Brunnen vorbeikam. Die Gedenkstätte sah immer so traurig aus, kaum jemand schien ihr noch Beachtung zu schenken. Das Andenken an Verstorbene war eine komplizierte Angelegenheit. Damit ein Mensch im Gedächtnis der Leute fortlebte, war mehr nötig als ein bisschen glatter Stein und sprudelndes Wasser.

Kate dachte an die anerkennenden Worte über Holahon aus den Nachrufen. Die herzlichsten Kommentare hatten die Mitglieder seines Laufsportvereins *Hampstead Harriers* verfasst. Sie kannte den Verein gut. Ihr Mann Michael hatte sie einst in diese Gruppe eingeführt – in den Laufsport generell. Was für eine Ironie. Jetzt nutzte sie das Laufen, um ihn zu ersetzen.

»Er war stur wie ein Ochse«, hatte einer der Harrier über Holahon geschrieben. »Anstiege konnten ihm keine Angst einjagen. Er besiegte Männer, die halb so alt waren wie er. Kein Wunder, dass er auch geschäftlich so erfolgreich war.«

Sie war überrascht gewesen über die große Anzahl der Todesanzeigen. Sie schien im Widerspruch zu Holahons eher langweiligem Profil zu stehen. Dennoch hatte er deutlich mehr Nachrufe erhalten als beispielsweise ein verstorbener Wettkampfsportler. Es war offensichtlich, dass er mehr gewesen war als ein einfacher Vermittler, dass er etwas dargestellt hatte im Londoner Bankenviertel. Er mochte dort nicht zum Königshaus gezählt haben, aber doch sicher zum Hochadel. Sein Tod würde eine Lücke hinterlassen. Er würde im Gedächtnis der Leute fortleben, ob nun im Guten oder im Schlechten.

Kate wusste, dass es Gerüchte gab, Higgs habe Privatdetektive angeheuert, die Holahons Mörder aufspüren sollten. Sie selbst verlor allmählich das Interesse an ihm. Ihrer Ansicht nach hatte er in dem großen Higgs-Drama, von dem ihr Chef so besessen war, lediglich eine Nebenrolle inne, wenn überhaupt. Eine Gastrolle, die ihr zusätzliche Arbeit bescherte. Holahons Tod hatte aller Wahrscheinlichkeit nach eine ganz simple, hässliche Ursache: eine vergiftete zwischenmenschliche Beziehung, die hochgegangen war.

Ihr iPhone, das sie neben Energiegels und Wasserflasche an ihrem elastischen Gürtel trug, begann zu vibrieren. Sie drückte auf »Gespräch annehmen«.

»Bist du dran?«

McLure.

»Ja.«

»Joggst du gerade? Du klingst ein bisschen außer Atem. Oder vielleicht machst du ja, ähem, etwas ganz anderes?«

Ihr lief ein Schauder über den Rücken, wenn sie sich seinen anzüglichen Blick vorstellte. Wie hatte sie ihn nur jemals in ihre Nähe lassen können? Er konnte so entsetzlich schmierig klingen, aber das galt natürlich auch für viele seiner Kollegen. Trotz des ganzen fortschrittlichen Geredes von subventionierten Kinderkrippen, Mutterschutz und flexiblen Arbeitszeiten, war der Geheimdienst im Grunde immer noch ein Sammelbecken für ewig gestrige, unverbesserliche Privatschulabsolventen, von denen die meisten nicht schlau genug gewesen waren, stattdessen Investmentbanker zu werden. »Ja, ich jogge.«

»Komm mal zurück in mein Büro gejoggt, dann bringe ich dich richtig ins Schwitzen.«

Schmierig ist gar kein Ausdruck, dachte sie. *Nie* wieder.

»Ich muss dir nämlich was zeigen. Diese Schwarzgeldkonten, die du gefunden hast, du weißt schon, die, die Holahon betreut hat, sind ziemlich interessant. Es könnte sich lohnen, dass du sie noch mal genauer unter die Lupe nimmst. Wer weiß, vielleicht haben wir Glück und sein Tod hat doch mit seinem Job zu tun.«

Ihre Schultern verkrampften sich. McLure konnte ihr gestohlen bleiben mit seiner Besessenheit von der Higgs Bank. Schließlich war das nur eine Bank unter vielen. Andererseits: Was, wenn er tatsächlich eine heiße Spur entdeckt hatte? Bei der Geheimdienstarbeit, das lernte sie gerade, ging es vor allem darum, Zusammenhänge zu erkennen. Interne Berichte bemängelten immer wieder die Kurzsichtigkeit der Geheimdienste. Seit Kate selbst zum MI5 versetzt worden war, wusste sie, dass man sich dort schwertat mit der rasanten Veränderung der Welt. Man schien noch nicht verstanden zu haben, dass Banker heutzutage mehr Schaden anrichten konnten als Bomben. Auch die Gefahr, dass sich Finanzkrisen seuchenartig ausbreiteten, hatte noch niemand wirklich erkannt. McLure schien die Ausnahme zu sein.

Sie umrundete den See und nahm wieder Kurs auf Whitehall, wobei sie sich für den finalen Sprint wappnete, nach dem sie japsend nach Luft ringen würde. Sie überschlug, dass sie etwa zwölf Kilometer absolviert haben würde, wenn sie wieder bei ihrem Schreibtisch ankam. Ihr war klar, dass das nicht reichte. Wenn sie nicht aufpasste, würde sie zur Gefahr für sich und andere werden. Sie hatte einfach zu viel Energie, zu viel Wut im Bauch und durfte auf keinen Fall die Kontrolle über sich verlieren.

»Beginn der Befragung: 15.15 Uhr. Anwesend: DCI Sorrenson und DC Hughes.«

Nachdem Sorrenson das digitale Aufnahmegerät eingeschaltet hatte, schob er eine Tasse Tee über den Tisch. »Hier, für Sie. Schön, Sie zu sehen, Davey. Wann saßen wir das letzte Mal hier zusammen? Vor einem Monat?«

Davey Stone schwieg. Normalerweise hatte er wenigstens eine grobe Ahnung, warum man ihn zur Vernehmung aufs

Revier holte, aber diesmal hatte er wirklich nichts falsch gemacht. Dieses Wissen beunruhigte ihn, denn es bedeutete, dass er nicht einfach lügen konnte wie sonst. Schweigen war vermutlich die beste Option. Stell dich dumm, Davey, spiel auf Zeit. Ein Pokerface würde ihm durch diese heikle Situation helfen, da war er sich sicher.

»Mein Mandant wüsste gern, warum er hier ist«, erklärte Stones Anwältin, eine kratzbürstige Frau, deren Hypothek im Grunde komplett von der regelmäßigen Inanspruchnahme ihrer Dienste durch Davey und seine Sippe finanziert wurde.

Sorrenson und Hughes sahen die Anwältin an, bevor sie ihre Blicke wieder Stone zuwandten.

»Tja, das ist eine gute Frage«, sagte Hughes und biss auf einem Fingernagel herum. »Eine sehr gute Frage. Warum verrät uns Ihr Mandant nicht einfach, weshalb er *glaubt*, hier zu sein?«

»Ich möchte Sie daran erinnern, dass mein Mandant freiwillig Ihrer Aufforderung gefolgt ist, aufs Revier zu kommen. Er wurde weder verhaftet noch angeklagt, sondern ist ein rechtschaffener Bürger, der nichts zu verbergen hat und Ihrer Bitte um Kooperation bereitwillig nachgekommen ist.«

»Wie außerordentlich liebenswürdig von ihm«, knurrte Hughes. »Wir könnten mehr Menschen wie Mr Stone gebrauchen. Rechtschaffene Bürger. Standhafte Verfechter von Recht und Ordnung. Na ja, vielleicht sollten sie doch nicht *ganz* genauso sein wie er, denn dann würden sie auf Bestellung Hochleistungs-Sportwagen klauen, um sie anschließend auf Öltankern nach China zu verschiffen. Wie viele Jahre mussten Sie dafür in den Bau, Mr Stone? Drei, nicht wahr? Und dann die vielen Überfälle auf Geldtransporte. Welche Rolle haben Sie beim Verstecken des Geldes noch mal gespielt? Helfen Sie mir auf die Sprünge. Und wie lange musste der Rest Ihrer Familie einsitzen wegen Beihilfe?«

Stone schwieg weiter beharrlich. Er nippte an seinem Tee und sah sich im Vernehmungszimmer um. Die kahlen Wände waren ihm vertraut, wirkten fast schon tröstend auf ihn.

»Das Vorstrafenregister meines Mandanten tut hier nichts zur Sache«, wandte die Anwältin unwirsch ein. »Entweder Sie teilen Mr Stone mit, was Sie von ihm wollen, oder ich schlage vor, dass wir an dieser Stelle Feierabend machen, meine Herren.«

Hughes schien darauf etwas entgegnen zu wollen, doch Sorrenson hob kaum merklich die Hand und brachte seinen jüngeren Kollegen zum Schweigen. Dann nickte er Stone zu. »Wir wollen einfach nur da weitermachen, wo wir beim letzten Mal aufgehört haben, Davey. Wir hätten die Befragung natürlich auch in einem zwangloseren Rahmen durchführen können, bei einem Bier vielleicht, so wie früher. Aber ich habe mir gemerkt, was Sie bei unserem letzten Aufeinandertreffen gesagt haben: dass es Ihrem Ansehen in Margate nicht gutgetan hat, mit mir gesehen zu werden. Daher erschien mir eine Vernehmung hier auf dem Revier die bessere Variante. Ach ja: Wie geht es eigentlich Janine?«

Stone hustete. »Gut, danke. Ein Junge. Dreitausendvierhundert Gramm. Mutter und Kind wohlauf. In Holloway sind die Bedingungen für inhaftierte Mütter wirklich gut. Mein kleines Mädchen ist in zwei Jahren wieder draußen.«

»Das sind ja tolle Neuigkeiten, Davey«, sagte Sorrenson. »Freut mich für Sie. Ein liebes Mädchen, Ihre Janine. Hat sich nur einfach mit den falschen Leuten eingelassen. Diese vietnamesischen Gangs verstehen keinen Spaß, wenn es um ihren Cannabisanbau geht. Mit denen überwirft man sich besser nicht.«

»Sie hat ihre Lektion gelernt. Außerdem hat sie sich nur mit ihnen eingelassen, weil es hier unten keine Jobs gibt, das wissen Sie, Mr Sorrenson. Na ja, jedenfalls keine richtigen Jobs. Sie brauchte das Geld für ihr ungeborenes Baby und dachte, sie hätte keine andere Wahl. Das war dumm von ihr, ich weiß. In Zukunft wird sie für ihren alten Vater arbeiten, das ist sicherer.«

»Hervorragend«, lobte Sorrenson. »Sie steigt also ins Familiengeschäft ein, eine schöne alte Unterwelttradition. Hören Sie, Davey, wir sind Ihnen sehr dankbar dafür, dass Sie gekommen sind. Das hätte bestimmt nicht jeder getan. Ich wollte nur noch einmal auf etwas zu sprechen kommen, was Sie bei der letzten Befragung wegen dieser Heizölgeschichte ganz nebenbei erwähnten. Und es interessiert mich nicht im Geringsten, ob Sie und Ihre Familie Heizöl von den umliegenden Bauernhöfen abgezapft haben oder nicht. Ehrlich gesagt kümmert es mich einen Scheißdreck. Bei den derzeitigen Benzinpreisen habe ich sogar ein gewisses Verständnis. Nein, heute interessiert mich nur, was Sie in jener Februarnacht beobachtet haben. Sie wissen doch noch, was Sie uns erzählt haben, oder?«

Stone grinste. Zur Beunruhigung bestand offenbar kein Anlass. Die Bullen hatten nichts gegen ihn in der Hand. »Ja, schon. Aber es war natürlich dunkel und so.«

Sorrenson las von einem Notizblock ab, den er vor sich liegen hatte. »Sie sagten, es sei ungefähr um zehn Uhr abends gewesen. Kaum Mondlicht. Sie waren unten am Strand in der Räucherkammer, um Makrelenfilets zu kaufen.«

»Korrekt.«

Hughes brach in schallendes Gelächter aus. »Bisschen spät zum Fischkaufen, was?«

Stone schlürfte ungerührt seinen Tee. »Bill Henry ist ein Kumpel von mir. Ich hatte ihn an dem Tag angerufen und angekündigt, dass ich für den nächsten Tag Makrelen bräuchte.

Meine Jungs und ich hatten vor, zum Angeln nach Shivering Sands zu fahren, und ich wollte ein kleines Picknick mitnehmen. Ich konnte den bestellten Fisch aber erst spätabends abholen, und Bill hatte kein Problem damit. Fragen Sie ihn doch. Sie können auch gern überprüfen, mit wem ich an dem Tag telefoniert habe. Dann sehen Sie, dass ich die Wahrheit sage.«

Es machte Stone Spaß, den jüngeren Detective ein bisschen zu reizen. Sorrenson hingegen respektierte er, auch wenn er ein Bulle war. Wenigstens war dem sein Beruf nicht zu Kopf gestiegen. Außerdem stammte er trotz seines skandinavischen Nachnamens aus der Gegend. Aber Hughes … der war nun wirklich eine Verschwendung menschlicher Haut. Ein Londoner Emporkömmling, der hier in der Provinz seine Zeit absaß, bis er wieder zurück zu Scotland Yard durfte. Am besten wäre er bei der Verkehrspolizei aufgehoben gewesen, fand Stone. Dort hätte er nach Herzenslust Leute abzocken können, die nichts getan hatten. Hughes war nämlich ein nachtragender Typ, einer, in dem Neid und Missgunst schwelten. Es gab Gerüchte über ihn. Gerüchte, die Stone wiederholt zu Ohren gekommen waren.

»Das wird nicht nötig sein, Davey«, spielte Sorrenson den Friedensstifter. Er hatte es eilig, Stone zurück an den Strand zu versetzen, seiner Erinnerung auf die Sprünge zu helfen. Die Agentin vom MI5 ging ihm nicht mehr aus dem Kopf. Er hätte gern einen Grund gehabt, sie zu kontaktieren. Ihre rabenschwarzen Locken hatten ihn völlig umgehauen. Kein Ehering, wie ihm aufgefallen war. Er sah Stone eindringlich an und fuhr fort: »Es war also eine dunkle Nacht, und es war sonst niemand unterwegs, haben Sie gesagt. Nachdem Sie den Fisch abgeholt hatten, haben Sie sich auf den Heimweg gemacht und sind von der Räucherkammer die Küste entlang Richtung Kraftwerk gefahren.«

»Genau. Ich glaube, das Streufahrzeug war kurz vorher durchgekommen, denn es war überall Salz und Splitt auf der Straße. Es wurde nämlich Schnee erwartet, aber am Ende kam kaum etwas runter, wenn ich es richtig in Erinnerung habe. Das Zeug hat mir den Lack ruiniert, überall kleine Löcher. Meine Alte war alles andere als begeistert. Wissen Sie, wie viel es kostet, einen BMW neu lackieren zu lassen? Die Preise sind kriminell!«

»Und dann wurden Sie meinen Notizen zufolge plötzlich fast von der Straße gedrängt, und zwar von einem Polizeitransporter.«

»Ja. Es war dunkel, und es ging alles unheimlich schnell. Der Wagen kam in einem Affentempo angerast. Ohne Blaulicht, ohne alles. Ich habe nur das Wort ›Polizei‹ auf der Seite erkannt, sonst nichts. Aber in der Karre war bestimmt ein Ortungssystem installiert oder so was. Ihr müsstet also herausfinden können, woher der Transporter stammt. Deshalb habe ich euch ja auch bei der letzten Befragung davon erzählt. Wenn meine Aussage stimmt und ich den Transporter um kurz nach zehn auf der Halbinsel gesehen habe, kann ich auf keinen Fall zur selben Zeit von der Manor Farm Heizöl gestohlen haben. Außerdem: Warum sollte ich so etwas erfinden? Ein ziemlich seltsamer Ort für einen Polizeitransporter, nicht wahr? Wenn ich euch eine Lüge auftischen würde, würde ich mir doch etwas Glaubwürdigeres ausdenken. Solche Transporter sieht man sonst eher nicht hier an der Küste.«

»Konnten Sie das Nummernschild erkennen?«, fragte Hughes mit Nachdruck. »Haben Sie den Fahrer gesehen?« Stone sollte nicht glauben, dass er ihn so leicht vom Haken ließ. Sorrenson war viel zu sanft, packte seine Gegner beim Verhör viel zu vorsichtig an. Hughes hingegen würde Stone einem Stresstest unterziehen, würde ihm sein ganzes Wissen abringen. Es interessierte ihn brennend, was Stone alles wusste.

Stone zuckte mit den Schultern. »Ich war zu beschäftigt damit, nicht im Graben zu landen. Kurzzeitig dachte ich, dass ich so ende wie die ganzen Verräter unten am Strand.«

»Verräter?« Hughes runzelte die Stirn.

Tja, du kleiner Stadtjunge, von der hiesigen Geographie hast du keine Ahnung, was, dachte Stone. Du sitzt hier wirklich nur deine Zeit ab, bis es zurück in den Großstadtsmog geht. »Ja, die Verräter unten am Traitor's Point«, antwortete er. »Ganz am Ende der Landspitze. Wo früher die Schmuggler und mutmaßlichen Spione gehängt wurden. Zu Napoleons Zeiten. Damals hat man Verräter öffentlich zur Schau gestellt, um Recht und Ordnung zu wahren. Zur Abschreckung. Effektiver als heute, würde ich mal behaupten. Manche Leute nehmen sich ganz schöne Freiheiten heraus. Da draußen laufen ein paar echt fiese Kerle herum.« Stone nickte Hughes zu und grinste, während Hughes seinen Blick wütend erwiderte.

Sorrenson wunderte sich. »Ich dachte, ich würde die Gegend hier kennen, aber von diesem Ort habe ich noch nie gehört.«

»Na ja, man muss vermutlich aus der unmittelbaren Umgebung stammen, um den Namen zu kennen.«

»Warten Sie doch bitte kurz. Ich hole eine Landkarte.« Kurz darauf war Sorrenson wieder zurück und klappte eine Generalstabskarte auseinander. »Zeigen Sie mir doch bitte mal Traitor's Point, Davey.«

Stone wies auf einen Punkt auf der Karte.

Nach Sorrensons Schätzung befand er sich etwa zweieinhalb Kilometer vom Kraftwerk und gut drei Kilometer vom Flughafen entfernt. Er erinnerte sich, wie er die Leiche zum ersten Mal gesehen hatte, wie fremd sie auf ihn gewirkt hatte.

Irgendetwas war ihm komisch vorgekommen. Vielleicht die unregelmäßige Behaarung. Die Arme der Leiche waren haarig gewesen, die Beine hingegen glatt rasiert wie die einer Frau. Seltsam.

»Warum interessieren Sie sich überhaupt für diese Geschichte?« Stone war neugierig. Er spürte, dass die beiden Detectives im Dunkeln tappten. Sie war eine echte Gabe, seine Fähigkeit, Unsicherheit wahrzunehmen. Unsicherheit bedeutete Chancen. Wenn er herausfinden konnte, worauf es die Bullen abgesehen hatten, konnte er es bei ihrem nächsten Zusammentreffen vielleicht als Köder benutzen, als *Du kommst aus dem Gefängnis frei*-Karte. »Ich meine, vielleicht war es nur irgendein Polizist, der es furchtbar eilig hatte, zu seiner Geliebten zu kommen oder den abgeholten Takeaway-Fraß zu seinen Jungs aufs Revier zu bringen«, sagte er. »Wahrscheinlich hatte es gar nichts zu bedeuten.«

»Wahrscheinlich«, murmelte Hughes. Er starrte Stone eindringlich an.

»Das ist alles, was ich weiß«, sagte Stone unvermittelt. »Tut mir leid, dass ich euch nicht noch weiter behilflich sein kann.«

Sorrenson stand auf. »Ende der Befragung: 15.39 Uhr. Danke, Davey. Sehr hilfsbereit von Ihnen. Wir bleiben in Verbindung.«

Stone nickte. »Gern geschehen. Freut mich, wenn ich helfen konnte. Man sieht sich.«

»Ganz sicher sogar«, knurrte Hughes. Er wartete einige Sekunden, nachdem Stone mit seiner Anwältin den Raum verlassen hatte, und haute dann fest mit der Hand auf den Tisch. »Wir lassen ihn also einfach so wieder abdampfen? Können wir denn nicht wenigstens mit einem Durchsuchungsbefehl bei ihm aufkreuzen und seine Bude auf den Kopf stellen? Damit er ein bisschen Schiss kriegt?«

Sorrenson machte ein nachdenkliches Gesicht. »Dieser Davey Stone mag vieles sein, aber er ist nicht dumm. Ich nehme ihm seine Geschichte ab. Die Frage lautet nur: Hilft sie uns weiter? Oder vielmehr: Gibt es eine Verbindung zwischen der Leiche und dem Transporter? Der Transporter wird in der Nacht vor dem Leichenfund in der unmittelbaren Umgebung gesehen. Na und? Was beweist das? Hatte halt ein Kollege Lust, nachts ein paar Vögel zu beobachten. Ich habe schon seltsamere Dinge gehört. Allerdings hat Davey Stone recht, was die Satellitenortung angeht. Manche Polizeiautos sind heutzutage mit GPS-Geräten ausgestattet. Wenn der Transporter eins hatte, müssten wir ihn ausfindig machen können. Stell doch bitte ein paar Recherchen an, ja? Versuch an Informationen über Polizeifahrzeuge zu kommen, die zum fraglichen Zeitpunkt in der fraglichen Gegend waren. Vielleicht kommt ja etwas dabei heraus, damit wir endlich einen Anhaltspunkt haben.«

»Hast du vor, deiner Agentin von dem Transporter zu erzählen?« Hughes verzog das Gesicht zu einem schiefen Grinsen.

Sorrenson stellte sich dumm. Hughes' Anspielung gefiel ihm gar nicht. Er hätte ihm nicht von ihr erzählen dürfen. Überhaupt hatte er es nicht gern, wenn Kollegen über sein Privatleben Bescheid wussten – auch wenn es da nicht viel zu wissen gab. »Ich glaube, der tote Banker hat sie gar nicht so sehr interessiert. Ihre Fragen haben eher den Eindruck vermittelt, als ginge es ihr darum, womit er sein Geld verdiente und für wen er arbeitete. Ich schlafe erst einmal eine Nacht darüber. Wir könnten natürlich einen Aufruf an die Bevölkerung starten und sie um Informationen über den Transporter bitten, aber es erscheint mir ziemlich unwahrscheinlich, dass ihn jemand gesehen hat. Ich persönlich kann das große Interesse an diesem toten Burschen überhaupt nicht verstehen. Er war doch bloß ein einfacher Banker, keine Bedrohung der nationalen Sicherheit oder so was. Vor allem jetzt nicht mehr.«

Sorrenson merkte, dass er mit sich selbst sprach. Hughes hatte das Vernehmungszimmer verlassen und seine Wut mitgenommen. Sein jüngerer Kollege konnte den sanften Kurs gegenüber Stone nicht akzeptieren. Wenn Sorrenson nicht aufpasste, gab es irgendwann richtig Ärger zwischen ihnen. Aber er wusste nun mal, dass selbst Berufsverbrecher wie Davey Stone bisweilen die Wahrheit sagten. Es war unmöglich, ständig nur zu lügen. Das zerfraß einen von innen.

# Kapitel 3

Dick J. Reynolds blickte aus seinem Bürofenster zum Ground Zero hinab, der etwa fünfzig Stockwerke unter ihm lag. Es war ein eiskalter Märztag, und im südlichen Manhattan schneite es heftig. Die Stadt würde ganz schön was abkriegen. Die gelben Taxis waren innerhalb von Minuten weiß geworden, und New York glich schon jetzt einer riesigen schmutzigen Hochzeitstorte.

Reynolds hatte Mitleid mit den Bauarbeitern am Boden. »Der Horror, wenn man sich so seinen Lebensunterhalt verdienen muss«, sagte er an bitterkalten Tagen gern zu seinen Kollegen, wenn es schon am frühen Nachmittag dämmrig wurde und seine Gedanken zu seinem komfortablen Heim in Williamsburg vorauseilten. Dann nickten die Kollegen stumm, bevor sie sich wieder ihren Computerbildschirmen zuwandten, was Reynolds regelmäßig auf die Palme brachte. Es war ja schön und gut, dass die NSA diese geistigen Überflieger einstellte – und genau das waren sie, allesamt direkt vom Massachusetts Institute of Technology angeworben –, aber Geheimdienstarbeit war letztlich ein Spiel mit Menschen, so sah Reynolds es jedenfalls, und er musste es mit seelenlosen Robotern spielen.

In seinen grausameren Momenten fragte sich Reynolds, wie wenig Persönlichkeit jemand haben musste, um gern in seinem Eliteteam innerhalb der geheimnisumwobenen Financial Intelligence Unit der NSA zu arbeiten. Dieser Fachbereich kooperierte eng mit der CIA und war ein Kernmitglied des Frühwarnsystems EWAN, was für Early Warning Alert Network stand. Dieses Netzwerk beurteilte für das Pentagon die jeweils aktuelle Bedrohungslage.

Die meisten seiner Mitarbeiter würden ihr Leben lang Singles bleiben, fürchtete Reynolds. Sie waren in sich gekehrt und unbeholfen und besaßen keinerlei soziale Kompetenzen. Der mangelnde Kameradschaftsgeist war wirklich frustrierend. Herrgott, wie vermisste er den Kalten Krieg! Aber das sagten alle in seinem Alter – er war zweiundsechzig –, und Reynolds wollte auf keinen Fall das Schrecklichste werden, was man in der Spionagewelt sein konnte: ein Objekt des Mitleids, jemand, der an seinem Stift herumkaute und nur noch auf seine Pensionierung wartete. Da hatte er wahrlich mehr zu bieten.

Reynolds hatte oft darüber nachgegrübelt, ob er sich lieber noch einmal auf einen Auslandsposten hätte versetzen lassen sollen, statt zur Financial Intelligence Unit zu gehen. In Polen wäre eine Stelle frei gewesen, die ihn interessiert hätte, aber Teri, seine zweite Frau, hatte nicht viel übriggehabt für diese Idee. Sie war zu gut verwurzelt in den Staaten, hatte einen großen Freundeskreis. Außerdem fühlten sich die Zwillinge pudelwohl an ihrer Schule. Teri und er hatten jahrelang vergeblich auf Nachwuchs gewartet, daher waren die beiden Jungen ein echter Segen gewesen, allerdings einer, der einen hohen Preis hatte. Die Schwangerschaft seiner Frau hatte seine Optionen damals erheblich eingeschränkt. Also saß er nun hier und führte ein Team aus geistigen Überfliegern.

»Der Posten birgt großes Potenzial«, hatte Carey, der stellvertretende Chef der Financial Intelligence Unit, zu ihm gesagt. »Das ist echte Pionierarbeit. Sie können zum Helden werden, wenn Sie die Ärmel hochkrempeln und loslegen. Machen Sie ein ganz großes Ding daraus, Dick.«

Nur leider hatten er und sein Team – zumindest soweit Reynolds das beurteilen konnte – in den acht Jahren seit ihrer Gründung nicht das Geringste erreicht, was die ursprüngliche Zielsetzung anging. In ihrer Bilanz stand eine dicke fette Null, woran er jedes Mal erinnert wurde, wenn er aus dem Fenster blickte und die Stelle sah, an der sich die Twin Towers befunden hatten. Dabei waren seine Mitarbeiter nicht etwa faul oder ineffektiv. Es war nur einfach so, dass das Ereignis, für dessen Aufspürung man sie ins Leben gerufen hatte, bisher nicht eingetreten war. Glaubte er zumindest. Es war schwer, etwas Nichtexistentes aufzuspüren, wie Reynolds einräumen musste. Selbst die geistigen Überflieger vom Institute of Technology, die zum Teil auf erschreckend nicht existente Phänomene spezialisiert waren – dunkle Materie zum Beispiel –, mussten erst noch austüfteln, wie man etwas ausfindig machte, was noch gar nicht passiert war.

Als Reynolds ganz am Anfang versucht hatte, Teri zu erklären, worin seine neue Aufgabe bestand, war er kläglich gescheitert. Im Laufe der Jahre hatte er sich eine brauchbare, wenn auch etwas plumpe Erklärung zurechtgelegt. »Ich führe ein Team aus äußerst intelligenten Menschen«, erzählte er seither all jenen Leuten aus seinem Umfeld, denen er vertraute. »Diese Menschen schreiben Computerprogramme, Algorithmen, die ungewöhnliche Handelsmuster an den weltweiten Aktienmärkten aufdecken sollen. Wir glauben, dass die Märkte uns frühzeitig vor schrecklichen Ereignissen warnen können. Wenn wir schnell genug reagieren, können wir sie vielleicht noch verhindern oder stoppen. Der Markt täuscht sich nie, ihm entgeht nichts. Er ist die effizienteste Erfindung der Menschheit. Heutzutage, wo Superrechner in Lichtgeschwindigkeit Hochfrequenzhandel betreiben, steht natürlich noch viel mehr auf dem Spiel. Wenn ein großer Player seinen Einsatz macht, ziehen alle anderen Marktteilnehmer sofort nach und steigen ebenfalls in das Geschäft ein. Schließlich kann es sich niemand leisten zurückzubleiben, wenn der Markt sich dreht. So können gewaltige Schwankungen entstehen.«

Normalerweise nickten seine Gesprächspartner daraufhin dämlich und sagten etwas wie: »Ah, okay, verstehe.«

Das frustrierte Reynolds nur noch mehr. Die Intelligenteren stellten immerhin eine Verbindung zum elften September her: »Wie die Aktienbewegungen der Airlines, bevor die beiden Flugzeuge ins World Trade Center gekracht sind?« Dann lächelte Reynolds, strich sich über seinen rotbraunen Schnurrbart, der einen auffälligen Kontrast zu seinen grauen Haaren bildete, und sagte: »Ja, genau. Gut durchschaut. Du verstehst die Wichtigkeit unserer Arbeit. Beim nächsten Mal werden sie nämlich nicht auf Wolkenkratzer zielen, sondern sich noch höhere Ziele setzen. Terrorismus ist inflationär, weißt du. Das Kaninchen, das die Terroristen aus dem Hut zaubern, muss jedes Mal größer sein, damit der Angstfaktor erhalten bleibt. Vielleicht werden sie versuchen, ein Flugzeug voller Chinesen zu entführen und es mit einer schmutzigen Bombe zu präparieren. Und dann fliegen sie damit aufs Weiße Haus zu, und der Präsident muss die Entscheidung treffen, ob es abgeschossen werden soll. Und schon ist der Dritte Weltkrieg ausgelöst. Wir wollen wirklich nicht, dass so etwas passiert. Der elfte September muss der Weckruf gewesen sein, der alle künftigen Weckrufe verhindert, ein Ereignis, das uns auf lange Sicht wachsamer macht, sicherer, stärker. Widerstandsfähiger. Verstehst du?«

Es stimmte. Ohne den elften September wäre Reynolds' Abteilung nie ins Leben gerufen worden, denn das Pentagon plagte seit damals die dunkle Ahnung, dass Schlüsselfiguren der Finanzwelt von dem bevorstehenden Terrorangriff gewusst hatten. Diese Personen hatten Airline-Aktien an nichts ahnende Käufer abgestoßen und sie später, nachdem ihr Kurs durch die Anschläge gefallen war, billiger zurückgekauft. Irgendjemand hatte den ganz großen Reibach gemacht, als die Türme gefallen waren. Die Ahnung hatte jedenfalls zur Gründung einer Arbeitsgruppe mit dem komplizierten Namen DOPIPISMA geführt – *Detection of Potential Irregular Patterns In the Stock Market Agency*. Reynolds hasste dieses Akronym mit einer Leidenschaft, die von seinem jahrzehntelangen Kampf gegen Geheimdienstjargon im Allgemeinen und die Vorliebe der Spionagewelt für kryptische Verschlüsselungen im Speziellen herrührte.

Was Reynolds bei seinen Erklärungen gegenüber vertrauenswürdigen Gesprächspartnern jedoch verschwieg, war die Tatsache, dass selbst die vereinten Kräfte der mächtigsten amerikanischen Geheimdienste nicht genügt hatten, um die komplizierte Welt der Hochfinanz zu durchdringen mit ihren geheimen Schwarzgeldkonten, ihren Tarnfirmen und ihren verschwiegenen Bankern, die so viel verdienten, dass sie sich nur schwer zu Geheimdienstmitarbeit überreden oder gar zwingen ließen. Es hatte sich als beinahe unmöglich erwiesen, überhaupt irgendeine Art von Kontrolle über die Situation zu erlangen. Die Spur von waffenfähigem Plutonium verfolgen – das konnten sie. Fluchtgeld hingegen war deutlich schwieriger aufzuspüren und im Blick zu behalten.

Das Ganze war, wie Reynolds schließlich entschied, ein strukturelles Problem. Sein Team war im Grunde nichts als ein Haufen Männer (und es waren wirklich ausschließlich Männer, Nerds mit schlechten Haarschnitten, mangelnder Körperpflege und einer ungesunden Vorliebe für Tolkien), der mit Finanzdaten verfuhr wie andere mit Baseballstatistiken. Ihnen fehlte die tiefere Einsicht, die Durchdringung des Themas, wie Reynolds seinen Vorgesetzten in einem vertraulichen Memo mitteilte, einem Memo, das irgendwie den Weg auf die Titelseite der *New York Times* fand. Darin regte er an, dass mehr Mittel in das (nun nicht mehr so) streng geheime Projekt fließen müssten, da man es sonst als Totalausfall einstufen würde, als enorme Verschwendung des sauer verdienten Gelds der amerikanischen Steuerzahler, was peinlich werden könnte für die Initiatoren des Projekts. Wenn alles so weiterlaufe wie bisher, könne deren Karriere irreparablen Schaden nehmen. So zumindest Reynolds' durchgesickertes Memo.

Das war im Jahr 2005 gewesen. Seither hatte nie wieder jemand von Reynolds' Team gehört. Es gab Spekulationen, man habe das Projekt eingestellt, was jedoch schwer zu untermauern war. Die Etats der verschiedenen Geheimdienste waren so undurchschaubar, dass niemand sicher sagen konnte, wo die vom Kongress abgesegneten Gelder genau landeten.

Scharfsinnige Beobachter hätten dennoch interessante Rückschlüsse ziehen können, wenn sie die Geldströme beobachtet hätten, die *in* die Financial Intelligence Unit flossen statt aus ihr heraus. Denn Reynolds und sein Team hatten – zumindest eine Zeit lang – etwas geführt, was in der Spionagewelt äußerst ungewöhnlich war: ein profitables Geschäft. Sie waren zu einer Art Zahlmeister geworden für den Rest des amerikanischen Geheimdienstapparates. Beinahe zufällig hatten Reynolds und sein Team eine Bank gegründet. Und beinahe ebenso zufällig war ihre Bank, die Higgs Bank, rasant zu einem Finanzriesen aufgestiegen, der zwölftgrößten Bank in den Vereinigten Staaten, aktiv auf fünf Kontinenten. Higgs war Reynolds' schmutziges kleines Geheimnis. Vordergründig war er nach wie vor Mitglied der Geheimdienstgemeinde, aber insgeheim war er Banker. Sein verstorbener Vater, einst tonangebend in der Transport- und Logistikgewerkschaft Teamsters Union, wäre entsetzt gewesen, das wusste Reynolds. »Banker« war in seiner Familie ein Schimpfwort.

Hinter der Gründung der Higgs Bank steckte eine etwas verquere, aber geniale Logik. Reynolds hatte rasch das größte Problem seiner Abteilung erkannt: dass es, wie er zu seinen Vorgesetzten gesagt hatte, »verdammt noch mal unmöglich« sei, Chaos zu kontrollieren. Es passierte so viel innerhalb dieses Chaos, bis hinein in die unzugänglichsten Winkel der Welt, dass keinerlei Hoffnung bestand, sämtliche Vorgänge überwachen zu können.

Also hatte er vorgeschlagen, es auf die altmodische Tour zu versuchen. Inspiriert von seiner geheimdienstlichen Anfangszeit hatte er der Financial Intelligence Unit geraten, die Vorgänge, die sie überwachen wollte, zu imitieren, um herauszufinden, ob sie überhaupt überwachbar waren. Ähnlich wie damals, als man den Iranern rund neunzig Prozent der Technologie zur Verfügung gestellt habe, die man brauchte, um Atomwaffen zu bauen. Dadurch habe man jederzeit gewusst, wie weit die Iraner in ihrem Atomprogramm seien, und habe verhindern können, dass sie sich die unverzichtbaren letzten zehn Prozent beschafften. Zumal sie ohnehin so viel damit zu tun hätten, ihre neunzig Prozent zum Laufen zu bringen, dass gar keine Zeit blieb, sich auf den Rest zu konzentrieren. Warum also nicht im Bankgeschäft genauso verfahren? Das Risiko sei gewaltig, hatte Reynolds eingeräumt, aber die Hochfinanz sei nun einmal ein Spiel mit hohem Einsatz, das habe er durch Beobachtung der großen Tiere an der Wall Street gelernt. Wer Erfolg habe, werde reich belohnt, hatte er betont und sich bemüht, die Risiken herunterzuspielen.

Sein Vorschlag hatte zunächst ungläubiges Schweigen ausgelöst, genau wie erwartet. Doch Reynolds hatte sich nicht abschrecken lassen. Auf anfängliche Skepsis war er vorbereitet, er hatte seine Argumentation stundenlang vor dem Spiegel und vor Teri geübt.

»Hören Sie sich meine Argumente bitte zu Ende an«, hatte er gesagt. »Momentan haben wir gar nichts. Wir wissen nicht, ob irgendjemand plant, was wir befürchten, weil unsere Überwachungsmöglichkeiten eingeschränkt sind. Die potenziell relevanten Transaktionen finden außerhalb unserer Reichweite statt, mittels Computersystemen, bei denen selbst die NSA Probleme hat, sie zu hacken. Wenn wir jedoch einfach unser eigenes System aufbauen, können wir die Geldströme besser überblicken und haben vielleicht irgendwann Glück.«

Eine der CIA nahestehende Risikokapitalgesellschaft stellte das Startkapital für die Gründung der Bank zur Verfügung, die still und leise ihre Zulassung vom Finanzministerium erhielt.

Dann folgte die PR-Kampagne. Mithilfe einer Reihe strategisch platzierter, vermeintlich durchgesickerter Storys wurde der Eindruck vermittelt, Higgs sei die Bank der Wahl für all jene, die Geld anlegen wollten, ohne dass zu viele Fragen gestellt wurden. Dies hatte zur Folge, dass viele mexikanische Drogenkartelle anfingen, ihr Geld bei Higgs zu deponieren und zu waschen. Sudanesische, irakische und iranische Militärführer wurden ebenfalls rasch zu begeisterten Kunden, auch wenn ihre Frauen das meiste Geld bereits in den Geschäften der Fifth Avenue verprassten.

Higgs wuchs und florierte. Die Bank erwarb sich den Ruf, noch einen Schritt weiterzugehen als alle anderen, um ihren Kunden sämtliche Wünsche zu erfüllen. Mit ihren Filialen in allen großen Steueroasen, den Cayman-Inseln, den Turks- und Caicos-Inseln, den Britischen Jungferninseln, konnte die Bank die finanziellen Umtriebe ihrer zwielichtigen Kunden lückenlos überwachen und die so erlangten Informationen an die Financial Intelligence Unit, die NSA und die CIA weitergeben.

Und dennoch tauchte nur wenig auf, was geheimdienstlich von Belang gewesen wäre. Banale Geldwäschegeschäfte fanden zuhauf statt, vor allem für Drogenkartelle und die osteuropäische Mafia, doch es passierte nichts, was eine nationale Sicherheitskrise hätte auslösen können. Offenbar setzte niemand sein Geld darauf, dass in absehbarer Zeit die Apokalypse bevorstand. Und falls doch, gab es keine Anzeichen dafür, dass derjenige es über die Konten der Higgs Bank tat. Reynolds wusste nicht, ob er erleichtert oder enttäuscht sein sollte. Manchmal dachte er darüber nach, das ganze Projekt wieder stillzulegen.

Aber Higgs taumelte weiter durch die Welt der Hochfinanz, ein Betrunkener mit unstillbarem Durst, provozierte Schlägereien, wurde habgierig. So gelang es Reynolds beispielsweise nur mit Mühe und Not, die Bank davon abzuhalten, ein Gebot für Lehman Brothers abzugeben. Die Selbstüberschätzung der Marionetten-Führungsriege von Higgs war groß, und es schien niemand auf die Finanzsituation der Bank zu achten, auf ihre Kapitaldecke. Die Märkte boomten, überall wurden die Menschen reich. Reynolds begann, sich zu langweilen.

Bis Holahon an einem gottverlassenen Strand irgendwo in England auftauchte, ohne Kopf und ohne Hände.

Er hätte es niemals öffentlich zugegeben, aber Reynolds hatte sich fast ein wenig gefreut, als ihn die Nachricht vom grausamen Tod eines leitenden Higgs-Angestellten erreicht hatte. Das war endlich einmal eine Zerstreuung vom ermüdenden Bankgeschäft, das, wie Reynolds kürzlich erfahren hatte, spannender zu werden drohte, als ihm lieb war.

Selbst ihm als Finanzlaien war es schon seit einiger Zeit so vorgekommen, als häufte die Higgs Bank eine Unmenge an Schulden an, aber die geistigen Überflieger, die jetzt Banker waren, hatten ihm versichert, dass alle Banken derzeit am Limit seien, dass dies – um ihr Lieblingswort zu verwenden – »strategisch« sogar sinnvoll sei. Trotzdem, Reynolds hatte ein schlechtes Gefühl dabei. Sein Unbehagen brannte in ihm wie ein Magengeschwür, weshalb er sein Team immer wieder in die Mangel nahm.

»Wir müssen weiter auf den Hebeleffekt setzen«, erklärte man ihm wiederholt.

Reynolds nickte dann. »Okay«, sagte er. »Alles klar.«

In Wirklichkeit war es ihm peinlich nachzuhaken, was damit genau gemeint war. Also blickte er aus dem Fenster und beneidete die Bauarbeiter. Sie hatten einfache Aufgaben mit klaren, greifbaren Ergebnissen. Er hingegen wurde jeden Tag unsicherer. Hebeleffekt? Was sollte das verdammt noch mal sein?

Der Mord an Holahon würde ihm helfen, würde ihn beruhigen. Ihn an die guten alten Zeiten erinnern. Bei einer Leiche wusste man wenigstens, woran man war. Tote waren leichter zu durchschauen als Geld.

Als aus London die Nachricht gekommen war, Holahon sei verschwunden, waren Erinnerungen an früher in Reynolds aufgestiegen, schöne Erinnerungen. Er hatte Holahon einmal recht gut gekannt. Beide waren sie Ende der Achtziger-, Anfang der Neunzigerjahre in Osteuropa aktiv gewesen, wenn auch nie im selben Büro. Er wusste noch, dass sie ein paarmal Informationen ausgetauscht hatten, hauptsächlich über Waffenlieferungen und geschmuggeltes Uran. Gutes, altes, schmutziges Zeug, wie der New Yorker Schnee.

Und was war nun aus ihnen geworden, dachte Reynolds. Beide waren sie Banker, auch wenn er selbst diese Rolle lediglich im Verborgenen ausübte. Holahon hatte keine Ahnung, dass Reynolds im Grunde sein Vorgesetzter war. Sein Name tauchte nirgendwo in der Bank auf, alles wurde durch inoffizielle Kanäle und Drittparteien abgewickelt. Reynolds war ein Puppenspieler, der seinen Marionetten kaum je begegnete.

Doch die Fäden verwickelten sich zusehends, gerieten durcheinander. Higgs war ein Riesenkalmar mit so vielen Tentakeln, dass keiner davon mehr wusste, was die anderen gerade taten. Selbst wenn Stücke abgeschnitten, verkauft, stillgelegt, aufgelöst wurden, lebte der Kalmar weiter. Higgs ist wie das Internet, dachte Reynolds oft. Die Bank war so gestaltet, dass sie selbst einen Atomkrieg überstanden hätte. Nun ja, das war vielleicht ein wenig übertrieben, wenn auch nicht allzu sehr. Higgs war inzwischen ein gefürchteter, allmächtiger Organismus. Die Ironie, über die Reynolds lieber nicht allzu oft nachdachte, bestand darin, dass die Bank eigentlich aus hehren Gründen geschaffen worden war: um die Bürger der Vereinigten Staaten zu schützen. Und doch hatte sie in den Köpfen der Menschen inzwischen die Rolle des Comic-Bösewichts inne: geschmäht, verspottet, gefürchtet. Nein, dachte Reynolds, es gab wohl nicht viele Leute außerhalb der Finanzwelt, die einem ermordeten Banker hinterhertrauerten.

Die interne Sicherheitsabteilung von Higgs, eine hoch dotierte Ansammlung ehemaliger CIA- und Mossad-Agenten, durchsetzt von Offizieren der britischen Armee, die für die Muskeln und das Prestige sorgen sollten, hatte Holahons plötzliches Verschwinden anfangs als »Green Three« eingestuft, was ihr Codewort für einen mutmaßlichen persönlichen Zusammenbruch war. In der Vergangenheit hatte ein »Green Three« oft mit einem Selbstmord geendet, einem Abgang aus dem Leben, der in London normalerweise darin bestand, dass der Betroffene von der Dachterrasse eines beliebten Restaurants im Londoner Bankenviertel sprang, eines Restaurants, das mit seiner »atemberaubenden Aussicht« warb.

Doch nachdem die Sicherheitsabteilung einige Tage lang

diskret recherchiert hatte, wurde »Green Three« zu »Amber Three«, denn es stellte sich heraus, dass Holahon weder aus dem Fenster gesprungen noch in den exklusiven Sanatorien des Landes zu finden war, die sich auf die Wiederherstellung Burnout-geplagter Großstadtbanker spezialisiert hatten. Es war der Übergang von »Green« auf »Amber«, der überhaupt erst dazu geführt hatte, dass Reynolds verständigt worden war.

»Wir haben hier ein potenzielles Problem«, hatte in dem Memo an ihn gestanden. »Brad Holahon taucht nicht mehr zur Arbeit auf. Angesichts seiner Position eine durchaus besorgniserregende Entwicklung.«

Reynolds hatte sofort verstanden, was ihm die Sicherheitsabteilung damit sagen wollte: Holahon wusste, wo die Leichen der Higgs Bank begraben waren. Zumindest einige davon. Mit einem toten Holahon kamen sie zurecht. Ein brabbelnder, nervöser Holahon war hingegen eine echte Gefahr. Reynolds war sich zwar sicher, dass er nicht zu dem elitären Kreis zählte, dem bewusst war, wie tief die amerikanischen Geheimdienste in die Bank verstrickt waren, aber vielleicht hatte Holahon mit seinem CIA-Hintergrund trotzdem einen Verdacht in diese Richtung gehegt, einen Verdacht, der eine große Sprengkraft entwickeln konnte, wenn er je an die Öffentlichkeit drang.

Reynolds hatte die Antwort-Mail persönlich formuliert, damit sie überzeugend nichtssagend klang, falls sie von irgendeinem NSA-Computer herausgefiltert wurde. Es war lediglich das Memo eines besorgten Vorgesetzten. Ohne kompromittierende Fingerabdrücke.

»Finden Sie Mr Holahon«, hatte er geschrieben. »Wir müssen alles in unserer Macht Stehende tun, damit er unsere vollste Unterstützung bekommt. Daher bitten wir Sie, ihn mit allem Nachdruck aufzuspüren, zu seinem eigenen Besten.«

Einige Tage später hatte sich die Sicherheitsabteilung mit neuen Informationen zurückgemeldet: »Dringend. Wir glauben, Mr Holahons Aufenthaltsort zu kennen. Sie sollten vielleicht persönlich herkommen, um uns weitere Anweisungen zu erteilen.«

Reynolds war noch am selben Tag nach London geflogen. Weniger als eine Woche später wurde Holahons Leiche am Strand gefunden. Reynolds verfasste Holahons Todesanzeige im Intranet der Bank und beschrieb ihn darin als begeisterten Laufsportler.

Sie fuhr mit der Hand durch ihre dichten schwarzen Haare und starrte sich im Spiegel an. Dieser Spiegel war hinter einem beleuchteten, mit teuren Gin- und Wodkaflaschen bestückten Glasregal angebracht. Kate saß an der angeblich längsten Zinkbar Europas auf einem Barhocker und trank langsam ihren Whiskey Sour. Ein eigenartiger Superlativ. Wer wollte schon eine so lange Bar und einen derart langen Spiegel? Sie kannte die Antwort: sie. Beides verschaffte ihr gewisse Möglichkeiten.

Von ihrem Posten an der Theke aus hatte sie fast dreißig Meter gespiegelte Bar im Blick und konnte mühelos Zielobjekte auf beiden Seiten ausmachen, während sie so tat, als wäre sie in ihre Ausgabe des *New Yorker* vertieft und genösse am Ende eines langen Arbeitstags ihren wohlverdienten Cocktail.

Dabei trank sie den Cocktail gar nicht wirklich. Sie brauchte nämlich einen klaren Kopf, um lohnende Opfer zu erkennen. Nachdem sie sich selbst im Spiegel gemustert hatte, wanderte ihr Blick zu den übrigen Gästen der Bar. Ihr Lippenstift verriet sie, wie sie fand. Genauso gut hätte sie eine Leuchtreklame mit der Aufschrift »leicht zu haben« über ihrem Kopf aufhängen können. Ihre Augen waren so dick mit Kajal umrandet, dass sie das Gefühl hatte, aus einer Höhle nach draußen zu spähen, und ihr Rock war deutlich zu kurz für eine Vierzigjährige. Sie hatte sich nach ihrer Ankunft in der Damentoilette umgezogen. Vor ihren Kollegen hätte sie sich ungern so aufgetakelt. Der MI5 war ein kritischer Arbeitgeber.

Kate schämte sich nicht für ihr Äußeres. Sie sah gut aus und wusste es. Als sie den Raum betreten und ihren Platz an der Bar eingenommen hatte, hatte sie die Blicke gezählt, die ihr gefolgt waren. Das stärkte das Selbstvertrauen. Nicht, dass sie es nötig gehabt hätte. Ihre hohen Stiefel taten ihr Übriges, verliehen sie ihr doch zusätzlich siebeneinhalb Zentimeter Körpergröße, sodass sie nun fast einen Meter achtundachtzig groß war. Im Grunde machte sie nur, was in der Tierwelt ganz normal war: Sie spreizte ihr Gefieder, präsentierte sich, um einen Geschlechtspartner zu finden. Und ein Geschlechtspartner war an diesem Tag dringend notwendig, denn die Joggingrunde hatte bei Weitem nicht gereicht. Kate hatte viel zu viel Energie, und die ließ sich nur über Sex oder Unmengen Alkohol abbauen. Da sie den Kater am nächsten Morgen nicht mehr vertrug, brauchte sie eben ein anderes Ventil.

Sie wählte mögliche Zielobjekte aus, hauptsächlich vom Typ Botschaftsmitarbeiter – Anzüge, aber keine Krawatten –, eine Handvoll über die Bar verteilte Akademiker, die vermutlich jene außenpolitischen Denkfabriken besucht hatten, die sich entlang des Hyde Parks drängten.

Ihr Blick blieb am breiten Rücken eines gedrungenen Mittdreißigers hängen. In einigen Jahren würde er nur noch dick sein, aber jetzt … jetzt war da eindeutig Potenzial. Er trug einen Ehering. Sehr gut. Es war also unwahrscheinlich, dass es hinterher Komplikationen gab.

Der Mann drehte sich um, als hätte er ihren Blick im Rücken gespürt. Sie sah ihm in die Augen. Eigentlich war es genau wie früher an der Uni. Wenn ein Mann mehr als acht Sekunden lang zurückstarrte, gehörte er dir, das hatte sie schon während ihrer ersten Wochen am College gelernt. Männer waren so einfach zu manipulieren. Vor allem jene, die glaubten, sie wären es nicht. Das waren die leichtesten Opfer, echte Kerle, die meinten, alles unter Kontrolle zu haben. Ihre Egos waren so groß, dass sie Kates Interesse für unvermeidlich hielten. Dabei war sie gar nicht an ihnen interessiert, nur daran, was sie für sie tun konnten. Sie alle dienten ihr nur als persönliche Fluchthelfer.

Sechs Sekunden. Sieben Sekunden. Acht Sekunden. Sie wandte immer noch nicht den Blick ab. Er sagte etwas zu seinen Freunden und machte sich dann auf den Weg zu ihr. Befriedigt registrierte sie, dass die anderen sich nicht zu ihr umdrehten. Ein gutes Omen. Er schien kein Prahler zu sein. Als er näher kam, war sie vorübergehend irritiert. Er war jünger, als sie gedacht hatte, und besaß die glatte, reine Haut eines Söhnchens aus gutem Hause. Am kleinen Finger seiner linken Hand steckte ein Siegelring. War ja klar, dachte sie. Die Bar war ein beliebter Treffpunkt für solche Leute. Aber es war nicht seine privilegierte Herkunft, die ihr Sorgen machte, es war das Alter. Sie war bestimmt … wie viel? Dreizehn, vierzehn Jahre älter als er. Für Bedenken war es jetzt allerdings zu spät. Das Zielobjekt war auserkoren, die Startsequenz hatte begonnen.

Sie überlegte, für welchen Anmachspruch er sich wohl entscheiden würde. »Darf ich Ihnen einen Drink ausgeben?« war natürlich der naheliegendste, aber er schien nicht der Typ für so etwas zu sein. Sein leichtfüßiger Gang verriet Selbstvertrauen, und sie hatte festgestellt, dass selbstbewusste Menschen dazu neigten, die schlimmsten Klischees zu meiden. Vielleicht, weil sie es nicht nötig hatten, sich daran festzuklammern. Sie hatten anderes Füllmaterial für peinliche Gesprächspausen. Die komische Nummer wäre ebenfalls kaum erträglich gewesen. Sie stellte sich das mögliche Gespräch vor:

»Hat es wehgetan?«

»Was?«

»Als Sie vom Himmel gefallen sind.«

Bloß nicht! Jetzt trennten sie nur noch wenige Meter. Er sah gut aus, sehr gut sogar. Ein kräftiger, kapitaler Hirschbock. Ich hab dich im Fadenkreuz, dachte sie.

»Also …«, sagte er.

Schottischer Akzent. Ein kleiner Schauer der Erregung durchfuhr sie. Sie sammelte Akzente, ihr Schlafzimmer war voll davon. Seiner klang, als wäre er direkt vom schottischen Hochland heruntergeweht. »Also …«, wiederholte sie und sah ihm im Spiegel in die Augen.

»Mir scheint, du willst mit mir ins Bett.«

Der direkte Weg. Bingo. Der Abend versprach ein Erfolg zu werden. Sie starrte weiter in den Spiegel, stellte sich vor, wie er auf ihr lag, sie von hinten nahm. Er sah aus, als wäre er ausdauernd. Und er war nicht betrunken. Noch eine wichtige Voraussetzung, die er erfüllte. »Verrate mir bitte nicht deinen Namen«, sagte sie, ohne den Blick vom Spiegel zu lösen. »So groß ist mein Interesse an dir nämlich nicht.«

Er schob ihr den Arm um die Taille und half ihr galant vom Barhocker. Sie ließ ihre Zeitschrift auf der längsten Zinktheke Europas liegen.

Der Prinz beobachtete mit beinahe väterlichem Stolz, wie sein Pfau prahlerisch auf die Henne zustolzierte. Eigentlich zog er Falken vor, aber die Großtuerei von Pfauen hatte ebenfalls ihren Reiz. Außerdem: Was war ein englischer Landsitz ohne Pfauen? Die unbeholfenen Flugversuche dieser Vögel amüsierten ihn. Sie schafften kaum fünf Meter, bevor sie wieder auf die Erde hinabsanken. Pfauen waren einfach zu schwer, um in der Luft zu bleiben. Wie verlassene Jumbojets in der Mojave-Wüste, dachte er. Große, plumpe Relikte aus längst vergangener Zeit. Etwas so Stolzes und gleichzeitig Nutzloses hätte eigentlich längst ausgestorben sein müssen. Und dennoch gab es Pfauen immer noch. Sie bestanden fort. Wahrhaft bemerkenswert.

Der Prinz senkte den Blick auf seinen BlackBerry und las seine E-Mails. Der Gedanke an Flugzeuge hatte ihn an sein Flughafenprojekt erinnert. Auch Faisal teilte seine Begeisterung, wie ihm aufgefallen war. Wo dessen plötzlicher Enthusiasmus herkam, konnte er nicht sagen, aber Vater und Sohn waren sich einig, dass das Projekt viele Möglichkeiten bot. Der Prinz lächelte in sich hinein. Möglichkeiten, die sich zu gegebener Zeit voll entfalten würden.

Aber bis dahin würden noch Monate ins Land gehen. Es gab viel zu tun, angefangen bei der Ausbesserung der Start- und Landebahn. Sie musste verstärkt werden, wenn sie regelmäßig größeren Flugzeugen standhalten sollte.

Carlyle tauchte neben seiner Schulter auf. »Entschuldigen Sie die Störung, Hoheit.«

»Kein Problem, Thomas. Sie stören nie, das wissen Sie doch. Der Verlust der osteuropäischen Pizzabranche ist mein Gewinn.«

Dieser Witz war Carlyle im Laufe der Jahre vertraut geworden. Er lächelte seinen Arbeitgeber an. »Zu freundlich. Ich dachte, Sie sollten wissen, dass Brad Holahon tot ist. Wie er gestorben ist, weiß ich nicht, das geht aus den Sterbeanzeigen nicht eindeutig hervor, aber ich dachte, Sie möchten sie vielleicht trotzdem lesen.« Carlyle reichte ihm eine zwei

Wochen alte Ausgabe der *Times*. »Tut mir leid, ich habe gerade erst davon erfahren, sonst hätte ich Ihre Hoheit natürlich früher darauf aufmerksam gemacht.«

Der Prinz hob die Hände, um Carlyle zu bedeuten, dass er ihm die Verzögerung verzieh. »Eine ernste Angelegenheit, nicht wahr?«, fragte er.

Carlyle nickte. »Mr Holahon wird schmerzlich vermisst werden«, sagte er. »Er war Ihnen und Ihrer Familie eine große Hilfe. Viele Ihrer Investitionen gehen auf seine Empfehlungen zurück, darunter auch eine ganze Reihe Börsengänge von aufsteigenden Internetfirmen, wenn ich mich recht entsinne. Und natürlich hat er persönlich Ihre Bankkonten betreut. Ein äußerst zuverlässiger, diskreter Mann. Hundertprozentig vertrauenswürdig. Ich hatte immer ein gutes Gefühl dabei, Ihr Geld bei Holahon und der Higgs Bank zu wissen.«

»Hm, ja«, sagte der Prinz und strich sich über den Bart. Aufgeregte Flügelschläge zeugten von dem Versuch des männlichen Pfaus, auf einen Ast in der Nähe zu flattern. Die beiden Männer beobachteten seinen schwerfälligen Steigflug. »Er hält sich für einen König, nicht wahr?«, bemerkte der Prinz und zeigte auf den Vogel. »Aber er ist keiner. Es ist alles nur Show. Die Henne sieht seine Schönheit, sieht ihn hoch oben auf dem Ast sitzen und ist geblendet. Aber sie wird nicht mehr so beeindruckt sein, wenn er wieder herunterkommt, denn er wird auf die Erde stürzen, und es wird kein schöner Anblick sein. Vielleicht ist Mr Holahon auch gestürzt? Am Ende müssen wir alle wieder auf den Boden zurück.«

Die beiden Männer sahen sich einige Sekunden lang an, und ihre Augen schienen ein vertrauliches Gespräch miteinander zu führen. Dann wandten sie ihre Blicke wieder dem Pfau auf dem Baum zu.

»Ein wahrlich absurder Vogel«, sagte der Prinz. »Eigentlich

hat er kein Recht, in dieser Welt zu existieren, doch gelobt sei die Tatsache, dass es ihn gibt. Durch ihn wird die Welt bunter und schöner.«

Carlyle machte Anstalten davonzugehen. Ein leichter Regen hatte eingesetzt an diesem Nachmittag Ende März. In den Nachrichten war sogar von Schneewolken die Rede gewesen, die von den Vereinigten Staaten herüberzogen.

»Ach ja, Thomas«, murmelte der Prinz. »Könnten Sie mir einen großen Gefallen tun und herausfinden, wer sonst noch über die Umstände seines Todes Bescheid weiß? Ich hoffe, wir verstehen einander.«

»Es wird mir ein Vergnügen sein«, antwortete Carlyle. Er zog seinen BlackBerry aus der Jackentasche und warf einen Blick auf die Uhr. In New York war es fast elf Uhr vormittags. Zeit, ein paar Erkundigungen anzustellen. Er wusste auch schon, wen er zuerst anrufen würde.

Sie hatte sich noch immer nicht an das allmorgendliche Ritual gewöhnt. Jedes Mal, wenn sie sich den bombenfesten Sicherheitstüren des MI5 näherte und die Panzerglaszylinder aufschwangen und direkt nach ihr wieder zugingen, war Kate aufs Neue überrascht, dass sie ihr Eintritt gewährten. Willkommen in der Festung, schienen sie zu sagen. Geheimnisse entkommen uns nicht, denn wir schließen sie ein. Indem du durch uns hindurchgehst, betrittst du eine andere Welt. Hier drinnen ist alles versiegelt, verschlüsselt und verborgen.

Die Schuldgefühle, die die letzte Nacht in ihr ausgelöst hatte, hafteten an ihr wie ein Fleck auf ihrem Kleid. Dabei war es währenddessen ganz okay gewesen. Mehr als nur okay. Sie hatte sich amüsiert, war abgelenkt gewesen. Der Nachhall ihrer sexuellen Freizügigkeit, die heiße Scham, die auf die eigenartig unpersönliche Intimität folgte, fühlte sich gleichzeitig fremd und vertraut an. Sie war dankbar, dass ihre nächste vierteljährliche psychologische Beurteilung erst in zweieinhalb Monaten fällig war. Bei der letzten hatte der mit ihrer Einschätzung beauftragte Psychologe die Augenbrauen hochgezogen.

»Sie erinnern mich an einen Kerl, den wir mal beim MI6 hatten«, hatte er ihr mitgeteilt. »Im einen Quartal schnitt er hervorragend ab, im nächsten rangierte er ganz unten. Die Unbeständigkeit in Person. Irgendwann hatte er einen Zusammenbruch. Keine Ahnung, was aus ihm geworden ist. Angeblich ist er ein bisschen auf die schiefe Bahn geraten. Berufsrisiko, wie es so schön heißt.«

Sie gelobte sich Besserung. Sie würde mehr laufen, weniger ausgehen. Vielleicht wieder dem Laufsportverein beitreten, zu dem Michael sie damals mitgenommen hatte. Noch an diesem Abend würde sie ihre Mutter besuchen. Sie würde das Familienalbum mitnehmen und zulassen, dass die Frau, die sie zur Welt gebracht hatte, schonungslos ihre Vergangenheit durch den Dreck zog. O ja, das würde Margaret Pendragon gefallen.

Als sie mittags jedoch die puritanische Mahlzeit aus gedünstetem Gemüse und Buchweizennudeln betrachtete, mit der sie sich von ihren Schuldgefühlen reinwaschen wollte, drohten sich alle ihre guten Vorsätze zu verflüchtigen. Michaels Tod war nun schon fast vier Jahre her, und sie fühlte sich immer noch an den meisten Tagen so, als würde sie sich von innen her auflösen, als würde ihr Ich sprudelnd immer kleiner werden, wie eine Kopfschmerztablette in einem Glas Wasser. Es würde noch eine Zeit lang schäumen, und dann war nichts mehr von ihr übrig.

Mit einem Zischen schwangen die Sicherheitstüren auf, als sie mit ihrem Gericht aus der nahe gelegenen Nudelbar ins

Gebäude zurückkehrte. Sie betrat den Glaszylinder und wartete, bis der Iris-Scanner sie erkannt hatte. Noch ein Zischen, und sie konnte weitergehen in das riesige Atrium mit seiner beeindruckenden begrünten Wand und dem breiten, holzgetäfelten Empfang, der auch im Savoy nicht fehl am Platz gewirkt hätte. Unter ihren Pumps spürte sie die beruhigende Glätte des Marmorbodens. So viel Pracht, dachte sie, und fast niemand kriegt sie je zu sehen.

»Ah, da bist du ja. Ich dachte schon, du hättest dich mal wieder mit deinen Laufschuhen aus dem Staub gemacht.« McLure kam ihr mit federnden Schritten entgegen.

Seine Begeisterung verwirrte sie. Davon war nicht viel zu spüren gewesen, als sie … Sie bemühte sich, den Gedanken zu verdrängen. Die Zeiten waren vorbei, sie war jetzt ein anderer Mensch, fing noch einmal von vorn an. Ein unbeschriebenes Blatt. Stunde null. Sie lächelte ihm zu. »Sorry, ich brauchte dringend ein paar Kohlenhydrate. Aber jetzt bin ich ja wieder da. Warum bist du so aufgekratzt?«

»Vielleicht, weil der verdammte Container endlich weg ist, aber wahrscheinlich liegt es eher daran, dass mich eine Reise nach New York erwartet. Ich war seit Jahren nicht mehr im Big Apple. Kurz nach unserer Hochzeitsreise sind wir mal dort gewesen. Ich wollte ins Metropolitan Museum, sie zu Saks. Der totale Albtraum. Ich hätte damals schon wissen müssen, dass das mit uns nichts wird.«

Sie nickte. »Geschäftlich oder privat?«

»Geschäftlich.«

»Aha. Ich vermute, unsere Freunde jenseits des Großen Teichs wollen mit dir sprechen. Wegen der Higgs-Konten, die wir uns angesehen haben? Geht es um die Schwarzgeldgeschäfte, die in meinem Bericht auftauchen? Die Risikobewertung?«

»Ja«, antwortete McLure stirnrunzelnd.

Ihr war klar, dass er nicht begeistert war von ihrem Schnellfeuer an Fragen, aber es war ihr gutes Recht, sie zu stellen. Schließlich war es *ihr* Bericht, mit dem er vor den Amerikanern herumzuwedeln gedachte. Sie wollte wissen, warum er ihn als Köder benutzte. Was hoffte er damit zu erreichen?

»Die Amerikaner wissen also, dass wir immer noch an Holahon dran sind?« Sie beobachtete, wie sich die Furchen in McLures Stirn weiter eingruben.

»Ich habe erwähnt, dass er für uns von Interesse ist, ja. Und betont, dass wir ganz ergebnisoffen untersuchen, ob sein Tod mit seinem Berufsleben zu tun hatte. Natürlich habe ich ihnen auch gesagt, dass wir derzeit nicht für die Mordermittlungen verantwortlich sind, sondern uns primär für Higgs interessieren. Ich habe diesbezüglich um Unterstützung gebeten, und erstaunlicherweise schien ihnen daran gelegen, meiner Bitte nachzukommen. Sehr gelegen sogar. Vielleicht war mein Urteil von neulich ja doch ein bisschen hart. Die Sonderbeziehung scheint noch zu existieren. Zumindest dann, wenn wir mal wieder wegschauen sollen, weil die Amerikaner hochrangige Terrorverdächtige nach Diego Garcia bringen. Dem Himmel sei Dank für die entlegenen Überreste des Britischen Empire. Sehr praktisch, um heimlich Bösewichte zu verstecken. Dadurch sind wir immerhin noch ein bisschen von Nutzen für unsere amerikanischen Freunde.«

Sie gingen zu den Aufzügen in der hinteren Ecke des Atriums. An einer großen Pinnwand hingen Anschläge, auf denen neue Mitglieder für die Mitarbeiter-Fußballmannschaft gesucht, Preisnachlässe auf Pilateskurse gewährt oder Hypnosesitzungen für Raucher angeboten wurden, die ihr Laster endlich loswerden wollten. Wie in jedem x-beliebigen anderen Büro auf der Welt, dachte Kate. Im Prinzip unterschied sich eine Sicherheitsbehörde gar nicht so sehr von beispielsweise einem Finanzdienstleister. In beiden Branchen ging es um Absicherung, um Risikobewertung. Darum, Informationen zu durchsieben und herauszufinden, was nützlich war und was verworfen werden konnte. Ohne das blöde Machogehabe und die groteske, selbstverherrlichende Mythologie, mit denen sich die Geheimdienste umgaben, wäre ihre Arbeit ein Job wie jeder andere gewesen, gebrandmarkt als öde und langweilig. Mit langweilig konnte sie leben. Michael hatte nicht mit langweilig leben können, das war sein Problem gewesen. Und jetzt war es ihr Problem. Nachdem sie einen der Aufzüge betreten hatten, sagte sie an McLure gewandt: »Trotzdem irgendwie komisch, dieser plötzliche Eifer, mit uns zusammenzuarbeiten.«

»Da gebe ich dir vollkommen recht. Zuerst wirkten sie nicht besonders beunruhigt, aber dann habe ich die von dir aufgespürten Vorgänge in der Schweiz, auf den Cayman-Inseln und in Liechtenstein erwähnt, und plötzlich kam der Stein ins Rollen. Es konnte ihnen gar nicht schnell genug gehen mit dem Treffen. Ich fliege daher morgen schon und hänge am Ende noch einen Kurzurlaub dran. Bei unserem Gehalt bleibt uns ja nichts anderes übrig, als zu schauen, wo wir bleiben. Wirklich erbärmlich. Wenn die Leute wüssten, wie wenig wir hier verdienen, hätten wir ernsthafte Nachwuchssorgen. Dieses Problem haben unsere amerikanischen Freunde nicht. Bei ihnen sind die Geheimdienste eine einzige große Gelddruckmaschine.«

Mit einem *Ping* ging die Aufzugtür auf. Kate drehte sich um. »Ich forsche auf jeden Fall weiter nach. Seltsamer Zufall, aber Higgs' größter Kunde, ein Saudi-Prinz, besitzt ein Anwesen nur knapp zwei Kilometer vom Fundort von Holahons Leiche entfernt. Ihm gehört außerdem ein Flughafen in der

Nähe. Der Prinz ist das, was man im Londoner Bankenviertel einen Wal nennt: ein Kunde, dessen unermesslicher Reichtum fast schon über den Erfolg oder Misserfolg einer Bank entscheiden kann, abhängig natürlich davon, wie viel seines Vermögens er dieser Bank anvertraut. Das alles steht wahrscheinlich in keinerlei Zusammenhang, aber interessant ist es trotzdem.«

Sie blieben vor Kates Büro stehen. McLure legte seine Hand an ihren Ellbogen und sah sie prüfend an. Er schien sich ernsthaft Sorgen um sie zu machen. Herrje, sie musste ja furchtbar aussehen, wenn selbst McLure Mitleid mit ihr empfand. »Alles okay bei dir?«, fragte er.

»Alles super. Der Todestag rückt nur näher. Das dürfte mich eigentlich nicht mehr so fertigmachen. Tut es aber.«

»Ich weiß. Du kommst schon noch an den Punkt, an dem es dir nicht mehr so viel ausmacht. Lass dir Zeit.«

»Danke. Es bedeutet mir viel, dass du das sagst.«

McLure lächelte ihr zu. »Dafür bin ich doch da. Dafür hätte ich von Anfang an da sein sollen. So ist das: Wenn man sich mit etwas nicht genug Zeit lässt, macht man Fehler.«

Sie beobachtete, wie McLure den Flur entlang davonging. Er war widersprüchlich, schmierig, impulsiv, launisch, liebenswürdig, aufmerksam, voller Ängste. Er war menschlich. Geheimagenten sind wirklich nichts Besonderes, dachte sie. Trotz ihrer vierteljährlichen psychologischen Beurteilungen waren sie genau wie alle anderen. Hatten Angst vor dem Alleinsein. Angst davor, die falschen Entscheidungen zu treffen. Angst davor, eines Tages spurlos von dieser Erde zu verschwinden.

# Kapitel 4

Sorrenson betrachtete die Szenerie, die sich ihm bot. Es war stürmisch, und auf dem Ärmelkanal tanzten Schaumkronen. Windböen peitschten gegen die Küste der Halbinsel. Auf Traitor's Point schien eine strahlende Aprilsonne herab, und in der Ferne sah er Kitesurfer durch die Luft springen. Wenn ich fünf Jahre jünger wäre, hätte ich diesen Sport bestimmt auch ausprobiert, dachte er. Kitesurfen war anders als jede andere Sportart, die er kannte. An besonders windigen Tagen schwebten die Surfer sekundenlang meterhoch über dem Wasser. Sie erhoben sich so mühelos in die Lüfte, als trügen sie Raketenrucksäcke, bevor sie wieder hinabsanken und weiße Gischt aufwirbelnd die Wellen abritten.

Aber er war schon fast näher an den fünfzig als an den vierzig Jahren, und es hätte viel zu sehr dem Klischee von der Midlife-Crisis entsprochen, in diesem Alter noch mit einer neuen Fun-Sportart anzufangen. Er würde es beim Joggen belassen. Laufen war im Grunde eine Möglichkeit, die Zeit anzuhalten und dem Verfall entgegenzuwirken. Es war so etwas wie eine Versicherung, die man gegen das Älterwerden abschloss. Je mehr es wehtat und je mehr man schwitzte, desto besser war es für die Gesundheit.

Sorrenson ging auf Bill Henrys Hütte zu. Dahinter hingen zwei hölzerne Fischerboote an einer rostigen Winde, die eigentlich in ein Museum gehörte. Bill Henry, der einzige noch aktive Fischer der Halbinsel, saß auf einem wackligen Campingstuhl und blickte aufs Meer hinaus. Er wandte den Kopf, als er Sorrensons Laufschuhe über den Kies knirschen hörte. »Davey hat schon angekündigt, dass Sie vielleicht bei mir auftauchen. Ich hätte Sie früher erwartet.«

Sorrenson nickte zur Begrüßung. »Hallo, Bill. Ich dachte, ich schaue ganz ungezwungen auf meiner Joggingrunde bei Ihnen vorbei, damit Sie sich nicht so bedrängt fühlen. Wie die Dinge stehen, haben Sie auch so schon genug Kummer mit uns. Wie war der Fang?«

»Unbrauchbar, wie immer. Hier gibt's heutzutage einen Scheiß für uns zu fischen. Ein paar wenige Makrelen, hin und wieder einen Weißfisch. Tja, es hat schon seinen Grund, dass von hier aus keine Fischerboote mehr in See stechen, Mr Sorrenson. An der Supermarktkasse lässt sich mehr verdienen.«

Sorrenson hörte Henrys rührselige Geschichte vom armen Fischer nicht zum ersten Mal und wusste daher, dass sie erstunken und erlogen war. Henry spann Seemannsgarn, das länger war als eine Angelschnur. »Wie kommt es dann, dass Sie immer noch weitermachen?« Halte ihn bei Laune, dachte Sorrenson. Sorge dafür, dass er sich entspannt und die Maske fallen lässt.

Henry zuckte mit den Schultern. »Tu ich ja eigentlich gar nicht. Mein Geld verdiene ich mit Angelausflügen für Touristen. Hauptsächlich Londoner, die sich schon über ein paar wenige kleine Fische freuen.« Er machte eine ausschweifende Geste. »Das hier … na ja, das bringt kaum noch was ein. Ich mache es eigentlich nur, weil mein Vater schon Fischer war, und mein Großvater auch. Aus Respekt vor ihnen sozusagen. Nicht, weil ich damit die Miete begleichen könnte.« Er hielt ein Fischernetz hoch, damit Sorrenson es begutachten konnte.

»Ganz schön einsam hier, was?« Sorrenson zeigte die Halbinsel hinunter.

»Kommt darauf an, was Sie unter einsam verstehen. An Lebewesen herrscht hier kein Mangel. Die Halbinsel beherbergt eine der größten Vogelpopulationen Europas. Was die Leute, die die Flughafenerweiterung genehmigt haben, natürlich nicht die Bohne interessiert. Keine Ahnung, wie es jemand für eine gute Idee halten kann, neben Millionen von Vögeln einen Flughafen zu bauen. Die Vogelschlaggefahr muss doch himmelhoch sein – im wahrsten Sinne des Wortes. Aber es könnte deutlich schlimmer sein. Der Flughafen könnte auch neben einem Atomkraftwerk liegen. Stellen Sie sich vor, was passieren würde, wenn ein Jumbojet hineinstürzt! Das wäre der Weltuntergang, Gott steh mir bei.«

Henry bot Sorrenson eine Zigarette an.

»Nein danke.«

»Sie sehen auch nicht aus, als würden Sie rauchen«, sagte Henry nach einem Blick auf die Joggingschuhe und die Laufweste des Detective.

Sorrenson räusperte sich. »Tja, Sie wissen ja, warum ich hier bin.«

»Stimmt. Davey hat Ihnen die Wahrheit gesagt. Er ist damals wirklich um kurz nach zehn bei mir aufgetaucht und hat ein knappes Dutzend geräucherte Makrelen von mir gekauft.«

»Das glaube ich ihm sogar. Haben *Sie* vielleicht irgendetwas gehört oder gesehen?«

Henry schüttelte den Kopf. »Nein. Davey hat mir von dem Transporter erzählt, aber ich habe nichts gehört. Möglicherweise weil ich total zugekifft war und die Musik voll aufgedreht hatte. Steeleye Span.«

»Oha, mit dem Zeug sollten Sie aufpassen. Ich meine die Musik. Damit gefährden Sie ernsthaft Ihre Gesundheit. Halten Sie sich lieber an die Drogen. Und wenn Ihnen zu der besagten Nacht noch etwas einfällt, rufen Sie mich an, okay?«

Sorrenson gab Henry seine Visitenkarte und wandte sich zum Gehen.

Der Fischer lachte. »Da haben Sie absolut recht. Ich nehme an, es geht um die Leiche?«

»Welche Leiche?« Sorrenson war überrascht. Es hatte keine Pressemitteilung bezüglich des Leichenfunds gegeben, und während der Ermittlungen zur Identifizierung der Leiche war eine Nachrichtensperre verhängt worden. Danach hatten sich dann die Geheimdienste eingeschaltet und der Presse einen Knebel verpasst, und damit war die ganze Angelegenheit wieder in der Versenkung verschwunden. Es war beinahe so, als wäre nie eine Leiche am Strand angeschwemmt worden. Aber nur beinahe, denn es wussten bereits zu viele Menschen, was passiert war, wie Sorrenson einräumen musste. Die Schulkinder hatten bestimmt von ihrer Erfahrung erzählt. Inzwischen wusste es vermutlich die ganze Küste. Gerüchte waren in dieser Gegend eine wichtige Währung.

»Die Leiche, die unten am Traitor's Point gefunden wurde. Sie haben Männer auf Ihrer Wache, die im Pub nicht die Klappe halten können, Sorrenson.«

»Sollten sie aber.«

»Tun sie nicht. Reden ist Silber und so. Die Leiche habe ich übrigens nie gesehen, falls Sie sich das gefragt haben. Ich war gerade weg, als sie gefunden wurde. Bei meiner Schwester. Können Sie gerne nachprüfen.«

Jetzt war Sorrenson mit dem Lachen an der Reihe. »Sie stehen nicht unter Verdacht, Bill.«

»Müsste ich aber eigentlich, habe ich mir überlegt. Oder jemand anders aus der Gegend.«

»Wie meinen Sie das?«

»Na ja, wenn ich es richtig verstanden habe, wurde die Leiche am Strand gefunden, direkt oberhalb von Traitor's Point.«

»So ist es.«

»Ich lebe schon mein ganzes Leben auf dieser Halbinsel.«

»Okay.«

»Und ich kann Ihnen versichern, dass am Traitor's Point nichts am Strand angeschwemmt wird. Die Strömung zieht dort entweder alles weit aufs Meer hinaus oder um die Küste herum Richtung Dover.«

»Was wollen Sie mir damit sagen? Dass es sich um ein ungewöhnliches Vorkommnis handelt?«

»Möglicherweise, aber ich bezweifle es. Fragen Sie sich doch mal selbst, wie es sein kann, dass eine Leiche meterweit vom Wasser entfernt an einem Strand gefunden wird, dessen Meer sein Eigentum niemals herausrückt.«

Sorrenson wurde unsicher. Er hatte etwas übersehen. Sie hatten alle etwas übersehen.

»Ich sage Ihnen, wie das sein kann: Die Leiche war nie im Meer.« Henry zog an seiner Zigarette und grinste in die Mittagssonne hinauf. »Traitor's Point. Interessanter Ort, um eine Leiche abzulegen, meinen Sie nicht auch? Als hätte jemand damit eine Botschaft vermitteln wollen. Eine Art Warnung oder so was.«

Reynolds betrachtete die Dokumente, die vor ihm auf dem Schreibtisch ausgebreitet waren. Er hätte sie sich auch auf dem Bildschirm ansehen können, aber er empfand es als beruhigend, sie in Papierform vorliegen zu haben. Und eine Beruhigung war dringend nötig, denn der Inhalt der Dokumente war unergründlich, völlig unzugänglich, eine scheinbar endlose Reihe von Zahlen, Codes und Buchstaben. Zum Glück besaß Higgs blitzschnelle Superrechner, die diese Daten mühelos durchschauten und verarbeiteten, wie Reynolds sich einredete. Aber irgendwie machte ihm dieser Gedanke auch

Angst und erinnerte ihn an einen Science-Fiction-Film. Wir werden von Maschinen kontrolliert, dachte er.

Gelner hustete und räusperte sich. Reynolds warf seinem Stellvertreter einen wachsamen Blick zu. Sein sechster Sinn sagte ihm, dass schlechte Nachrichten auf ihn zukamen. Die Kollision schien unmittelbar bevorzustehen, und sie versprach heftig zu werden.

»Das sind die Konten, wegen deren der britische Geheimdienst uns um Hilfe gebeten hat. Alle wurden von Holahon eingerichtet, ausnahmslos in Steuerparadiesen.«

»Verstehe.« Reynolds wappnete sich für den Aufprall.

»Die meisten Konten stellen kein Problem dar«, fuhr Gelner fort. »Holahon hat viel für russische Oligarchen gearbeitet und Konten für sie eröffnet, hauptsächlich in Zypern, um Fluchtgeld für sie zu waschen. Aber es ist nichts dabei, was Auswirkungen auf die nationale Sicherheit hätte, zumindest in unseren Augen. Es ging beziehungsweise geht wahrscheinlich immer noch um ein Steuersparmodell im größeren Stil, nicht wirklich um offene Steuerhinterziehung. Fast schon legal. Für so etwas werden sich die Briten nicht interessieren, das ist sozusagen B-Ware. Nichts Enthüllendes. Wenn die anfangen würden, uns mit so etwas zu kommen, würden sie eine Diskussion über ihre eigenen Steueroasen auslösen, und das kann nicht in ihrem Sinne sein.«

»Fahren Sie fort.«

Gelner blinzelte aus dem Fenster in den New Yorker Frühlingsmorgen hinaus. Er suchte nach den richtigen Worten. Je weniger aufwiegelnd, desto besser.

»Was am Ende herauskommt, kann genauso gut schon am Anfang herauskommen«, blaffte Reynolds ungeduldig. »Mit dieser Maxime von Kissinger ist man in schwierigen Situationen immer gut beraten.«

Gelner schob seine rahmenlose Brille hoch, die ihm auf die Nase gerutscht war. »Also gut. Fazit ist, dass eins der Konten, für die sich die Briten interessieren, einem Geheimdienstinformanten gehört.«

»Welchem?«

»Unserem Lieblingsprinzen.«

»Aldud?«

Gelner nickte.

»Ach je, ausgerechnet der.« In Reynolds stieg Übelkeit auf. Der Prinz hatte die Financial Intelligence Unit im Laufe der Jahre immer wieder mit nützlichen Informationen gefüttert, als Gegenleistung dafür, dass die US-Behörden sich nicht für seine Geschäfte interessierten. Es war die ideale Symbiose gewesen, doch damit würde es vorbei sein, wenn sie ans Licht der Öffentlichkeit gezerrt wurde.

»Tja«, entgegnete Gelner und beobachtete, wie das Gesicht seines Vorgesetzten rot anlief vor Verärgerung. »Knifflige Situation.«

»Was Sie nicht sagen«, knurrte Reynolds. »Welchem Zweck diente das Aldud-Konto?«

»Es diente zwei Zielen: Erstens gingen Bestechungs- und Schmiergelder von Waffengeschäften darauf ein. Wie Sie vielleicht noch aus dem nachrichtendienstlichen Steckbrief wissen, war der Prinz für verschiedene nahöstliche Regimes tätig, für die er sich um die Waffenbeschaffung kümmerte. Und in dieser Funktion vermittelte er natürlich auch den großen amerikanischen Rüstungsunternehmen Verträge. Sein Anteil am Kuchen floss auf das Konto. Als die Sache zu heiß wurde, mussten wir die diesbezügliche Kooperation einstellen. Es gab ein Gerichtsverfahren, und verschiedene Waffenhersteller mussten nicht unerhebliche Geldstrafen entrichten – Sie erinnern sich sicher. Doch das Konto diente auch dem Kauf von

Waffen. Hunderttausende Kalaschnikows und kleinere Mengen Pistolen – hauptsächlich italienische Berettas – wurden damit erworben. Die Waffen wurden aus China und anderen zentralasiatischen Staaten nach ganz Europa verschifft, und die meisten fanden irgendwann ihren Weg nach Afrika. Viele haben wir ganz aus den Augen verloren. Einige landeten in den Händen terroristischer Splittergruppen im Irak, Sie erinnern sich.«

Reynolds erinnerte sich in der Tat. Er hatte den Plan gebilligt, er war genial gewesen. Durch die Unterstützung dieses Waffendeals war es ihnen möglich gewesen, den Transport der Waffen um den ganzen Globus zu verfolgen. So hatten sie die Größenordnung des jeweils bevorstehenden Blutbads anhand der Anzahl der Waffen abschätzen können, die in das Krisengebiet flossen. Eine äußerst nützliche Information.

Aber das hätten die meisten Kongressabgeordneten nicht verstanden, wie Reynolds wusste. Es gab Dinge, die man zum Wohle der Nation besser verschwieg. Die Vereinigten Staaten hatten schon genug Sorgen: die Wirtschaft, die Klimaerwärmung, die Amokläufe an den Highschools. Sie sollten sich nicht auch noch wegen ihrer Rolle beim Anheizen internationaler Konflikte grämen müssen. Außerdem tat die Higgs Bank ja nichts Illegales. Genau wie die Financial Intelligence Unit hatte sie ein Mandat, das irgendjemand irgendwo abgesegnet hatte. Der Waffendeal war genau die Art von Transaktion, für die Higgs gegründet worden war. Trotzdem war es besser, nicht zu viel Aufmerksamkeit darauf zu lenken. Reynolds zeigte mit dem Finger auf Gelner. »Also, was sagen wir den Briten?«

Gelner schüttelte den Kopf. »Ich weiß es nicht. Für außenpolitische Beratung werde ich nicht bezahlt. Bei dieser Sache werden Sie Hilfe brauchen. Weihen Sie Carey ein.«

Reynolds blickte aus dem Fenster. Der Vormittag versprach

warm zu werden. Ihnen stand ein schöner Frühlingstag bevor, ein guter Tag, um ihn im Freien zu verbringen. An so einem Tag wäre er gern Bauarbeiter gewesen.

Sie musterte die Kunstwerke unvoreingenommen. Ihr Wissen über die Künstler – oder vielmehr die Verfassung der Künstler – sollte ihr Urteil nicht trüben. Das wäre nicht fair gewesen, fand Kate. Es wäre sogar Verrat gewesen.

Die meisten Bilder, die auf dem Flur an der Wand hingen, waren auffällige Ölgemälde, große, mit kräftigen Farben bemalte Leinwände. Für Schattierungen war wenig Raum, die Pinselstriche wirkten hastig, übereilt. Verständlicherweise. Wenn man nur noch wenige Wochen zu leben hatte, waren Details nicht mehr so wichtig. Es zählte das große Ganze, der Zusammenhang. Das Abstrakte. Man wollte schnell etwas auf die Leinwand bringen, hatte es eilig. Man wollte etwas hinterlassen. Irgendetwas.

»Mrs Pendragon ist jetzt bereit, Sie zu sehen.« Eine Krankenschwester war neben ihr aufgetaucht. Kate riss ihren Blick von der Kunstausstellung der Palliativstation los und ging langsam den Flur entlang zum Zimmer ihrer Mutter, das im hinteren Trakt der Privatklinik lag. Unter dem Arm trug sie das Familienalbum und auf dem Gesicht ein aufgesetztes Lächeln.

Sie war entsetzt über das Aussehen ihrer Mutter. Ihr Gesicht war grau und stumpf, und sie wirkte so zerbrechlich, so klein. Es war kaum noch etwas von ihr übrig. Jede Minute schien sie ein wenig mehr zu verschwinden. Ihre mageren Handgelenke sahen aus, als würden sie umknicken, wenn sie auch nur versuchte, eine Teetasse anzuheben, und ihre Haare, auf die sie einmal so stolz gewesen war, standen in schütteren Büscheln vom Kopf ab. Es war grotesk. Ihre Mutter war mehr tot als lebendig, und trotzdem klammerte sie sich am Leben fest. Sie war immer schon stur gewesen. Bei diesem Mann war das auch nötig gewesen. Kate beugte sich über sie und küsste ihre kalte Stirn.

Ihre Mutter stöhnte und öffnete die Augen. Mehrere Minuten lang sagte sie nichts, während sie ihre Tochter mit halb totem Blick musterte. »Also«, sagte sie schließlich.

»Also, da bin ich und habe das Album mitgebracht, wie wir es vor ein paar Tagen besprochen haben. Das von dir, mir und Dad. Als ich noch klein war.«

Ihre Mutter schwieg weiter. Kate glaubte, ein leichtes Nicken wahrzunehmen, ein Zittern, das Zustimmung ausdrückte. Sie klappte das Album auf, blätterte durch die Seiten mit den Fotos, hielt sie ihrer Mutter hin, damit diese sie ebenfalls betrachten konnte. Und wartete auf den Angriff. Gift und Galle waren besser als gar nichts.

In den ersten Wochen nach Ausbruch der tödlichen Krankheit ihrer Mutter hatte Kate mit Erschrecken beobachtet, wie der verordnete Medikamentencocktail seine giftige, zerstörende Wirkung entfaltet hatte. Ihre Mutter hatte sich von einer starken, würdevollen Frau, die stolz war auf ihre Errungenschaften, ihre Ehe, ihre Tochter, in einen geifernden Drachen verwandelt, den Kate nicht wiedererkannte. Die haselnussbraunen Augen ihrer Mutter waren im Dämmerlicht ihres Krankenzimmers kohlrabenschwarz geworden und ihre Zähne gelb. Bei jedem Besuch schien ihr totenähnliches Aussehen dramatischer zu werden. Irgendwann hatte Kate angefangen, die Ausflüge von ihrer Wohnung in der Londoner Innenstadt zu der am Rand des Regent's Park gelegenen Klinik zu fürchten.

Ihre Mutter, die Margaret hieß, aber von allen Maggie genannt wurde, zeigte auf ein Foto. Kate betrachtete es. Darauf waren sie und ihre Eltern in Keswick im Lake District zu sehen, beim Besuch eines Bleistiftmuseums. Vor allem die ausgehöhlten Spezialbleistifte, in denen Spione im Zweiten Weltkrieg Geheimbotschaften versteckt hatten, hatten Kate damals fasziniert. Jetzt erschienen sie ihr drollig und altmodisch. Heutzutage bestand die Welt aus Superrechnern und verschlüsselten Zahlenreihen und Codes. Alles war so viel rasanter und komplexer geworden, aber auch uninteressanter. Die Spionagebranche bildete diesbezüglich keine Ausnahme. Ihre Mutter tippte mit einem Finger auf das Foto. »Das war ein furchtbarer Urlaub«, krächzte sie. »Warum mussten wir unsere Ferien immer an derart trostlosen Orten verbringen? Warum sind wir nicht in fremde Länder geflogen wie andere Familien? Irgendwohin, wo es warm ist.«

Der Krebs tötete einen Menschen nicht nur einmal, wie Kate mit der Zeit erkannt hatte. Nein, er tötete ihn mehrmals, denn die Schmerzen und die Medikamente vergifteten Körper und Verstand und verwandelten den Kranken in eine andere Person, eine Person, die hassen konnte. Ihre Mutter hatte sämtliche Familienurlaube in vollen Zügen genossen, vor allem die im Lake District. Von den exotischen Reisen war sie weit weniger begeistert gewesen, wie Kate nun wieder einfiel. Sie hatte sich Sorgen wegen der hohen Kosten gemacht. Kate blickte auf Maggie hinab und fragte sich, ob sie anfangen sollte, um sie zu trauern. Ihre Mutter war schon jetzt nicht mehr da. Sie befand sich in einem Raum mit einer Fremden, einer unangenehmen Zeitgenossin noch dazu. Rasch blätterte sie ein paar Seiten weiter.

»Oh, du warst so hübsch als kleines Mädchen«, flüsterte Maggie, nachdem wieder einige Minuten schweigend vergangen waren. Mit ihrem knochigen Finger fuchtelte sie vor der aufgeschlagenen Albumdoppelseite herum, auf der ein

Foto von Kate mit etwa neun Jahren klebte. Sie starrte frech in die Kamera. Ihr Gesicht war jungenhaft, ihre Haare lang und seidig. Im Hintergrund erkannte Kate das Meer und leuchtend weißen Sand. Wahrscheinlich die Seychellen, dachte sie.

Ihre Mutter stieß etwas Unverständliches hervor, holte Luft und versuchte es erneut: »Ich hatte so große Hoffnungen in dich gesetzt. Du warst so ein glückliches Kind, und jetzt scheinst du kaum noch zu lächeln. Ich weiß, du hast deine Gründe. Michael natürlich. Und die Tatsache, dass du keine … du weißt schon. Aber ich glaube, du warst schon lange vorher unglücklich.« Ihre Stimme wurde immer leiser und verstummte dann. Ein röchelndes Geräusch verriet, dass sie eingeschlafen war.

Die Fahrt zur Klinik hatte sich kaum gelohnt. Kate fragte sich, ob die Träume ihrer Mutter genauso verbittert waren wie ihre Wahrnehmung der Realität. Sie hoffte es nicht. Maggie war ein wunderbarer, inspirierender Mensch gewesen. Und jetzt war sie dabei, mutwillig die Vergangenheit zu zerstören. Soll der Krebs ruhig weiter wüten, dachte sie trotzig, er wird dennoch nicht den Sieg davontragen. Man konnte diese Krankheit mit Medikamenten bekämpfen, und man konnte sie mit Liebe bekämpfen. Kate hatte sich für die Liebe entschieden. Sie liebte ihre Mutter zu sehr, um noch auf das zu hören, was sie sagte.

Während sie den Klinikflur entlangging, drängte sie blinzelnd ihre aufsteigenden Tränen zurück. In ihrer Jacke vibrierte es. Sie zog ihr Handy heraus und sah, dass sie eine neue SMS von einem unbekannten Absender hatte. Dann ging ihr auf, dass die Nachricht von dem Kriminalbeamten stammen musste, mit dem sie sich an der Küste getroffen hatte. Sie musste den kryptischen Text zweimal lesen, bis sie ihn verstanden hatte: *Ihr Banker war nie im Meer.*

# Kapitel 5

Die beiden Männer bewegten sich durch den Mittagspausenansturm, schlängelten sich durch den Fußgängerverkehr, der um diese Zeit im Central Park herrschte. Die Sonne schien, und es war bald Ostern. Über der Stadt lag eine entspannte Ferienstimmung, wie an Mardi Gras, nur geruhsamer. Die Leute lächelten, und das frostige Frühjahr war vergessen.

Carey und Reynolds hielten Styroporbecher mit Kaffee in den Händen und Papiertüten mit Sandwiches. Ihre missmutigen Gesichter standen im Widerspruch zu der ausgelassenen Menschenmenge um sie herum. Sie sahen aus wie kürzlich entlassene Banker, die über ihre Jobaussichten diskutierten.

Die beiden Männer waren unterwegs zu ihrem Lieblingsort, den Baseballfeldern an der North Meadow im Zentrum des Parks. Dorthin gingen sie immer, wenn es schlechte Neuigkeiten zu besprechen gab. Die riesige öffentliche Grünfläche war der abgeschiedenste Ort, der sich in New York finden ließ. Diese Stadt erlaubte keine Geheimnisse.

»Schwierig, im Büro offen zu reden«, sagte Carey. »Da weiß man nie, wer alles zuhört.«

»Hier bräuchte man schon ein hochsensibles Mikro, um uns zu belauschen«, erwiderte Reynolds. »Wie das, das wir bei der UN verwenden. Aber betrachten wir unsere Ungestörtheit lieber nicht als selbstverständlich.«

»Alles klar, verstanden«, antwortete Carey. »Du willst sicher mit mir besprechen, was wir den Briten sagen sollen.«

»Ja«, bestätigte Reynolds. »Ich brauche eine ungefähre Vorgabe, wie kooperativ wir uns zeigen sollen. Die Briten glauben, sie wären da auf etwas gestoßen. Sie haben einen toten Mann, der bei Higgs gearbeitet und ein paar interessante Kunden betreut hat. Inzwischen haben sie eine Ahnung davon, wie alles zusammenhängt, und setzen das Puzzle Stück für Stück zusammen. Natürlich sind sie noch lange nicht am Ziel, aber eine grobe Vorstellung haben sie bereits. Ihr Kontaktmann wird heute Abend in der Stadt sein und hat um ein Treffen gebeten. Die Sache wurde ganz offiziell auf dem Dienstweg arrangiert. Das Außenministerium ist informiert. Wir können nicht wirklich Nein sagen. Sonderbeziehung und dieser ganze Mist.«

Carey brach ein Stück von seinem Sandwich ab und starrte es ein paar Sekunden an, als wollte er es verhören. »Mir scheint, als wüssten diese Leute genauso wenig oder genauso viel wie wir. Sie haben die Konten vorliegen, die Namen der Kontoinhaber, und ihnen ist klar, dass Milliarden Pfund durch diese Konten fließen. Jetzt wollen sie herausfinden, ob wir mehr wissen als sie, das ist alles. Sie fischen nur ein bisschen im Trüben. Entspann dich. Für sie sieht Higgs aus wie jede x-beliebige Bank. Sie hat ein paar dubiose Kunden, einen schlechten Ruf und einen Haufen uneinbringliche Forderungen. Na und? Das hat jede andere Wall-Street-Bank auch.«

Die Sprinkleranlage nahm zischend ihren Dienst auf und sprühte schimmernde Tröpfchen über die Baseballplätze. Die beiden Männer saßen minutenlang schweigend da und betrachteten den glitzernden Rasen.

Careys Nähe machte Reynolds nervös. Er fragte sich, wie lange es wohl dauern würde, bis Carey herausfand, was er selbst bereits wusste. Als Reynolds wieder das Wort ergriff, klang seine Stimme abgehackt, verhalten. »Wissen wir irgendetwas darüber, wie Holahon gestorben ist?«

Carey nahm einen Schluck von seinem Kaffee und ließ die Frage nachklingen. »Ich werde mich erkundigen.«

»Willst du damit bis zu Brandeis gehen?« Reynolds bemühte sich um einen ruhigen Tonfall. Er musste die Antwort wissen. Wenn Brandeis, der Vorstand der Financial Intelligence Unit, in das Chaos um die Higgs Bank hineingezogen wurde, bestand die ernste Gefahr, dass alles außer Kontrolle geriet. Reynolds hatte ohnehin schon das Gefühl, Tag für Tag tiefer in der Scheiße zu versinken. Wenn jetzt auch noch Brandeis eingeschaltet wurde, verhieß das überhaupt nichts Gutes.

Careys Antwort gab ihm den Rest.

»Ich denke, wir sollten ihn zumindest vorwarnen. Die Briten werden auch mit jemandem von der Higgs Bank sprechen wollen. Sie fragen übrigens immer noch, ob Holahon einer von uns war. In Anbetracht seiner Kunden haben sie wohl so ihre Vermutungen. Wahrscheinlich glauben sie, dass er uns mit Insiderinfos versorgt hat.«

Reynolds gelang es nicht mehr, die Besorgnis aus seiner Stimme zu verbannen. »Hat er doch gar nicht, oder? Ich meine, ich kenne ihn natürlich von früher, als er noch für uns gearbeitet hat, aber ich dachte, er wäre längst nicht mehr aktiv. Das hätte ich doch mitbekommen, oder?«

Carey schüttelte den Kopf. »Na ja, das sollte man natürlich meinen und erwarten. Weißt du, genau das ist unser Problem: Wir sind zu erfolgreich geworden. Das sage ich seit Jahren, und niemand hört mir zu. Es passieren Dinge, von denen wir schlichtweg nichts mehr mitkriegen. Alles ist nur noch ein einziges riesiges ausuferndes Chaos, das völlig zu entgleisen droht.«

»Genau wie jede andere Bank auch«, merkte Reynolds an.

Carey trank seinen Kaffee leer. »Ich sprach von der CIA.«

Die Sprinkleranlage hatte ihr Soll erfüllt und schaltete sich ab. Reynolds bekam kaum noch Luft. »Ja, klar«, brachte er schließlich hervor. »Meinte ich doch auch.«

Der monumentale Weitblick über die Hauptstadt war das Brennen in ihren Muskeln absolut wert. Es waren hundertfünfzig Höhenmeter Anstieg auf den Parliament Hill, den stattlichen Hügel am Rand von Hampstead Heath, der sich über London erhob und von dem man sogar bis Crystal Palace ganz im Süden der Stadt blicken konnte.

Kate gestattete sich den Luxus, langsamer zu werden und die Londoner Skyline auf sich wirken zu lassen, bevor sie den anderen Läufern folgte, die einen scharfen Rechtsbogen durch ein Gehölz beschrieben und dann zu den Badeteichen hinunterliefen. Ihre GPS-Uhr verriet ihr, dass sie pro Kilometer durchschnittlich vier Minuten dreißig brauchte. Sie bog nach links ab und nahm energisch den Anstieg zum Kenwood House in Angriff, dem herrschaftlichen Anwesen, das den nördlichen Teil des Parks dominierte und derzeit hinter Gerüsten und Planen verborgen war. Irgendwo hatte sie gelesen, dass die Renovierung des Herrenhauses durch eine Spende ermöglicht worden war. Irgendeine illustre philanthropische Stiftung hatte eine beträchtliche Summe springen lassen. Die stolze Vergangenheit des Gebäudes würde aufgefrischt werden, sie würde fortleben. Das Vermächtnis wichtiger historischer Persönlichkeiten war gesichert.

Sie rannte durch die Aprildämmerung, begleitet von französischen, russischen und deutschen Gesprächsfetzen. Hampstead Heath war zur multilingualen Zone geworden, zu einem polyglotten Ort. Die ganze Welt lebte nun direkt nebenan. Zumindest die Banker der ganzen Welt, denn sie waren die Einzigen, die sich die an den Park angrenzenden Viertel leisten konnten.

Vor ihr liefen die Mitglieder der Hampstead Harriers in den rot-schwarzen Leibchen ihres Vereins.

»Noch drei, dann reicht es für heute«, hörte Kate den Frontläufer rufen. Die Gruppe beschleunigte ihr Tempo, und sie ertappte sich dabei, wie sie japsend nach Luft rang. Sie gab sich Mühe, den Anschluss nicht zu verlieren, aber die anderen Läufer kannten den Park deutlich besser als sie. Nachdem sie den Damenbadeteich passiert hatten, waren sie rasch aus ihrem Sichtfeld verschwunden. Kate schlug ein realistischeres Tempo ein und war einige Minuten später wieder auf dem Parliament Hill angekommen. Von der Anhöhe aus blickte sie auf ihre Lieblingswahrzeichen hinab: das Riesenrad London Eye, den renovierten Bahnhof St. Pancras, Canary Wharf, die Wolkenkratzer »The Gherkin« und »The Shard«. Vor zwanzig Jahren hatte die Londoner Skyline noch vollkommen anders ausgesehen. Der Wohlstand des Banken- und Finanzsektors der Stadt hatte riesige Veränderungen mit sich gebracht. Nichts besaß eine so transformierende Wirkung wie Geld.

Ihre Laufkameraden warteten auf sie und nutzten die Zeit, um Dehnübungen zu machen und Wasserflaschen und Energiegels auszutauschen. Sie nickten ihr anerkennend zu.

»Nicht schlecht für einen Neuling.«

Es war Brockman, der sie ansprach, ein Veteran des Laufsportvereins, den sie noch von früher in Erinnerung hatte. Wenn ihr Gedächtnis sie nicht trog, war er Investmentbanker und kam aus Texas. »Danke. Nach und nach wird's besser. Hoffentlich. Ich wollte mich beim ersten Mal noch nicht zu sehr verausgaben.«

»Kluge Entscheidung«, lobte Brockman.

»Hat jemand diese Protein-Kaubonbons mit Blaubeergeschmack dabei?«

Die Frage kam von einem weiteren Banker, an den sie sich

von damals erinnerte. Ennis, ein Schotte. Die Gruppe schüttelte kollektiv die Köpfe.

»Nein«, antwortete Brockman. »Holahon hatte die immer dabei. Er hat sie von einem Anbieter im Internet bezogen, glaube ich. Die Dinger waren absolute Spitze. Damit hat man sich wirklich schneller regeneriert.«

Kate merkte auf, als sie Holahons Namen hörte. Den hatte sie schon beinahe vergessen. »Holahon?«, fragte sie.

Die Läufer sahen sie an.

»Äh ja«, übernahm Brockman erneut die Rolle des Wortführers. »Er war Mitglied bei uns. Jetzt leider nicht mehr. Ist vor Kurzem gestorben. Wirklich tragisch.«

Sie stellte sich dumm. Schließlich hatte sie sich als einfache Buchhalterin vorgestellt. »Woran denn? Herzinfarkt?«

Ennis schüttelte den Kopf. »Nein.«

Sie wartete auf eine nähere Erläuterung.

Es dauerte eine Weile, bis Ennis fortfuhr. »Keiner weiß es so genau. Seine Leiche wurde an der Küste gefunden. Angeschwemmt am Strand. Vielleicht Selbstmord.«

»Ich werde seine Kaubonbons vermissen«, seufzte Brockman. »Ihn selbst natürlich auch. Wahnsinnig netter Kerl. Schrecklich, so enden zu müssen.«

»So?«, hakte Kate nach.

»Allein und tot.« Brockman starrte zur Laufbahn am Fuß des Hügels hinunter. Er zeigte anerkennend auf eine Sportmannschaft, die dort Staffellauf trainierte. »Jedes Mal, wenn ich diese Leichtathleten sehe, werden sie schneller. Als Staffelläufer muss man wirklich vollen Einsatz zeigen und kontinuierlich hart trainieren. Abkürzungen gibt es nicht. Der Preis, den man zahlt, sind die Schmerzen.« Er ließ den Blick über seine Vereinskollegen schweifen und fuhr sich mit dem Schweißband über die glänzende Stirn. »Ja, wir werden Brad vermissen. Auch wenn ich glaube, dass er uns irgendwann sowieso verlassen hätte. Ich habe gehört, dass er ein ziemliches Alkohol- und Drogenproblem hatte.«

Kate beobachtete, wie Brockman Ennis vielsagend ansah, und glaubte ein flüchtiges Lächeln auf seinen Lippen zu erkennen. Als er ihren Blick bemerkte, wurde sein Gesichtsausdruck schlagartig ernst. »Tja, jammerschade«, murmelte er. »Wie gesagt: ein echt netter Kerl.«

Sie winkte den Läufern zum Abschied zu. »Wir sehen uns nächste Woche«, sagte sie.

»Auf jeden Fall«, erwiderte Brockman. »Aber warum so eilig? Wir gehen nach dem Duschen normalerweise noch etwas trinken. Das haben wir uns schließlich redlich verdient.«

»Ich treffe mich noch mit einem Kollegen in der Stadt.«

»Auch Buchhalter, wie Sie?«

Merkwürdige Frage, dachte sie. Aber so waren sie, diese Banker. Immer auf Informationen aus. Sie wandte sich zum Gehen und wollte den Abhang hinunterjoggen, blieb jedoch noch einmal stehen. »Man könnte sagen, wir arbeiten in der gleichen Branche, ja.«

Sorrenson kam sich fehl am Platz vor. Er blickte gefühlt zum siebzehnten Mal auf die Uhr, gelangweilt von den Gesprächen um sich herum. Früher, als man in Pubs noch hatte rauchen dürfen, hätte er sich jetzt einfach die x-te Zigarette angezündet und die Welt durch einen zufriedenen und gleichzeitig ein wenig schuldbewussten Nebel betrachtet. Aber die Zeiten waren vorbei. Er rauchte schon seit Jahren nicht mehr. Diesem Laster war es ergangen wie dem Großteil seiner Plattensammlung: Es existierte nur noch in seiner Erinnerung, war ein Ritual aus längst vergangener Zeit. Er leerte sein Guinnessglas und sah sich in der Bar um. Nicht gerade das, was er sich ausgesucht hätte. Viel zu viele Spiegel. Aber die Aussicht war nicht schlecht. Die weiblichen Gäste sahen teilweise wirklich spektakulär aus. Wo sie wohl alle herkamen? Zog die Hauptstadt schöne Frauen unwiderstehlich an? Oder leuchteten Städte die Menschen nur anders aus?

Er bestellte noch ein Guinness und winkte Kate zu, die in diesem Moment durch die Tür kam und sich ihm näherte.

Sie begrüßte ihn mit einem Lächeln, das von der ganzen Länge der Bar widergespiegelt wurde. »Ich habe uns eine Sitznische weiter hinten reserviert. Da ist es ruhiger, und wir können was essen«, rief sie ihm durch das Stimmengewirr zu.

Sorrenson folgte der wilden Mähne schwarzer Locken durch das Gedränge zu einem abgetrennten Bereich der Bar. Nachdem sie sich gesetzt hatten, schob sie ihm eine große Speisekarte hin. »Das Essen geht auf mich. Ich bin Ihnen wirklich dankbar dafür, dass Sie extra hergekommen sind. Da ist es das Mindeste, dass ich Sie zum Abendessen einlade.«

»Oh, vielen Dank.« Er drehte die Speisekarte um. Die Auswahl war viel zu groß und überforderte ihn.

»Also, *ich* habe einen Bärenhunger«, gestand sie. »Ich komme gerade vom Laufen. Wahrscheinlich müsste ich jetzt irgendetwas Leichtes mit Hühnchen bestellen, aber …«

Sie entschieden sich für zwei Burger und eine Flasche Côte du Rhône.

»Das war echt seltsam heute«, sagte Kate, als der Wein kam. »Ich war gerade durch Zufall mit dem ehemaligen Laufsportverein unseres verstorbenen Freunds Holahon joggen. Die Jungs vermissen ihn. Oder zumindest die Proteinriegel, die er immer mitgebracht hat.«

»Sie joggen also.« Sorrenson nahm einen Schluck von seinem Wein. So sieht sie auch aus, dachte er.

»Ja, schauen Sie mal.« Sie hob ihren linken Arm, an dem sie

noch ihre GPS-Uhr trug. »Meine neuste Leidenschaft besteht darin, die Daten meiner Läufe auf den Rechner hochzuladen«, erklärte sie. »Dadurch kann jetzt natürlich jeder nachverfolgen, wo ich überall herumrenne. Schön blöd.«

»Man wird ziemlich ehrgeizig, wenn man beim Laufen so ein Ding trägt. Ich habe auch eins.«

Sie nickte. »Ich würde gern mal Holahons GPS-Uhr sehen. Er war offenbar eine ganz große Nummer und hat die Bestenliste der Senioren angeführt. Aber was soll man von einem früheren US Navy Seal auch anderes erwarten?«

»Seine Laufleidenschaft erklärt auf jeden Fall einen Punkt, über den ich mir schon eine ganze Weile den Kopf zerbreche«, sagte Sorrenson. »Ich konnte mir einfach keinen Reim darauf machen, warum sein Körper an einigen Stellen völlig unbehaart war. Wahrscheinlich hat er sich die Beine rasiert, um eine bessere Kühlung zu gewährleisten. Das machen viele Läufer, habe ich irgendwo gelesen.«

»Ja, klingt logisch. Allerdings passt der Fitnesswahn nicht zu dem hohen Drogen- und Alkoholgehalt in seinem Blut. Das widerspricht sich doch. Als hätten zwei völlig unterschiedliche Personen in ihm gesteckt. Wie auch immer, kommen wir zu Ihrer SMS. Die war ja ziemlich kryptisch.«

»Ich dachte, so was lesen Leute wie Sie vielleicht gern.«

Sie lachte, und Sorrenson ertappte sich dabei, wie er ihre Lippen anstarrte. »Wenn Sie wüssten, wie öde unsere Arbeit in Wirklichkeit ist, würden Sie so etwas nicht sagen«, wehrte sie ab.

Die Burger trafen an ihrem Tisch ein.

»Na ja«, begann Sorrenson verlegen. Er schämte sich ein wenig für seine unbeholfenen Versuche, sie zu beeindrucken. »In der Zwischenzeit gab es zwei Entwicklungen, beide ein bisschen undurchsichtig. Zumal die Infos jeweils von nur einer einzigen Quelle stammen und daher mit Vorsicht zu genießen sind …« Er nahm noch einen kräftigen Schluck Wein und warf einen verstohlenen Blick auf ihre Hände. Ja, er hatte recht gehabt. Kein Ring.

Sie bemerkte den Blick und gestattete sich ein kleines Lächeln. Nicht heute Nacht, dachte sie. Ich habe mich zu sehr verausgabt, als dass du Chancen bei mir hättest.

»Fahren Sie fort.«

Sorrenson registrierte ihr flüchtiges kleines Lächeln und konnte sich des Eindrucks nicht erwehren, dass sie jede seiner Gesten analysierte, ihn nach Belieben manipulierte. Kein Wunder, dachte er. Sämtliche MI5-Mitarbeiter waren geschult im Lesen von Körpersprache, selbst die IT-Abteilung und die Sekretärinnen. Ihm wurde bewusst, dass er am Rücken schwitzte. Es war plötzlich sehr heiß in der Bar.

Um sich wieder zu beruhigen, ließ er einen Schluck Wein in seinem Mund hin und her wandern. Dann erzählte er ihr von dem Polizeitransporter, den Davey Stone gesehen haben wollte, und berichtete, was Bill Henry ihm über die Strömung am Traitor's Point gesagt hatte. »Es wurde aber kein Polizeitransporter ausgeliehen oder als gestohlen gemeldet. Ziemlich mysteriös. Und wahrscheinlich ist es reiner Zufall, dass eine Leiche an genau dem Ort auftaucht, an dem früher Menschen gehängt wurden.«

Sie wischte sich mit ihrer Serviette den Mund ab. Wieder musste er auf ihre Lippen starren.

»Hm, vielleicht. Aber wenn Bill Henry recht hat mit der Strömung, kann die Leiche nur auf dem Landweg an den Strand gelangt sein. Und in Anbetracht der Tatsache, dass man sie ja auch an jeder anderen Stelle entlang der Halbinsel – oder überhaupt an jedem anderen Ort – hätte ablegen können, besteht durchaus die Möglichkeit, dass Traitor's Point mit

Bedacht gewählt war. Andererseits, was weiß ich schon? Wie ich bereits bei unserem ersten Treffen gesagt habe: Ich werde dafür bezahlt, dass ich Geld verfolge, keine Toten.«

Sorrenson stürzte noch mehr Wein hinunter, um seiner Überforderung Herr zu werden. Er hätte ein bisschen frische Luft gebrauchen können. Oder eine Zigarette. »Tja, falls Ihre Theorie stimmt, erinnert mich das an den Mord an diesem italienischen Banker«, sagte er. »Calvi, hieß er nicht so? Der von der Blackfriars Bridge baumelte? Auch dort wurden früher Verräter erhängt. Die Brücke wurde bewusst gewählt, als Mahnung an andere. Ich habe mal eine Doku über den Calvi-Fall gesehen. Es kursierten alle möglichen verrückten Gerüchte über ein Komplott zwischen Vatikan und Mafia.«

»Als diese Vorwürfe laut wurden, klangen sie zunächst völlig an den Haaren herbeigezogen, aber später kam alles heraus«, bestätigte Kate lächelnd. »Ich kann mir allerdings nicht vorstellen, dass *unser* Mann den Papst hintergangen und mit dem Tod dafür bezahlt hat. Wahrscheinlich ist es etwas sehr viel Profaneres. Glaubt man den Fernsehkrimis, läuft es doch fast immer auf eins der üblichen Mordmotive hinaus: Lust, Eifersucht oder die gute alte Wut.«

Sorrenson lachte. »Warum interessieren Sie sich dann überhaupt für den Fall? Weshalb machen Sie sich die Mühe, Ermittlungen anzustellen, wenn Sie es für einen ganz banalen Mord aus persönlichen Motiven halten?«

Die Frage war absolut berechtigt, wie sie einräumen musste. Die Wahrheit konnte sie ihm trotzdem nicht sagen. Sie konnte Sorrenson nicht verraten, dass die Geheimdienste bei der Higgs Bank Geldwäschegeschäfte vermuteten, dass ein Informant angedeutet hatte, ein Teil des Geldes fließe in islamistische Terrorzellen, dass der Abhördienst vages Gerede über einen Anschlag aufgeschnappt hatte, der den elften September noch in den Schatten stellen würde. Auch nicht, dass Holahon Geld für Kunden verwaltet hatte, die möglicherweise eine Gefahr für die nationale Sicherheit darstellten, weshalb die Geheimdienste überhaupt erst auf den Mord an ihm aufmerksam geworden waren.

Das Interesse erlahmte allerdings allmählich wieder. Sie hatten sämtliche von Holahon eingerichtete Konten überprüft. Einige waren nicht uninteressant: riesige Summen russischen Mafiagelds, die in London gewaschen wurden, offenbar durch den Erwerb von Immobilien. Aber es gab keine Anzeichen dafür, dass Gelder für einen möglichen Terroranschlag abgezweigt wurden. Sie waren in einer Sackgasse gelandet. Jetzt liegt es an McLure, wie die Sache weitergeht, dachte Kate. Er erhoffte sich neue Informationen von den Amerikanern. Sie schätzte seine Chancen diesbezüglich nicht besonders hoch ein. »Tut mir leid«, sagte sie.

Sorrenson lächelte. »Ich verstehe schon.«

»Danke. Es liegt nicht an mir, das müssen Sie mir glauben. Ich würde Sie gern ins Bild setzen, aber ich darf nicht.«

»Ich weiß.«

»Ich könnte Ihnen stattdessen noch ein Bier ausgeben.«

Sorrenson blickte auf die Uhr. Ihm blieb noch reichlich Zeit, bis der letzte Zug zurück an die Küste fuhr. »Das wäre schön. Aber hier in dieser Bar ist es furchtbar stickig, und man versteht kaum sein eigenes Wort.«

Sie dachte einen Moment nach und stand auf. »Dann kommen Sie. Ich weiß, wo wir hingehen können.«

Sie verließen die Bar und traten in die ruhige Londoner Nacht hinaus.

»Donnerstagabend vor Karfreitag«, sagte sie. »Kein Wunder, dass die Bar so brechend voll war. Die Leute starten in ihr langes Wochenende. Ich hätte einen anderen Treffpunkt vorschlagen sollen, aber ich kenne nicht so viele Bars in London. Die einzige, die ich sogar sehr gut kenne, ist ein Pub, und da gehen wir jetzt hin.«

Sie blieb einen Moment zögernd stehen. In dem Pub war sie das letzte Mal mit Michael gewesen. Sie hatten ihn immer den Geisterpub genannt. Man musste von Hyde Park Corner in eine kopfsteingepflasterte Straße einbiegen, mehrere große Restaurantmülltonnen umrunden und dann durch ein Privattor einen von ehemaligen Stallungen umgebenen Hof betreten. Wenn man nicht wusste, dass dieser Pub existierte, fand man ihn nie. Die besten Bloody Marys von ganz London waren sein Markenzeichen. Am Volkstrauertag kamen reihenweise makellos gekleidete Militärangehörige aus der angrenzenden Kaserne und bevölkerten den Hof. Wenn sie wieder weg waren, war er übersät mit roten Mohnblumen. Der Pub hieß The Grenadier und war eine echte Armeeinstitution. Es wurde sogar behauptet, dass dort ein Geist herumspukte, ein erschlagener Infanterist. Auch Kate wusste mittlerweile, was es hieß, mit dem Geist eines toten Soldaten zu leben.

Sie sah zu dem Mann auf, der abwartend neben ihr stand. Er war ein Riese, groß wie ein Scheunentor. Sie schätzte ihn auf einen Meter fünfundneunzig. Gut zehn Zentimeter größer als Michael. Sie seufzte. Es würde nicht leicht werden, nach so langer Zeit wieder den Pub zu betreten. Ohne ihn. Wenn er Urlaub gehabt hatte, waren sie Stammgäste hier gewesen. Aber es musste sein. Sie knuffte Sorrenson freundschaftlich in die Seite. »Na los, kommen Sie. Aber ich warne Sie: Wenn Sie Angst vor Gespenstern haben, steht Ihnen ein Schock bevor. In dem Pub, in den wir wollen, spukt es nämlich.«

Sie machten sich auf den Weg und kamen am Lanesborough Hotel vorbei, wo Portiers mit Zylinder und weißen

Handschuhen gerade zu einem vor der Tür haltenden Bentley eilten. Ein junger Mann mit kurzen Haaren und akkurat gestutztem Bart entstieg der ausladenden Luxuskarosse, gefolgt von seiner weiblichen Begleitung. Das Paar wurde unmittelbar von den Portiers umringt. Unterwürfige Ehrerbietung lag in der Luft. Kate ertappte sich dabei, wie sie die beiden jungen Leute fasziniert anstarrte. Sie schienen nicht zusammenzugehören, doch es war offensichtlich, dass sie für die Hotelangestellten an diesem Abend die wichtigsten Persönlichkeiten ganz Londons waren. Und deshalb beten die Menschen das Geld so an, dachte Kate, nicht wegen dem, was man dafür kaufen kann, sondern wegen der Macht, die es verleiht. Geld ermöglichte alles, und genau aus diesem Grund waren Banker die mächtigsten Götter der Stadt.

Faisal Bin Talid Sin Abdullah begrüßte die Portiers, als würde er sie aus Schulzeiten kennen. Zwischen dem jungen Prinzen und den Hotelangestellten herrschte gegenseitige Anerkennung, aber keine Wärme. Für ihn war es eine typische, alltägliche Interaktion, eine, bei der er im Mittelpunkt des Interesses stand und dennoch irgendwie abseits des Geschehens. Seit frühester Kindheit fühlte er sich schon als Außenseiter. Auf der Harrow School, einem privaten Internat, war er nicht gerade beliebt gewesen, was ihm noch heute, mit Ende zwanzig, zu schaffen machte. Seine Mitschüler hatten sich von Anfang an abweisend gezeigt, und sein Wunsch, Falken zu halten, war ihm von der Schulleitung verwehrt worden. Das harte Rugby-Training, die Geländeläufe und die Pflichtübungen mit den Jungkadetten waren ihm ein Gräuel gewesen, und auch der dekadente Drogenkonsum und der viele Alkohol in den höheren Klassen waren nicht nach seinem Geschmack. Zumindest aus heutiger Sicht. Sein Vater hatte nicht auf seine

Bitte reagiert, die Schule wechseln zu dürfen, und Faisal hatte sich verraten und im Stich gelassen gefühlt.

Das damit einhergehende Gefühl der Unsicherheit hatte Narben hinterlassen und schwärte bis heute in ihm. Seither hatte er das akute Bedürfnis, sich zu schützen, sich auf Schritt und Tritt mit einer modernen Privatmiliz zu umgeben. Im Lanesborough Hotel war er Stammgast, und seiner Ankunft ging stets ein hektisches Sicherheitsritual seitens seiner Bodyguards voraus, die seine Suite nach Wanzen absuchten und Geräte zur Lauschabwehr an unauffälligen Orten anbrachten.

Diese Maßnahmen waren tatsächlich nötig. Der Prinz war keineswegs paranoid. Sein Sicherheitsteam hatte bereits bei mehreren Hotelbesuchen Anzeichen dafür vorgefunden, dass er überwacht wurde. Faisal fragte sich jedes Mal, ob es die Geheimdienste oder geschäftliche Konkurrenten waren, die ihn abzuhören versuchten. Vermutlich beide. Sein Hedgefonds Quest Partners LLC verwaltete mehr als dreihundert Milliarden Pfund für die reichsten Kunden der Welt. Die Anlagestrategien des Fonds beeinflussten nachhaltig die Märkte. Selbst der kleinste Hinweis darauf, dass Quest Anteile kaufte oder abstieß, konnte den Kurs der jeweiligen Aktie schwunghaft ansteigen oder ins Bodenlose abstürzen lassen. Auch die Währungen einiger Länder reagierten empfindlich auf die jeweiligen Launen von Quest. Verständlicherweise war der Hedgefonds daher so verschwiegen wie ein Serienmörder. Eine einzige undichte Stelle konnte wochenlange akribische Planungen zunichtemachen.

Offiziell hatte Quest seinen Sitz in einem schicken Gebäude in Mayfair, obwohl der Fonds in Wirklichkeit fast ausschließlich in Faisals BlackBerry existierte. Die Geschäftsräume dienten hauptsächlich dazu, die riesige Kunstsammlung des Juniorprinzen zu präsentieren, zumindest Reproduktionen der Originale, die sicher in Tresoren in Genf lagerten. Faisals Kunstgeschmack war eklektisch. Seine Sammlung enthielt Lucian Freuds, Van Goghs, Monets und Manets gleichermaßen. Gleich im Atrium wurden Besucher von einem gewaltigen Henry Moore begrüßt, und daneben befand sich ein großes Salzwasseraquarium, in dem Ammenhaie und drei Rochenarten kreisten. Faisal witzelte gern, dass bereits mehrere konkurrierende Hedgefondsmanager in dem Becken gelandet seien. Diesen Witz erzählte er regelmäßig, wenn Quest wieder einmal eine glitzernde Party für die Elite der Londoner Gesellschaft gab.

In Wahrheit kam Faisal nur nach London, um gesehen zu werden. Sein teuer bezahltes PR-Team sorgte dafür, dass Fotos von ihm und den weltweit begehrtesten Frauen ihren Weg in die Presse fanden. Seiner Ansicht nach war das die beste Werbung für seinen Hedgefonds. Je öfter man ihn mit Schauspielerinnen und Models sah, desto höher das Ansehen von Quest. Und je höher das Ansehen seines Hedgefonds, desto mehr Leute wollten ihr Geld bei ihm anlegen.

In letzter Zeit kursierten Gerüchte, der Erbe eines der größten Vermögen der Welt sei im Begriff zu heiraten. Buchmacher notierten Wetten über die Wahrscheinlichkeit, dass Faisal mit bestimmten weiblichen Prominenten vor den Traualtar trat. Seine aktuelle Begleitung, die junge Dame, die mit ihm die Rückbank des Bentleys geteilt hatte, war ein berühmter Bollywood-Star, verehrt von Millionen Zuschauern. Die Buchmacher hatten sie mit einer Gewinnquote von fünf zu eins vorgemerkt, der besten bisher, wie Faisal mit Interesse gelesen hatte.

Er persönlich schätzte die Chancen des Bollywood-Stars weit geringer ein. Sie war eine entzückende Frau, schön und klug, ein Pferdefan, genau wie er. Und dennoch: Sie war nur Kamerafutter.

Faisal und seine glamouröse Begleiterin betraten das Hotel und wurden dabei von blitzenden Kameras und einer ganzen Armee von Sicherheitsleuten begleitet.

Carlyle wartete im Foyer auf den Prinzen. »Ich soll Ihnen Grüße von Ihrem Vater ausrichten.«

Faisal neigte den Kopf. »Es geht ihm gut, hoffe ich?«

»Den Umständen entsprechend.«

Faisal stutzte. Er hatte wieder einmal vergessen, dass sein Vater unheilbar krank war. »Verstehe. Er ist uns allen ein leuchtendes Vorbild.«

»Allerdings. Wollen wir …?«

Faisal verbeugte sich leicht in Richtung seiner weiblichen Begleitung. »Wir sehen uns später«, sagte er zu ihr. »Zuerst muss ich die eine oder andere Angelegenheit mit meinem Freund hier besprechen.«

Die beiden Männer beobachteten die davongehende Schauspielerin mit unterschiedlich stark ausgeprägtem Interesse.

»Bemerkenswerte Frau«, sagte Faisal.

»Durchaus.«

»Aber jetzt zum Geschäft«, ordnete der Prinz an und ging mit Carlyle zu einer abgeschiedenen Sitznische in einem direkt vom Foyer abzweigenden Vorzimmer des Hotels. Ein Portier öffnete ein samtenes Abtrennseil und winkte sie hindurch. Das Seil wurde wieder eingehakt, und der Portier schnippte mit den Fingern und zitierte ein Aufgebot an Kellnern, Kellnerinnen, Lakaien und Hotelfachkräften herbei, die sich um die beiden Männer kümmern sollten. Zwei Bodyguards mit Knöpfen im Ohr standen vor der Sitznische Wache.

»Ich habe hier verschiedene Unterlagen, die Sie lesen sollten«, sagte Carlyle und schob einen dicken braunen Umschlag über den niedrigen Mahagonitisch, der ihn vom Prinzen trennte. »Nichts Aufregendes. Mehrere Beschwerdebriefe von Naturschutzorganisationen wegen des bevorstehenden Flughafenausbaus. Die übliche Panikmache bezüglich der Gefahr von Flugverkehr in vogelreichen Gebieten …« Carlyle ließ die Worte einige Sekunden nachhallen.

Faisal nickte.

Sein Mittelsmann setzte sein Update fort: »Die Bestätigung von den Baustatikern, dass die Start- und Landebahn innerhalb des vereinbarten zweimonatigen Zeitrahmens verstärkt und verlängert werden kann, Einladungen zu verschiedenen Auktionen und Benefizveranstaltungen, eine Einladung zum Klassentreffen. Soll ich?«

»Ja.«

Carlyle zerriss die letztgenannte Einladung. »Das hier ist wahrscheinlich das Interessanteste, was ich Ihnen vorzulegen habe. Eine Information von Droll. Könnte problematisch sein.«

Faisal klatschte in die Hände. »Endlich! Wozu haben wir den bekanntesten Privatschnüffler der Stadt auf der Gehaltsliste, wenn er nie etwas zutage befördert?«

»Durchaus«, sagte Carlyle. »Durchaus« war sein Lieblingswort. So knapp und nichtssagend, dass man es in jedes Gespräch einfließen lassen konnte.

Faisal überflog die Unterlagen, während der Kellner ihnen Champagner einschenkte. Er hob die Augenbrauen. »Sind wir uns diesbezüglich sicher?«

»Durchaus.«

»Sind Sie verheiratet?«

Sorrenson schüttelte den Kopf. »Ich war mal verlobt, aber … Na ja, war wohl ein Schnellschuss. Ich war damals gerade erst mit dem Studium fertig. Dann hat sie das Baby verloren, woraufhin wir es mit dem Heiraten nicht mehr so eilig hatten. Sie war auch Polizistin. Wäre bestimmt ein Albtraum geworden.« Er nippte an seinem Guinness und sah sich anerkennend im Pub um. Überall hingen und standen Zinngegenstände herum, und auf der beengten hölzernen Theke wurden Würstchen auf einer kleinen Heizplatte warm gehalten. In Kandelabern brannten lange Kerzen, und von den Gemälden an den Wänden blickten stattliche Männer mit Bärenfellmützen und dicken Schnurrbärten finster auf die Gäste herab.

»Ich habe auch immer gesagt, dass ich nie einen Mann heiraten würde, der in derselben Branche arbeitet«, erwiderte Kate. »Das ist in meinem Beruf allerdings kompliziert, denn es tut schon gut, wenn man zu Hause mit jemandem sprechen kann, der die Zusammenhänge kennt und versteht. Oder zumindest sicherheitsüberprüft wurde. Ich habe nämlich Anweisung, mich zu Beginn neuer Beziehungen als Kartographin auszugeben. Dabei bin ich eine absolute Niete im Kartenlesen.«

Sorrenson lachte. »Wie gut, dass Sie Finanzexpertin geworden sind und nicht als weiblicher James Bond durch die Weltgeschichte irren.«

»Das sagt mein Mann auch immer.«

Sorrenson fluchte innerlich.

Kate hatte plötzlich eine zugeschnürte Kehle. Jetzt bringe ich sogar schon die Zeiten durcheinander, dachte sie und korrigierte sich rasch: »Das *hat* mein Mann auch immer gesagt.« Sie nahm einen Schluck von ihrem Wein und wartete auf die unvermeidliche Frage.

Sorrenson hatte an ihrem Tonfall erkannt, dass sie nicht geschieden war. »Tut mir leid. Wie ist er …?«

»Gestorben? Das ist ja das Schreckliche. Ich weiß es nicht.

Ich meine, ein bisschen weiß ich schon. Ich weiß, dass er in Bagdad erschossen wurde. Mit nur einer Kugel.«

»Wann?«

»Vor etwas mehr als vier Jahren.«

»Wann haben Sie aufgehört, den Ring zu tragen?«

»Vor ungefähr zwei Jahren.« Als ich angefangen habe, mit anderen Männern zu schlafen, dachte sie.

»Was ist bei der gerichtlichen Untersuchung herausgekommen?«

»Es gab noch keine. Die durchschnittliche Wartezeit beträgt sechs Jahre, es kann also noch ein Weilchen dauern. Sparkurs, Sie wissen schon. Ich glaube ohnehin nicht, dass viel dabei herauskommen wird. Michael war bei einer Spezialeinheit, und der Tod von Spezialkräften wird üblicherweise nicht gerichtlich aufgearbeitet. Jedenfalls nicht so, dass es einen weiterbringt. Das Verteidigungsministerium will nicht, dass die Sondereinsätze der britischen Armee vom grellen Licht der Öffentlichkeit durchleuchtet werden. Angeblich gefährdet das künftige Operationen.«

»Nur eine Kugel, sagen Sie?«

»Aus dem wenigen, was mir berichtet wurde, habe ich mir zusammengereimt, dass er von einem Scharfschützen erschossen wurde, und zwar beim Betreten eines Hauses, wo er sich mit den Mitgliedern einer militanten Brigade treffen wollte. Anscheinend hatte jemand einen Tipp bekommen und ihn dort bereits erwartet. Er war fast unmittelbar tot. Ein guter Schuss. Falls es so etwas überhaupt gibt.«

»Mein Gott.«

»Ich habe also schon zwei Männer an den Krieg verloren. So sehe ich es zumindest. Mein Vater ist bei einem Autounfall in Belfast während der nordirischen Unruhen ums Leben gekommen. Auch er war beim Geheimdienst. Er war Direktor einer Scheinfirma, die ihm und mehreren anderen Agenten als Tarnung diente. Wenn die Unruhen nicht gewesen wären, wäre er nicht in Belfast gewesen. Und wenn er nicht in Belfast gewesen wäre, wäre er nicht bei einem Autounfall gestorben. Dann würde er vielleicht noch leben und könnte sich um meine sterbende Mutter kümmern. Wer weiß?«

»Sind Sie deshalb beim Geheimdienst gelandet? Weil Sie in die Fußstapfen Ihres Vaters treten wollten?«

Sie lächelte. »So klischeehaft war es nicht, Gott sei Dank. Außerdem dürfen Sie nicht vergessen, dass ich nur vorübergehend zum MI5 versetzt wurde. Anfangs war ich als Finanzanalystin bei der ehemaligen Behörde für Schweres und Organisiertes Verbrechen tätig, der heutigen National Crime Agency. Anschließend kam ich zum Finanzministerium und habe im Risikomanagement gearbeitet. Ich wurde speziell dafür eingestellt, Geldströme bis in die Steueroasen und darüber hinaus zu verfolgen. Weil ich ein Händchen für Bilanzen habe, für Risikomodellierung, für das Aufspüren belastender Unterlagen. Wahnsinnig spannend, ich weiß.«

Sorrenson lachte. »Und wie kamen Sie dann zum MI5?«

»Geld. Beziehungsweise Geldentzug. Heutzutage werden Finanzanalysten viel dringender gebraucht als Agenten. Bei der Terrorbekämpfung geht es nämlich vorrangig darum, potenziellen Terroristen den Zugang zu finanziellen Mitteln zu verwehren. Dreh ihnen den Geldhahn zu, und du kannst sie besiegen. Nur leider lassen sich die wirklich schlauen Finanzgenies lieber von den großen Banken anwerben, wo sie Millionen verdienen. Der MI5 kann mit solchen Gehältern natürlich nicht mithalten. Also muss er mit dem arbeiten, was er hat. Beziehungsweise mit den Personen, die er sich von anderen Behörden ausleihen kann. Mit mir zum Beispiel. Oxford-Abschluss in Philosophie, Politik und Wirtschaft – macht sich offenbar gut im Lebenslauf, denn ich wurde angefordert. Als ich noch zur Uni ging, haben sie sich die Mühe nie gemacht. Ich war so ziemlich die Einzige, an die sie damals nicht herangetreten sind. Zu meiner großen Entrüstung.«

Der Barmann läutete die Glocke zur letzten Runde.

»Noch einen Wein?« Sorrenson merkte, dass er fast schon verzweifelt klang.

Sie sah ihn nachdenklich an, hielt seinem Blick drei Sekunden lang stand. »Gern.«

Sorrenson ging zur Bar und kam mit einem Bier und einem Wein zurück.

»Danke.«

»Während ich die Getränke geholt habe, ist mir der Gedanke gekommen, dass Terrorismus eigentlich nicht viel kostet«, sagte Sorrenson. »Der elfte September wurde mit lächerlich wenig Geld umgesetzt. Peanuts. Eine Gräueltat zu begehen ist nicht teuer, zumindest wenn religiöse Fanatiker involviert sind. Selbstmordkulte sind billig zu haben.«

Sie schüttelte den Kopf. »Stimmt schon, aber die Infrastruktur dahinter ist das, was es teuer macht. Um jungen Männern per Gehirnwäsche den Glauben einzuimpfen, im Paradies würden zweiundsiebzig Jungfrauen auf sie warten, braucht man viel religiöse Erziehung. Man braucht *madrasas*, man braucht Geistliche, man braucht Anwerber, die die jungen Leute aus ihren Heimatländern an die Einsatzorte locken, wo sie dann in menschliche Bomben verwandelt werden. Das alles kostet Geld. Und deshalb muss man die Geldströme verfolgen, muss beobachten, wo die Gelder herkommen, wo sie hinfließen. Man muss die *hawala* im Auge behalten, das informelle Finanzsystem, das im Nahen Osten bis heute Anwendung findet.«

»Bei Ihnen hört sich Terrorismus wie eine Zweigbranche des Bankenwesens an.«

»Weil es so ist. Nicht der Glaube treibt die Menschen in den Terrorismus, sondern das Geld. Der Mangel an Geld, der Reiz des Geldes, die Liebe oder der Hass, den sie dafür empfinden. So oder so, die Bomben werden mit Geld gebaut.«

»Sie klingen, als wären Sie ebenfalls von einer Art Glaube getrieben. Sie sind ganz schön missionarisch in dem, was Sie tun.«

Ihre Augen funkelten. »Weil ich einfach die Nase voll habe von Leuten, die allein die Religion für diesen blutrünstigen Wahn verantwortlich machen. So trägt man nur dazu bei, den Teufelskreis der Gewalt aufrechtzuerhalten. Psychopathen ist jeder Vorwand recht für ihre Taten. Und es ist natürlich bequem, der Religion die Schuld zu geben. Sie liefert den Menschen einen Beweggrund, gibt ihnen das Gefühl, ihre Taten seien nobel und ehrenhaft. Die Anzahl gläubiger Muslime, die für den MI5 arbeiten, beweist, dass längst nicht alle diesen Mist glauben.«

»Tja, ich entstamme einer langen Ahnenreihe von Lutheranern, daher stimme ich Ihnen in Glaubensdingen absolut zu und belasse es dabei.«

»Sorrenson. Skandinavischer Name, oder?«

»Ja. Meine Mutter ist Engländerin, und mein Vater war Norweger. Hat auf den Bohrinseln gearbeitet. Wenn er Urlaub hatte, kam er aufs Festland. So haben die beiden sich kennengelernt.«

»Sind Sie manchmal drüben?«

»In Norwegen? Ja, hin und wieder. Ich vermute, da ist irgendetwas in mir, irgendetwas Genetisches, was dafür sorgt, dass ich die Kälte vermisse, obwohl ich nie in Skandinavien gelebt habe. Als würde mir der Schnee fehlen oder längst verstorbene Vorfahren oder so etwas. Manchmal mache ich mir selbst etwas vor und rede mir ein, dass ich deshalb an der Küste lebe. Weil es mich an ein früheres Zuhause aus einem früheren Leben erinnert. Klingt wahrscheinlich ziemlich verrückt. Aber manchmal, wenn der Wind von Skandinavien über die Nordsee herüberweht, kann man so tun, als wäre man nicht mehr in England. Ich habe ein Haus, das …«

Sorrenson brach ab. Er gab viel zu viel von sich selbst preis.

»Reden Sie doch weiter.« Sie stützte das Kinn in die Hand und blickte zu ihm auf. Ihre Körperhaltung irritierte ihn. Er fühlte sich wie ein Kunstwerk, das ausgiebig von ihr betrachtet wurde.

»Na ja, es liegt direkt am Meer und ist ganz aus Glas und Holz gebaut, wie man es oft in Norwegen sieht. Ich habe auch ein Sonnendeck, und wenn ich nicht so unbegabt im Angeln wäre, könnte ich direkt von dort aus die Angelschnur auswerfen. Das erinnert mich immer an meine Schulferien in Norwegen bei der Familie meines Vaters. Angeln am Fjord war damals Pflichtprogramm. Mein Vater hatte vier Brüder, und die haben mich nach Strich und Faden verwöhnt. Und mir das Leben in der freien Natur schmackhaft gemacht. Deshalb jogge ich so gern. Weil ich mich dann frei fühle.«

Sie nippte an ihrem Wein, schob einen Bierdeckel auf dem Tisch herum. »Mich wundert immer wieder, dass manche Laufsportler überhaupt nicht frei wirken«, sagte sie. »Sie erinnern mich eher an Sklaven ihrer Arbeit, für die das Laufen eine kurze Atempause darstellt, in der sie wenigstens ein bisschen Freiheit schnuppern.«

»Sie meinen Holahon?«

»Zum Beispiel. Ich habe ein bisschen genauer über ihn recherchiert. Nicht unbedingt aus ermittlungstechnischen Gründen, sondern weil ich einfach neugierig war. Offenbar war er ein fanatischer Läufer, und ich meine *wirklich* fanatisch. Er hat zum Beispiel am Badwater Ultramarathon teilgenommen – das sind zweihundertsiebzehn Kilometer durchs kalifornische Death Valley. Und vor Kurzem ist er The Wall gelaufen, hunderteIf Kilometer am Hadrianswall entlang. Ich könnte niemals so lange am Stück laufen. Mich würde wirklich interessieren, was für eine Zeit er da hatte. Diese Banker sind doch alle Getriebene. Oder vielleicht so gefangen in ihrem Job, dass sie ein Ventil brauchen, das ihnen ein wenig Erleichterung verschafft. Laufen ist eine Droge. Eine Droge, nach der diese Leute vollkommen süchtig sind.«

»Seine Laufzeiten lassen sich bestimmt irgendwo im Internet finden. Nehmen Sie sie doch als Ansporn für später, wenn Sie auch in dieses Alter kommen«, schlug Sorrenson mit einem Augenzwinkern vor.

»Ursprünglich hatte ich geplant, mit fünfzig nervige pubertäre Kinder zu haben. Hat super geklappt, was?« Kate zuckte innerlich zusammen. Sie verriet ihm viel zu viel über sich selbst. Der Wein machte sie gesprächig. Als Agentin wäre sie eine Niete gewesen, zu schnell bereit, Geheimnisse auszuplaudern.

Sorrenson sah, wie ihr die Schamesröte ins Gesicht stieg. »Eins verstehe ich wirklich nicht«, wechselte er rasch das Thema.

»Was denn?«

»Wenn er doch so ein fanatischer Läufer war, wie erklärt sich dann der hohe Kokain- und Alkoholgehalt in seinem Blut? Leistungsfördernde Mittel hätte ich ja verstanden, aber kein Zeug, das einem das Laufen auf lange Sicht unmöglich macht.«

»Darüber rätsele ich auch schon die ganze Zeit. Vielleicht verlange ich noch einmal Einsicht in den Autopsiebericht. Oder hole eine zweite Meinung ein. Die Kollegen von Scotland Yard haben nämlich ein bisschen herumgefragt, bei entfernten Verwandten von Holahon in den Staaten, und natürlich bei seinem Expartner und Mitarbeitern seiner Bank. Alle haben einhellig ausgesagt, dass er kein Trinker war. Angeblich war er sogar komplett abstinent. Zwei Mitglieder seines Laufsportvereins haben mir gegenüber etwas anderes behauptet, aber ich bin mir nicht sicher, ob sie das Ihnen gegenüber wiederholen würden. Und noch etwas hat mich in letzter Zeit beschäftigt.«

»Was denn?«

Sie wirbelte den Bierdeckel zwischen ihren Händen herum und kam sich vor wie eine Zauberkünstlerin, die einen Kartentrick vorführte. Während sie den kreisenden Bierdeckel anstarrte, überlegte sie, wie sie es am besten formulierte. Ihr fiel ein, was McLure zu ihr gesagt hatte: dass es nicht ihre Aufgabe sei, Mordfälle aufzuklären. Sie vergeudete ihre Zeit, indem sie über Holahon nachdachte, Zeit, die sie besser damit verbracht hätte, Hinweisen auf Higgs und andere potenzielle Quellen der Terrorfinanzierung nachzugehen.

»Na ja«, sagte sie schließlich. »Fanden Sie es nicht auch ein bisschen seltsam, dass da ein kopf- und handloser Leichnam am Strand gefunden wurde, der gleichzeitig eine Tätowierung hatte, anhand derer er problemlos identifiziert werden konnte? Gut, es musste natürlich die Vermisstendatei durchforstet werden, aber dafür braucht man nicht lange. Wir wussten seinen Namen schon wenige Tage nachdem die Leiche aufgetaucht war. Die restlichen Körperteile von ihm wurden nie gefunden, wahrscheinlich haben die Täter sie irgendwo ins Meer geworfen. Warum haben sie dann aber nicht gleich seinen ganzen Körper versenkt? Und ausgerechnet den Arm mit der Tätowierung drangelassen?«

Sorrenson hielt das kühle, nasse Guinnessglas zwischen den Händen. So dunkel, dieses Bier, dachte er. So dunkel wie ihr

Gespräch. Holahon hatte ein schreckliches Ende gefunden, und dennoch war das Motiv vielleicht ganz banal. Schließlich starben ständig Menschen aus den banalsten Gründen. Eines Tages würde ein ehemaliger Liebhaber ein Geständnis ablegen, oder ein geschäftlicher Konkurrent stellte sich als Mörder heraus. Sorrenson nahm einen Schluck Guinness und genoss den bitteren Geschmack. »Vielleicht war der Mörder einfach nur dämlich«, mutmaßte er. »Soll vorkommen.«

Sie schüttelte den Kopf.

Sorrenson beobachtete, wie ihre Locken im Licht der Kerzen tanzten. Eine Gruppe von vier Gästen, die neben ihnen gesessen hatte, stand auf und verließ den Pub. Kate und er waren die Einzigen, die noch ihre Getränke zu Ende tranken.

»Nein, das glaube ich nicht«, sagte sie. »Man muss schon ziemlich intelligent sein, um jemanden umzubringen, ihm einzelne Körperteile abzutrennen und ihn an einem Strand abzulegen, ohne dass irgendjemand irgendetwas davon mitbekommt. So jemand ist auf jeden Fall aufgeweckt genug zu wissen, dass eine Tätowierung über kurz oder lang zur Identifizierung der Leiche führt.«

»Stimmt, da gebe ich Ihnen recht. Aber es gibt noch etwas, was nicht einleuchtet. Inzwischen haben wir erfahren, dass am Traitor's Point nichts angeschwemmt wird, schon gar keine Leichen. Und dennoch …«

Sie nickte. Im Autopsiebericht stand, dass Holahon ertrunken war, was dafür sprach, dass man ihn auf See zunächst ertränkt und dann zerstückelt hatte, woraufhin sein Körper an der Küste angetrieben wurde. Trotzdem war die Sichtung des Transporters in ihren Augen ein zu merkwürdiger Zufall, um außer Acht gelassen zu werden. Polizeitransporter rasten nicht ohne Grund verlassene Küstenstraßen entlang. Ein toter, kopfloser, handloser Holahon war in dem Transporter gewesen, da war sie sich inzwischen sicher. Jemand hatte ihn bewusst an einem Ort deponieren lassen, wo die Polizei ihn auf jeden Fall finden würde. Und dieser Jemand hatte damit offenbar eine Botschaft vermitteln wollen: dass er Holahon für einen Verräter hielt. Es lag also ein gewisser Groll vor und damit ein Motiv. Das war gut. Motive ließen sich zu Mördern zurückverfolgen. Aber wer hätte einen erfolgreichen Banker umbringen wollen? Sie drehte die Frage gedanklich um: Wer nicht?

Der Barmann bat sie auszutrinken, und Kate biss sich auf die Lippe, legte den Kopf schief und sah Sorrenson an. Erst nach acht Sekunden löste sie sich von seinem Blick.

# Kapitel 6

»Also, wie können wir helfen?«

Es klang ganz harmlos, aber in McLures Ohren war es eine Fangfrage. Er hatte das Gefühl, in einen Gewehrlauf zu blicken. Misstrauisch starrte er die beiden Männer an, die vor ihm saßen. Er hatte damit gerechnet, dass nur Carey auftauchen würde. Mit ihm hatte er telefoniert und E-Mails ausgetauscht. Dass auch Brandeis, Careys Vorgesetzter, erschienen war, irritierte ihn.

Brandeis war in Spionagekreisen eine Legende. Durchgesickerte Telegramme amerikanischer Botschaften hatten enthüllt, dass er in zahlreiche Komplotte zur Destabilisierung südamerikanischer Regime verwickelt gewesen war. Sein Posten als Leiter der Financial Intelligence Unit der NSA galt als behaglicher Ruheposten, zum Lohn für all das Unheil, das er im Süden angerichtet hatte. McLure hatte ihn bisher nicht für einen Mann des Geldes gehalten, dafür hatte er allein schon die falsche Frisur. Brandeis' Kopf zierte ein Bürstenhaarschnitt, mit dem er aussah wie ein kürzlich aus dem Wehrdienst entlassener Soldat. Seine Anwesenheit war sehr aufschlussreich, wie McLure fand. Was auch immer die Financial Intelligence Unit im Schilde führte, es war offenbar deutlich interessanter, als man ihn glauben machen wollte. Er hatte lediglich ein paar Fragen zu einer speziellen Bank gestellt, mehr nicht. Und trotzdem schien die Financial Intelligence Unit sofort voll in die Defensive zu gehen.

»Danke, dass Sie sich so kurzfristig zu einem Treffen bereit erklärt haben«, sagte McLure. Von den beiden Männern, die ihm gegenüber am Schreibtisch saßen, kam keinerlei Reaktion. Sie gaben sich erkennbar Mühe, ihre Körpersprache auf ein Minimum zu reduzieren. Dieser Umstand war sogar noch aufschlussreicher. Das Gespräch hatte noch gar nicht richtig begonnen, und schon mauerten die Amerikaner. Und fuhren schwere Geschütze auf. Irgendetwas stimmte nicht.

»Ich würde gern mit Ihnen über Higgs sprechen«, kam McLure zur Sache. »Wie Sie wissen, interessieren wir uns schon seit Längerem für diese Bank. Uns liegen Hinweise darauf vor, dass sie ihren Kunden Geldwäsche im großen Stil ermöglicht. Diese Hinweise beruhen teilweise auf Daten, die unser Abhördienst aufgeschnappt hat. Hauptsächlich Bankanweisungen zwischen London und Frankfurt, übermittelt durch das TAT-42-Tiefseekabel, das in Land's End anlandet. Natürlich nichts, was Ihre NSA nicht schon wüsste. Aber es gibt eine Handvoll Higgs-Kunden, die uns möglicherweise interessiert. Wir wären sehr dankbar, wenn Sie uns mitteilen könnten, ob Sie diese Personen kennen, ob vielleicht sogar die eine oder andere für Sie arbeitet. Wie Sie sicherlich wissen, wurde ein hochrangiger Mitarbeiter der Londoner Higgs-Filiale, Brad Holahon, kürzlich ermordet. Uns ist zu Ohren gekommen, dass er früher einmal bei Ihnen angestellt war, und wir wollen selbstverständlich nicht in etwas hineinstolpern, das möglicherweise … Konsequenzen hätte.«

McLure verschränkte die Arme und beobachtete die beiden Amerikaner. Er hatte sein Blatt aufgedeckt. Jetzt mussten *sie* zeigen, was sie in der Hand hatten.

Carey presste die Finger gegeneinander, als würde er beten. Brandeis stand auf und ging zum Fenster. »Sehr nett von Ihnen, dass Sie uns darüber informieren, Tony«, sagte er leise. »Ich weiß es zu schätzen. Nett, dass Sie den ganzen weiten Weg gekommen sind, um es uns vertraulich mitzuteilen. Manche Gespräche muss man einfach von Angesicht zu Angesicht führen.«

McLure schwieg. Seiner Ansicht nach waren nun die Amerikaner am Zug. Irgendetwas mussten sie ihm für seine weite Anreise liefern.

»Es ist nur leider so«, fuhr Brandeis fort, »dass wir nichts über Holahon wissen. Er arbeitet schon seit etlichen Jahren nicht mehr für uns. Wir haben gehört, dass er einige interessante Kunden betreut …«

»Zum Beispiel Prinz Aldud«, warf McLure ein.

»Zum Beispiel Prinz Aldud«, nickte Brandeis. »Aber soweit wir wissen, gibt es keine Hinweise darauf, dass Holahons Tod mit seiner Arbeit oder seinen ehemaligen Geheimdienstkontakten in Verbindung steht. Vielleicht war er neben seiner Tätigkeit bei der Bank ja noch für jemand anders aktiv … eine Person oder Institution, der er zu heiß geworden ist – oder nicht heiß genug war, falls Sie verstehen, was ich meine. Da bräuchten Sie nicht lange zu suchen. Der russische FSB zahlt gut. Außerdem verstecken sich in jeder größeren amerikanischen Bank inzwischen Mitarbeiter, die für die Chinesen spionieren. Bei Ihnen in Großbritannien sieht es wahrscheinlich nicht anders aus. Auch Staaten bezahlen für Informationen. Und es gibt bestimmt auch Hedgefonds, die an Holahons Wissen interessiert gewesen wären.«

Brandeis blickte auf die Baustelle am Ground Zero hinunter. Dann wandte er sich an Carey. Dass McLure auch im Raum war, schien er beinahe vergessen zu haben. »Erinnerst du dich noch an die Flugblätter nach dem elften September?«

Carey nickte. »Sie hingen an Anschlagtafeln, die ganze Straßenzüge eingenommen haben.«

»Ja. Von Leuten, die verzweifelt ihre Angehörigen suchten. Tausende von Flugblättern. Das Traurigste, was ich je gesehen habe. Fotos über Fotos. Ein riesiges Album des Schmerzes.«

Brandeis drehte sich zu McLure um, und seine Augen funkelten vor Wut. McLure spürte, wie die Atmosphäre sich mit Feinseligkeit auflud.

»Damals habe ich mir geschworen, dass so etwas nie wieder vorkommen wird«, erklärte Brandeis. »Dass wir tun werden, was auch immer nötig ist, um zu gewährleisten, dass das amerikanische Volk künftig vor solchen Ereignissen beschützt wird. Was auch immer nötig ist.« Den letzten Satz wiederholte Brandeis langsam und nachdrücklich, als wollte er seinen Inhalt absolut deutlich machen. »Das ist unser einziges Ziel«, fügte er nach einer Pause hinzu. »Das amerikanische Volk zu beschützen. Alles Übrige ist zweitrangig. Nichts anderes interessiert uns.«

»Also auch nicht, dass verbündete Geheimdienste Sie um Informationen über mutmaßliche Terrorfinanzierung ersuchen?« McLure wurde allmählich sauer. Die beiden Amerikaner schwiegen. Er blickte auf die Uhr. Das Treffen war kaum fünf Minuten alt. »Wir geben uns wirklich Mühe, Ihnen keine Schwierigkeiten zu bereiten«, sagte McLure. »Dabei hätten wir genug über Higgs zusammengetragen, um eine größere Operation in Gang zu setzen und die Bank letzten Endes sogar aus dem Verkehr zu ziehen. Was wir natürlich nicht tun werden, wenn wir damit einen übergeordneten Plan Ihrerseits gefährden.«

Carey starrte auf den Schreibtisch.

Brandeis blickte unterdessen erneut aus dem Fenster und bewunderte den Sonnenuntergang über Manhattan. An einem Aprilabend wie diesem, dachte er, will man in keiner anderen Stadt der Welt sein. Er strich mit den Fingern über die Fensterscheibe. »Es gibt keinen Plan«, sagte er leise. »Higgs gehört nicht zu uns. Hat nie zu uns gehört. All den irrwitzigen Gerüchten zum Trotz, die diesbezüglich im Umlauf sind.«

»Jetzt kommen Sie aber!«, explodierte McLure. Mit sturem Mauern kam er zurecht. Die offensichtlichen Lügen waren hingegen nicht hinnehmbar. »Jeder in der Welt der Geheimdienste weiß, dass Higgs eure Bank ist«, stieß er wütend hervor. »Spionagebank wird sie von allen genannt. Ihr habt sie gegründet, sie ist euer Baby.«

Brandeis zuckte mit den Schultern. »Dann liegen eben alle falsch. Völlig falsch. Wir können Ihnen wirklich nicht weiterhelfen, weil wir noch weniger wissen als Sie.«

»Ich habe die Reise also ganz umsonst angetreten«, sagte McLure.

Einige Sekunden herrschte Schweigen.

Dann ergriff Carey das Wort: »Das würde ich so nicht sagen. An der Ecke 48th Street und Madison Avenue hat eine neue Brasserie aufgemacht. Die Schnecken dort sind die besten, die man außerhalb von Paris bekommen kann. Gehen Sie hin. Ich verspreche, Sie werden es nicht bereuen.«

McLure stand auf und verließ mit einem knappen Nicken das Büro. Scheißamerikaner. Ihm fiel ein, was er zu Kate gesagt hatte: »Sie lügen, lügen, lügen.« Die Reaktion der beiden hätte ihn nicht überraschen dürfen. Nun ja, wenn sie nicht bereit waren, Informationen über Higgs auszutauschen, durften sie ihm auch keinen Vorwurf machen, wenn die britischen Geheimdienste in Kürze die ganze Bank auseinandernahmen. Carey und Brandeis verheimlichten eindeutig etwas, eine ganze Menge sogar. Aber am Ende kam alles heraus. Higgs war toxisch, und Giftmüll ließ sich nur eine gewisse Zeit verstecken. McLure hatte Mühe, seine Wut zu zügeln. Wie sie ihn angesehen hatten! Diese unverhohlene Verachtung! Die angebliche Sonderbeziehung zwischen den USA und Großbritannien war ein schlechter Witz. Eigentlich hätten sie auf derselben Seite kämpfen müssen. Herrgott, die Amerikaner hatten genug Militärstützpunkte in Großbritannien, um ganz Europa in den Krieg zu stürzen. Und trotzdem behandelten sie die britischen Geheimdienste wie einen feindlichen Staat. Er holte mehrmals tief Luft. Am nächsten Tag war er mit dem Vorstandsvorsitzenden der Higgs Bank verabredet. Vielleicht würde ja bei diesem Treffen etwas herauskommen.

Die beiden Amerikaner hörten das *Ping* des Aufzugs, das signalisierte, dass McLure auf dem Weg nach unten war.

»Lief in etwa genauso, wie ich erwartet hatte«, stellte Brandeis fest. »Verdammte Briten. Immer stellen sie Ansprüche, ohne eine Gegenleistung dafür anzubieten.«

»Tja. Rufst du Parker an?«

»Allerdings. Er trifft sich morgen mit McLure. Parker weiß, was Sache ist, aber ein paar aufmunternde Worte können bestimmt nicht schaden. Immerhin kann er bei dem Treffen endlich beweisen, dass er sein horrendes Gehalt wert ist. Wie viel bezahlen wir ihm noch mal?«

Carey dachte einen Moment nach. »Irgendetwas um die elf Millionen pro Jahr.«

»Du lieber Himmel! Nicht schlecht für einen Mann, der mal ein ziemlich mieser General war.«

»Stimmt«, erwiderte Carey. »Und als General war er immer noch besser als jetzt als Banker.«

»Genau das macht mir Sorgen.

Gary Carlton hatte den besten Job der Welt, was er jedem erzählte, der ihm zuhörte. »Ich darf draußen an der frischen Luft arbeiten, in der Natur, an einem der schönsten Orte Londons«, schwärmte er dann. »Und meinen eigenen Firmenwagen habe ich auch.«

Das mit dem Firmenwagen war als Witz gemeint, denn mit dem Land Rover, den ihm die Londoner Parkbehörde zur Verfügung stellte, durfte er nur innerhalb des Parks herumfahren. Trotz regelmäßiger Anfragen hatte der Vierundzwanzigjährige bisher noch kein einziges Mal die Erlaubnis erhalten, den Land Rover am Wochenende mit nach Hause zu nehmen. Aber er durfte immerhin an den meisten Arbeitstagen ans Steuer, und es machte gelegentliche Samstagsschichten erträglicher, dass er dann Zugriff auf »die Bestie« hatte, wie er den Wagen liebevoll nannte.

Trotzdem hätte er darauf verzichten können, am Ostersamstag zu arbeiten. Seine Freunde fuhren in den Nationalpark Peak District, wo sie ein Häuschen gemietet hatten. Er war neidisch. Die Jungs wollten Paintball spielen, sich vorkommen wie Soldaten im Krieg.

Gary öffnete die Heckklappe des Land Rovers und zog eine Kettensäge aus dem Laderaum. Er musste ein Wäldchen von mehreren umgestürzten Bäumen befreien, die dem stürmischen Wetter der Vorwoche zum Opfer gefallen waren. Der Gebrauch der Kettensäge machte ihm fast so viel Spaß wie das Herumfahren mit der Bestie. Er legte die Säge auf einem Baumstumpf ab, der von seiner gestrigen Arbeit zeugte, tastete in seiner Hosentasche nach einem Kaugummi und merkte, dass er die Packung offenbar im Handschuhfach vergessen hatte.

Als er kehrtmachte, um sie zu holen, fiel sein Blick auf einen Gegenstand auf dem Boden. Zunächst sah er aus wie ein Schatten, und Gary erkannte nicht sofort, um was es sich handelte. Der Gegenstand wirkte völlig fehl am Platz im Matsch von Hampstead Heath. Schwarzes Gummi und Glas. Er bückte sich und hob die Uhr auf. Teuer. Neugierig warf er einen

Blick auf die Digitalanzeige. Sie war erloschen. Also drückte er auf die Knöpfe auf beiden Seiten des Ziffernblatts. Nichts passierte. Die Uhr war offenbar kaputt.

Er steckte sie in die Tasche und wandte sich wieder seiner Säge zu. Später würde er die Uhr im Büro des Parkaufsehers abgeben, auch wenn jetzt niemand mehr etwas damit anfangen konnte. Er warf die Motorsäge an und machte die friedliche Stille im Wäldchen zunichte. O Mann, ich liebe dieses Geräusch, dachte er.

Der Prinz saß in seiner Orangerie und ließ den Blick über den perfekt gepflegten Rasen seines Gartens schweifen. Auf den beiden Krocketplätzen war ein Gärtnerteam am Werk. Eine weitere Gruppe von Gärtnern stutzte seine Buchsbaumhecken und verwandelte sie in kunstvoll geformte Tiere. Der Prinz hielt normalerweise nichts von Prahlerei, doch er veranstaltete in Kürze eine Gartenparty für eine Auswahl vornehmer Gäste, und sein Beraterstab hatte angedeutet, dass derlei Maßnahmen unter den prominenten Geladenen für ein anerkennendes Lächeln sorgen würden. Der Prinz hatte nur genickt. Er verstand die Feinheiten der westlichen Kultur nicht. Vor allem die Vorliebe der Engländer für Gartenkunst war ihm ein Rätsel. Genau wie ihre Begeisterung für Wolkenkratzer. Jedes Jahr kam ihm London noch ein wenig höher vor. Versuchten die Bewohner der Stadt, eine Treppe zu Gott zu bauen? Für ihn waren Wolkenkratzer im Gegenteil eine Beleidigung Gottes. Nichts durfte Minarette überragen.

Um ihn herum breiteten Architekten und Bauingenieure die endgültigen Pläne für den Flughafen aus. Sie umfassten den Bau eines großen neuen Terminals, verschiedener Parkplätze, eines Hotels und einer Einkaufsmeile.

Doch der Prinz war nur auf die Start- und Landebahn fixiert, auf sonst nichts. Vor allem ihre Länge interessierte ihn. Die Rollbahn musste lang und widerstandsfähig sein, musste großen Strapazen standhalten können. Wenn der Prinz sie für seine Zwecke verwendet hatte, konnte Faisal sich um die geschäftliche Seite kümmern, konnte Fluggesellschaften ins Boot holen, die eines Tages Millionen von Menschen von hier aus an Sonnenziele in ganz Europa und darüber hinaus bringen würden. Die Männer, die der Prinz an diesem Tag um sich versammelt hatte, waren im Grunde seine Söldner. Sie zogen in den Krieg. Einen gerechten Krieg.

Carlyle nahm neben ihm Platz. »Gentlemen, darf ich Sie daran erinnern, dass Sie alle Verschwiegenheitserklärungen unterzeichnet haben. Nichts, was in diesem Raum besprochen wird, darf nach außen dringen. Was hier gesagt wird, bleibt auch hier.«

Reihum war zustimmendes Gemurmel zu hören.

»Seine Hoheit interessiert sich vorrangig für eine ganz konkrete Frage«, fuhr Carlyle fort. »Und die lautet: Hält die Start- und Landebahn seinem Vorhaben stand?«

Sämtliche Blicke richteten sich auf Gibson, einen rotblonden Ingenieur, der früher bei der amerikanischen Marine gearbeitet hatte und nun der zuständige Projektmanager war. Er reichte Carlyle eine umfangreiche Mappe. »Kurz zusammengefasst: Ja. In der Mappe steht alles drin. Wir müssen die Start- und Landebahn um weitere dreihundert Meter verlängern und außerdem den Belag vollständig erneuern. Sie wird schließlich einiges aushalten müssen. Aber ja, kein Problem.«

Der Prinz lächelte. Er zeigte nur selten Gefühle, aber in diesem Moment konnte er nicht anders. Bald würde er sein Vermächtnis vollenden. Die Start- und Landebahn würde sein Geschenk an die Welt sein. Die Menschen würden sich für immer an ihn erinnern.

»Sie sollten die Schnecken bestellen. Das sagen alle.«

»Für mich nicht, danke«, antwortete McLure. »Ich nehme das Club-Sandwich. Vor dem Flug esse ich nicht gern so viel.«

»Sie fliegen heute Abend noch zurück?« Parker war überrascht. Er hatte geglaubt, McLure würde länger in New York bleiben. Von Brandeis hatte er die Information erhalten, dass der Brite mehrere Tage in der Stadt sein würde.

»Ja, ich habe meine Pläne geändert«, bestätigte McLure. »Ich muss zurück nach London.«

Das entsprach der Wahrheit. McLure hatte das geplante lange Wochenende in New York gestrichen. Sein Erlebnis mit Brandeis und Carey hatte ihn derart in Rage versetzt, dass er umgehend so viel Ozean wie möglich zwischen sich und die Amerikaner bringen wollte. Er sah sich im Restaurant um. Kellner in schwarzen Westen beförderten Silbertabletts mit Entrecôtes und Pommes frites durch ständig knallende Türen. Definitiv eine Brasserie. Eine amerikanische Brasserie mit französischem Anstrich. Es war bestimmt nur eine Frage der Zeit, bis auch eine Filiale in London aufmachte. Irgendwann wurde alles von Amerika nach Großbritannien exportiert. Sogar Krisen. »Wenn die Wall Street niest, holt sich London einen Schnupfen«, lautete ein beliebter Spruch. Tja, wenn sich seine Ahnung als zutreffend herausstellte, war es nicht nur ein Schnupfen, den sich die Londoner Finanzwelt holen würde, sondern ein ausgewachsenes, nekrotisierendes Virus.

»Das ist aber schade«, sagte Parker. »New York ist wirklich ein Erlebnis an Ostern. Schöne Paraden.«

»Ein anderes Mal.«

»Das hoffe ich, Tony. Kommen Sie doch an Weihnachten. Da schmeißt Higgs jedes Jahr eine rauschende Party.«

»Ich werde es im Hinterkopf behalten.«

»Tun Sie das. Nun denn, ich nehme an, Sie möchten mit mir über Higgs sprechen.«

»Zumindest über einige Konten Ihrer Bank.«

An ihrem Tisch erschien ein Kellner. Parker bestellte die Muschelsuppe und ein Club-Sandwich für McLure. Wie langweilig diese britischen Agenten doch waren, dachte er. Sahen aus wie Buchhalter. Der Mann, der vor ihm saß, stellte keine ernsthafte Bedrohung dar, das war offensichtlich. Er konnte ja noch nicht einmal einer Speisekarte die richtigen Informationen entlocken. Parker nahm einen Schluck von seinem Root Beer und beugte sich vor. »Also, wie kann ich Ihnen helfen?«

McLure zog ein Blatt Papier aus der Jackentasche und schob es über die weiße Tischdecke. »Hier sind die Namen, an denen wir interessiert sind. Und ich betone ausdrücklich, dass für unser Interesse triftige Gründe vorliegen, die die nationale Sicherheit betreffen. Sonst würden wir diesbezüglich nicht um Ihre Hilfe bitten.«

Parker blickte flüchtig auf die Liste. Das Pokerface hatte er perfektioniert. Man wurde nicht General beim amerikanischen Militär, wenn man seine Gefühle nicht im Griff hatte. Unergründlichkeit war ein Schutzschild. Er überflog die Namen. »Ich werde sehen, was ich tun kann. Sie sind der Initiator dieser Sache? Der Ansprechpartner?« Sein Tonfall war sarkastisch.

»So ist es«, antwortete McLure. Obwohl Samstag war, trug Parker einen makellosen Anzug. *Die Welt soll glauben, du wärst ein Banker*, dachte McLure. *Dabei wirst du immer der General a.D. sein. Du wirst immer die alten Schlachten kämpfen, auch wenn sie schon lange vorbei sind.* Er hatte das Gefühl, nicht an einem Restauranttisch zu sitzen, sondern an einem Spieltisch. Der alte General spielte mit gezinkten Karten, wie er wusste. Genau wie Brandeis und Carey. McLure hatte nichts anderes erwartet. Aber wenigstens hatte er durch seine Reise eine Erkenntnis hinzugewonnen: Die Amerikaner wollten unter allen Umständen den Eindruck erwecken, sie wüssten nichts über Higgs.

Sorrenson gönnte sich einen tiefen Atemzug voller Ozon als Lohn für seine Strapazen. Hinter ihm lagen bereits vierzehn Kilometer, und er fühlte sich wohl mit seinem Tempo. Noch sechs Kilometer, dann würde er sich zufriedengeben. Er befand sich gerade zwischen zwei gestrandeten skelettartigen Segeljollen, und die Sonne wurde von den Wellen reflektiert. Es war ein Dienstagvormittag im April, aber es fühlte sich an wie Juni, so heiß war es bereits. Sorrenson genoss das Leben an seinem freien Tag. Durch das Laufen hatte er das Gefühl, die Zeit anzuhalten, sie sogar ein Stück zurückzudrehen.

Er fragte sich, was Kate wohl gerade machte. Vielleicht joggte sie ja auch. Bei der Vorstellung musste er lächeln. Der Morgen danach war nicht so unangenehm gewesen, wie er befürchtet hatte. Der Zimmerservice hatte ihnen Kaffee nach oben gebracht, und dann war Sorrenson auch schon aufgebrochen. Eine effiziente, beinahe klinische Abwicklung. Er hatte gemerkt, dass sie es genau so haben wollte. Kein Smalltalk. Keine Intimität. Ob er sie wohl jemals wiedersehen würde? Vermutlich nicht, es sei denn, es gab irgendwelche außergewöhnlichen Entwicklungen im Mordfall Holahon. Und das war nicht sehr wahrscheinlich. Neue Spuren – Fehlanzeige. Er wusste nicht mehr, wie oft er sich die Aufnahmen der Überwachungskamera vor Holahons Apartmentgebäude im Stadtteil Holland Park aus der Nacht seines Verschwindens angesehen hatte. Sie zeigten einen Banker, der in Laufkleidung das Haus verließ und die Straße entlang davonjoggte. Und das waren dann auch schon die letzten Momente in Holahons Leben. Sie hatten seine Spur mithilfe von Überwachungsaufnahmen bis zu einem Kanalweg in der Nähe des Regent's Park verfolgt, und dann war er verschwunden.

Sorrensons Gespräch mit dem Gerichtsmediziner, der die Autopsie durchgeführt hatte, einem Vertreter des üblicherweise zuständigen Pathologen, war zunächst nicht besonders vielversprechend verlaufen. Der Mann hatte merklich gereizt reagiert, als Sorrenson ihn gefragt hatte, ob von einer zweiten Autopsie zusätzliche Erkenntnisse zu erwarten seien.

»Haben Sie eine Ahnung, wie drastisch uns die Mittel gekürzt wurden?«, hatte ihn der Mediziner gefragt. »Wollen Sie wirklich Zeit und Geld vergeuden, nur um sich von einem Kollegen wiederholen zu lassen, was Sie bereits von mir wissen? Todesursache: Tod durch Ertrinken. Offenbar wurde er unter der Wasseroberfläche festgehalten, ob vorsätzlich oder durch ein Versehen, lässt sich nicht feststellen. Viel davon mitgekriegt hat er nicht, tippe ich. Er war so vollgepumpt mit Drogen und Alkohol, dass er vermutlich ohnehin bewusstlos war.«

Dann hatte der Gerichtsmediziner noch etwas hinzugefügt, was Sorrenson vollkommen aus dem Konzept gebracht hatte.

»Fest steht, dass er in Süßwasser ertrunken ist.«

Sorrenson verstand die Welt nicht mehr. »Er wurde aber an einem Strand am Meer gefunden.«

»Das mag ja sein. Ertrunken ist er trotzdem in einem Kanal, Fluss oder See. Nicht im Meer.«

»Wieso erzählen Sie mir das erst jetzt?«

Der Gerichtsmediziner zuckte mit den Schultern. »Das kriminaltechnische Labor ist teilweise ausgelagert, da können Laborergebnisse schon mal verzögert eintreffen. Der vorläufige Bericht hatte bereits Ertrinken als Todesursache ergeben. Erst als später der ausführliche Folgebericht bei uns einging, wussten wir, was für eine Art von Wasser in seiner Lunge gefunden wurde.«

Sorrenson war sauer. Es handelte sich um ein wichtiges Indiz, das man ihm um ein Haar vorenthalten hätte.

»Mir dürfen Sie nicht die Schuld geben«, wehrte der Vertretungsarzt ab. »Ich mache hier die Arbeit von dreien. Der Kollege, der sonst für Sie zuständig ist, ist stressbedingt krankgeschrieben, und jetzt sind wir neuerdings auch noch gezwungen, externe Firmen mit den Labortests zu beauftragen, die wir früher direkt vor Ort durchführen konnten. Das totale Chaos.«

Der Süßwasserfund in Holahons Lunge bestätigte die Ahnung, dass jemand seine Leiche bewusst am Strand abgelegt hatte. Gleichzeitig verlieh er auch der Geschichte mit dem Polizeitransporter mehr Glaubwürdigkeit. Sorrenson versuchte sich vorzustellen, was Holahon getan haben mochte, um in einer Person den Wunsch auszulösen, an ihm ein derart grausames Exempel zu statuieren und ihn so zu entwürdigen, dass er kaum noch als toter Mensch zu erkennen war.

Die Bankenwelt ist schon ein ziemlich brutaler Ort, dachte er. Wenn große Geldsummen involviert waren, konnte alles passieren. Aber warum hatte man Holahon nicht einfach um die Ecke gebracht und anschließend dezent verschwinden lassen? An Gangstern, die so etwas arrangieren konnten, wenn man ihnen genug Geld dafür bot, herrschte schließlich kein Mangel.

Sorrenson spürte, wie die Milchsäure in seinen Waden brannte, während er die abgelegene Spitze der Halbinsel umrundete. Dieser Ort war so gut wie jeder andere, um hier ein Atomkraftwerk zu bauen. Die monströse Anlage schien hinter dem Kiesstrand finster in den Himmel zu starren wie eine riesige Osterinsel-Statue.

Er bog auf die salzgebleichte Küstenstraße ab, die in der Hitze flirrte. Wildblumen ragten aus dem Gestrüpp, vereinzelte gelbe, rote und blaue Farbtupfer in der kargen Landschaft. Dahinter glitzerte das Meer. Ein beinahe vollkommener Moment.

Sorrensons iPhone vibrierte in der Handytasche, die er am Oberarm trug.

Es war Hughes.

»Ja?«, rief Sorrenson in das Mikro seiner Freisprecheinrichtung.

»Wir haben vielleicht was Neues im Mordfall Holahon«, erklang Hughes' Stimme. »Kann auch Fehlalarm sein, aber …«

Sorrenson sprintete los. Eine neue Spur würde ihm einen Vorwand liefern, sie wiederzusehen. »Ich komme auf die Wache.«

»Brauchst du nicht, das kann bis morgen warten.«

»Nein, ich komme jetzt.«

McLure hatte die Schlinge um seinen Hals nicht gespürt. Er war zu sehr damit beschäftigt gewesen, einen Herzinfarkt zu erleiden. Sie hatten sich auf ihn gestürzt, als er sein Hotelzimmer betreten hatte, drei Männer in Papieranzügen. Der erste hatte ihm einen elektrischen Viehtreiber in die Brust gerammt, um den Herzinfarkt auszulösen. McLures Körper war nach hinten gegen die Wand gezuckt und zu Boden gesunken. Daraufhin hatte sich der zweite Mann über ihn gebeugt, die Schlinge über seinen Kopf gleiten lassen, sie festgezogen und straff gehalten, bis er aufgehört hatte zu atmen. Der dritte hatte unterdessen an der Tür Schmiere gestanden.

Während seiner letzten Sekunden schmeckte McLure Blut auf der Zunge und sah nichts als Schwärze. Er konnte seinen

Tod hören, aber nicht sehen. In seiner Brust spürte er einen gewaltigen Schmerz. Der Schrecken darüber, nichts mehr tun zu können, überwältigte ihn. Er war bewegungsunfähig. Seine letzten Gedanken galten seiner Exfrau und seiner elfjährigen Tochter Alice. Er stellte sich vor, wie Alice bei ihrer Hochzeit allein den Mittelgang der Kirche entlangschritt, versuchte sich gegen dieses Bild zu wehren, weil er wusste, dass es sein letztes sein würde. Aber es war zu stark. Er versank in einem Meer aus Trauer.

Sie haben mich erwischt, dachte er. Sie haben mich erwischt.

In weniger als zwei Minuten war alles vorbei. Ein Beobachter hätte den Eindruck gewonnen, dass die Männer bereits ähnliche Morde verübt hatten, so effizient und beherrscht gingen sie vor. Ein beinahe eleganter Akt des Tötens.

Die drei Männer streiften ihre Papieranzüge und Handschuhe ab. Darunter trugen sie Hausmeisteroveralls. Sie setzten sich Baseballkappen auf und zogen sie tief ins Gesicht, um sich vor den Überwachungskameras auf den Hotelfluren zu schützen. Dann schlossen sie mit einem leisen Klicken die Tür hinter sich.

McLures Leiche blieb auf dem Boden zurück. Sie lag auf dem Rücken und starrte an die Decke, und in ihren Augen klang noch die Wut nach.

# Kapitel 7

Gary Carlton genoss die Aufmerksamkeit. Für einen jungen Mann, der noch bei seinen Eltern wohnte, war das Erscheinen zweier Detectives das Highlight der Woche – wenn nicht gar des Monats. Er hätte es allerdings vorgezogen, wenn sie tatsächlich wie Kriminalbeamte ausgesehen hätten und nicht wie Lehrer. Vor allem der jüngere mit der verschossenen Lederjacke und den Locken. Erdkundelehrer, hätte man meinen können. Bei all der Beachtung, die ihm die beiden schenkten, kam sich Gary ungeheuer wichtig vor. Er verstand zwar nicht genau, warum sich die Detectives so für seine Geschichte interessierten, aber sie wollten unbedingt wissen, wo er die Uhr gefunden hatte.

Also standen sie zu dritt in dem Wäldchen herum, in dem er mit der Motorsäge Bäume gefällt hatte, ganz am oberen Ende von Hampstead Heath.

»Hier lag sie also?«, fragte Hughes und zeigte auf den Boden.

Der Parkarbeiter nickte. »Genau hier.«

»Dort unter den Brombeeren?«, hakte Sorrenson nach.

»Ja. Kann sein, dass sie schon länger hier war. Dieser Teil des Parks ist eher ruhig. Hier kommen nicht so viele Leute hoch.«

»Hm«, machte Hughes. »Verstehe. Und nachdem Sie die Uhr gefunden haben, haben Sie sie im Büro des Parkaufsehers abgegeben?«

»Ja. Es stand kein Name drauf und gar nichts. Ich dachte

sogar, dass sie nicht mehr funktioniert. Die Anzeige war erloschen.«

»Man muss sie nur aufladen«, erklärte Sorrenson. »Die Uhr verfügt über ein GPS-System. Damit können Laufsportler ihre Trainingsrunden aufzeichnen und auswerten.«

»Wahrscheinlich hat Brian sie aufgeladen – der Parkaufseher«, sagte Gary. »Und dann kam er plötzlich und meinte, Sie beide wollten mit mir reden. Wieso interessieren Sie sich so dafür? Es ist doch nur eine Uhr, oder?«

»Wir glauben, dass der Besitzer der Uhr ermordet wurde«, antwortete Hughes. »Ihr Boss ist mit der Uhr zum Laufsportverein im Süden des Parks gegangen, um sich dort ein Netzteil auszuleihen. Damit hat er den Akku wieder aufgeladen und die Uhr ans Internet angeschlossen. So ist er an den Namen des Besitzers gekommen. Dann hat er die Parkpolizei angerufen, und die wiederum hat uns angerufen. Jetzt sind Sie auf dem Laufenden. Mehr wissen wir auch noch nicht.«

Gary Carlton hatte plötzlich einen Geistesblitz. »Die Uhr hat diesem Banker gehört, oder? Brad Holahon? Ich habe den Zeitungsbericht gelesen. Er war nämlich Mitglied bei den Hampstead Harriers. Um ihn geht es, stimmt's?«

»Schlau kombiniert«, sagte Hughes. »Sie üben offenbar den falschen Beruf aus.«

Gary war begeistert. Er wurde sonst nur selten gelobt. Von Kindesbeinen an war er in seiner Fantasie ein einsamer Cop gewesen, ein einzelgängerischer Ermittler, der keine Angst kannte und an vorderster Front seinen Mann stand.

Hughes sah sich in dem Wäldchen um. »Sagen Sie mal, gibt es hier oben irgendwelche Seen?«

Gary lachte. »Nö.«

Hughes zuckte mit den Schultern. Eine weitere Spur, die ins Leere lief.

»Nein, keine Seen«, wiederholte der Parkarbeiter. »Aber jede Menge Teiche.« Mit Entzücken beobachtete Gary Carlton, wie die Blicke der beiden Männer zu seinem Gesicht schossen.

»In welcher Richtung?«, fragte Hughes und gestikulierte in Richtung Wäldchen.

Gary wies auf eine Baumreihe. »Zum gemischten Badeteich geht's da durch. Herren- und Damenteich liegen weiter unten im Park.«

»Führen Sie uns hin«, forderte ihn Sorrenson auf.

Gary strahlte. Der Tag versprach, interessant zu werden. »Gerne doch«, sagte er. »Wir nehmen die Bestie.«

Callow steckte seinen Kopf zu Kates Tür herein. Sie blickte von ihrem Computerbildschirm auf und spürte Übelkeit in sich aufsteigen. Seit Tagen wappnete sie sich nun schon für die schlechte Nachricht. Callows Gesicht bestätigte ihre schlimmsten Befürchtungen. »McLure?«

Callow grunzte etwas vage Zustimmendes. »Webster will Sie sprechen. Jetzt.«

Sie folgte ihm den Flur entlang und nahm den Aufzug in die oberste Etage. Websters Büro bot einen atemberaubenden Weitblick über die Themse, der vom OXO Tower bis zur Vauxhall Bridge reichte. Nach dem garantierten Ritterschlag und der Beförderung zum Rektor eines Oxford-Colleges war diese Aussicht die drittbeste Vergünstigung, die man als MI5-Chef erhielt. Callow führte sie durch die Tür. »Sagen Sie ihm, was Sie wissen«, riet er ihr. »Halten Sie sich nicht zurück.«

Idiotischer Rat, dachte sie. Callow konnte einen ganz schön von oben herab behandeln. Kein Wunder, dass der MI5 Probleme hatte, mehr Frauen anzuwerben, bei einem Mann wie ihm als Websters Stellvertreter.

»Pendragon, vielen Dank, dass Sie gekommen sind«, begrüßte Webster sie. »Ich bleibe sitzen, wenn Sie erlauben.«

Sie rang sich ein Lächeln über Websters üblichen kleinen Witz ab. Er saß schon seit Jahrzehnten im Rollstuhl. Mit Mitte dreißig, als er gerade von einem jahrelangen Einsatz in Nordirland zurückgekehrt war, hatte er einen Motorradunfall gehabt. Seitdem war er querschnittsgelähmt und zeugungsunfähig. Die Arbeit beim Geheimdienst war sein Leben, damit füllte er die Leere aus. Zumindest behaupteten das die Zeitungsporträts über ihn.

Er bedeutete ihr, sich zu setzen. Vor ihm auf dem Schreibtisch lag eine aufgeschlagene dünne Mappe. Als sein Blick darauf fiel, klappte er sie zu, ein wenig zu hastig, wie ihr schien.

»McLure ist tot.«

Sie kämpfte gegen die aufsteigenden Tränen an. McLure tot? Das konnte nicht sein. Seit ihrer Versetzung zum Geheimdienst war er so ziemlich die einzige Konstante in ihrem Leben gewesen. Sie schluckte und bemühte sich, die Haltung zu bewahren. »Da Sie mich eigens hierherzitiert haben, gehe ich davon aus, dass er keines natürlichen Todes gestorben ist.«

»Nun ja, wie man es nimmt.«

»Was heißt das?«

»Dass er in seinem Hotelzimmer einem Herzinfarkt erlegen ist. Allerdings wies sein Hals Spuren einer Erdrosselung auf. Wir glauben, dass ein Elektroschockgerät verwendet wurde, um sein Herz zum Stillstand zu bringen.«

»Es war also kein …« Die Wörter wollten einfach nicht heraus.

»Es war kein missglückter Raubüberfall, nein«, sagte Webster. »Das waren Profis. Schnell und sauber. Er wurde eindeutig gezielt ermordet.«

»O Gott, nein.« Es fiel ihr schwer, den lebenden McLure

mit dem toten in Einklang zu bringen. Plötzlich wurde ihr die enorme Tragweite des Ganzen bewusst, die Gefährlichkeit ihres Berufs. Sie hatte immer allen erzählt, dass ihre Arbeit langweilig sei, hatte selbst daran geglaubt, war sogar dankbar dafür gewesen. Ganz so banal war ihre Tätigkeit offenbar doch nicht. Sie fühlte sich eingeschüchtert. Eingeschüchtert und einsam und voller Angst. Was hatte McLure herausgefunden? Als Leiter der Financial Intelligence Unit des MI5 hatte er nicht nur eine Ermittlung, sondern gleich mehrere beaufsichtigt. Aber ihr fiel nichts ein, was brisant genug gewesen wäre, um ihn zum Ziel eines Auftragsmords zu machen. Sie dachte an seine Versuche, einen Container zu mieten, an seine Scheidung und ihre unbeholfene Affäre. Büroliebschaften waren doch Alltag, so etwas passierte ständig und überall. Nein, es war eindeutig die Arbeit als MI5-Agent, die ihn ins Grab gebracht hatte, und wenn *ihm* das zustoßen konnte, galt dasselbe für sie.

Ihre Gedanken wanderten zu dem Klopfen an ihrer Tür vor vier Jahren. Sie war gerade bei ihrer Mutter in Sussex gewesen. Sobald sie die Tür geöffnet hatte, hatte sie gewusst, worum es ging. Es war die Uniform des Soldaten, die ihr verraten hatte, dass Michael tot war. Seine Schuhe waren blank geputzt gewesen, und der Schirm seiner Mütze hatte im Eingangslicht geglänzt. So viel Arbeit macht man sich nur, wenn es schlechte Nachrichten zu überbringen gibt, hatte sie gedacht.

Aber McLures Tod war etwas anderes. Soldaten wurden erschossen, das kam vor. Für Agenten war es weit ungewöhnlicher, beim Einsatz umzukommen, zumal, wenn sie überwiegend am Schreibtisch tätig waren und prosaische Bankgeschäfte aufdröselten.

»Wann haben Sie davon erfahren?«

»Schon vor ein paar Tagen«, antwortete Webster. »Uns liegen nur wenige Eckdaten vor: Es waren drei als Hausmeister verkleidete Männer. Glauben wir zumindest. Wir haben uns natürlich die Aufnahmen der Überwachungskameras angesehen, aber sie haben ihre Gesichter gut verborgen. Offenbar wussten sie, wo im Hotel die Kameras angebracht sind. Die Amerikaner behaupten, sie hätten das Zimmer nach Hinweisen durchsucht, und die Leute von der Botschaft stellen ebenfalls Ermittlungen für uns an. Trotzdem, es sieht leider so aus, als hätten die Killer keine Spuren hinterlassen.«

»Haben Sie schon irgendwelche Theorien bezüglich des Motivs?«

Webster lehnte sich in seinem Rollstuhl zurück. »Wir hatten gehofft, Sie wüssten vielleicht etwas.«

»Er hatte mich gebeten, die Higgs Bank genauer unter die Lupe zu nehmen, von diesem Thema war er fast schon besessen. Auf seinen Wunsch hin habe ich also die Bank überwacht, und zwar schon seit einer ganzen Weile. Irgendwann tauchten Gerüchte auf, Higgs würde Beihilfe zur Terrorfinanzierung leisten. Ein leises Raunen in der Londoner Finanzszene, ein paar vom Abhördienst abgefangene Bankdaten, mehr war es eigentlich nicht. Bis plötzlich ein Higgs-Banker tot auftauchte – Brad Holahon. Da haben wir uns natürlich gefragt, ob es eine Verbindung gibt zwischen dem Mord an ihm und den Gerüchten um Higgs, und haben uns seine Kunden genauer angesehen. Interessant sind einige von ihnen auf jeden Fall, allerdings handelt es sich hauptsächlich um organisiertes Verbrechen und eher weniger um sicherheitsrelevante Vorgänge.«

Webster drückte einen Knopf auf seinem Schreibtisch. »Jane, könnten wir bitte zwei Tassen Kaffee bekommen?« Er sah Kate an. »Tja, irgendetwas muss McLure herausgefunden haben.«

»Ich sehe mir die Higgs-Akte noch einmal an«, versprach

sie. »Vielleicht finde ich ja etwas. Viele Daten konnte ich aus Zeitgründen noch gar nicht auswerten. Higgs verwaltet zahlreiche mutmaßliche Schwarzgeldkonten in Steueroasen. Eventuell liefern die neue Erkenntnisse. Ich kümmere mich darum.«

»Tun Sie das. Ansonsten haben wir leider nicht viele Anhaltspunkte.«

Der Kaffee traf ein. Webster wartete, bis seine Sekretärin den Raum wieder verlassen hatte. »Seine Familie ist noch nicht informiert«, sagte er und sah Kate vielsagend an. »Auch wenn sie natürlich ihre Befürchtungen haben wird.«

O Gott, nein, bitte nicht, dachte sie.

»Wir hatten gehofft, dass Sie vielleicht hinfliegen könnten. Um seinen Angehörigen eine etwas bereinigte Version der schrecklichen Ereignisse zu überbringen.«

Ihr fiel plötzlich das Atmen schwer. Eine bereinigte Version? Und wie sollte die aussehen? Außerdem: War sie nicht die Letzte, die sich anmaßen durfte, McLures Exfrau die Hiobsbotschaft zu überbringen? Worauf sie Webster natürlich nicht hinweisen konnte. Es gab Formulare, die auszufüllen waren, wenn man eine Beziehung mit einem anderen Geheimdienstmitarbeiter einging. Eine haarsträubende bürokratische Anforderung, die von allen ignoriert wurde. Statt für mehr Transparenz sorgte sie für noch mehr Geheimniskrämerei. Kate schluckte. »Mir wäre es lieber, wenn …«

»Sie kannten ihn besser als jeder andere hier«, unterbrach Webster sie. »Ich halte es für angemessen, wenn Sie, eine Freundin, der er vertraute, die Familie informieren.«

»Aber …«

»Er war geschieden, nicht wahr?«

Sie starrte zu Boden. »Ich glaube schon.«

Sorrenson rollte mit seinem Schreibtischstuhl nach hinten und massierte sich den Nacken. Er hatte zu lange auf den Bildschirm gestarrt und war völlig ausgelaugt von den vielen Informationen, die er in sich aufgenommen hatte.

Vor ihm auf dem Rechner waren zahlreiche elektronische Landkarten geöffnet, von denen jede mit Daten und Tabellen verknüpft war. Die Tabellen listeten Holahons jeweilige Durchschnittsgeschwindigkeit auf, seine Höchstgeschwindigkeit, die zurückgelegte Gesamtstrecke, die Steigung, die verbrannten Kalorien. Auf den meisten Landkarten waren recht ähnliche Routen durch Hampstead Heath zu sehen.

»Was ist *das* denn für eine Strecke?« Hughes zeigte auf ein Bildschirmfenster.

Sorrenson rollte wieder näher an den Schreibtisch heran und pfiff leise durch die Zähne. »Das ist der Badwater Ultramarathon. Der Kerl war echt hart drauf.«

»Und das da?«

Sorrenson antwortete nicht sofort, weil ihn etwas stutzig machte. »Äh, ich glaube, das war The Wall, der Hundertelf-Kilometer-Ultramarathon am Hadrianswall. In dem Rennen hat er die Seniorenwertung gewonnen, mit zwölf Stunden und achtunddreißig Minuten. Das weiß ich, weil ich es auf der Website nachgeschaut habe. Seine GPS-Uhr behauptet allerdings, er hätte nur gut sechs Stunden für die Strecke gebraucht, was schlicht nicht möglich ist. Dafür hätte er fast durchgehend olympisches Marathontempo laufen müssen. Niemand auf der ganzen Welt schafft das.«

Hughes schob sich eine Zigarette zwischen die Lippen und kratzte sich den Kopf. »Ich gehe raus, eine rauchen. Dieses ganze Fitnessgerede ist mir viel zu gesund.« Er zeigte noch einmal auf die Strecke auf dem Bildschirm. »Wahrscheinlich wurde das Satellitensignal gestört oder so was.«

Sorrenson legte die Hand auf seine Computermaus und bewegte den Pfeil zu dem Bildschirmfenster mit dem Hadrianswall-Marathon. Dann klickte er auf die linke Maustaste, woraufhin die Karte durch ein Kurvendiagramm ersetzt wurde, das Holahons Geschwindigkeit im Verlauf des Rennens nachzeichnete. Aufmerksam starrte er auf das Diagramm. Er fuhr mit dem Pfeil die Kurve entlang und studierte stirnrunzelnd die kleinen Zahlen, die daraufhin angezeigt wurden. Zunächst wurde er nicht schlau daraus. Mathe war noch nie seine Stärke gewesen. Doch dann zerstreuten sich seine Zweifel und er verstand, wie es zu der Diskrepanz kam. Die Daten logen nicht, die Uhr sagte die Wahrheit. Nur war diese Wahrheit so fantastisch, so haarsträubend, dass sie nicht auf redliche Weise zustande gekommen sein konnte. Holahon hatte allen etwas vorgemacht.

Sorrenson brach in Gelächter aus. »Du listiger alter Fuchs«, flüsterte er. »Fast wärst du damit durchgekommen. Alle haben dir geglaubt. Und wenn du nicht gestorben wärst, hätte es nie jemand erfahren. Du warst eine Mogelpackung, Brad Holahon. Eine einzige große Mogelpackung.«

Sie durchquerte die Plaza Mayor, den zentralen Platz von Madrid, und fühlte sich, als wäre sie in einer anderen Zeit gelandet, an einem anderen Ort. Kate kannte Madrid gut. Michael und sie waren manchmal übers Wochenende hergeflogen und hatten neben dem obligatorischen Besuch der Stierkampfarena zusätzlich Museen und Kunstgalerien in ihr Programm gezwängt. »Hemingway lässt grüßen«, hatte sie dann gern zu ihm gesagt.

»Absolut«, hatte er geantwortet.

Damals war ihr aufgegangen, dass Michael nicht der Typ war für ein ruhiges Leben. Seine Liebe zum Stierkampf war kein bloßes Getue. Er war ein Mann, der immer wieder die Gefahr suchte, weshalb es nicht verwunderte, dass er bei einer Spezialeinheit gelandet war und sich regelmäßig riskanten Situationen aussetzte. Seit sie an einem grauen Samstag im Mai als Mann und Frau aus dem Rathaus von Islington getreten waren, hatte Kate im Grunde jeden Tag auf das Klopfen an der Tür gewartet, das Klopfen, das vom Tod ihres Mannes zeugen würde. Sie hatte das Gefühl, ihre ganze Ehe mit einem Todesurteil gelebt zu haben. Irgendwann war die Angst zur festen Größe geworden, und als sie sich mit Eintreffen der schrecklichen Nachricht als begründet erwies, war es beinahe eine Erleichterung, das Ende einer Geschichte, deren Ausgang allzu vorhersehbar gewesen war.

Seit jenem Tag vor vier Jahren funktionierte sie nur noch auf Autopilot, ging ihren Freunden aus dem Weg, mied Orte, die sie gemeinsam besucht hatten. Sie versuchte nicht etwa, dem Schmerz zu entgehen, den die Erinnerung in ihr wachrief, denn dieser Schmerz war ohnehin immer bei ihr. Nein, ihr fehlte die nötige Energie, um sich mit ihren Gefühlen auseinanderzusetzen, die Zeit, die sie zur Erholung brauchte, wenn sie ihren Emotionen erst einmal freien Lauf ließ. Da war es besser, sich auf die Arbeit zu stürzen, auf den Laufsport, auf andere, beschämendere Zerstreuungen …

Aber nun war ihr nichts anderes übrig geblieben, als nach Madrid zu reisen und sich ihrer Vergangenheit zu stellen. Anweisung von Webster. Buße für vergangene Sünden. Ein schlechtes Gewissen konnte wirklich kraftraubend sein.

Sie steuerte auf ein Restaurant an der Ecke zu, bahnte sich ihren Weg durch die menschlichen Statuen und die Bettler. Noch nie hatte sie in einer großen europäischen Hauptstadt so viele Bettler gesehen. Unmengen von ihnen, viele mit Plakaten um den Hals, auf denen sie beschrieben, wie sie während der Bankenkrise alles verloren hatten. Über Madrid lag eine Melancholie, die sie von dieser Stadt nicht kannte. Sie schien ihre Pracht eingebüßt zu haben, ihre prahlerische Arroganz. Der Machismo war verschwunden, die Ausgelassenheit. Von Hemingway keine Spur mehr, dachte sie. Madrid wirkte beinahe heruntergekommen, als sei es Tumulten zum Opfer gefallen. Es stimmte ja auch: Geld, beziehungsweise der Mangel an Geld, konnte weit mehr Schaden anrichten, als es dem Terrorismus je gelingen würde. Wenn man seinem Glauben oder seiner Überzeugung Nachdruck verleihen wollte, jagte man ein Gebäude in die Luft. Wenn man ein ganzes Land lahmlegen wollte, nahm man sein Bankensystem hoch. So schwierig war das nicht. Volkswirtschaften brauchten ein Fundament aus Vertrauen, genau wie die Menschen selbst. Sobald das Vertrauen sich verflüchtigt hatte, zerbrach auch die notwendige Illusion, dass alles normal war.

Sie betrachtete die Frau, die vor dem Restaurant an einem Tisch saß und den *International Herald Tribune* las. Ihre Haare waren grau und fast jungenhaft kurz geschnitten. Sie trug eine schwarze Designerbrille und eine cremefarbene Bluse und sah aus wie das, was sie war: eine Anwältin, die gerade Mittagspause machte.

»Marion?«

Die Frau hob den Kopf und musterte Kate von oben bis unten. »Sie sind größer, als ich erwartet hatte.«

Kate schwieg. Was hätte sie auch dazu sagen sollen?

»Ich dachte immer, Anthony würde auf kleine Frauen stehen. Na ja, zumindest kleiner als er, und er war nur … wie groß? Eins sechsundsiebzig, eins achtundsiebzig an guten Tagen? Aber im Liegen war das wahrscheinlich egal.«

Kate nahm erleichtert zur Kenntnis, dass die Frau in der Vergangenheitsform sprach. Sie ahnte offenbar bereits, dass ihr

Exmann tot war. »Ich habe schlechte Nachrichten«, sagte sie, setzte sich und bestellte bei einem vorbeikommenden Kellner einen Espresso.

Die Frau stieß ein kurzes, verbittertes Lachen aus. »Dass Sie nicht extra hierherfliegen, um mir einen Freundschaftsbesuch abzustatten, konnte ich mir schon denken …« Sie brach ab. In ihren Augen glitzerten Tränen.

»Natürlich«, sagte Kate.

Marion tupfte sich mit einem Papiertaschentuch die Augen trocken. »Ausgerechnet *Sie*. Ich nehme an, Sie sind die Empfängerin seiner damaligen SMS.«

»Ja.«

»Sie sind viel zu attraktiv für ihn. Meine Güte, wenn Sie seine Geliebte waren, müssen Sie ein echtes Problem haben. Oder ein sehr geringes Selbstwertgefühl.«

Kate biss sich auf die Lippe. »Geliebte« war ein geradezu groteskes Wort für das, was zwischen McLure und ihr stattgefunden hatte. Sie hatten nur einige wenige Male miteinander geschlafen. Und es war ein Fehler gewesen, ein großer Fehler, den sie beide inzwischen bereuten. So etwas kam vor, aber es wäre grausam und unnötig gewesen, mit Marion über semantische Feinheiten zu diskutieren. Zumal jetzt nicht der richtige Zeitpunkt dafür war. Sie hatte schließlich eine Botschaft zu überbringen. »Ich muss Ihnen leider mitteilen, dass Tony, Anthony, tot ist.«

Sie wartete auf eine Reaktion, doch die Frau starrte sie nur stumpfsinnig an.

»Wir glauben, dass er ermordet wurde. Er war gerade in New York und wurde dort allem Anschein nach zum Opfer eines geplanten Attentats.«

Marion begann leise zu schluchzen. »New York. Er hat sich schon so lange gewünscht, endlich wieder dorthin zu reisen.

Wir haben damals in New York unsere … Ach, ist ja auch egal. Wie soll ich das nur Alice erklären? O Anthony, wo hast du dich da nur reinziehen lassen?« Sie beruhigte sich ein wenig und runzelte die Stirn. »Er war eigentlich gar nicht der Typ, der vor Ort ermittelte. Darüber haben wir früher immer Witze gemacht. Er hat sich selbst gern als Schreibtischkrieger bezeichnet, und Alice ist voll darauf eingestiegen. Als kleines Mädchen hat sie immer gesagt, dass sie später auch Schreibtischkriegerin werden will.«

Der Espresso kam. Kate nahm einen Schluck, dankbar für die Ablenkung. »Warum erzählen Sie Alice nicht, dass ihr Vater ein guter Mensch war und versucht hat, die Welt ein Stückchen besser zu machen?«

»Wissen Sie, wer es getan hat? Oder haben Sie zumindest eine Theorie?«

Kate überlegte, wie viel sie preisgeben oder vielmehr *nicht* preisgeben durfte. Eine knifflige Entscheidung. Sie beschloss, Marion zumindest einen Teil der Wahrheit zu sagen, als Abbitte sozusagen. Das war das Mindeste, was sie für sie tun konnte. »Wir glauben, dass der Anschlag auf ihn mit dem Thema Terrorfinanzierung zu tun gehabt haben könnte. Anthony hat möglicherweise enthüllt, welchen Beitrag eine gewisse Bank zur Unterstützung von islamistischem Terrorismus geleistet hat. Ich betone allerdings, dass das alles bislang reine Spekulation ist. Diese Bank ist für ihn in letzter Zeit ein wenig zur Besessenheit geworden. Auch ich habe ihm bei den Ermittlungen geholfen und eine Liste mit besonders interessanten Kunden der Bank für weitere Nachforschungen zusammengestellt, aber offenbar wusste er deutlich mehr als ich. Es wird meine Aufgabe sein, mir seine Erkenntnisse im Detail anzusehen und einen vollständigen Fallbericht zu schreiben. Davon ausgehend werden wir versuchen, uns zusammenzureimen, wer ein Interesse am Tod Ihres Exmanns gehabt haben könnte. Wir arbeiten diesbezüglich mit den amerikanischen Behörden und den zuständigen Geheimdiensten zusammen, werten Aufnahmen aus Überwachungskameras aus und so weiter. Die Ermittlungen laufen in verschiedene Richtungen.«

Sie drückte sich bewusst vage aus und sprach nicht von konkreten Spuren oder Hinweisen. Schließlich hatten sie bisher kaum Anhaltspunkte. Allerdings hatte sie bereits mit der IT-Abteilung gesprochen und die Entschlüsselung von McLures Computer beantragt, damit sie seine Dateien auswerten konnte. Vielleicht fand sich darin etwas Neues. Im Großen und Ganzen war McLures Tod jedoch ein Rätsel und würde es vermutlich auch bleiben, wie so vieles in ihrer Welt. Kate nahm plötzlich die Sorge in Marions Gesicht wahr.

»Wie sollen wir finanziell zurechtkommen? Anthony hat Alice' Schulgebühren bezahlt. Sie fühlt sich sehr wohl hier an der internationalen Schule. Vielleicht muss ich sie jetzt …«

»Dafür ist gesorgt«, unterbrach Kate sie sanft. »Es wird sich jemand mit Ihnen in Verbindung setzen. Alle Agenten haben eine vollumfängliche Lebensversicherung. Wer beim Geheimdienst arbeitet, genießt wahrlich nicht viele Vergünstigungen, aber das ist eine davon.« Sie verfluchte sich insgeheim für ihren letzten Satz. Es war wohl kaum der richtige Zeitpunkt für flapsige Kommentare. Doch Marion schien ohnehin in ihre eigenen Gedanken versunken zu sein.

»Er hat sich immer solche Sorgen um das Finanzielle gemacht. Ich glaube, das hat uns letztlich auseinandergebracht. Nichts für ungut, aber Sie waren nur ein Symptom, nicht die Ursache. Genau wie die anderen. Sie wissen hoffentlich, dass Sie nicht die Einzige waren. Am Ende haben wir ständig nur noch über Geld gestritten. Ich glaube, er hat sich in die Enge getrieben gefühlt, weil ich ihm immer wieder vorgeschlagen habe, sich einen besser bezahlten Job in der Privatwirtschaft zu suchen, als Sicherheitsberater für einen Energiekonzern oder eine Bank. Aber dafür fehlte ihm letztlich der Ehrgeiz. Insgeheim hat es trotzdem an ihm genagt, wie wenig Geld er nach Hause brachte. Er hat oft gesagt, dass er nicht mehr beim Geheimdienst anfangen würde, wenn er die Zeit zurückdrehen könnte. ›Ich habe mich vom glamourösen Image des Agentenjobs verführen lassen‹, hat er einmal eingeräumt. ›Dabei existiert das gar nicht, sondern ist nur Fassade, eine Strategie, um Mitarbeiter anzuwerben.‹ Tja, und wohin hat er ihn am Ende gebracht, der Glamour?«

Kate war ein wenig schockiert von dem, was sie da hörte. Sie hatte McLure eigentlich nicht für einen besonders geldfixierten Menschen gehalten. In Anbetracht einiger Kommentare ihr gegenüber war es aber vielleicht nicht ganz von der Hand zu weisen. Sie seufzte. Das Regelwerk des MI5 verlangte, dass eine solche Information an Vorgesetzte gemeldet werden musste. Geldprobleme waren ein mögliches Anzeichen dafür, dass ein Agent bestechlich war. Aber doch nicht McLure, dachte sie. Dafür war er nicht der Typ.

Ihr Handy vibrierte. Eine SMS. Sie spähte aufs Display, obwohl ihr bewusst war, dass sich ein solches Verhalten angesichts des traurigen Anlasses nicht gehörte. Trotzdem, vielleicht war es wichtig. Die SMS war von Sorrenson. Sie sah Marion an. »Es tut mir wahnsinnig leid«, sagte sie. »Alles tut mir leid.«

Marion rang sich ein Lächeln ab. »Muss es nicht. Für mich ist Anthony im Prinzip schon vor langer Zeit gestorben. Ihre heutige Nachricht war nur so etwas wie eine schreckliche Bestätigung. Ich genieße mein Leben hier. Die Scheidung hat es mir ermöglicht, mich auf meine beruflichen Qualifikationen zurückzubesinnen und noch einmal ganz neu anzufangen.«

»Als was arbeiten Sie?«

»Als Fachanwältin für Insolvenzrecht. Ich vertrete Gläubiger vor Gericht.« Sie machte eine ausschweifende Geste über den Platz. »Hier in Spanien gibt es leider mehr als genug für mich zu tun. Die Kollegen aus meiner Kanzlei sagen, sie hätten noch nie so viel Arbeit gehabt. Wir zählen zu den wenigen Branchen, die von der Bankenkrise profitieren. Das Geschäft boomt.«

# Kapitel 8

Prinz Faisal Bin Talid Sin Abdullah, ältester Sohn von Prinz Aldud Bin Talid Sin Abdullah, starrte aus dem Sitzungssaal seiner Geschäftsräume in Mayfair auf den Central Park hinunter. Doch er interessierte sich nicht für die prachtvolle Aussicht, über die sein Firmensitz in bester Londoner Lage verfügte. Dafür war er zu abgelenkt. Immer wieder kehrte sein Blick zu dem großen Bildschirm am Ende des Saals zurück. Ein nicht eingeweihter Beobachter hätte sich vermutlich gewundert, was den Prinzen daran so faszinierte, war darauf doch lediglich ein scheinbar unergründliches Wirrwarr aus Buchstaben und Zahlen zu sehen.

Schwartz, der leitende Geschäftsführer von Quest, dem Hedgefonds des Prinzen, drückte einen Knopf auf der Fernbedienung in seiner Hand, woraufhin sich die Buchstaben und Zahlen änderten. Er wies auf den Bildschirm. »Wie Sie sehen, gäbe es im Falle dieses Szenarios, unseres Plan A, einen akuten Contagion-Effekt, der das gesamte Bankensystem enorm strapazieren würde. Die meisten Banken, zumindest solche, die Hochfrequenzhandel auf einschlägigen Plattformen betreiben, würden vernichtende Einbußen erleiden. Unseren Simulationsmodellen zufolge wäre die Mehrzahl dieser Banken in Anbetracht ihrer geringen Finanzreserven nicht überlebensfähig. Das bedeutet …«

»Dass ihre jeweiligen Regierungen sie retten müssten!« Der Prinz klatschte vor Vergnügen in die Hände.

»Korrekt. Allerdings …«

»Fehlen diesen Regierungen die nötigen Mittel. Sie sind bereits so hoch verschuldet, dass sie keine weiteren Bürgschaften übernehmen können.«

»So ist es.« Schwartz zögerte, weil er weitere Unterbrechungen befürchtete. Der Prinz demonstrierte gern, wie gut er selbst komplexe Finanzmodelle durchschaute, doch Schwartz bezweifelte, dass er wirklich in allen Details verstand, was er dort auf dem Bildschirm sah. Man brauchte schon einen Abschluss in Astrophysik oder Zugang zu bewusstseinserweiternden Drogen, um die Genialität des Plans vollends zu erfassen. Die Einwürfe waren Prinz Faisals Art, ihm zu beweisen, dass er seinen Ausführungen folgte, aber im Grunde waren sie nur Bluff. Der Prinz bluffte für sein Leben gern. Er hatte die Kunst, mit unlauteren Mitteln zu gewinnen, perfektioniert.

Schwartz räusperte sich, um dem Prinzen Zeit für weitere Kommentare zu geben, doch sein Arbeitgeber begnügte sich damit, in stummer Zustimmung mit dem Kopf zu nicken.

»In diesem Szenario«, fuhr Schwartz fort und drückte wieder einen Knopf, »würden alle größeren Regierungen in das Chaos hineingezogen werden. Sie würden rasch die Hoffnungslosigkeit ihrer Lage erkennen. Sosehr sie ihre Banken auch stützen wollen, es ist ihnen nicht möglich. Ihnen fehlt schlicht die finanzielle Schlagkraft, um mit einer Krise derartigen Ausmaßes fertigzuwerden.«

»Und wenn sie gar nicht erst versuchen, ihre Banken zu retten?«

»Dann bricht Anarchie aus, und der Run auf die Banken geht los, weil die Leute versuchen werden, ihr Geld abzuziehen. Wir prophezeien Plünderungen, eine Zunahme der Selbstjustiz, Militäreinsätze. Und das ist nur das Szenario der ersten paar Tage.«

»Fahren Sie fort.«

»Nun ja, als Nächstes wird es dazu kommen, dass die Vertriebswege für Lebensmittel und Benzin zusammenbrechen. Schulen und Krankenhäuser werden schließen, denn wenn die Leute nicht mehr bezahlt werden, arbeiten sie auch nicht. Supermärkte, Geschäfte, Großhändler, Lieferanten – sie alle werden Opfer von Plünderungen werden. Innerhalb einer Woche wird es nichts mehr zu essen geben. Überall wird es zu akuten Engpässen kommen.« Schwartz gestattete sich ein Lächeln. »Beim MI5 heißt es immer, Großbritannien sei nur drei ausgefallene Mahlzeiten von der Anarchie entfernt. Bei unserem Szenario würde sich zeigen, ob dieser Spruch zutrifft oder nicht. Es wäre der ultimative Stresstest für Länder und Regierungen: Wie gehen sie damit um, wenn ihre Bürger nichts mehr zwischen die Zähne bekommen.«

Der Prinz zeigte auf den Bildschirm. »Wenn wir Plan A tatsächlich umsetzen würden – wie lange würde es dauern, bis die Regierungen das Ausmaß des Schadens überblickt hätten?«

Nach kurzem Nachdenken antwortete Schwartz: »Laut unseren Experten für Nuklearsicherheit zwischen fünf und acht Tage. So war es zumindest in Japan nach dem Erdbeben. Dort sind zunächst einige Tage vergangen, bis der erste Schock verdaut und die Expertenteams für radioaktive Strahlung vor Ort waren. Diese mussten dann die Radioaktivität prüfen und sicherstellen, dass der Reaktor fachgerecht abgeschaltet wurde. Wir gehen also von mindestens sechs Tagen aus, bis die Bestätigung vorliegt, ob sich die schlimmsten Befürchtungen bewahrheitet haben.«

»Und Sie glauben, dass dieser …« Der Prinz wählte mit Bedacht ein möglichst vages Wort. »… dieser *Vorfall* das Finanzsystem so sehr erschüttern würde, dass die westlichen Regierungen ernsthaften Schaden nehmen?«

Schwartz blickte auf den großen Bildschirm. »Unsere Analysen ihrer noch immer extrem geschwächten finanziellen Lage lassen im Grunde keinen anderen Schluss zu. Ich würde daher sagen: ja, ohne jeden Zweifel. Die Finanzkrise hat bleibende Schäden hinterlassen. Es stimmt schon, dass die Regierungen dabei sind, ihre Bilanzen wieder auszugleichen, die Kosten zu kürzen und so weiter. Aber sie befinden sich immer noch am Abgrund, psychologisch betrachtet. Ein derartiges Szenario ist natürlich noch nie eingetreten. Dennoch deuten sämtliche Modelle darauf hin, dass es tumultartige Auswirkungen auf die weltweiten Finanzsysteme hätte.«

Der Prinz lächelte. »Dann wäre es doch äußerst interessant, wenn dieses verhängnisvolle Szenario Wirklichkeit werden würde. Die westlichen Regierungen hoffen sicherlich, dass es für immer eine Horrorvorstellung bleibt, ein Albtraum.«

Schwartz nickte. »Ja.«

»Glücklicherweise, mein lieber Schwartz, sind wir jedoch Experten in Sachen Risikomodellierung, nicht wahr? Und wären daher geschützt, wenn dieses Szenario jemals eintreten sollte? Hätten uns abgesichert gegen die Apokalypse?«

»Korrekt. Wir wären sogar mehr als nur geschützt, könnte man sagen. Wir wären die Einzigen, die trockenen Fußes blieben, während alle anderen in den Fluten untergehen würden.«

Die Idee war plötzlich aus dem Nichts entstanden. Schwartz hatte innerhalb des Hedgefonds ein Eliteteam aufgebaut, dessen Aufgabe es war, Modelle für finanzielle Risiken zu entwickeln. Dieses Team hatte mit ganz unterschiedlichen Szenarien experimentiert, hatte sich beispielsweise bemüht, die Auswirkungen von Naturkatastrophen auf die globalen Märkte zu simulieren. Ziel des Ganzen war es, eine Reihe von Finanzprodukten zu kreieren, mit deren Hilfe sich die Kunden des Fonds gegen Worst-Case-Szenarien absichern konnten.

Doch dann hatte ein Mitglied des Risikoteams, ein ehemaliger NASA-Ingenieur namens Westinghouse, den Prinzen zu beeindrucken versucht und laut darüber nachgegrübelt, was passieren würde, wenn man ihre Risikomodelle für Umweltkatastrophen auf vom Menschen verursachte Katastrophen übertrug.

Der Vorschlag hatte zunächst für Stille im Raum gesorgt. Das von Schwartz geleitete fünfköpfige Team hatte kollektiv die Luft angehalten und auf die Reaktion des Prinzen gewartet. Diese war nach minutenlangem unbehaglichem Schweigen erfolgt und hatte alle überrascht. Prinz Faisal hatte sich sein Handy geschnappt und die Anordnung hineingeblafft, dass der Sicherheitsdienst kommen und den Sitzungssaal nach Wanzen absuchen sollte. Als die Männer wieder verschwunden waren, hatte er aufmunternd genickt. »Das ist ein äußerst interessanter Vorschlag, Mr Westinghouse. Obwohl ich nicht ganz verstehe, was Sie damit meinen. Niemand kann einfach so Gott spielen und eine Katastrophe auslösen. Nicht einmal ich.«

Westinghouse hatte mit ausdruckslosem Gesicht erklärt: »Es ist natürlich alles rein hypothetisch, aber gehen wir mal davon aus, Sie hätten Kenntnis von einem bevorstehenden Ereignis, das im weitesten Sinne mit Terrorismus zu tun hätte. Wir haben erlebt, was nach größeren Anschlägen mit den Märkten passiert, wie sie ins Bodenlose abstürzen. Wenn wir zufällig im Voraus wüssten, dass so etwas auf uns zukommt, könnten wir uns darauf vorbereiten und entsprechende Maßnahmen ergreifen. Ohne jedes Risiko.«

»Und welche Maßnahmen wären das, Mr Westinghouse?« Der Prinz klang amüsiert, wie ein Lehrer, der mit seinem Lieblingsschüler herumflachste.

»Im Prinzip würden wir tun, was jeder in akuten Krisen

tut: Wir würden Gold kaufen und Öl-Futures verkaufen, kurz bevor die Welt in die nächste große Depression stürzt.«

»Interessant, Mr Westinghouse«, hatte der Prinz gesagt. »Sehr interessant. Allerdings erkenne ich eine entscheidende Schwachstelle in Ihrem Plan, eine, die wohl auf Ihre Faszination für Zahlen statt für Menschen zurückzuführen sein dürfte.«

Westinghouse hatte ihn verständnislos angesehen.

»Ich glaube, der Prinz befürchtet folgendes Problem«, hatte sich Schwartz eingeschaltet. »Große Depressionen zeichnen sich, wie der Name schon sagt, dadurch aus, dass sie groß sind und dass es eben Depressionen sind, globale Konjunkturrückgänge. Würde man die Welt also in eine solche stürzen, wäre das gesamte Finanzsystem zerstört. Kurzfristig würden wir vielleicht Gewinne erzielen, aber langfristig würde niemand profitieren. Alles würde zum Erliegen kommen. Saudisches Öl, russisches Gas, die chinesische Herstellungsindustrie, das Kernenergieprogramm in Indien, die Zivilisation, alles. Wir hätten zwar viel Geld, aber nur sehr wenig, worin wir es investieren könnten.«

Nach kurzem Schweigen hatte Westinghouse wieder das Wort ergriffen, in dem leidenschaftslosen Tonfall einer Person, die die albernen Einwände, die vorgebracht wurden, überhaupt nicht verstehen konnte. »Und was, wenn alles nur eine Illusion wäre? Wenn die Panik nur erfunden wäre? Was, wenn sie lediglich ein paar Tage anhalten würde, so lange, bis wir den großen Reibach gemacht, ein paar dieser aufgeblähten, verschuldeten Banken weggepustet und die eine oder andere Regierung gedemütigt hätten? Und dann würde alles wieder zur Normalität zurückkehren, nur dass viele Menschen ihren Job verloren, einige Staatschefs vielleicht ihren Posten geräumt und ein Haufen dämlicher Investoren Verluste geschrieben hätten.«

Schwartz konnte sich ein Lachen nicht verkneifen. »Sie sind also nicht nur ein Finanzgenie, Westinghouse, sondern auch noch ein Zauberer. Ein Zauberer, der demnächst die Pyramiden verschwinden lässt, sehe ich das richtig?«

Schwartz' Sarkasmus prallte wirkungslos an Westinghouse ab, denn dieser war mit seinen Gedanken bereits woanders und spielte eine Million verschiedener Albtraumszenarien durch. Sein Gehirn war eine Art Superrechner, wie die, die manchmal gegen Schachgroßmeister antraten. Farben blitzten in seinem Kopf auf, fanden sich zu komplexen Mustern zusammen. Schließlich fokussierten sich seine Gedanken auf ein besonders intensives Purpurrot, durch das er hindurchzugehen glaubte wie durch eine Tür. Zahlen ratterten durch sein Hirn, ellenlange Zahlen. Er stand auf und ging zum Fenster, beobachtete eine Schar Kanadagänse, die gerade auf dem Serpentine-See im Hyde Park landete. Ja, dachte er, das könnte funktionieren. Diese großen Vögel konnten ernsthaften Schaden anrichten, wenn sie mit etwas kollidierten. Etwas …

Er drehte sich wieder zu dem Prinzen und dem Rest des Quest-Teams um.

»Wahrscheinlichkeit eines Vogelschlags beim Fliegen: eins zu zehntausend. Gefahr eines Vogelschlags, der ein Flugzeug auf ein Atomkraftwerk stürzen lässt: grob geschätzt eins zu drei Millionen. Aber was, wenn man die Wahrscheinlichkeit ganz außen vor lässt? Was, wenn man Vogelschlag dafür verantwortlich macht, dass ein Flugzeug auf ein Atomkraftwerk stürzt, obwohl man den Absturz selbst provoziert hat? Dagegen würde Tschernobyl wie ein Picknick aussehen, und man würde definitiv eine weltweite Panik auslösen. Und aus dem Gemetzel, das auf den Märkten stattfinden würde, könnten wir unsere Vorteile ziehen. Mit so etwas würde man mehr Schaden anrichten als Enron und Lehman Brothers zusammen.«

Es war Schwartz, der für Ernüchterung sorgte: »Toller Plan. Wir suchen einfach per Inserat nach einem lebensmüden Piloten, und schon kann es losgehen.«

Westinghouse zuckte mit den Schultern. »Könnten wir natürlich auch. Aber es wäre wahrscheinlich einfacher, die Maschine fernzusteuern. So wird auch verfahren, wenn die Auswirkungen eines Absturzes auf Flugzeuge untersucht werden. Man lenkt sie einfach über der Wüste in den Boden, per Fernsteuerung. Das Schöne an dem Plan wäre, dass niemand sterben müsste. Na ja, vielleicht ein paar Banken, aber das war es dann auch schon. Es könnte natürlich auch ein bisschen Radioaktivität austreten. Vielleicht laufen hier eine Zeit lang dreiköpfige Schafe herum, wer weiß? Die Behörden werden den Schaden mit der Zeit schon wieder in den Griff kriegen. Die Folgen von Fukushima und Tschernobyl sind auch irgendwann vollständig verschwunden, und dann geht das Leben weiter. Man könnte es also als Verbrechen ohne Opfer bezeichnen. Wir würden nur tun, was ohnehin längst überfällig ist, um in den toxischen, überschuldeten Bereichen des Finanzsystems wenigstens ein bisschen aufzuräumen. Im Prinzip könnte man sagen, dass wir der Welt einen Gefallen tun, indem wir sie ein bisschen entrümpeln. Ich glaube nämlich nicht, dass die Märkte aus dem Bankencrash viel gelernt haben. Und auch die Sicherheitsvorkehrungen für Atomanlagen müsste die Welt mal überdenken. Das Ganze könnte also ein Weckruf werden. Ein darwinistischer Vorgang. Beschleunigte Evolution.«

Es war eine durchaus überzeugende Ansprache, die Westinghouse da hielt, auch wenn das Wort »Verbrechen« in der Luft schwebte wie ein dort aufgehängtes Ausrufezeichen. Die vier übrigen Mitglieder von Schwartz' Team waren sich der Gefahr bewusst, dass sie in unkritisches Gruppendenken verfielen und irrationale Entscheidungen trafen. Auf den ersten Blick hatten sie an dem Plan wenig auszusetzen, schließlich handelte es sich, wie Westinghouse bereits angedeutet hatte, lediglich um eine Intensivierung dessen, was sie bereits taten. Hedgefonds manipulierten ständig die Märkte. Wenn sie Geld verdienten, hieß das, dass sie aufs richtige Pferd gesetzt, den richtigen Riecher gehabt hatten. Von den Regulierungsbehörden hatten sie wenig zu befürchten, das bewiesen auf eindrucksvolle Weise die Taschenspielertricks, die sie bereits ungestraft durchgezogen hatten. Tatsächlich einen Flugzeugabsturz zu provozieren wäre allerdings eine Grenzüberschreitung gewesen. Damit hätten sie eine andere, düstere Welt betreten. Sämtliche Blicke richteten sich auf den Prinzen.

»Vogelschlag …«, murmelte der Prinz. »Aber wo würden wir eine Startbahn in der Nähe einer großen Vogelpopulation und eines Atomkraftwerks finden? Wenn wir so etwas durchziehen wollen, müsste die Rollbahn uns gehören, damit uns niemand zu genau beobachtet. Sonst läuten sofort die Alarmglocken, wenn wir ein Flugzeug mit einer Fernsteuerung ausrüsten. Es wäre wirklich bedauerlich, so viel Aufwand zu betreiben, nur um dann unwillkommene Aufmerksamkeit zu erregen. Und was ist mit der fehlenden Leiche des Piloten und den Überresten des Fernsteuerungssystems? Beides würde doch beweisen, dass der Absturz fingiert war.«

»Nein«, widersprach Westinghouse. »Man könnte dafür sorgen, dass das Cockpit beim Aufprall komplett zerstört wird.«

Wieder folgte langes Schweigen.

»Ich werde das prüfen«, versprach Schwartz. »An Privatflughäfen herrscht auf der Welt kein Mangel. Angesichts der Wirtschaftslage gibt es bestimmt etliche Besitzer, die liebend gern verkaufen würden.«

Einen Monat nach dieser Sitzung bei Quest hatten der

Prinz und sein Vater den alten Militärflughafen in Kent gekauft, von einem Konkursverwalter, der die Vermögenswerte einer irischen Pleitebank verscherbelte.

»Nur drei Kilometer von meinem Landsitz entfernt«, hatte der Prinz zu seinem Sohn gesagt. »Äußerst praktisch. Jetzt muss ich mit meinen Privatjets nicht mehr in Gatwick landen. Der absolute Horror, dieser Flughafen. Ich verstehe wirklich nicht, warum die Leute überhaupt noch fliegen, wenn sie dafür diese Strapazen in Kauf nehmen müssen.«

Kurz nach Erwerb des Flughafens hatte Schwartz dem Prinzen einen Alternativplan präsentiert. Westinghouse habe interessante Ideen, das müsse er zugeben, aber das Risiko sei einfach zu groß. Mit einem Flugzeug in ein Atomkraftwerk zu fliegen – damit öffne man die Büchse der Pandora. So brillant die Mitglieder des Teams auch sein mochten, die Auswirkungen könne niemand genau vorherberechnen, schließlich habe noch nie jemand etwas Ähnliches versucht. Westinghouse' Szenario sei eine brauchbare Ausgangsposition, eine Grundidee, mit der sie experimentieren könnten, aber was, wenn sie stattdessen ein vollkommen anderes Szenario erkundeten?

»Welches denn zum Beispiel?«, hatte der Prinz gefragt.

»Angst ist der Motor der Märkte«, hatte Schwartz erklärt. »Und Angst liegt in der Erwartung eines Ereignisses, nicht in dessen Eintreten. Wie wäre es, wenn wir diese Angst zu Geld machen würden?«

Sie saß in der Bar und betrachtete sich prüfend in einem Spiegel an der Wand. Obwohl sie später noch bei ihrer Mutter erwartet wurde, hatte sie sich bereit erklärt, Sorrenson auf einen Drink zu treffen. Er hatte gerade eine SMS geschickt, um ihr mitzuteilen, dass es später wurde: Kupferdiebe hätten die Kabel der halben Bahnlinie gestohlen, weshalb nun alle Züge verspätet seien. Kate ärgerte sich. Dadurch würden sie weniger Zeit miteinander haben, als sie sich gewünscht hätte.

Sie wunderte sich über sich selbst. Normalerweise blickte sie nur selten in den Spiegel. Dass sie attraktiv genug war, um die Blicke der meisten Männer auf sich zu ziehen, wusste sie auch so. Wie die Männer aussahen, mit denen sie schlief, spielte hingegen nur eine untergeordnete Rolle. Sie waren da, um eine Funktion zu erfüllen. Um den Schmerz fernzuhalten, dafür zu sorgen, dass sie ihren toten Mann vergaß, ihren toten Vater, ihre halb tote, Gift speiende Mutter, und sei es nur für ein paar Stunden. Danach waren sie wieder entbehrlich.

Das perfekte Tauschgeschäft. *Quid pro quo.* Die meisten Männer waren dankbar für ihre Aufmerksamkeit. Nur Sorrenson machte alles komplizierter. Nach einem Drink breche ich auf, schwor sie sich. Seine Ermittlungen interessierten sie allerdings durchaus, wenn auch nicht unbedingt aus beruflichen Gründen. In Bezug auf die Higgs Bank war Holahons Tod eine Sackgasse, eine falsche Fährte, die ihr nur kostbare Zeit raubte. Er hatte nichts mit Terrorismus zu tun, nichts mit McLure, nichts mit ihr. Sie musste sich auf die Arbeit konzentrieren, für die sie bezahlt wurde. Und dennoch war die Detektivin in ihr gespannt darauf, was Sorrenson Neues zu berichten hatte. Zumindest redete sie sich das ein. Es waren seine Informationen, die sie interessierten, nicht er selbst. Ja, seine Informationen. Mehr nicht.

Sie beobachtete ihn, als er durch die Tür hereinkam und sich in der Bar umblickte. Er sieht gut aus, dachte sie. Lebendig und hellwach. Er musste sein Lauftraining intensiviert haben, seit sie ihn das letzte Mal gesehen hatte.

»Hallo.«

Sie stand auf und ließ sich von ihm die Wange küssen. Dann

schenkte sie ihm ein Glas Wein aus der Flasche auf ihrem Tisch ein. »Côte du Rhône war richtig, oder?«

»Absolut. Tut mir leid, dass ich zu spät komme. Der Zug ... na ja, du weißt schon ...«

»Kein Problem. Du siehst gut aus.«

»Danke, du auch. Du siehst toll aus. Ich meine ...« Sorrenson trank hastig einen Schluck Wein.

Sie lächelte und tätschelte seine Hand. Dass er so verlegen war, freute sie. Es machte ihn verletzlicher, normaler. »Schön, dich zu sehen. Und das ist keine reine Floskel. Tut mir leid, falls ich dich neulich ... Das war unprofessionell, ich weiß.«

Sorrenson lachte. »Kein Grund, sich zu entschuldigen. War mein Highlight des Jahres.« Sein Gesicht brannte. »Ich meine ... Wie auch immer, kommen wir zu unserem Freund Holahon«, sagte er schnell, weil er merkte, dass er sich wie ein außer Kontrolle geratener Satellit benahm, wie Weltraumschrott, der in ihrem Orbit kreiste.

»Ich bin ganz Ohr.«

»Na ja, eigentlich müsstest du eher ganz Auge sein.« Er zog einen Laptop aus seiner Tasche, klappte ihn auf und präsentierte ihr einen Bildschirm voller elektronischer Landkarten.

»Ah, deine Laufrouten. Faszinierend. Früher hättet ihr uns eure Briefmarkensammlung gezeigt.«

»Der war gut. Aber Spaß beiseite: Das sind nicht meine, sondern Holahons Routen. Seine GPS-Uhr wurde in Hampstead Heath gefunden und an uns weitergereicht. Darin haben wir eine Fülle an Daten gefunden. Er hat seine Läufe schon seit Jahren damit aufgezeichnet.«

»Das scheint mir auch so. Wow.«

Sie verstand Sorrensons Aufregung nicht ganz. Es handelte sich schließlich lediglich um die Laufdaten eines toten Mannes, nicht um seine Bankdaten. Geld konnte einen zur Wahrheit führen, alte Laufrouten eher nicht. Auch keine Diagramme, die anzeigten, welche Strecke in welcher Zeit zurückgelegt worden war. Ihre Gedanken schweiften zu McLures Computer ab. Die IT-Abteilung hatte ihn inzwischen entschlüsselt. Sie würde sich morgen damit beschäftigen.

»Guck dir das an.« Sorrenson zeigte auf eine der Landkarten auf dem Bildschirm.

Sie betrachtete sie und nippte an ihrem Wein. »Hm. Langes Rennen. The Wall. Ah, das war der Ultramarathon über hundertelf Kilometer, oder? Wurde er nicht Erster in der Seniorenwertung?«

»So ist es. Und jetzt sieh dir die Zeit an, die er für das Rennen gebraucht hat. Die Zeit, die seine Uhr aufgezeichnet hat.«

Kate studierte das zum Rennen gehörige Diagramm. »Das ist unmöglich. Nicht einmal die Weltspitze könnte die Strecke in dieser Zeit zurücklegen. Seine Uhr behauptet, er wäre rund sechs Stunden schneller gewesen, als er es laut offiziellem Ranking war.«

»Genau das war auch mein erster Gedanke«, stimmte ihr Sorrenson zu. »Wenn man das Diagramm anklickt, kann man sein Tempo für jeden Teil der Strecke einzeln abrufen. Da ist zum Beispiel dieser lange Streckenabschnitt, für den er nur gut zwei Stunden gebraucht hat. Und dann hier: Am Ende des Abschnitts hat er laut GPS-Daten eine ganze Weile auf der Stelle verharrt, bevor er sich wieder in Bewegung gesetzt hat.«

»Und was bedeutet das?«

»Wenn du mich fragst, hat er seinem Sieg gehörig nachgeholfen. Die knapp fünfzig Kilometer lange Strecke, die ich dir gerade gezeigt habe, verläuft in der Nähe einer ruhigen Straße. Ich wette, er hat diesen Abschnitt mit einem Fahrrad oder Motorrad zurückgelegt und sich dann eine Weile versteckt und gewartet, damit seine Zeit realistisch wirkt.«

Sie schenkte ihm ein Lächeln, das er am liebsten für immer festgehalten hätte. Gott, wie er sich freute, sie zu sehen!

»Gute Arbeit, Sherlock. Kreiden wir ihm also gefälschte Laufzeiten an. Schade, dass er nicht mehr lebt. Dafür wäre er bestimmt jahrelang in den Knast gewandert!«

Sorrenson grinste. »Ihr Geheimdienstler werdet erst aufmerksam, wenn der Ausdruck ›nationale Sicherheit‹ fällt, oder? Kann ich verstehen. Aber ist die Sache nicht trotzdem eigenartig? Wenn Holahon bezüglich seiner Laufzeiten gelogen hat, war er dann auch sonst ein Lügner? Und wenn man im Privatleben derartige Risiken eingeht, heißt das, dass man auch im Beruf besonders gewagt vorgeht? Ist er übers Ziel hinausgeschossen, hat er vielleicht jemanden in die Enge getrieben?«

Sie blickte auf die Uhr. Die Zeit verging wie im Flug, sie musste dringend zu ihrer Mutter aufbrechen. Zu oft schon hatte sie ihre Arbeit vorgeschoben und die Besuche bei ihr abgesagt. Heute gab es keine Ausflüchte mehr. »Das wäre natürlich möglich«, sagte sie zögernd. »Trotzdem, mich hat die These, sein Tod könnte etwas mit seiner Arbeit zu tun haben, von Anfang an nicht überzeugt. Allzu viel darf ich dir nicht verraten, aber wir überwachen seine Bank schon eine ganze Weile, und ich kann einfach keine Verbindung zwischen ihr und dem Mord erkennen. Ein Kollege von mir ist halb wahnsinnig geworden bei dem Versuch, einen Zusammenhang herzustellen. Ich glaube nicht, dass es ihn gibt.«

»Wahrscheinlich hast du recht. Da sieht man mal, wo einen übertriebene Laufbesessenheit hinbringen kann.«

Sie wollte gerade etwas antworten, als ihr plötzlich ein Gedanke kam, der sie stutzig machte. Sie hatte genau die gleiche Uhr wie Holahon. Das Gerät war aus vulkanisiertem Kautschuk, und wenn man es erst einmal am Handgelenk befestigt hatte, ließ es sich nur mit erheblicher Mühe wieder abstreifen.

Diese Uhr war nichts, was man einfach so verlor. Kate starrte einige Sekunden auf den Bildschirm des Laptops und nippte an ihrem Wein. »Du hast dir alle seine Läufe angesehen?«

»Die meisten.«

»Seinen letzten auch?«

Sorrenson war sich nicht mehr sicher. Es waren so viele gewesen. »Keine Ahnung. Warum?«

»Darf ich kurz?« Sie zog den Laptop zu sich heran und tippte etwas auf der Tastatur. Dann bewegte sie den Cursor über den Bildschirm und scrollte durch mehrere Tabellen. Schon nach kurzer Zeit erschien ein zufriedenes Lächeln auf ihren Lippen. »Hm …«

»Was?« Sorrenson beobachtete sie mit unverhohlener Faszination. Sie war wirklich etwas Besonderes.

»Laut seiner Uhr ist das hier sein letzter aufgezeichneter Lauf.«

»Okay.«

»Ich bin mir nicht ganz sicher – du musst noch mal in deinen Unterlagen nachsehen –, aber ich glaube, das war der Abend seines Verschwindens. Du hast erzählt, dass ihn Überwachungskameras dabei gefilmt hätten, wie er sein Apartment in Holland Park verließ und Richtung Osten joggte. Sieh dir die Karte an, darauf ist genau diese Route verzeichnet. Und jetzt guck, wo sie endet.«

Sorrenson starrte auf die elektronische Landkarte. »In Hampstead Heath. O Gott. Die Route hört im oberen Teil des Parks auf, in der Gegend, wo die Uhr gefunden wurde.«

»Interessant. Wo genau war die Fundstelle?«

»Unter einem Busch in einem Wäldchen«, antwortete Sorrenson nach kurzem Nachdenken.

»Also nicht auf freier Fläche, wo Passanten sie leicht hätten finden können?«

»Nein.«

»Vielleicht hat er sie selbst ins Gebüsch geworfen. Hat sie von seinem Handgelenk gerissen, als er angegriffen wurde, und sie in die Büsche geschleudert, als Hinweis. Er hatte wahrscheinlich nicht viel Zeit und musste schnell handeln. Habt ihr die Umgebung abgesucht?«

»Wir haben überlegt, ob wir die Teiche durchkämmen sollen, aber solche Maßnahmen werden nur selten genehmigt. Taucher sind teuer, und der Chief Constable hielt diesen Aufwand bisher nicht für gerechtfertigt. Wenn unser Mann am Abend seines Verschwindens jedoch erwiesenermaßen in Hampstead Heath war, sieht die Sache schon anders aus, könnte ich mir vorstellen.«

Er sah, wie sie erneut einen Blick auf ihre Uhr warf. Dann lächelte sie entschuldigend und stand auf. Sie musste wirklich los. »Klingt, als wäre dein Job deutlich interessanter als meiner«, sagte sie. »Tut mir leid, ich muss leider gehen. Meine Mutter … Na ja, ich habe dir ja von ihr erzählt. Schade, dass wir nicht mehr Zeit miteinander hatten.« Sie beugte sich zu ihm hinunter und küsste ihn auf die Wange.

Sorrenson wollte etwas sagen, aber sie war schon auf halbem Weg zur Tür. Er sah ihr hinterher, wie sie sich durch das Gedränge im Pub schlängelte. Dieses Bild, wie sie sich von ihm entfernte, würde ihn nicht so schnell wieder loslassen.

Brockman drückte der Striptänzerin einen ganzen Haufen Rhino Dollars in die Hände. So hießen die Plastikjetons, mit denen man bezahlte, wenn die Nachtklubschönheiten in den dunklen Sitznischen für einen tanzten und die Hüllen fallen ließen. Ennis schätzte, dass es Jetons im Gegenwert von tausend Pfund gewesen waren. »Hier, Kayleigh, die sind für dich. Tausch sie ein. Du hast mich fix und fertig gemacht. Jetzt sei ein Schatz und verzieh dich für eine Weile, bis mein Freund und ich gespeist haben.« Brockman bedachte die junge Frau mit einem breiten, anzüglichen texanischen Grinsen.

»O Süßer, du bist immer so großzügig! Ich reserviere dir für später noch einen Tanz, verlass dich drauf.« Sie warf ihm eine Kusshand zu, zog ihren roten String und ihren BH wieder an und schlenderte zur anderen Seite des Stripklubs davon.

Ennis starrte ihr hinterher. »Warum trägt meine Frau nie solche Absätze?«

»Weil dann junge Damen wie die entzückende Kayleigh arbeitslos wären«, erwiderte Brockman. Sie beobachteten, wie in der Mitte des Klubs das nächste Mädchen an der Stange Aufstellung nahm. »Wir wollen nicht, dass unsere Frauen Striptänzerinnen sind, und wir wollen auch nicht, dass Striptänzerinnen unsere Frauen sind«, murmelte Brockman. »Jungfrau oder Hure – die alte Geschichte. Deshalb bezahlen wir diese Tänzerinnen auch mit Rhino Dollars. Geld hilft uns, eine Grenze zu ziehen, es verschafft uns Wahlmöglichkeiten. Tja, so wie es derzeit läuft, werden diese Jetons schon bald wertvoller sein als echtes Geld.«

»So schlimm? Scheiße.«

Brockman nickte im schummrigen Licht des Nachtklubs. »Higgs steht kurz vor dem Abgrund, da bin ich mir sicher. Im Prinzip bin ich der Einzige, der die Bank noch vor dem endgültigen Absturz bewahrt. Dem Himmel sei Dank für den Saudi. Seine Geldberge halten uns aufrecht. Sein Vater hat Milliarden aus der Bank abgezogen, aber der Sohn macht noch jede Menge Geschäfte mit uns.«

»Hoppla.« Ennis nuckelte an seiner Bierflasche und drehte den Kopf dann um fünfundvierzig Grad, um der fast auf dem Kopf hängenden Tänzerin ins Gesicht zu sehen. »Um das zu schaffen, braucht man ganz schön Muskeln.«

»Ich wette, die Gute trainiert viel«, sagte Brockman. »Wollen wir was essen? Das Surf 'n' Turf ist sehr gut hier. Erinnert mich an die großen Grillhäuser, die wir zu Hause in Texas haben.«

Ennis schüttelte den Kopf. »Nee, lieber nicht. Ich habe bald ein Rennen und muss aufpassen, was ich esse. Mich plagt schon das schlechte Gewissen, wenn ich mal ein Bier trinke.« Er schwenkte reuevoll seine Flasche.

»Wem sagst du das, ich sitze im selben Boot. Das ist mein letzter Ausrutscher vor Berlin. Ich muss unbedingt endlich meine persönliche Bestzeit unterbieten. Wenn ich es dort nicht schaffe, schaffe ich es nie. Ich bin so nah dran, dass ich es schon auf der Zunge schmecke.« Brockman senkte die Stimme, weil in diesem Moment die Tänzerin ihre Nummer beendete und die Musik kurzzeitig verstummte. »Wie schlägst du dich so? Bist du stabil, Kumpel?«

Ennis kratzte sich die Nase. »Bis jetzt läuft es ganz gut. Und bei dir?«

»Kann mich nicht beklagen.«

»Weißt du, dass die Polizei neulich bei Higgs war und noch einmal die Aufnahmen der Überwachungskameras sehen wollte?«, fragte Ennis.

»Die hat sie doch schon vor Wochen geprüft. Die Bullen haben nichts in der Hand. Die meisten Aufnahmen sind inzwischen sowieso gelöscht. Entspann dich.« Brockman lehnte sich auf seinem Stuhl zurück und bedachte Ennis mit einem schmalen Lächeln. »Die kommen uns niemals auf die Spur. Mach dir keine Sorgen.«

»Sie baggern jetzt die Teiche in Hampstead Heath aus.«

»Ist mir zu Ohren gekommen. Vielleicht haben sie ja sogar Glück und finden etwas, aber was können sie damit schon beweisen?«

Ennis zuckte mit den Schultern und leerte sein Bier. »Stimmt schon.« Er wandte den Blick von der Bühne ab und sah Brockman an. »Gibt es eigentlich auch Überwachungskameras im Park?«

Brockman nahm einen Schluck von seinem Merlot. »Kann schon sein. Der Tod des armen Brad Holahon wird trotzdem ein Rätsel bleiben, wie mir scheint. Ich kann mir nicht vorstellen, dass es je gelöst wird. Aber erzähl mal, wie laufen die Geschäfte? Wie ich höre, leitest du den Börsengang von Interdata. Ein ganz schöner Batzen Startkapital, dafür braucht man *cojones.* Interdata ist eins der Investments meines Kunden Prinz Faisal. Er scheint es ziemlich eilig damit zu haben, das Unternehmen an den Markt zu bringen, und ich werde ihm natürlich dabei helfen. Solange ich den Prinzen habe, bin ich unangreifbar. Und genau deshalb brauchst du dir keine Sorgen zu machen: Die Higgs Bank kümmert sich um ihre Mitarbeiter, weil die sich um ihre Spitzenkunden kümmern. Die können es sich nicht leisten, ihre Goldesel zu opfern. Das weißt du. Oder solltest du zumindest wissen. Der Bank ist vollkommen klar, dass sie ihrem Personal Sicherheit bieten muss, dass sie es schützen muss.« Er grinste Ennis an. »Die Linguine sind gut hier. Du solltest langsam anfangen, deine Kohlenhydratspeicher aufzufüllen.«

Sorrenson stand vor der Higgs Bank und hatte Mühe, sich nicht in das Gebäude zu verlieben. Es war hinreißend, ein Topmodel in Sachen Architektur, ein Art-déco-Glasbau aus den Dreißigerjahren mit sanft geschwungenen Linien und einer imposanten Drehtür. An diesem verblassenden Frühlingsabend schimmerte die Fassade der Bank tiefschwarz und reflektierte den vorbeifahrenden Verkehr, was aussah, als wäre es das Gebäude, das sich bewegte. Es erhob sich umgeben von anderen historischen Bauten an der Fleet Street, und obwohl diese deutlich älter waren, besaßen sie nicht die Präsenz der Higgs-Filiale, die eine Klasse für sich war.

Sorrenson spähte in beide Richtungen die Straße entlang, den Blick auf die ersten Etagen der Häuser gerichtet, auf der Suche nach allsehenden Kameraaugen. Er zählte allein sechs Überwachungskameras im Umkreis von hundert Metern. Sehr nützlich. Und bestimmt aufschlussreicher als das Material, das ihnen das Sicherheitspersonal von Higgs zur Verfügung gestellt hatte. Die Aufnahmen, die die bankeigenen Überwachungskameras vom fraglichen Abend gemacht hatten, waren bereits gelöscht gewesen, eine Tatsache, die Sorrenson widerwillig akzeptieren musste. Es war Standard, die Aufnahmen nach einer gewissen Zeit zu vernichten, das wusste er von unzähligen früheren Ermittlungen. Trotzdem wirkte das Ganze ein bisschen zu glatt. Er winkte Hughes zu sich. »Na komm, ich lade dich auf ein Bier ein. Es ist schon nach acht. Hast du noch etwas herausgefunden?«

Hughes zeigte auf die andere Straßenseite. »Zwei Kameras dort drüben und noch einmal vier ein Stück weiter unten. Hier kann man sich vor lauter Überwachungskameras kaum noch bewegen. Zu blöd, dass es in Hampstead Heath kaum welche gibt.«

»Weil niemand einen Park in die Luft jagt, deswegen. Das Londoner Bankenviertel hingegen ist eine einzige große Zielscheibe. Kein Wunder, dass hier alle so überdreht wirken. Wir befinden uns mitten in einem Konfliktgebiet.«

Hughes ließ den Blick schweifen und zündete sich eine Zigarette an. »Informieren wir Scotland Yard darüber, dass wir die Aufnahmen von der Corporation of London anfordern?«

Sorrenson verzog das Gesicht, als Hughes den Rauch in seine Richtung blies. »Vielleicht. Ich bin mir noch nicht sicher, ob das sinnvoll wäre. Zumal vermutlich ohnehin die City of London Police zuständig ist. Behalten wir es lieber noch ein Weilchen für uns. Viele große private Sicherheitsfirmen haben Polizisten auf ihren Gehaltslisten. Es könnte etwas durchsickern, und dann müssen wir erklären, warum wir kostbare Zeit mit einem Mord vergeuden, der aller Wahrscheinlichkeit nach nicht bei uns verübt wurde, sondern in der Hauptstadt. Kommt angesichts des knappen Etats wohl eher nicht so gut an. Der Chief Constable drängt ohnehin schon darauf, dass wir unsere Bemühungen zurückschrauben. Schließlich stehen wir nicht unter dem Druck, möglichst schnell Ergebnisse liefern zu müssen. Keiner scheint Mr Holahon sonderlich zu vermissen. Vielleicht ein paar Leute hier im Finanzdistrikt, aber das war es dann auch schon.«

»Verstehe.« Hughes nahm einen tiefen Zug von seiner Zigarette. »Also, was ist jetzt mit dem Bier?«

Sorrensons Handy piepste. Er zog es aus der Hosentasche und blickte aufs Display. *Ihre* Kurznachrichten hatten nichts Kryptisches, das stand fest. Meine Güte, sie konnte wirklich direkt sein. Sein Herz begann zu rasen. »Es ist etwas dazwischengekommen. Tut mir wirklich leid, aber ich muss weg.«

Hughes schüttelte den Kopf. »Ich hoffe nur, sie ist es wert«, murmelte er.

# Kapitel 9

Mozartklänge erfüllten die Luft des Spätfrühlingstags, und das Streichquartett – vier perfekt geschminkte junge Damen in figurbetonten schwarzen Kleidern – liebkoste seine Instrumente, als seien es neugeborene Babys.

Der Pfau war in gebieterischer Stimmung und spreizte seine Federn auf derart prahlerisch-pompöse Weise, dass es fast schien, als habe er die Wichtigkeit des Anlasses verstanden. Eine Heerschar von Kellnerinnen und Kellnern trug Kanapees und Champagnergläser herum. Eisskulpturen funkelten in der Sonne, und die zu Tierformen gestutzten Hecken warfen lange Schatten auf das sattgrüne Gras.

Carlyle ließ den Blick vom erhöhten Rosengarten aus prüfend über die Rasenfläche schweifen. Sie hatten Glück gehabt mit dem Wetter. Die strahlende englische Sonne war wie gemacht für Gartenpartys. Er beobachtete, wie sich Prinz Aldud mit dem Prinzen von Wales unterhielt, dem englischen Thronfolger, der inmitten des pastellfarben gekleideten Gästepulks eine etwas unbeholfene Figur abgab. Die beiden Prinzen waren alte Freunde und gingen regelmäßig zusammen auf die Jagd. Auch die Liebe zu klassizistischer Architektur und den tiefen Argwohn gegen gentechnisch veränderte Lebensmittel hatten sie gemeinsam.

Carlyle wandte seine Aufmerksamkeit der Handvoll sorgsam verlesener Journalisten zu, die sich am Rand der Party zusammengeschart hatte. Die Reporter nippten an ihrem

Champagner und tauschten Smalltalk aus, unterbrachen ihre Gespräche nur hin und wieder, um sich gegenseitig auf bekannte Persönlichkeiten aufmerksam zu machen, die gerade über den Rasen flanierten. Es war der perfekte Ort, um Prominente zu beobachten. Die Helikopter des Prinzen waren vollauf damit beschäftigt gewesen, die Wichtigen und Mächtigen aus London einzufliegen. Wie ein Zeitungskolumnist am Morgen angemerkt hatte, versprach die Veranstaltung »eine der meistdiskutierten Partys des Jahres« zu werden.

Carlyle musste beinahe schmunzeln bei diesem Gedanken. Das würde sie in der Tat werden. Er sah die Journalisten bereits vor sich, wie sie ihre Handys zücken und die Story fieberhaft an ihre Redaktionen melden würden. Sie glaubten, an einer Art Royal Ascot teilzunehmen, nur ohne Rennpferde. Umso überraschter würden sie sein, wenn der Prinz seine Ansprache hielt. Was er plante, barg politischen Zündstoff. Die Auswirkungen würde man auf der ganzen Welt spüren, auf jedem einzelnen Kontinent.

Der ehemalige Waffenschieber erkannte das knackende Geräusch sofort. Er hatte lange genug mit Waffen gehandelt, um zu wissen, wie Hochleistungsgewehre klangen. Voller Entsetzen wich der Prinz von Wales zurück, als das Gehirn seines Gastgebers auf seinen Leinenanzug spritzte. Die Leute fingen an zu schreien, und dann stürmten auch schon die Sicherheitsmänner durch die Gärten heran und brüllten den Gästen zu, sie sollten sich hinlegen. Der Pfau geriet in Panik und rettete sich flatternd auf einen tiefhängenden Ast.

Carlyle drehte sich um und suchte zwischen den Bäumen hinter seinem Rücken nach dem verräterischen Aufblitzen eines Gewehrs. Er konnte nichts finden. Der Scharfschütze musste aus über fünfhundert Metern Distanz geschossen haben. Ein meisterhafter Schuss. Plötzlich überkam ihn Müdigkeit. Er begutachtete das Blutbad und steckte sich ein Pfefferminzbonbon in den Mund. Es würde also doch keine Ansprache geben. Das Vermächtnis des Prinzen würde niemals verwirklicht werden. So sieht es aus, das Ende, dachte Carlyle. Wahrscheinlich war es von Anfang an vorprogrammiert gewesen. Er stieg die Marmortreppe des Rosengartens hinab und ging auf das Chaos seiner eigenen unsicheren Zukunft zu.

Kate sah Sorrenson an und wurde unerwartet von Gewissensbissen heimgesucht. Wie oft würde sie ihn noch als Fluchthelfer missbrauchen können? Er schien gern von ihr missbraucht zu werden, aber das war keine Entschuldigung. Auf lange Sicht war es unfair ihm gegenüber.

Außerdem hatte sie ihre goldene Regel gebrochen, indem sie erneut mit ihm geschlafen hatte. Was Männer anging, verfolgte sie sonst eine »Einmal-und-nie-wieder«-Politik. Alles andere erschien ihr als Verrat an Michael.

Aber die Umstände hatten es ihr auch wirklich schwer gemacht, wie sie zu ihrer Verteidigung anmerken musste. Ihre Mutter war in letzter Zeit immer boshafter geworden. Die Medikamente höhlten sie vollkommen aus, von ihrem früheren liebenswürdigen Wesen war so gut wie nichts mehr übrig. Zurückgeblieben waren nur Verbitterung und Wut. Eine explosive Mischung.

Bei ihrem letzten Besuch hatte Kate erneut das Familienalbum hervorgeholt, nur um zu erleben, wie ihre Mutter die gemeinsame Vergangenheit vollumfänglich in den Dreck zog. »Dein Vater«, hatte sie gefaucht, »hat seine Arbeit mehr geliebt als mich, mehr als uns.«

Kate hatte versucht, sanft Protest einzulegen und ihre Mutter darauf hinzuweisen, wie glücklich ihre Ehe doch eigentlich gewesen war. Aber ihre Mutter wollte nichts davon wissen. Es schien fast, als wollte sie ihre Vergangenheit so sehr hassen, dass es ihr erträglicher wurde, sie loszulassen, sie zu beenden, sich von allem zu verabschieden, was sie einmal geliebt hatte. Kate war nicht bereit, ihrer Mutter diese Umdeutung durchgehen zu lassen. Nach ihrem Empfinden war sie ein Verrat an ihnen allen. Sie war es Maggie schuldig, ihrer hasserfüllten neuen Persönlichkeit die Stirn zu bieten, auch wenn sie ihre letzten Wochen dadurch noch schwieriger und verwirrender machte.

Während sie also gemeinsam das Album betrachtet hatten, war ihre Mutter mit jeder Minute rachsüchtiger geworden. Ihr Gesicht war so wutverzerrt gewesen, dass Kate es kaum noch wiedererkannt hatte, und ihre Sätze waren wirr geworden, anklagend, wild.

»Er war unterwegs zum Giant Causeway. Was hat er denn da bitte gemacht, hä? Das ist kilometerweit weg von Belfast. Es ging um eine Frau, wetten? Wo hat seine Geliebte gewohnt?«

Kate war schockiert gewesen von den Worten ihrer Mutter. Sie kannte diese Frau nicht mehr, die sie einst auf die Welt gebracht hatte. Die Schmerzen müssen absolut unerträglich sein, dachte sie. Ihre Mutter litt so sehr unter dem Krebs, dass sie sich nur davon distanzieren konnte, indem sie alles niedermachte, was ihr jemals etwas bedeutet hatte. Den Verfall ihrer Mutter mit ansehen zu müssen war schrecklich, aber auch irgendwie hypnotisch. Es war, als würde man der Entstehung eines Gemäldes beiwohnen, allerdings in umgekehrter Reihenfolge, als würde etwas einstmals Schönes nach und nach in seine Bestandteile aufgelöst, aufs Abstrakte reduziert, zur Hälfte unkenntlich gemacht.

Sie hatte es einfach nicht mehr ertragen, hatte flüchten müssen. Daher die SMS. Direkt und auf den Punkt. Sie war sich sicher, dass er sich darüber gefreut hatte, aber sie wusste auch, dass es ungesund war, sich in einem anderen Menschen zu verlieren, wenn man eigentlich die Ursachen für dieses Verhalten hätte angehen müssen, die Antwort darauf finden müssen, warum es überhaupt nötig war, sich zu verlieren. Ihr fiel ein, was ein Freund von ihr, ein Alkoholiker, einmal zu ihr gesagt hatte: »Manche nennen es ›das wie Gott geformte Loch‹, diese Leere in meinem Leben, die ich mit Alkohol auszufüllen versuche.« Nun, bei ihr war es ein wie Michael geformtes Loch. Sie trug die Leere, die er in ihr hinterlassen hatte, überall mit sich herum.

Sie schob sich aus dem Hotelbett und tappte ins Badezimmer. Das Hotel war nötig gewesen. Sie hätte ihn niemals mit zu sich genommen. Das wäre zu viel der Offenlegung gewesen, zu viel der Entblößung. Sie starrte sich in dem unvorteilhaften Spiegel an. Das Licht im fensterlosen Bad war gnadenlos. Sie wurde alt, bekam immer mehr Krähenfüße um die Augen. Ihre blauen Augen waren auch nicht mehr so strahlend wie früher. Bald würde sie anfangen müssen, sich die Haare zu färben. Für vierzig sah sie trotzdem ganz okay aus. Besser als okay, gestand sie sich zu, nachdem sie ihren nackten Körper prüfend gemustert hatte.

»O Gott«, ertönte Sorrensons Stimme aus dem Schlafzimmer. Sie verließ das Badezimmer und ging zu ihm hinüber. Er hatte den Fernseher eingeschaltet, und sie war überrascht, als sie die Zeitanzeige in einer Ecke des Bildschirms sah. Es war schon nach eins. Sie hatten lange geschlafen.

»Was ist los?« Sie blieb nackt und schamlos vor ihm stehen.

Als Sorrensons Blick auf sie fiel, fehlten ihm vorübergehend die Worte. Er riss sich zusammen und zeigte auf den Fernsehbildschirm. »Sieht aus, als hättet ihr beim MI5 dieses Wochenende alle Hände voll zu tun. Und wir von der Kripo an der Küste vielleicht auch.«

Der Nachrichtensender zeigte gerade einen Bericht über einen saudischen Prinzen, der auf seinem herrschaftlichen Anwesen ermordet worden war.

»Wurde sein Name schon erwähnt?«

Sorrenson schüttelte den Kopf, sah sie einige Sekunden nachdenklich an und stieß dann einen leisen Pfiff aus. »Nein«, sagte er schließlich. »Aber es war im Südosten des Landes. Allzu viele saudische Prinzen kommen also nicht in Frage. Oligarchen gibt es bei uns wie Sand am Meer, aus Saudi-Arabien stammen allerdings die wenigsten.« Er zeigte auf den Fernseher, wo der Sender nun auf einer Landkarte die Lage des Anwesens verriet.

Kate setzte sich aufs Bett. Sie hatte das Bedürfnis, gedankliche Verknüpfungen herzustellen, die in ihrem Kopf abgespeicherten Daten nach Namen, Bankkonten, Informationen zu durchsuchen. »Du kennst doch den Flughafen bei euch in der Gegend, oder?«

»Ja, den alten Militärflughafen, der jetzt im Besitz eines …« Die Erkenntnis zuckte wie ein Blitz über Sorrensons Gesicht.

»Saudischen Prinzen ist«, beendete Kate seinen Satz. »Der im übrigen Milliardär ist und den Flughafen ausbauen und erweitern möchte. Ich wette, er ist der Ermordete. Und ich befürchte, dass man versuchen wird, das Attentat auf ihn irgendwie mit Holahons Tod in Verbindung zu bringen. Die Presse wird in alles ihre Nase stecken, jeder wird versuchen, sich als Erster ein möglichst umfassendes Bild zu verschaffen. Was für ein Schlamassel.«

Sorrenson rollte sich aus dem Bett und machte seine Jeans auf dem Boden ausfindig. »Und was ist deine Theorie?«

Ihr Blick war fest auf den Fernseher gerichtet. »Ich weiß es nicht. Dass zwei Menschen tot sind, die mit derselben Bank zu tun hatten, heißt noch lange nicht, dass die Morde an ihnen etwas miteinander zu tun haben. Wovon man natürlich trotzdem ausgehen wird. Wir Geheimdienstleute mögen klare Muster und Strukturen, aber auf mich wirkt das Ganze ziemlich chaotisch und verworren.«

»Du musst trotzdem zugeben, dass es nicht wie ein reiner Zufall aussieht.«

Sie drehte sich zu ihm um und sah ihn fragend an. »Du bist schon angezogen?«

»Dir entgeht aber auch nichts.«

Sie zeigte aufs Bett. »Wir hätten eigentlich schon vor einer Stunde auschecken müssen. Jetzt, wo wir das Zimmer sowieso noch eine zusätzliche Nacht zahlen müssen, können wir es genauso gut noch ein bisschen ausnutzen.«

Das Diner war eins von Reynolds Lieblingslokalen. Hier gab es die besten Bratkartoffeln von ganz New York, und der Kaffee war anständig und wurde großzügig nachgeschenkt. Die Kellnerinnen schienen auch nur selten zu wechseln. Das gefiel Reynolds, er mochte Kontinuität. Doch sein Hauptgrund für die Wahl des Diners war die Tatsache, dass es hier in den frühen Morgenstunden so schön ruhig war. Es lag in einer Seitenstraße der Wall Street und füllte sich erst, wenn die Börsenmakler gegen halb sieben eintrafen. Um fünf Uhr morgens hatte Reynolds den Gastraum noch nahezu für sich. Er saß in einer ledergepolsterten Sitznische und nippte an seinem Kaffee, tat so, als würde er völlig unbeschwert seine *New York Times* lesen. Wenn man nach außen hin Zuversicht demonstrierte, konnte man alles schaffen. Das Leben war letztlich ein Spiel, und die Wall Street war voll mit Leuten, die es perfekt beherrschten. Als er Schritte hörte, blickte er auf. Die beiden Männer nickten einander zu, und Reynolds forderte Carey mit einer Handbewegung auf, sich zu setzen.

»Wie lange kommst du eigentlich schon in dieses Diner?«, fragte Carey.

Reynolds musste einen Moment nachdenken. »Ungefähr seit zehn Jahren, vielleicht auch elf.«

»Dachte ich mir. Der Laden ist inzwischen fast so etwas wie dein zweites Büro.«

»Hier fühle ich mich wohl.«

Carey lachte. »Nicht wie bei Higgs.«

»Stimmt.«

Carey studierte die Frühstückskarte. »Weißt du, Dick, du kannst jederzeit zurück zur CIA, wenn du keine Lust mehr hast, Higgs zu hüten. Deinen Bereich der Financial Intelligence Unit kann auch jemand anders leiten. Soll derjenige sich den Kopf über die Bank zerbrechen. Du solltest dich fragen, ob du dir diesen Stress nicht lieber ersparst, zumal in deinem Alter.«

Reynolds massierte sich mit den Fingern der rechten Hand die Schläfen. Es würde ein langer Tag werden. »Das klingt ja wie ein Ultimatum.«

»Nein, ich sage nur, dass du jederzeit aussteigen kannst, wenn du nicht mehr willst. Brandeis legt dir sicher keine Steine in den Weg. Er hat vollstes Verständnis und weiß, unter welchem Druck du stehst, schließlich kennt er die Gerüchte. Du machst den Job schon sehr lange. Ist doch klar, dass er an dir zerrt.«

Reynolds schob mit der Gabel eine Kartoffelscheibe über seinen Teller und beäugte sie voller Abscheu. Der Appetit war ihm gründlich vergangen. Während er auf sein verschmähtes Frühstück starrte, sagte er: »Du willst mir damit vermutlich mitteilen, dass es euch gelegen käme, wenn ich meinen Posten räumen würde. Dass es eine gute Idee wäre, ein wenig Abstand zwischen mich und Higgs zu bringen.«

Carey lehnte sich in der Sitznische zurück und ließ den

Kopf gegen das Polster sinken. Dann nahm er sich eine Papierserviette und riss sie in Streifen.

Reynolds sah ihm fasziniert dabei zu. Er fühlte sich wie ein Kind bei der Beichte. Vielleicht, dachte er, würden ein paar Geständnisse nicht schaden. Vielleicht war es an der Zeit, vor Carey die Bombe platzen zu lassen. Ihn ins Vertrauen zu ziehen, zu sehen, wie ihm die Wahrheit schmeckte.

»Vielleicht hast du recht«, sagte Reynolds langsam. »Diese unselige Holahon-Geschichte wird sicher irgendwann auf uns zurückfallen, in welcher Form auch immer. Die Presse und die Geheimdienste drehen jeden Stein um bei Higgs, und der tote Saudi-Prinz macht es natürlich nicht besser. Die Bank steht im Mittelpunkt des Interesses, sie kann sich jetzt nicht mehr bedeckt halten. Die Leute werden anfangen, sie mit der CIA in Verbindung zu bringen.«

Carey sah Reynolds eindringlich an und legte das Gesicht in sorgenvolle Falten. »Gibt es da etwas, was du mir verschweigst, Dick? Ist das vielleicht noch nicht die ganze Wahrheit?« Er fuhr damit fort, die Serviette in noch kleinere Stücke zu reißen, ein Akt der Zerstörung, der ihm sichtlich Befriedigung verschaffte.

Reynolds beobachtete, wie die Papierserviette wie Konfetti auf den Tisch rieselte. Es hatte eine Zeit gegeben, in der er scharf auf Careys Job gewesen war, ihn als Sprungbrett für Brandeis' Posten betrachtet hatte. Aber das war vorbei. Noch mehr Verantwortung hätte Reynolds nicht ertragen. Bereits das jetzige Maß drohte ihn zu vernichten.

»Ich fange an, mir ein wenig Sorgen zu machen«, erklärte Carey mit der lakonischen Stimme eines Radiomoderators, der spätnachts auf Sendung war. »Vielleicht ist doch noch nicht alles auf dem Tisch. Es macht den Anschein, als wolltest du mir etwas mitteilen, als wüsstest du gewisse Dinge.«

Reynolds hielt Careys Blick stand. Verschwommene Blinklichter vor den Fenstern des Diners und das Klappern von Mülltonnen zeugten davon, dass die Müllabfuhr ihre Arbeit aufgenommen hatte und New York nach und nach erwachte. Bald würden die Banker über das Diner herfallen. Sie folgten immer dem Müll, wie Reynolds aus Erfahrung wusste. Eines nicht mehr fernen Tages würde einer von ihnen auf Higgs aufmerksam werden und sich die Finanzen der Bank genauer ansehen. Er würde eine gründliche juristische Prüfung veranlassen, und man würde die gewaltigen Schulden der Bank erkennen und wissen, dass sie sich am Rand des Abgrunds befand. Das würde ihr den Todesstoß versetzen. Etwas, was so mächtig, so dauerhaft, so unermesslich schien, würde innerhalb von Sekunden in sich zusammenstürzen.

Auslöser würde vermutlich der schriftliche Hinweis eines Börsenbeobachters sein, der die Bargeldreserven der Bank anzweifelte. Wohl kaum eine Bombe. Dennoch würde die Wirkung verheerend sein. Es würden Erschütterungen über den Hudson wandern, die letzten Endes jede Küste der Welt überschwemmen würden. Gefährliche Erschütterungen. Dazu darf es nicht kommen, dachte Reynolds. Dieses Szenario musste er um jeden Preis verhindern.

Die Sitzung im Beichtstuhl war vorbei, bevor sie richtig angefangen hatte. Es würde keine Enthüllung vor Carey geben. Scheiß auf Carey und Brandeis und den Rest der CIA, dachte Reynolds. Sollten diese Arschlöcher ruhig weiter im Dunkeln tappen. Er zwang sich, Carey zuzulächeln, und nahm einen Schluck von seinem Kaffee. »Nein, ich versuche nicht, dir irgendetwas mitzuteilen«, sagte er ruhig. »Es ist alles unter Kontrolle. Higgs ist solvent.«

»Gut, denn wenn es ein Problem gibt, müssen wir es wissen. Higgs ist immer noch dein Baby. Du hast das Heft in der

Hand. Durch die Bank beziehen wir nach wie vor wertvolle Informationen. Sie abzuwickeln wäre in vielerlei Hinsicht deutlich schwieriger, als sie am Leben zu erhalten, schließlich können wir sie nicht einfach über Nacht verschwinden lassen. Also sorg bitte dafür, dass Higgs keine Probleme macht, ja? Ich fordere dich auf, Ordnung zu schaffen. Wir wollen keine unerwarteten Rückschläge erleben.«

Reynolds löffelte noch mehr Zucker in seinen Kaffee und rührte um. Er sah zu, wie die schwarze Flüssigkeit in der Tasse herumwirbelte und gegen den Rand schwappte. Der Kaffeestrudel kreiste und kreiste. Es war fast schon hypnotisch, die Eigendynamik einer Sache zu beobachten, die man selbst angestoßen und über die man die Kontrolle verloren hatte.

Es waren so viele Dateien. Zu viele. Hunderte, dachte sie. Offensichtlich war McLure durch einen Ozean an Informationen gewatet. So viel konnte ein einziger Mensch niemals allein bewältigen. Wie hoch sein Gehalt auch gewesen sein mochte, der MI5 hatte ihm bei Weitem zu wenig gezahlt.

Sie überflog die Namen der Dateien, in der Hoffnung, dass sie irgendetwas wiedererkannte. Viele Dateibezeichnungen hatten mit Offshore-Gesellschaften und Briefkastenfirmen zu tun. Wie viel Mühe sich die Leute beim Verstecken ganzer Unternehmen gaben. Die IT-Abteilung hatte zwar McLures Computer für Kate entschlüsselt, aber die riesigen Datenmengen machten ihr die Suche dennoch fast unmöglich. Sie würde Zeit brauchen, viel Zeit, um sich ein annähernd klares Bild zu verschaffen. Und ob sie die hatte, war die entscheidende Frage. Sie blickte zu ihrem Whiteboard an der Wand. Gestrichelte Linien verbanden die Namen von Holahon, dem Saudi-Prinzen und McLure. In die Mitte hatte sie »Higgs Bank« geschrieben. Nicht gerade eine Offenbarung. In den Zeitungen waren ähnliche Schaubilder abgedruckt, wenn auch ohne McLures Namen. Bis jetzt war der Mord an ihm noch nicht an die Öffentlichkeit gedrungen. Das musste man den Amerikanern lassen, dachte sie: Sie schafften es, schlechte Nachrichten im Keim zu ersticken. Was Informationsunterdrückung anging, waren sie eine Klasse für sich.

Sie fand den Dateiordner mit den Higgs-Konten, die sie vor einiger Zeit gekennzeichnet und mit Anmerkungen versehen hatte, damit McLure sie sich genauer ansah. Nachdem sie auf die Datei des Prinzen geklickt hatte, las sie noch einmal ihre Notizen. Sie hatte ausführlich Holahons Mitwirkung an der Eröffnung von Konten in London und in verschiedenen Steueroasen beschrieben. Es war deutlich zu erkennen, wie gründlich sich McLure mit ihren Ausführungen befasst hatte, denn er hatte seine eigenen Anmerkungen hinzugefügt, die sie nun überflog. Es handelte sich lediglich um allgemeine Kommentare, eine Pflichtübung, mehr nicht. Sie wollte die Datei gerade wieder schließen, als ihr ein Name ins Auge sprang. Unter ihre Notizen hatte McLure geschrieben: »Brockman?«

Eigenartiger Zufall, dachte sie. So hieß der Texaner aus der Laufgruppe, mit der sie durch Hampstead Heath gejoggt war. Er hatte Holahon gekannt. Und er war ebenfalls Banker. Sie tippte »Higgs« und »Brockman« in die Google-Suchmaske und wusste Sekundenbruchteile später, dass der Texaner die Abteilung »Privatkundenkontakte« in der Londoner Higgs-Filiale leitete. Interessant. Warum war McLure auf ihn aufmerksam geworden? Eine rasche Suche in ihren Unterlagen ergab, dass er keins der Konten betreute, auf die sie McLure hingewiesen hatte. Trotzdem war McLure offenbar der Ansicht gewesen, es lohne sich ein genauerer Blick auf ihn.

Sie stand auf und schrieb Brockmans Namen auf das

Whiteboard. Wahrscheinlich vergeblich, aber damit ließ sich immerhin ein wenig Tafelfläche füllen. Ihre Zuversicht stieg, sie machte Fortschritte.

Sie kehrte zu McLures Dateien zurück. Vor allem die Datei, die sich mit dem verstorbenen Prinzen beschäftigte, ließ ihr keine Ruhe. Gewaltige Geldsummen – Milliarden von Pfund – waren auf einem Konto zusammengeführt worden, fast so, als hätte der Prinz Hausputz gemacht, seine Finanzen in Ordnung gebracht. Sie dachte an das Chaos, das ihr Vater nach seinem vorzeitigen Tod hinterlassen hatte. Ihre Mutter hatte Monate gebraucht, bis sie alles durchgesehen und geordnet hatte.

Kate schaute sich noch einmal die Konten an. Ja, irgendjemand war hier dabei gewesen, Klarschiff zu machen. So etwas tat man, wenn man wusste, dass einem nicht mehr viel Zeit blieb. Was sie sah, war eine Art Nachlass. Ihr fiel auf, dass ein Großteil der Aktienbestände des Prinzen ebenfalls veräußert worden waren. Große Geldsummen waren von den Konten auf ein Anlagevehikel namens »Relief 1« auf den Turks- und Caicos-Inseln überwiesen worden.

Sie lehnte sich zurück und seufzte. Es war schon nach zehn. Die automatische Beleuchtung auf dem Flur hatte sich abgeschaltet, alle anderen waren längst gegangen. Sie musste wirklich nach Hause. Am Wasserspender füllte sie sich einen Plastikbecher. Das kühle Wasser erfrischte sie, brachte ihr ein wenig Klarheit.

Sie kehrte zu ihrem Stuhl zurück und durchkämmte wahllos McLures Dateien, angelte ohne jede Strategie, buddelte unkoordiniert herum. Und dennoch hatte sie das Gefühl, ganz nah dran zu sein. Sie verließ sich auf ihre Intuition, etwas, worüber Webster oder Callow sicher nur gelächelt hätten.

Aber es lohnte sich weiterzustöbern, das wusste sie einfach.

Ein Dateiordner erregte ihre Aufmerksamkeit. Zuerst glaubte sie, ihn bereits gelesen zu haben. Sie öffnete ihn und überflog die darin abgespeicherten Dokumente. Sie bezogen sich auf Quest, den Hedgefonds, der dem Sohn und Erben des Prinzen gehörte. Prinz Faisal war ein Playboy, wenn sie die Zeitungsmeldungen über ihn richtig in Erinnerung hatte. Ein Playboy, der sich ausschließlich mit Schauspielerinnen umgab. Die Bankdokumente im Quest-Ordner schienen zunächst keinen Sinn zu ergeben, bestanden nur aus Codes, einer verwirrenden Aneinanderreihung von Zahlen und Buchstaben. Dicht und undurchdringlich, offenbar computergeneriert.

Nach und nach ging ihr auf, um was es sich handelte. Sie prüfte alles dreimal, um Irrtümer auszuschließen. Das Ergebnis raubte ihr den Atem.

Was sie da vor Augen hatte, war ein Massaker. Oder vielmehr ein Konstrukt, das dazu gedacht war, aus einem Massaker Profit zu schlagen. In seiner perfekten Symmetrie war es fast schon als schön zu bezeichnen. Es besaß eine gewisse Geometrie, eine kohärente, überzeugende Struktur.

Unzählige Reihen elektronischer Anweisungen beauftragten ein Bataillon an Computernetzwerken damit, riesige Mengen Gold und anderer Edelmetalle zu kaufen. Das Geld für diesen ungeheuren Kaufrausch stammte von einem separaten Konto. Sie prüfte die dazugehörige Datei und entdeckte erneut ellenlange Zahlenreihen. Diesmal waren es gegenteilige Anweisungen, die Netzwerke erhielten den Auftrag, Anteile an großen Firmen abzustoßen – Banken, Airlines, Luft- und Raumfahrtkonzernen, Atomkraftkonglomeraten –, um so die Metallkäufe zu finanzieren.

Derartige Hochfrequenzgeschäfte, die von Superrechnern nahezu in Lichtgeschwindigkeit durchgeführt wurden, waren einerseits hochriskant und andererseits von brutaler Schlichtheit. Setzte man aufs falsche Pferd, konnte man spektakulär scheitern, hatte man den richtigen Riecher und riskierte alles, waren die Gewinne enorm. Es war eine unverhohlen testosterongeladene Machoshow, der jegliche Nuancierung fehlte, jegliche Feinheit, jedes Gefühl für Vorsicht oder Ambivalenz.

Sie checkte das Datum, auf das die Anweisungen terminiert waren: 8. September. In rund dreizehn Wochen also.

Ihr Blick kehrte wieder auf die Zahlenreihen zurück. Das Ganze kann auch ein gigantisches Modell sein, eine Übung, dachte sie. Ein Hedgefonds, der ein hypothetisches Geschäftsmodell einem Stresstest unterzog. Aber das war unwahrscheinlich. Wozu der enorme Aufwand, wenn man es nicht wirklich durchziehen wollte? Nein, hier bereitete sich jemand mit aller Gründlichkeit auf schlechte Nachrichten vor, das war offensichtlich. Quest wollte alles, was es besaß, in Gold und andere Edelmetalle reinvestieren, das klassische Vorgehen des risikoscheuen Investors. Oder des Investors, der die Schotten dichtmachte, bevor ein Sturm heranzog. Was Kate vor sich sah, war eine Flucht in den sicheren Hafen, eine Wette auf das unmittelbare Bevorstehen des Weltuntergangs, ein Maßnahmenpaket, das in Kraft treten würde, bevor irgendeine andere Bank reagieren konnte.

Sie blickte auf ihren Online-Terminkalender und konnte weltweit kein Datum oder Ereignis ausmachen, das auf Verhängnis und Zerstörung hingedeutet hätte. Keine größeren Konjunkturschwankungen, kein geopolitisches Gipfeltreffen, keine Handelsgespräche, keine Grundsatzentscheidungen des Obersten Gerichtshofs. Es war alles ruhig. Gespenstisch ruhig.

Sie schluckte. McLure hatte diese Dokumente ganz offenbar gekannt und ihre Bedeutung verstanden. Ihre Aussage war unmissverständlich. Offensichtlicher ging es nicht. Und dennoch hatte er nichts zu ihr gesagt. Im Gegenteil, er hatte bewusst Informationen zurückgehalten, die für die Recherchen, um die er sie gebeten hatte, relevant gewesen wären. McLure hatte sie damit beauftragt, das ausufernde Imperium der Higgs Bank unter die Lupe zu nehmen, hatte sie dazu ermuntert, sich in ihre komplexen, hermetisch abgeriegelten Konten zu vertiefen, obwohl er bereits gewusst hatte, dass einer ihrer größten Kunden sich auf das weltwirtschaftliche Äquivalent zum Jüngsten Tag vorbereitete.

Sie fröstelte plötzlich. Hatte sie McLure überhaupt richtig gekannt? Wie ließ sich sein Schweigen ihr gegenüber erklären? Sie stöhnte, als ihr das Gespräch in Madrid wieder einfiel. Marion hatte ihr von seinen Geldsorgen erzählt, und diese Information hätte sie angesichts ihrer möglichen Brisanz eigentlich längst ihren Vorgesetzten melden müssen. Sie hatte es nicht getan, weil es für sie einem Verrat an ihm gleichgekommen wäre und weil ihr die Aussage, er habe sich gelegentlich um seine finanzielle Situation gesorgt, belanglos vorgekommen war. Aber jetzt war sie vielleicht doch nicht mehr so belanglos. McLure hätte ein Vermögen mit derartigen Insiderinformationen verdienen können. Himmel, es wurde alles immer komplizierter und undurchsichtiger.

Sie öffnete eine Schublade und zog ein Antragsformular hervor. Sie würde Einsicht in McLures persönliche Bankkonten fordern. Ihre Hand zitterte, als sie das Formular unterschrieb, und ihr Mund war trocken. Was sie gerade entdeckt hatte, konnte ernste Konsequenzen für den Geheimdienst haben. Es bestand die sehr reelle Möglichkeit, dass in seiner Mitte ein abtrünniger Agent aktiv gewesen war, ein Agent, der streng geheime, im Interesse des Landes gesammelte Informationen als Handelsware betrachtet hatte, als Jetons für den Roulettetisch.

Sie spielte ein wenig mit diesem Gedanken herum. McLures

Reise nach New York erschien ihr plötzlich in einem ganz anderen Licht. War er dorthin geflogen, um sein Wissen zu verkaufen? Unzählige Banken und Hedgefonds hätten buchstäblich getötet, um an die Handelsstrategie von Quest zu kommen.

Es blieben viel zu viele Zweifel, und es gab niemanden, den sie hätte fragen können, niemanden, bei dem sie das Gefühl hatte, ihm vertrauen zu können. Webster wollte sie ihre Befürchtungen nicht anvertrauen. Einerseits besaß sie nicht genug Informationen, um den Ruf eines toten Mannes guten Gewissens zu ruinieren, andererseits gab es zu viele Verdachtsmomente, um ihn gänzlich unbefleckt zu lassen. Was für ein Chaos.

Kate sah sich in ihrem Büro um und blickte dann durch das Milchglasfenster auf den dunklen Flur hinaus. Die Glocke des Big Ben schlug elf Mal. Die schreckliche, schwindelerregende Erinnerung an ein vertrautes Gefühl stieg in ihr auf, das Gefühl, das sie entzweigerissen hatte, als sie eines Winterabends die Tür geöffnet und erfahren hatte, dass ihr Mann tot war. Auch jetzt fühlte sie sich wieder völlig verloren. Sie trieb mit Schlagseite dahin und verfügte weder über einen Anker noch über einen sicheren Hafen, den sie ansteuern konnte. Ihr Kopf sank in ihre Hände, und sie konzentrierte sich auf das Geräusch ihrer Atmung. Der Rhythmus beruhigte sie. Nach einigen Minuten hob sie den Kopf und fuhr ihren Computer herunter. Dann griff sie nach ihrem Handy und tippte eine SMS. Morgen war Samstag. Sie brauchte Platz um sich herum. Jede Menge Platz.

Die beiden kleineren Männer waren eigentlich gar nicht klein. Beide waren gut einen Meter fünfundachtzig groß und wogen über hundert Kilo. Aber sie wirkten regelrecht zwergenhaft gegen den Koloss, den sie geschickt von den Füßen gerissen, in die Luft gehoben und mit dem Kopf voran wieder hatten fallenlassen. Der grausame Angriff war beinahe ballettartig gewesen in seiner Anmut, seiner koordinierten Brutalität.

Der Koloss lag mit seinen ganzen gut zwei Metern Körpergröße und seinen hundertzwanzig Kilo Körpergewicht vor seinen beiden Angreifern auf dem Boden, die sich die größte Mühe gaben, unbeteiligt zu wirken. Sie unterhielten sich miteinander und ignorierten alles andere um sich herum. Aber damit machten sie niemandem etwas vor. Die siebzigtausend Zuschauer im Rugbystadion von Twickenham hatten die Attacke in allen Einzelheiten mitbekommen, hatten aufgestöhnt, als die beiden Innendreiviertel den Flügelstürmer getackelt und regelrecht in den Boden gerammt hatten, ein unverfrorener und illegaler Spielzug, den mehrere Kameras festgehalten und auf die riesigen Großbildleinwände im Stadion übertragen hatten.

Die beiden Männer in der Loge auf Höhe der Mittellinie verfolgten aufmerksam die Wiederholungen der Horrorshow.

»Die fliegen beide vom Platz. Rote Karte, definitiv«, sagte Carlyle. »Die Aktion könnte sogar ein polizeiliches Ermittlungsverfahren nach sich ziehen. Der schiere Wahnsinn. Das ist fast schon kriminell, was die beiden da gemacht haben. Aus der Nummer kommen sie nicht mehr raus. Kameras lügen nicht.« Er wies auf die Großbildleinwände. »Da, alles aufgezeichnet. So etwas lässt sich nicht vertuschen.« Er nahm einen Schluck von seinem Champagner und durchbohrte eine Olive mit einem Cocktailspieß.

Sein Begleiter nahm einen tiefen Schluck aus seiner Bierflasche. »Ganz schön brutal, dieses Spiel. Ich verstehe echt nicht, warum ihr hier keine Helme und Schulterpads tragt wie unsere Footballer. Diese Verbrecher haben sich einfach auf ihn gestürzt, der große Kerl hatte keine Chance. Das war ein Überfall aus dem Hinterhalt, ein Großangriff.«

Carlyle gestattete sich ein halbes Lächeln. »Wir machen das hier eben ein bisschen anders und haben unsere eigenen Regeln.«

Reynolds lachte. »Du sagst ›wir‹, dabei bist du ungefähr genauso britisch wie ich. Und so anders sind eure Regeln nicht, wie mir scheint. Man könnte sogar sagen, dass wir derzeit dasselbe Spiel spielen, meinst du nicht auch? Wir stehen auf derselben Seite, uns eint dasselbe Ziel. Das gemeinsame Interesse.«

Die Menge grölte, als der Schiedsrichter zwei rote Karten hochhielt und die beiden Innendreiviertel vom Spielfeld schickte. Der bewusstlose Flügelstürmer, der immer noch mit dem Gesicht nach unten auf dem Rasen lag, wurde unterdessen von Sanitätern auf eine Trage gehoben und begleitet vom tröstenden Applaus des Publikums abtransportiert. Carlyle hatte den Blick immer noch auf die Großbildleinwand gerichtet.

»Diese zwei Typen hatten nie eine Chance, damit durchzukommen«, sagte er eindringlich. »Die Kameras haben alles aufgezeichnet.«

Reynolds nickte. »Aber wenn sie irgendwie dafür sorgen könnten, dass die Aufnahmen verschwinden, wären sie aus dem Schneider.«

Carlyle nippte wieder an seinem Champagner. »Stimmt. Das Problem ist allerdings, dass man nicht alle Beteiligten verschwinden lassen kann.«

Ein Ersatzspieler, ein Baum von einem Mann, rannte aufs Spielfeld. Der Schiedsrichter pfiff, und das Spiel wurde wieder aufgenommen.

»Ich denke, um das meiste haben wir uns gekümmert«, erklärte Reynolds. »Wie du weißt, habe ich die nötigen Maßnahmen persönlich beaufsichtigt. Es dürfte schwierig werden, jetzt noch irgendetwas zu Higgs zurückzuverfolgen. Du hast richtig gehandelt, indem du mich alarmiert hast. Sonst hätte es, äh … Komplikationen geben können.«

»Ja«, sagte Carlyle. »Die Sache hätte zu einem heiklen Zeitpunkt für unwillkommenes Aufsehen gesorgt. Wenn die Behörden angefangen hätten, sich für Higgs zu interessieren, wäre es schwierig geworden. Der Plan des Prinzen wäre unter Umständen … durchkreuzt worden. Ich bin mir sicher, dass er sich in seiner Dankbarkeit sehr großzügig zeigen wird. Er wird die Higgs Bank weiterhin für ihre exzellente Kundenbetreuung belohnen, und er wird an die guten Beziehungen anknüpfen, die sein verstorbener Vater zu der Bank pflegte. Ich bin mir sicher, dass die Personen, die hinter der Higgs Bank stehen, darüber sehr erleichtert sein werden. Einen so großen Kunden zu verlieren ist sicher nicht in ihrem Interesse, das würde nur zu Nervosität führen.«

Die beiden Männer nickten sich zu. Gewisse Dinge blieben lieber unausgesprochen.

»Gut zu wissen«, sagte Reynolds. »Zum Glück gibt es keinerlei Probleme. Niemand wird Brockman mehr behelligen. Der Weichensteller des Prinzen innerhalb der Bank ist in Sicherheit, er wird beschützt. Was man vom Vater des Prinzen wohl nicht sagen konnte, was? Weißt du Genaueres?«

»Furchtbare Geschichte«, murmelte Carlyle. »Du sprichst von Schutz, aber die Sache macht klar, dass niemand wirklich sicher ist. Wenn man zu sehr zum Risikofaktor für die Pläne anderer Leute wird, dann … na ja.« Er sah Reynolds an, aber sein Gast leerte mit ausdruckslosem Gesicht sein Bier. »Dann kommt deren Versicherungspolice zum Tragen«, fuhr er fort.

»Ich habe von einem bedauerlichen Vorfall in einem New Yorker Hotel gehört, der sich kürzlich ereignet haben soll.«

»Hm«, machte Reynolds und warf sich ein paar Erdnüsse in den Mund. »Die Stadt hat mittlerweile zwar eine niedrige Kriminalitätsrate, kann aber trotzdem ein verdammt gewalttätiger Ort sein. Ich habe auch davon gehört. Wirklich entsetzlich. Dem Anschein nach ein perfekt ausgeführter Auftragsmord. Unsere Geheimdienste haben nicht die leiseste Ahnung, wer dahinterstecken könnte. Sie glauben, dass der britische Agent über etwas gestolpert ist, worüber er besser nicht gestolpert wäre. Informationen können gefährlich sein. Sie können einen sogar ins Grab bringen.«

Carlyle fuhr sich mit Daumen und Zeigefinger den Nasenrücken entlang. »Durchaus. Auch London ist ein brutaler Ort, die Gewalt scheint sogar noch zuzunehmen. Vielleicht hat es mit der wirtschaftlichen Lage zu tun. Je schlimmer sie wird, desto größere Auswirkungen hat es auf die Bevölkerung. In dieser Stadt spüre ich eine echte Bedrohung. Könnte ziemlich übel werden in den nächsten Jahren. Man muss sich nur mal den armen Holahon ansehen …«

Ein Pfiff ertönte, und die Menge jubelte. Ein Spieler hatte einen Versuch erzielt.

Reynolds machte eine ausschweifende Geste durch die Loge. »Hier wurde alles durchsucht, nehme ich an?«

»Ja«, antwortete Carlyle, »die Loge ist sauber.«

»Mach dir keine Sorgen wegen Holahon«, sagte Reynolds. »Was passiert ist, ist passiert.«

Carlyle schüttelte den Kopf. »Ich habe so einiges erlebt im Laufe der Jahre. Der Mensch tut manchmal die schlimmsten Dinge aus eigenartigen, völlig banalen Gründen, aber …« Er brach ab. Ein weiterer Aufschrei aus dem Publikum verriet, dass der Erhöhungskick über die Querstange gegangen war.

»Sieben – null«, sagte Reynolds. »Ist das ein hohes Ergebnis?«

Carlyle lachte. »Es sind erst zehn Minuten vorbei, also wird es wahrscheinlich noch viel höher. Was für ein Finale. Dreizehn Mann gegen fünfzehn. Das Spiel ist eigentlich schon entschieden, bevor es überhaupt richtig angefangen hat. Kein Mensch würde jetzt noch auf die Mannschaft in Unterzahl setzen. Das wird ein Blutbad. Prinz Faisal wird sich freuen: Das Team mit den fünfzehn Spielern gehört ihm. Der Pokal macht sich sicher gut im Sitzungssaal von Quest. Hör dir das Publikum an – die wissen, dass das Spiel gelaufen ist. Wer Wetten auf die Mannschaft mit den dreizehn Spielern abgeschlossen hat, kommt sich jetzt wohl ziemlich dämlich vor.«

Reynolds zuckte mit den Schultern. »Vielleicht waren die zwei, die raus mussten, ja geschmiert. Sie haben dafür gesorgt, dass sie eine rote Karte kassieren, und der Gegenseite auf die Weise das Spiel geschenkt. Jetzt halten sie die Hand auf, und alle sind glücklich. So etwas lässt sich leicht arrangieren. Alles lässt sich arrangieren. Man muss die Situation nur unter Kontrolle haben.«

Wieder nickten sie sich gegenseitig zu, wieder schwebten unausgesprochen Wahrheiten im Raum.

»Dann wiederum gibt es Dinge, die sich nicht kontrollieren lassen«, erklärte Carlyle. »Psychopathische, missgünstige Banker zum Beispiel.«

Reynolds lachte schallend und trank gluckernd einen großen Schluck Bier. »Ach, entspann dich doch mal. Um den Transporter haben wir uns gekümmert, der wurde gründlich gesäubert. Nicht, dass wir uns übermäßig Sorgen gemacht hätten. Schließlich haben wir so etwas schon tausend Mal durchgezogen. Der Leichensack war fest verschlossen, aus den Dingern tritt nichts aus. Kurz darauf war die Karre schon wieder an ihrem Platz, bevor überhaupt jemand mitgekriegt hat, dass sie weg war. Eine völlig reibungslose Aktion. Gut, dass Droll uns den Transporter besorgt hat. Sehr hilfreich. Dein Detektiv hat gute Kontakte. So sind sie, diese Privatschnüffler: enge Verbindungen zur Unterwelt, die wiederum Leute kennt, die ihr noch einen Gefallen schulden. Sehr nützliche Schnittstelle. Symbiotisch geradezu.«

»Stimmt«, sagte Carlyle.

»Du hast dich sicher gefragt, warum wir die Leiche so zugerichtet haben«, mutmaßte Reynolds grinsend.

Er schien das Gespräch zu genießen. Carlyle entdeckte eine ganz neue Seite an ihm. Bei früheren konspirativen Treffen war er reservierter gewesen, nüchterner. Jetzt hingegen legte Reynolds ein großtuerisches Verhalten an den Tag, das fast schon leichtsinnig wirkte. Irgendwann in naher Zukunft würde er sich der Verbindung mit Reynolds und der CIA entledigen müssen, sie abstreifen müssen wie eine alte Haut. Die Amerikaner glaubten, er wäre ihnen verpflichtet, weil sie ihn im Laufe der Jahre immer wieder unterstützt hatten, ihn aufgebaut hatten. Tja, da hatten sie sich getäuscht. Carlyle war sein eigener Herr, ein Mann, der wusste, wie wertvoll er für seine Arbeitgeber und die Geheimdienste war. Er merkte, dass Reynolds ihn abwartend ansah. Das Grinsen des Amerikaners war inzwischen noch breiter geworden.

»Ich habe gerade gesagt, dass du dich bestimmt darüber gewundert hast, wie wir die Leiche zugerichtet haben«, wiederholte Reynolds.

»Die Frage ist mir durch den Kopf gegangen, das gebe ich zu«, murmelte Carlyle.

»Nun ja, um ehrlich zu sein, hielten wir es für eine … sinnvolle Idee. Dadurch, dass wir Kopf und Hände abgetrennt haben, wurde es für die Ermittler noch komplizierter, weil es jetzt aussah wie ein vorsätzlicher Racheakt. Die Tat von jemandem, der nach seinen eigenen Wertvorstellungen für Gerechtigkeit gesorgt hat. Passend dazu hatten wir den Einfall, die Leiche an einem Ort abzulegen, wo früher Verräter gehängt wurden. Damit der Stein richtig ins Rollen kommt und die Polizei glaubt, es handle sich um eine Fehde unter Bankern, um Vergeltung für einen geplatzten Deal. Unsere Überlegung war: Je verworrener wir alles erscheinen lassen, desto schwerer lässt sich die Spur zurückverfolgen. Ihn einfach so verschwinden zu lassen war keine Option. Das spurlose Verschwinden einer Leiche löst mehr Fragen aus, als wenn sie irgendwo wieder auftaucht. Zumal bei einem Mann wie ihm. Wäre er plötzlich einfach so weg gewesen, hätte das die Bank erst recht in den Fokus der Aufmerksamkeit gerückt. Und wir sind uns doch darüber einig, dass Higgs derzeit auf keinen Fall in größere Ermittlungen verwickelt werden darf, oder? Schließlich steht für uns beide viel auf dem Spiel.«

Carlyle nickte. »So ist man gegen Kriegsende auch in Bosnien vorgegangen. Überall wurden Leichenteile verstreut, um alles komplizierter zu machen und die UN-Ermittler zu verwirren. Am Ende hatte niemand mehr eine Ahnung, was wirklich passiert war. Viele Leichen konnten nie wieder zusammengesetzt werden. Humpty Dumpty lässt grüßen.«

Ein erneutes Grölen des Publikums verriet, dass ein zweiter Versuch erzielt worden war. Reynolds sah sich in der Loge um, als wollte er die Bedrohungslage einschätzen. Die Erwähnung des Bosnienkrieges hatte ihn an seine heutige Aufgabe erinnert. Carlyle spionierte seit mehr als zwei Jahrzehnten für die CIA, aber manchmal schien er nicht mehr mit voller Überzeugung bei der Sache zu sein. Der amerikanische Geheimdienst hatte ihn erst zu einem großen Waffenschieber und dann zu einem Mittelsmann mit guten Beziehungen aufgebaut, der mehrere führende Saudi-Familien betreute. Carlyle war von Anfang an ihr Geschöpf gewesen, sie hatten einen unbedeutenden kleinen Pizzaunternehmer, der Geldwäschegeschäfte für die osteuropäische Mafia betrieb, auf die ganz große Bühne katapultiert. Trotzdem war die CIA sich nie ganz sicher gewesen, ob er nicht in Wirklichkeit gegen sie arbeitete und gezielt Informationen zurückhielt. Spione, die möglicherweise für mehrere Seiten tätig waren, bildeten immer ein Risiko.

Reynolds erhob sich, machte sich eine weitere Flasche Bier auf und wählte von einem silbernen Servierteller auf einem Beistelltisch ein Sandwich aus. »Irgendwann werden wir allerdings trotzdem etwas unternehmen müssen wegen Brockman und Ennis«, sagte er. »Diese verdammten Idioten sind zur echten Belastung geworden. Brockman hält sich für unantastbar, weil er die privaten Bankgeschäfte von deinem Faisal unter sich hat. Und Ennis ist dumm genug, ihm zu glauben. Aber natürlich sind sie beide entbehrlich, nur sind sie nicht schlau genug, das zu merken. Angst, dass ihnen etwas zustoßen könnte, haben sie jedenfalls nicht. Dabei wäre sie durchaus angebracht. Die beiden müssten endlich lernen, dass ihre Taten Konsequenzen haben. Für Risiken haben sie offenbar keine Antennen.«

Carlyle schenkte sich noch ein Glas Champagner ein. Dabei schmeckte ihm das Zeug eigentlich gar nicht, aber das Gespräch mit Reynolds langweilte ihn zunehmend.

»Ja«, fuhr Reynolds fort, »wir alle brauchen die Angst, müssen die warnende Stimme im Ohr hören. Sie zeigt uns unsere Grenzen auf.«

»Durchaus«, pflichtete ihm Carlyle bei. »Wenn diese beiden keine Angst haben, sitzt ihnen die Zunge lockerer, und das macht sie äußerst gefährlich. Hinter ihnen aufzuräumen und sie kurzfristig zu decken ist eine Sache, es auf unbestimmte Zeit zu tun eine ganz andere.«

»Genauso ist es«, sagte Reynolds. »Da sind wir uns einig.«

Der Schiedsrichter pfiff zur Halbzeitpause, und eine Gruppe Cheerleader stürmte aufs Spielfeld. Carlyle zeigte auf die spärlich bekleideten jungen Frauen. »Siehst du? Der Sport entwickelt sich bei uns in die gleiche Richtung wie bei euch. Früher gab es keine Cheerleader bei Rugbyspielen, diese vulgäre Neuerung haben wir euch zu verdanken. Wo ihr auch hingeht, wir folgen euch. Wie bei so vielen anderen Dingen auch: Sport, Freizeit, Politik, Kriminalität, was auch immer. In allem sind die Vereinigten Staaten unsere Wetterfahne.«

»Die nationale Sicherheit nicht zu vergessen«, murmelte Reynolds. »Ihr werdet auch bald schlechte Laune kriegen und euer eigenes Guantánamo aufmachen. Und eure eigene Higgs Bank.«

Carlyle schüttelte den Kopf. »Bestimmt nicht«, brummte er. »Wir haben auch so schon genug Probleme mit unserem ruinösen Bankensystem.«

Die Cheerleader verließen den Rasen, und die beiden Mannschaften kehrten aufs Spielfeld zurück, während die Maisonne auf sie herabschien. Carlyle rutschte auf seinem Lederstuhl herum. Er wurde immer schläfriger, der Champagner machte sich bemerkbar. Das durfte nicht sein, er musste dringend aufwachen. Aus irgendeinem Grund wurde er außerdem ungewohnt gesprächig, so als würde ihm sein eigener Mund nicht mehr gehören. »Sag mal ehrlich, habt *ihr* den Prinzen umgelegt?«, fragte er leise.

»Nein, damit haben wir nichts zu tun. Wir wollten ihn lebend. Schließlich haben wir sein großes Projekt gefördert, sein Vermächtnis, das für uns genauso wichtig gewesen wäre wie für ihn. Ein weltweites islamisches Hilfsnetzwerk, das

Flugzeugladungen voller Medikamente, Nahrungsmittel und sonstige Lieferungen an die Kriegsschauplätze und Gefahrenherde der Welt gebracht hätte, wäre das perfekte Gegengewicht zu den Islamisten gewesen. Natürlich wäre es schon bald von ihnen korrumpiert und infiltriert worden, aber es hätte dem Islamischen Staat ein oder zwei Jahre lang die Sympathien der Leute vor Ort streitig gemacht. Es hätte eine positive Kraft entfalten können, und wir wären Teil davon gewesen. Auch wir haben in der Vergangenheit immer wieder Feinde durch Hilfsleistungen auf unsere Seite gebracht. Eine andere Art der Risikoreduzierung. Reissäcke bewirken mehr als Bomben. Manchmal.«

Carlyle nahm seine Umwelt nur noch verschwommen wahr. »Vielleicht«, murmelte er. Das Sprechen fiel ihm zunehmend schwer, und am Rand seines Sichtfelds erschienen Schatten.

»Willst du wirklich wissen, wer den Prinzen um die Ecke gebracht hat?«, hörte er Reynolds fragen. »Dann schau dich beim Mossad um oder bei irgendeinem neidzerfressenen saudischen Konkurrenten.« Die Stimme seines Begleiters wurde immer dumpfer und undeutlicher, als würde er in einer Trommel sitzen.

Mit einem Seufzen realisierte Carlyle, was los war: Er würde sterben. Im Grunde hätte er es wissen müssen, denn dieses Ende war von vornherein absehbar gewesen. Das war das Problem bei Leuten wie ihm, die Geschäfte zwischen den Mächtigen der Welt einfädelten. Sie waren verzichtbar. Man hatte ihn vergiftet. Carlyles Kopf sank zur Seite. Er sah Reynolds an, konnte jedoch nicht mehr sprechen. Nur eine Augenbraue konnte er noch heben. Sein Mund verzog sich zu einem Lächeln.

»Leider ja«, bestätigte Reynolds die unausgesprochene Frage.

Ein Pfiff verkündete, dass erneut ein Versuch erzielt worden war.

»Das wird ja eine verheerende Schlappe«, sagte Reynolds und zeigte aufs Spielfeld. »Meinst du, die Cheerleader kommen noch einmal zurück? Die waren echt heiß, die Mädchen.«

Carlyle schwieg. Sein Herz hatte aufgehört zu schlagen. Er war ein Leichnam, ein makellos gekleideter Leichnam im teuren Maßanzug. Ein Farmersohn aus Iowa, der zugelassen hatte, dass ihn zu viele Personen manipulierten. Er hatte das Ende eines Spiels erreicht, das er mit seinen wenigen Karten geschickt gespielt hatte. Aber er war als Player nicht mächtig genug gewesen, um für immer im Spiel zu bleiben. Er war kein großes Tier gewesen.

Reynolds betrachtete seinen toten Gastgeber, der sich, ohne es zu wissen, für seine eigene Beerdigung in Schale geworfen hatte. »Ein interessantes Gespräch«, sagte er. »Danke für die Einladung, ich habe den Tag sehr genossen. Mein erstes ›Rugger-Match‹. So nennt ihr das doch hier, oder? Man sieht sich, würde ich sagen.« Er stand auf und ließ die Champagnerflasche und Carlyles Glas vorsichtig in eine Tüte gleiten. Das Gift hatte langsamer gewirkt als vorhergesehen. Sie hatten viel Smalltalk absolvieren müssen, fast mehr, als er in seinem erschöpften Zustand ertragen konnte. Er warf einen letzten Blick auf Carlyle, den Spion, der am Ende viel zu viel über Higgs gewusst hatte. Wir haben dich aufgebaut, dachte Reynolds, also war von Anfang an klar, dass wir dich auch wieder beseitigen.

# Kapitel 10

Sie standen vor einer Künstlerhütte, einer umgebauten Fischerbude aus teerschwarzen Holzplanken, umgeben von einem Garten aus Schwemmholzskulpturen und rostenden Totempfählen. Der Ort strahlte eine einsiedlerische, trotzige Schönheit aus, ein Gefühl von Weite, das beruhigend auf Kate wirkte. Während sie an der Halbinsel entlanggewandert waren, hatte sich eine tiefe Stille in ihr ausgebreitet. Sie war noch gewachsen, als sie Tausende Vögel des nahe gelegenen Naturschutzgebiets dabei beobachtet hatten, wie sie sich in Formationen, dicht und dunkel wie Regenwolken, in den Himmel erhoben. Und es hatte sich weiter vertieft, als sie den Bahngleisen des Dampfzugs durch die wogenden Kiesdünen gefolgt waren, vorbei an den toten Rümpfen der Jollen und Schiffskutter, vorbei an einer heruntergekommenen alten Räucherkammer.

In der frühen Abendsonne dieses Samstags Ende Mai schien die Küstenlinie kein Ende zu nehmen. Dieser Ort hatte etwas Grenzenloses an sich, und Kate merkte, dass sie sich in die Halbinsel verliebt hatte. Irgendwie logisch, dachte sie. Spröde, distanziert, zurückgezogen, geplagt von der Vergangenheit – wenn die Halbinsel ein Mensch gewesen wäre, dann hätte sie ihr entsprochen. Sie trank Wasser aus der Plastikflasche, die sie normalerweise an ihrem Laufgürtel trug, und bot sie dann Sorrenson an.

»Danke. Ich muss mir unbedingt auch so eine kaufen.« Sorrenson nahm die Flasche dankbar entgegen.

»Die Dinger sind ganz nützlich. Aber man kann es auch übertreiben, finde ich.«

»Perfekt ausgerüstet und von nichts eine Ahnung?«

Sie nickte. »Holahon besaß die neueste GPS-Uhr, aber das war alles nur Show. Er war ein Betrüger. Wenn seine Uhr reden könnte, würde sie uns wahrscheinlich ein paar sehr interessante Geschichten erzählen.«

Sorrenson wischte sich mit der Hand über den Mund. »Bloß schade, dass sein Mörder nicht auch so eine Uhr anhatte. Dann hätten wir kein Problem damit, ihn ausfindig zu machen.«

»Seine Mörder.«

»Was?«

»Mehrzahl. Es waren mindestens zwei Personen beteiligt. Ihn unter Wasser zu drücken, die Leiche anschließend zu zerstückeln – das schafft man nicht allein. Und dann ist da ja noch die Sache mit dem Alkohol und den Drogen …«

Kluges Mädchen, dachte Sorrenson. Es war offensichtlich, dass Kate den Fall nicht einfach auf sich beruhen lassen würde. Sie schien viel darüber nachgedacht zu haben. Mehr als er. »Sprich ruhig weiter.«

»Na ja, der Mord an Holahon widersetzt sich allen Gesetzen der Logik, ich denke, da sind wir uns einig. Unseren Informationen zufolge war Brad Holahon ein ziemlicher Narzisst. Und Narzissten trinken keine ganze Flasche Whiskey und ballern sich mit Koks zu. Weil sie nämlich in jeder Situation gut dastehen wollen. Ich persönlich glaube daher, dass er gezwungen wurde, das Zeug zu konsumieren. Jemand hat ihn dazu gebracht, sich zuzudröhnen, und ihn anschließend umgebracht. Ich habe mit dem Gerichtsmediziner gesprochen. Er hält diese Theorie für möglich.«

»Ganz schön krank.«

»Das ist eine kranke Welt. Zumindest die Welt der Hochfinanz. Immer wenn Menschen und viel Geld zusammentreffen, wird es gefährlich. Hier hingegen … Einen Ort wie diesen habe ich noch nie erlebt.« Sie wies auf den Strand und das Meer. »Die karge Schönheit dieser Halbinsel lässt einen so schnell nicht wieder los. Ich habe fast das Gefühl, schon einmal hier gelebt zu haben, so sehr geht mir dieser Ort unter die Haut. Wird bestimmt nicht leicht, ihn wieder abzustreifen.«

Sie blickten gemeinsam aufs Meer hinaus. Die ersten Wolkenfetzen an einem ansonsten tiefblauen Himmel kamen über den Ärmelkanal geweht. Sorrenson fühlte sich gelassen, ausgeruht, lebendig. Er fühlte sich vollständig. So zufrieden war er schon lange nicht mehr gewesen. In seinem Kopf nahm ein riskanter Gedanke Gestalt an, ein Glücksspiel. Einen Versuch war es wert. »Du könntest hierbleiben. Heute Nacht, meine ich. Bleib an der Küste, ich wohne nicht weit von hier. Wir könnten uns in Bill Henrys Räucherkammer Fisch holen, sie ist gleich dort drüben.« Er zeigte auf eine Bretterbude in einiger Entfernung. »Wahrscheinlich hat er sogar Krebse für uns. Die sind angeblich echt lecker. Natürlich nur, wenn du nichts vorhast. Wahrscheinlich hast du schon andere Pläne für heute Abend.«

Sie lächelte. »Keine Pläne. Insofern: Sehr gern, vielen Dank. Mir ist jeder Vorwand recht, um noch hierzubleiben.«

Mit der Abendsonne im Rücken schlenderten sie auf die Bretterbude zu, aus deren Schornstein Rauch aufstieg, ein grauer Fleck auf einer fast vollkommen blauen Leinwand.

Sorrenson fuhr sich mit der Hand durch die salzigen Haare. Er war am Nachmittag im Meer geschwommen. Nachdenklich sah er Kate an und sagte: »Deine Theorie, dass er zum Alkohol und den Drogen gezwungen wurde, klingt einleuchtend. Wer jemandem so etwas antut, will ihn wirklich leiden sehen. Offenbar ging es nicht nur darum, einen lästigen Konkurrenten zu beseitigen, sondern um echten Hass.«

»Der Gedanke ist mir auch schon gekommen. Je länger ich an der Sache dran bin, desto weniger glaube ich, dass der Mord mit Higgs zu tun hat. Jemand war wirklich sauer auf Holahon, das Motiv war persönlich, nicht geschäftlich. Wenn es nur ums Geschäft gegangen wäre, hätte man ihn still und heimlich kaltgemacht. In gewisser Hinsicht ist das doch eine gute Nachricht für dich, oder?«

»Wie meinst du das?«, fragte er.

»Na ja, für mich klingt das ganz danach, als hätte derjenige, der Holahon abgemurkst hat, ihn gut gekannt. Wirf dein Netz nach den Personen aus, die ihm am nächsten standen, und du findest den Mörder.«

»Du arbeitest eindeutig in der falschen Branche. Wir sollten tauschen.«

Sie schüttelte den Kopf. »Du würdest mit meinem öden Schreibtischjob bestimmt nicht klarkommen. Bei uns geht es um Zahlen, um nichts anderes. Zahlen sind nicht interessant, Menschen schon.«

»Das Problem ist nur, dass Holahon als Mensch gar nicht so wahnsinnig interessant gewesen zu sein scheint«, gab Sorrenson zu bedenken. »Er hat die Gesellschaft anderer gemieden, hatte jahrelang keinen Partner mehr. Einen engen Familienkreis gab es auch nicht. Ein echter Einzelgänger also. Vielleicht ist er deshalb so gerne gelaufen. Sein Laufsportverein war für ihn wahrscheinlich das, was einer Familie am nächsten kam.«

»Hm«, erwiderte sie und musste an die Namen an ihrem Whiteboard denken. »Hast du eigentlich auch einen Kollegen von Holahon namens Brockman befragt? Er war Mitglied im selben Laufsportverein. Ich kenne ihn schon seit ein paar Jahren flüchtig, wusste allerdings bis vor Kurzem nicht, dass er ebenfalls für Higgs arbeitet. Texaner, glaube ich. Riesenego. Angesichts der Tatsache, dass er nicht nur Holahons Arbeitskollege war, sondern in seiner Freizeit auch noch regelmäßig mit ihm gelaufen ist, könnte er doch vielleicht etwas wissen.«

Sie hatten sich der Bretterbude bis auf wenige Meter genähert. Der Rauchgeruch aus dem Schornstein erfüllte die Luft.

»Higgs hat sich bisher leider nicht besonders kooperativ gezeigt«, entgegnete Sorrenson. »Wir haben interne E-Mails angefordert, die Aufnahmen aus den Überwachungskameras, solche Dinge. Bekommen haben wir so gut wie nichts. Angeblich ist alles, was den für uns relevanten Zeitraum betrifft, bereits automatisch gelöscht worden. Standard, behauptet die Sicherheitsabteilung. Das System vernichtet offenbar alle paar Tage sämtliche Daten, es sei denn, es erhält anderslautende Anweisungen. Eine faule Ausrede, wenn du mich fragst, aber …«

»Lass mich raten: die knappen Ressourcen. Um an die gelöschten E-Mails heranzukommen, müsste man auf Serverfarmen in Indien oder sonst wo zurückgreifen. Vielleicht kann ich die NSA um Unterstützung bitten, auch wenn sie uns jetzt, wo sie derart unter Druck steht, bestimmt nicht gern aushilft. Notfalls muss sie aber. Wie ist es eigentlich mit den Badeteichen in Hampstead Heath weitergegangen?«

»Wir haben endlich grünes Licht. Am Montag schicken wir Taucher hinein. Vielleicht haben wir ja Glück. Außerdem werten wir derzeit noch Aufnahmen von Überwachungskameras in der Nähe der Bank aus, von dem Abend, an dem Holahon verschwand. Womöglich kommt dabei etwas heraus.«

Ihr fiel auf, dass sie ihre Arbeit beide mit unverbesserlichem Optimismus anpackten. Sie glaubten, dass es wichtig war, was sie taten, dass sie etwas bewirken konnten, obwohl sie es mit Gegnern zu tun hatten, die so reich und so zwielichtig waren, dass sie niemals eine realistische Chance gegen sie haben würden. Aber man musste Optimist sein, um ihre jeweiligen Berufe ausüben zu können, sonst wurde man wahnsinnig.

Denn heraus kam dabei lediglich hin und wieder ein kleiner Erfolg, niemals ein endgültiger Sieg. Es würde immer Morde, Attentate, Bombenanschläge, ertränkte und zerstückelte Leichen geben. Die Gewalt auf der Welt würde genauso bis in alle Ewigkeit auf- und abebben wie das Meer.

Aus der Bretterbude schallte ihnen »Madame George« von Van Morrison entgegen.

»Gewöhnungsbedürftiger Musikgeschmack«, murmelte Sorrenson.

»Ich liebe dieses Lied«, gestand sie. »Es lief bei unserer …« Ihr stiegen die Tränen in die Augen. »Entschuldige.«

»Ich glaube, mein Vandalenblut sorgt dafür, dass ich mich immer noch für einen Punk halte«, erklärte Sorrenson seine Abneigung gegen Van Morrison. »Die meisten Bullen in meinem Alter waren früher Punks. Psychologen hätten wahrscheinlich ihre helle Freude an diesem Phänomen. So viel unterdrückte Wut, die seit Jahrzehnten unter der Oberfläche brodelt. Ein Pulverfass, das nur darauf wartet zu explodieren. Aber hier an der Küste funktioniert der Sound von The Clash oder den Ramones vermutlich tatsächlich nicht so gut. An einem Ort ohne Menschen ist er irgendwie fehl am Platz. Wut passt nicht hierher. Wie gesagt, das hier ist Ghostville.«

»Vielleicht gefällt es mir deshalb so. Diese Halbinsel ist wie eine einzige lange Stimmung. Ein Ort der Erinnerungen. Weißt du was? Ich hole schnell meine Sachen aus dem Auto, ja? Ich könnte ein wärmeres Oberteil vertragen.«

»Und ich mache mich schon mal auf die Suche nach Bill«, sagte Sorrenson. Er blickte ihr hinterher, während sie hinauf zur Küstenstraße ging. Von hinten sah sie genauso zum Anbeißen aus wie von vorn.

Sorrenson musste nicht lange nach dem Fischer suchen. Er war in seiner Räucherkammer, saß in einem alten Bürodrehstuhl aus den Achtzigern, einem Monstrum aus Kunststoff und Chrom, das nicht zum dunklen Holzinterieur der Hütte passte. Das Gesicht hatte er der Uhr zugewandt, die an der Wand der Räucherkammer hing. Sorrenson glaubte sich zu erinnern, dass sie schon seit Jahren nicht mehr funktionierte. Die Zeiger standen dauerhaft auf zehn Uhr vierunddreißig.

»Die Uhr fängt nicht wieder an zu ticken, nur weil du sie anstarrst, Bill«, sagte Sorrenson zur Begrüßung.

Der Mann auf dem Drehstuhl schwieg. Er hatte dem Detective immer noch den Rücken zugewandt. »Madame George« verstummte, und »Cyprus Avenue« begann.

Wahrscheinlich total zugekifft, dachte Sorrenson. Er versuchte es noch einmal. »Hast du heute viel Fisch, Bill? Ich bräuchte geräucherte Makrelen und ein paar Krebse. Wie sieht es mit Garnelen aus?«

Das Schweigen hielt an. Sorrenson schüttelte den Kopf. Was für ein kratzbürstiger Kerl. Sein Trotz mochte verständlich sein angesichts des Kummers, den die Polizei ihm schon bereitet hatte, aber was erwartete er? Bill Henry war der König der Heizöldiebe.

»Hallo, Bill.« Sorrenson legte dem Mann die Hand auf die Schulter, woraufhin dessen Kopf nach vorn sackte. Er zog die Hand zurück, als hätte er sich verbrannt.

Sorrenson war kein Mediziner. Das war auch nicht nötig, denn nachdem er den Drehstuhl umrundet hatte, sah er auf den ersten Blick, was mit Bill nicht stimmte. Er war tot, davon zeugte anschaulich der breite rote Striemen an seiner Kehle. Bills Augen waren aus ihren Höhlen getreten und starrten entsetzt ins Leere. Er sah aus wie ein Fisch auf dem Trockenen. Sorrenson zog sein Handy aus der Tasche und rief auf der Wache an. Als er sich umdrehte, sah er Kate in der Tür stehen. »Nicht reinkommen«, warnte er sie leise.

Sie blieb im Türrahmen stehen, und ihre Silhouette verdeckte das schwächer werdende Abendlicht. Verwundert legte sie den Kopf schief. »Warum, was ist los?«

Er fragte sich, ob ihre Welten gerade kollidierten oder zerfielen. Gegenstände, Menschen, Orte – alles schien miteinander verbunden zu sein, aber er konnte die Verbindung nicht sehen, konnte den Code, der ihm alles verständlich machen würde, nicht entschlüsseln. Er hatte das Gefühl, die schemenhaften Umrisse der Wahrheit zu erkennen, doch wenn er den Blick auf sie richtete, verschwanden sie wieder.

»Tatort«, antwortete Sorrenson und musterte prüfend die sterblichen Überreste von Bill. »Wir müssen einen Tatort schützen. Herrje, Bill, mit wem hast du dich da nur wieder angelegt?«

Reynolds fragte sich manchmal, ob er den Mumm hätte, sich eine Kugel durch den Kopf zu jagen. Ein Tod à la Hemingway, das wäre es, dachte er dann. Dazu brauchte man Schneid, männliche Überheblichkeit, Blutdurst. Es war die ultimative Herausforderung. Whiskey und Revolver. Besser, als von einer Brücke zu springen. Zu viele Zuschauer. Der eigene Tod sollte vertraulich gehandhabt werden, fand Reynolds. Genau wie Bankgeschäfte oder Morde.

Er ertappte sich dabei, dass er für einen kurzen Moment Neid empfand auf Carlyle. Seine Tötung war recht schnell über die Bühne gegangen, eine der schnellsten Abfertigungen nicht mehr benötigter Spione, die Reynolds je durchgeführt hatte. Wenn er im Auftrag seiner Arbeitgeber gehandelt hätte, hätte er sich jetzt damit brüsten können. Aber nein, er hatte es in seiner Funktion als Privatperson getan. Er war recht draufgängerisch geworden, wenn es darum ging, andere Menschen zu töten. Nur nicht bei sich selbst, wie es schien. Da war sie, seine Antwort auf die Frage mit dem Whiskey und dem Revolver: Er war kein Hemingway. Sein Gehirn würde nicht die Wände des Dachbodens seines Hauses zieren, der ihm als Büro diente. Seine zweite Frau würde kein Horrorszenario vorfinden, seine Kinder nicht traumatisiert werden. Es bestand keine Notwendigkeit für die schriftlichen Mitteilungen, die er hatte hinterlassen wollen, um in aller Ausführlichkeit den bevorstehenden Kollaps der Higgs Bank zu erklären.

Reynolds legte die Glock zurück in ihre Metallkiste und drehte den Schlüssel im Schloss. Dann verstaute er die Munition in einer zweiten Kiste, schloss auch diese ab und deponierte die beiden Kisten, mit deren Inhalt er ein Dutzend persönlicher Probleme hatte lösen wollen, wieder in seinem Safe.

Er nahm einen Schluck von seinem Whiskey. Es war nicht einmal ein besonders guter Bourbon. Wohl kaum ein angemessener letzter Drink. Vielleicht hatte er von Anfang an gewusst, dass er sich nicht umbringen würde. Er hatte nur so getan als ob, hatte probeweise die Freude über sein eigenes Nichtmehrvorhandensein erlebt.

In den acht Minuten, in denen sich Reynolds die geladene Pistole an den Gaumen gehalten hatte – während die frühabendlichen Verkehrsgeräusche von Williamsburg verrieten, dass die Fußballmütter mit ihren Kindern vom Training zurückkamen –, war er voller Hoffnung gewesen. Er hatte zugelassen, dass seine Gedanken ungehindert auf Wanderschaft gingen. In Reynolds' Fantasiewelt existierte Higgs nicht. Das stinkende, selbstsüchtige, grauenhafte Ungetüm von einer Bank, das mit seiner Hilfe erschaffen worden war, war nie gewesen. Und wenn es kein Higgs gab, gab es auch keine versteckten Schulden. So viele Schulden.

Wie viele genau, konnte Reynolds immer noch nicht vollständig begreifen. Er hatte aufgehört Fragen zu stellen, nachdem die Wahrheit gedroht hatte ans Licht zu kommen. An das Gespräch konnte er sich noch gut erinnern.

»Wir haben also SPV1 und SPV2. SPV steht für Special Purpose Vehicle. Diese Zweckgemeinschaften werden dazu benutzt, Schulden äh … sozusagen aufzufangen«, hatte der Leiter der Compliance-Abteilung von Higgs erklärt. »Im Prinzip sind es Steueroasen, die wir selbst geschaffen haben. SPV1 und SPV2 sind Frachtkähne im Niger-Delta. Eine saubere Sache, wenn man es recht bedenkt. Die Frachtkähne sind Offshore-Vehikel im Wortsinne, nur dass wir sie wie schwimmende Schuldenberge behandeln. Versteckte Schuldenberge.«

Reynolds hatte von Anfang an geahnt, wohin das Gespräch führen würde. Es würde ihn ganz leise an den Rand des Wahnsinns begleiten, würde ihn eine Weile dort stehen lassen, damit er in den Abgrund blicken konnte, und ihn dann wieder zurückbringen, wohl wissend, dass er in einen Zustand der Lähmung verfallen würde, zu eingeschüchtert von der Ungeheuerlichkeit der Vorgänge, um irgendetwas dagegen zu unternehmen. Er hatte den Chef der Compliance-Abteilung angesehen und sich gefragt, ob der Mann verschwiegen genug war, die Geheimnisse der Bank niemals nach außen dringen zu lassen.

»Und wie viele Schulden schippern auf diesen verdammten Geisterschiffen herum? Wie hoch ist das Risiko?«

»Na ja, das schwankt eigentlich ständig.«

»Schon klar. Eine ungefähre Hausnummer, bitte.«

»Eine ungefähre Hausnummer … Wenn man unsere realisierten Schulden und die potenziellen Schulden berappen müsste, würde man vielleicht von fünfhundert sprechen.«

»Fünfhundert Millionen Pfund. O Gott, das ist fast ein Viertel unseres Jahresgewinns. In guten Jahren.«

Feltzer, der Leiter der Compliance-Abteilung, hatte geschwiegen. Er war einer der ganz wenigen Mitarbeiter der

Bank, der ihre wahre Verbindung zur CIA, zur Financial Intelligence Unit, zur NSA und zu jedem anderen Zweig des amerikanischen Geheimdienstnetzwerks kannte. Er hatte Reynolds nur angestarrt und darauf gewartet, dass dieser sein Schweigen richtig deutete.

Reynolds hatte gestöhnt. »Wir sprechen gar nicht von Millionen, oder? Sie meinen Milliarden?«

Feltzer nickte. »Aber ich betone noch einmal: Das wäre der Worst Case. Ein Großteil unserer Schulden wird möglicherweise nie realisiert werden.«

»Was Sie nicht sagen.« Reynolds hasste sich dafür, dass er so sarkastisch klang. Es war nicht der richtige Zeitpunkt, für so etwas war es längst zu spät. Ernsthaft: Wie konnte eine Bank, die etwa fünfzig Milliarden Dollar wert war, Schulden in einer Höhe anhäufen, die derart weit darüber hinausgingen? Wie war das möglich? Wer hatte es dazu kommen lassen?

Feltzer las offenbar Reynolds' Gedanken. »Wir haben viel zu viele Kredite vergeben«, räumte er ein. »Die Lage wurde so unübersichtlich, dass niemand mehr hinterfragt hat, an wen wir unser Geld verleihen. Die Antwort lautet: an Abschaum, an Leute aus Wohnwagenparks, bei denen von Anfang an klar war, dass sie ihre Kredite niemals zurückzahlen können. Wir haben sämtliche Schulden zerstückelt und gleichmäßig verteilt, weil wir dachten, damit das Risiko glätten zu können, doch damit wurde nur erreicht, dass wir nicht mehr wussten, wer die guten Schuldner waren und wer die schlechten. Es könnte also sein, dass sogar unsere guten Kredite gefährdet sind. Folglich haben wir keine genaue Vorstellung davon, wie kritisch die Lage wirklich ist. Ein Teil der Schuldenmasse, die wir für toxisch halten, könnte verschont bleiben. Wenn die Märkte sich erholen ... na ja, dann ist alles möglich. Wir könnten immer noch mit einem blauen Auge davonkommen.«

»Halten Sie das für wahrscheinlich?« Reynolds gab sich Mühe, sich seine Verzweiflung nicht anhören zu lassen.

Feltzer zuckte mit den Schultern. »Es besteht noch Hoffnung. Wir sollten uns trotzdem überlegen, was wir der CIA sagen. Vielleicht kriegt sie den Kongress dazu, unter der Hand eine Rettungsaktion für uns einzufädeln.«

»Eine Rettungsaktion in der Größenordnung kriegen wir niemals durch, ohne dass die ganze Scheiße auffliegt«, blaffte Reynolds. »Und dann … verdammt, dann weiß ich auch nicht, was passiert. Keiner wird verstehen, wie etwas, was ursprünglich zum Schutz unserer Nation gedacht war, so außer Kontrolle geraten konnte. O Gott, wie viel wissen Brandeis und Carey?«

Feltzer hatte den Kopf geschüttelt. »Nicht viel. Sie haben ein paar Gerüchte mitbekommen, wie alle anderen auch, aber fürs Erste müssen wir uns allein mit dem Problem auseinandersetzen. Es bleibt hier in diesen vier Wänden.«

Während er sich an dieses Gespräch erinnerte, blickte Reynolds aus dem Fenster seines Dachbodenbüros, fuhr sich mit der Hand durch die schütter werdenden Haare und nahm noch einen Schluck Whiskey. Er war ganz schön betrunken. Seine Frau und die Kinder würden bald zurück sein, und er hatte keine Ahnung, wie er ihnen seinen alkoholisierten Zustand erklären sollte. Er würde sich ein paar Schlaftabletten einwerfen und früh ins Bett gehen. Die Unterhaltung mit Feltzer hatte vor vier Monaten stattgefunden, aber es fühlte sich an, als wären erst vier Minuten vergangen, seit er die apokalyptische Botschaft empfangen hatte. Die Zeit dazwischen kam ihm vor wie ein einziger kräfteraubender Sprint, bei dem er in vollem Tempo mit berstender Lunge dahinrannte und sich dennoch nicht vom Fleck bewegte.

Er dachte daran, was Feltzer ihm an jenem Tag noch eingebläut hatte: »Sie müssen dafür sorgen, dass niemand nervös wird. Wir können es uns nicht leisten, dass die Leute ihr Geld aus der Higgs Bank abziehen. Sonst fällt alles schneller in sich zusammen, als wir gucken können. Halten Sie die großen Kunden bei Laune, die Milliarden bei uns gebunkert haben, und achten Sie darauf, dass keiner aus der Geheimdienstgemeinde Wind davon bekommt, dass Higgs in Schwierigkeiten steckt. Denn wenn die anderen Banker es mitkriegen, gibt es ein Blutbad. Im Bankwesen geht es um Vertrauen, um sonst nichts. Higgs wird gerade von vielen Leuten beobachtet. Lassen Sie sich also nichts anmerken.«

Reynolds schenkte sich noch ein Glas Whiskey ein. Den nächsten Arbeitstag konnte er abschreiben. Ich hätte Zimmermann werden sollen, dachte er, oder wenigstens in der guten alten Geheimdienstwelt bleiben, wo ganz altmodisch Attentate auf Politiker verübt oder in fremden Ländern Terroristen gefoltert werden. Aber nein, er hatte sich von der weniger glanzvollen, vermeintlich ruhigeren Welt der Finanzen verführen lassen, von den Zielen, die sie mit Higgs zu erreichen gehofft hatten. Der Anfang war so vielversprechend gewesen. Die Bank hatte, um Careys Ausdruck zu verwenden, großes Potenzial besessen.

Und jetzt war sie ein solches Fiasko. Reynolds grübelte über seine Optionen nach oder vielmehr über seinen Mangel an Optionen. Im Grunde blieb ihm nun, da er seine Idee mit dem Selbstmord verworfen hatte, nur noch eine Möglichkeit. Er dachte an Carlyle. Der Mann war zur Belastung geworden, hatte eindeutig zu viel über die Verbindungen zwischen CIA und Higgs gewusst. Im Zuge seiner Aufräumaktion nach dem Holahon-Mord war ihm nichts anderes übrig geblieben, als auch Carlyle aus dem Verkehr zu ziehen. Niemand durfte wissen, wie verzweifelt er, Reynolds, darum bemüht war, Higgs vor prüfenden Blicken zu bewahren. Denn wer über dieses Wissen verfügte, war gefährlich, besaß ein Druckmittel gegen ihn. Reynolds hatte genug von Druckmitteln.

Doch die guten Beziehungen, die Higgs seit Langem zu den Saudis unterhielt, hatten ihn auf eine Idee gebracht, und darauf stützte er nun alle seine Hoffnungen. Seit Jahren schon überwachte er Carlyles Gespräche und E-Mails mit dem jüngeren Prinzen, und auf diesem Wege hatte er erfahren, was dessen Hedgefonds Quest plante. Die Verschlüsselung der E-Mails und Telefonate des Saudi-Prinzen war erstaunlich leicht zu knacken gewesen. Stück für Stück hatte Reynolds sich so das Puzzle zusammengesetzt, zum Teil mit Carlyles Hilfe, bis er den Plan schließlich in seiner ganzen verwegenen Pracht durchschaut hatte. Obwohl die Apokalypse am Horizont nahte, verspürte er keinerlei Angst. Die meisten Menschen wären vollkommen außer sich gewesen, aber für Reynolds bedeutete die bevorstehende Katastrophe absurderweise einen Hoffnungsschimmer. Seinen einzigen Hoffnungsschimmer. Das Ende würde ein Neuanfang für Higgs sein. Aus der Asche eines Atomkraftwerks konnte irgendwann wieder etwas erblühen. Wildblumen zwischen verkohlten Büschen.

Higgs musste lediglich sämtliche Transaktionen kopieren, die Quest in Kürze in Gang setzen würde, um anschließend ebenfalls dem Sonnenuntergang entgegenzureiten, während ringsum alles in sich zusammenstürzte.

Damit war natürlich ein gewaltiges Risiko verbunden, aber die Idee war Reynolds' letztes Ass im Ärmel. Die Frage war nur, ob er dieses Ass ausspielen würde. Im Grunde kannte er die Antwort. Wenn er es partout nicht schaffte, seinem Leben ein Ende zu setzen, blieb ihm keine andere Wahl. Er war ein Verzweifelter, dem jemand unverhofft einen Rettungsring zugeworfen hatte. Jeder andere in seiner Lage hätte dasselbe getan. Vor die Wahl gestellt, ob man mit den Armen ruderte oder kampflos ertrank, entschied sich wohl jeder für Ersteres. Man schlug um sich, strampelte in den Wellen, betete, dass man sich so lange an der Oberfläche hielt, bis einen jemand rettete.

Natürlich würden andere ertrinken müssen, wenn Higgs das rettende Ufer erreichen sollte. Außerdem gab es keine Garantien dafür, dass die Bank nicht aufflog, bevor sie die Sache durchziehen konnte. Es lagen noch elf Wochen vor ihnen. Elf lange, lästige, nervenaufreibende Wochen. Danach würde Reynolds mehr wissen. Dann würde er wissen, ob Higgs es geschafft hatte. Bis dahin musste er noch eine Menge Whiskey trinken.

»Zimmermann«, murmelte er benebelt. »Ich hätte Zimmermann werden sollen.« Er presste die Handflächen gegen seine Augenhöhlen, als wollte er jedes Licht, jeden Rest von Helligkeit aussperren. In dieser selbst auferlegten Dunkelheit verharrte er eine ganze Weile.

»Sparen Sie sich das. Dafür haben wir keine Zeit.«

Hughes funkelte die Anwältin wütend an, die erschrocken auf ihrem Stuhl zurückwich. Der Zorn des jungen Detective prallte von den Wänden des Vernehmungszimmers ab. Sorrenson schenkte sich ein Glas Wasser ein und bot auch Davey Stone eins an.

»Ich entschuldige mich für den Ausbruch meines Kollegen«, sagte er zu dessen Anwältin. »Uns ist bewusst, dass Davey hier ist, um uns bei unseren Ermittlungen zu helfen. Er steht nicht unter Verdacht, ganz und gar nicht. Wir sind ihm sehr dankbar dafür, dass er auf die Wache gekommen ist, und es ist wirklich nicht nötig, uns daran zu erinnern, dass er freiwillig erschienen ist. Wieder einmal.«

Sorrenson atmete hörbar aus. Hughes konnte wirklich ein Hitzkopf sein. Irgendwann war diesbezüglich eine Auseinandersetzung fällig. Wenn Hughes seinen Job behalten wollte, musste er dringend sein Verhalten überdenken. Wahrscheinlich hatte er als Kind zu viele Polizeiserien geguckt.

»Schon gut«, sagte Stone. »Ich will unbedingt helfen. Schreckliche Geschichte, wirklich schrecklich.«

»Ja«, knurrte Hughes und starrte ihn weiterhin böse an. »Absolut schrecklich.«

Stone erwiderte Hughes' Blick einige Sekunden lang. »Zum Glück habt ihr den Kerl ja geschnappt«, sagte er dann. »In der Zeitung steht jedenfalls, dass ihr jemanden verhaftet habt. Ein großer Erfolg für unsere aufrechte Kenter Polizei!«

Sorrenson tauschte vielsagende Blicke mit Hughes aus. An Stones Tonfall war deutlich zu erkennen, dass er den verhafteten Mann nicht für Bill Henrys Mörder hielt.

»Ja, eine Runde Freigetränke für alle«, sagte Hughes sarkastisch.

Sorrenson seufzte. Es brachte nichts, um den heißen Brei herumzureden. »Davey, Sie wissen genauso gut wie wir, dass Jim Pickard Bill nicht umgebracht hat. Es stimmt schon, die beiden können sich auf den Tod nicht ausstehen, aber Jim hatte seine Gründe für die Drohungen. Bill hätte nicht versuchen sollen, mit ihm in Sachen Cannabis zu konkurrieren. Jim hat doch gute Arbeit geleistet mit den vietnamesischen Gangs. Bill hätte es besser wissen müssen.«

»Und er hätte es vor allem nicht mit Jims Frau treiben sollen«, knurrte Hughes. Er war auf hundertachtzig. Am Abend hatte er Rugbytraining, und es würde Blut an den Tackle-Säcken kleben, noch bevor die Nacht vorbei war.

»Da erzählt ihr mir nichts Neues«, sagte Stone. »Ich nehme an, ihr habt Pickard wieder gehen lassen?«

Sorrenson nickte.

»Ihr seid also genauso weit wie vorher«, erklärte Stone mit

einem an Hughes gerichteten Grinsen. »Und jetzt fragt ihr euch, wer den Wunsch gehegt haben könnte, einen der größten Schmuggler der Küste um die Ecke zu bringen, einen Mann, der für die Hälfte des Schwarzhandels mit gestohlenen Zigaretten hier im Südosten verantwortlich war, einen Mann, der mehr Heizöl geklaut hat als alle anderen zusammen. Tja, wie viel Zeit habt ihr?«

»Moment mal«, widersprach Sorrenson. »Er war ein Gauner, aber ein schlechter Kerl war er nicht. Und er hat recht überzeugend die Fassade aufrechterhalten, er wäre in Wirklichkeit Fischer.«

Stone lachte. »Das stimmt! Der alte Hochstapler. Dabei war er seit Jahren nicht mehr richtig auf See. Seinen Fisch hat er von den Schleppnetzfischern stibitzt, die regelmäßig vor der Küste vorbeikommen. Und seine geräucherten Makrelen hat ein Cousin von ihm, der im örtlichen Supermarkt arbeitet, auf Bestellung mitgehen lassen. Die Fischernummer hat Bill nur abgezogen, damit er die von den Supertankern im Ärmelkanal geklauten Kippen unauffällig an Land bringen kann. Niemand hat etwas geahnt.«

»Okay, wir haben es verstanden«, blaffte Hughes. »Er war kein Unschuldslamm. Aber jetzt rücken Sie verdammt noch mal mit der Sprache heraus: Wer hat ihn umgebracht?«

Halleluja, dachte Sorrenson. Wenn Hughes weiter so herumwütete, ruinierte er noch alles, und Stone machte endgültig die Schotten dicht. »Davey, wir brauchen Ihre Hilfe«, sagte er nachdrücklich. »Es besteht die minimale Chance, dass der Mord an Bill mit einem anderen Fall zusammenhängt. Einem wichtigen Fall.«

Stone kratzte sich am Kopf. »Welchen Fall meinen Sie? Den Banker, dessen Leiche am Traitor's Point gefunden wurde?«

»Genau den«, antwortete Hughes.

»Habt ihr den Transporter schon gefunden?«, fragte Stone und grinste Hughes an.

»Nein«, entgegnete dieser und bedachte Davey mit einem finsteren Blick. »Es gibt nirgendwo im ganzen Land Hinweise darauf, dass ein Polizeitransporter gestohlen wurde. Wenn es ihn je gegeben hat, war es wahrscheinlich ein altes, ausgemustertes Polizeifahrzeug von irgendeinem Sammler.«

»Oder so.«

Hughes starrte Stone wütend an. Er konnte das Rugbytraining kaum noch erwarten. Wenn er sich nicht bald abreagierte, explodierte er. Sorrenson war ein Idiot, dass er Stone so viel Respekt entgegenbrachte. Das war Ungeziefer. Hughes fragte sich, wie viel Schaden sein zweiunddreißig Jahre alter Körper Stone zufügen konnte. Stone war doppelt so alt wie er, ein ungerechter Kampf. Umso besser. »Oder so?«, wiederholte Hughes. »Was soll denn das bitte heißen?«

Stone richtete seine Aufmerksamkeit auf Sorrenson. Mit ihm verstand er sich deutlich besser. Der Psychopath konnte ihm gestohlen bleiben, er würde sich an den halben Wikinger halten. »Na ja, Sie sollten sich folgende Frage stellen«, sagte er. »Warum sollte der Transporter gestohlen gewesen sein? Es hätte ihn doch auch einfach jemand ausleihen können.«

»Was zur Hölle insinuieren Sie da?« Hughes schlug mit der flachen Hand auf den Tisch.

»Es besteht wirklich keine Notwendigkeit …«

»Ich weiß, ich weiß, ich entschuldige mich«, fauchte Hughes Daveys Anwältin an.

»Insinuieren. Kompliziertes Wort«, sagte Stone. »Dafür fehlt mir die Schulbildung. Bill übrigens genauso. Das hat ihn aber nicht davon abgehalten nachzudenken.«

Sorrenson spürte, dass Davey Stone bereit war, mit der Sprache herauszurücken. »Fahren Sie doch bitte fort.«

»Na ja, wenn man eine Leiche transportieren will, ohne dass einem Fragen gestellt werden, lässt man den Transport einfach von den Leuten erledigen, die diese Fragen stellen würden. Niemand hält einen von einem Polizisten gesteuerten Transporter an. Mir scheint, ihr sucht einen korrupten Bullen.« Stone grinste wieder. »Aber was noch wichtiger ist: Bill hatte die gleiche Theorie. Er hat sich umgehört, müssen Sie wissen. Hat sich mit den Gangs aus der Gegend unterhalten, die Bullen auf ihrer Gehaltsliste haben, und sie gefragt, ob sie jemanden kennen, auf den die Kriterien zutreffen könnten. Jemanden von der Polizei, der bereit gewesen sein könnte, einen Transporter auszuleihen und heimlich, still und leise eine Leiche an die Küste zu bringen. Die Liste der möglichen Kandidaten war so lang wie Ihr Arm. Sieht aus, als wäre in diesen schwierigen Zeiten so ziemlich jeder Bulle bestechlich. Kriminell, was ihr Jungs heutzutage bezahlt bekommt. Ich habe gelesen, dass sie euch jetzt auch noch an die Pension wollen. Und alles nur, weil diese ekelhaften Banken das ganze Geld verzockt haben. Ein Skandal.«

Hughes umklammerte den Tisch so fest, als wollte er ihn entzweibrechen.

»Ja, echt interessant, welche Namen die Gangs Bill genannt haben«, fuhr Stone fort und hielt ungerührt Hughes' Blick stand. »Wahrscheinlich könnten diese Männer Ihnen bei Ihren Ermittlungen weiterhelfen, Ihnen Aufschluss geben über den Fall. Das Problem ist nur, dass Sie ihre Namen brauchen.«

»Hat Bill sie Ihnen verraten?« Sorrenson wunderte sich darüber, wie still Hughes plötzlich geworden war.

Stone starrte den jüngeren Detective unverwandt an, fast so, als würde er durch ihn hindurchsehen. »Nein, hat er nicht. Falls er etwas herausgefunden hat, hat er es mit ins Grab genommen, der Ärmste. Kann sein, dass ihn das Herumfragen das Leben gekostet hat. Das Risiko war hoch, denn diese

Gangs reden gern, genau wie Bullen, vor allem korrupte. So etwas spricht sich herum. Die Leute werden nervös.«

Stones Grinsen war so breit, dass Sorrenson einen Goldzahn hinten im Rachen erkennen konnte, ein Licht am Ende eines langen, dunklen Tunnels. Er wandte sich an Hughes. »Hast du noch irgendwelche Fragen?« Hughes schüttelte den Kopf, warf sich einen Streifen Kaugummi in den Mund und fing an, hektisch darauf herumzukauen. »Danke, Davey, Sie waren uns eine große Hilfe«, sagte Sorrenson. »Sehr freundlich, dass Sie gekommen sind. Wie immer.« Er stand auf und begleitete Stone und seine Anwältin zur Tür. Sein Handy vibrierte. »Ja?«

»Detective Chief Inspector Sorrenson?«

»Ja.«

»Hier ist Detective Chief Inspector Summerskill. Von Scotland Yard.«

»Hm.«

»Sie hatten beantragt, dass wir die Badeteiche in Hampstead Heath von Tauchern durchsuchen lassen.«

Sorrenson umklammerte das Handy fester.

»Na ja«, fuhr die Stimme am anderen Ende der Leitung fort, »wir haben eine Tüte gefunden, deren Inhalt für Ihre Ermittlungen von Belang sein könnte.«

Sorrensons Versuch, sich zu beherrschen, scheiterte. »Lassen Sie den Beamtenjargon und kommen Sie zur Sache: Was haben Sie gefunden?«

»Einen Kopf«, antwortete die Stimme sachlich. »Und zwei Hände.«

# Kapitel 11

Die harten Gummireifen von Websters Rollstuhl glitten geschmeidig über den glänzenden Holzboden seines Büros. Die konstante Vor- und Zurückbewegung, ein klares Anzeichen für seine innere Anspannung, entging Callow nicht. Er hatte Webster jahrelang beim Erklimmen der Karriereleiter zugesehen und konnte seinen Boss daher gut einschätzen. Ein statisch dasitzender Webster war in letzter Zeit eine Seltenheit geworden. Immer schob er sich vor und zurück, als sei er nie so ganz zufrieden mit seiner Position.

Es war sieben Uhr morgens, und in der MI5-Zentrale war noch nicht viel los. In dieser Hinsicht gleicht sie jedem anderen Büro um diese Tageszeit, dachte Callow. Überhaupt ging es beim MI5 zu wie in jedem beliebigen Unternehmen, nur dass dort jemand seinen Job verlor oder eine Filiale geschlossen oder der Vorstandsvorsitzende zum Rücktritt gezwungen wurde, wenn etwas schiefging.

Das Scheitern des MI5 hingegen bemaß sich in Todesopfern. Es waren nicht die Todesfälle der Vergangenheit, die den Geheimdienst verfolgten – was geschehen war, war geschehen und konnte nicht rückgängig gemacht werden. Nein, es waren die zukünftig zu beklagenden Opfer, die Ungewissheiten, die vor ihnen lagen, die den Geheimagenten die größte Angst einjagten. Sie konnten jede erdenkliche Form annehmen, diese noch nicht eingetretenen Todesfälle. Man konnte nicht vorhersehen, wo oder wie sie auftauchen würden. Es blieb nur der Versuch, sie sich im Vorfeld auszumalen, die unzähligen Szenarien auszuloten, die dazu führen konnten, dass Menschen starben. Und zu hoffen, zu beten, zu flehen, sich gegen sie zu verschwören. Ein unbarmherziges, aussichtsloses Spiel, das der Geheimdienst niemals gewinnen konnte. Je mehr Zeit man mit diesem Spiel verbrachte, desto mehr lernte man, die schlechten Erfolgsaussichten zu fürchten, desto mehr verstand man, wie viel eigentlich gegen einen sprach. Ein schrumpfender, ausgelaugter Sicherheitsapparat, dessen bessere Tage längst gezählt waren, musste es mit immer kleinteiligeren, immer vielfältigeren Bedrohungen aufnehmen. Kein Wunder, dass Webster keine Ruhe findet, dachte Callow.

Wenn er seinem Boss schon den Tag verderben musste, dann brachte er es am besten schnell hinter sich. »Pendragon sagt, sie hätte Hinweise darauf gefunden, dass gut eine Million Pfund in drei Zahlungen auf ein geheimes, von McLure eröffnetes Konto auf der Isle of Man geflossen ist. Offenbar hat ihm jemand eine Menge Geld für interne Geheimdienstinformationen gezahlt.«

Webster nickte. »Unser Verdacht bestätigt sich also.«

»Hinzu kommt, dass McLure Geldsorgen gehabt zu haben scheint, wie wir ebenfalls von Pendragon erfahren haben.«

Webster schnaubte. »Er und halb England. Aber deshalb geht man doch verdammt noch mal nicht hin und verrät sein Land! Meine Güte, was für ein Chaos. Keine Ahnung, ob es uns gelingen wird, die Sache unter Verschluss zu halten. Es wird zwangsläufig unangenehme Untersuchungen geben.«

»Es wird uns gelingen«, beschwichtigte Callow. »Wir haben alles unter Kontrolle. Pendragon wird den Mund halten. Niemand hat ein Interesse daran, dass die Sache herauskommt. Von der Ermordung McLures ist immer noch nichts nach außen gedrungen, und es besteht kein Grund, warum sich das nun plötzlich ändern sollte.«

Webster schwieg. Callows Blick fiel auf die Finger seines Vorgesetzten, die so fest um die Räder seines Rollstuhls geklammert waren, dass sie weiß wurden.

»Pendragon bereitet gerade einen Bericht vor. Die Liste möglicher Geldgeber dürfte recht kurz sein. Schließlich war McLure auf das Aufspüren von Fluchtgeld spezialisiert. Ich glaube nicht, dass viele ausländische Staaten für solche Informationen zahlen würden. Die meisten wissen mehr darüber als wir. Dass es die Chinesen sind, bezweifle ich. Wenn sie wollten, könnten sie sich die entsprechenden Daten wahrscheinlich ganz einfach durch einen Hackerangriff beschaffen. Bleibt also nur …«

»Ein Unternehmen. Oder eine Privatperson. Haben wir seinen Datenverkehr geprüft?«

»Seine E-Mails und Telefonate sind sauber. Keinerlei Hinweise darauf, dass er entsprechende Verhandlungen geführt hat. Mit wem auch immer er in Kontakt getreten ist, er muss es persönlich getan haben. Er wusste ja um das Risiko, dass seine Kommunikation von der NSA oder dem britischen Abhördienst mitgelesen wird.«

»Was glaubt Pendragon?«

Websters Stimme klang rau und hoch, so als könnte sie sich jeden Moment überschlagen. Callow zögerte, aber er musste es aussprechen. Die Information musste auf den Tisch, und zwar so schnell wie möglich. Ihnen lief die Zeit davon. Schlussendlich würde Webster einen Anruf tätigen müssen. »Sie ist gerade auf etwas anderes konzentriert«, sagte er.

»Was könnte verdammt noch mal wichtiger sein, als herauszufinden, wer einen unserer Agenten gekauft hat?« Websters Stimme war jetzt nur noch ein heiseres Brüllen.

»Sie kennen doch die Gerüchte über eine bevorstehende größere Bedrohung?«

Webster nickte.

»Damit hängt es möglicherweise zusammen. Pendragon fängt Signale auf, die darauf hindeuten, dass einige Leute vorgewarnt wurden.«

»Signale?«

»Ja. Ein Hedgefonds namens Quest, der mit den Saudis in Verbindung steht, ist dabei, im großen Ausmaß präventive Börsentransaktionen vorzubereiten, was zu bestätigen scheint, dass etwas Hässliches im Anmarsch ist. Sie erinnern sich sicher an die Wetten, die vor dem elften September an der Börse abgeschlossen wurden.«

Webster stellte das Herumrollen ein und massierte sich mit der rechten Hand die Schläfen. »Pendragon weiß aber hoffentlich, dass sie für das Prüfen von Bankkonten bezahlt wird und nicht für ihre Einschätzung zur Bedrohungslage.«

Callow nahm zur Stärkung einen Schluck von seinem Kaffee und verzog das Gesicht. Er war eiskalt. Selbst die Getränkeautomaten schienen sich gegen ihn verschworen zu haben. Wahrscheinlich ein teuflisches Komplott der Chinesen, um den MI5 in die Knie zu zwingen. Diese Auslandsgeheimdienste schreckten wirklich vor nichts zurück.

»Ja, das weiß sie. Aber sie ist davon überzeugt, dass sich etwas anbahnt. Vielleicht steckt sie zu tief drin in der ganzen Sache. McLure hat sie damit beauftragt, die Bilanzen der Londoner Higgs-Filiale zu prüfen, und ihr eine Liste mit Namen und Konten gegeben, die verdächtigt werden, mit gewissen Terrorfraktionen in Verbindung zu stehen. Dabei ist wohl der Name Quest aufgetaucht.«

Webster zog seine Brille aus und rieb sich die Lider. »Higgs«, sagte er. »Diesen Namen höre ich neuerdings ständig.«

»Na ja, Sie wissen ja, dass die Bank eng mit der CIA verzahnt ist«, entgegnete Callow. »Sie dient unter anderem der Finanzierung verdeckter Operationen.«

»Das trifft wahrscheinlich auf eine ganze Menge Banken zu.«

»Nun ja, falls Pendragon recht hat, wird das bevorstehende Ereignis jedenfalls bald eintreten«, sagte Callow. »Wir müssen eine Entscheidung bezüglich ihrer Glaubwürdigkeit treffen, müssen festlegen, wie viel Unterstützung wir ihr zukommen lassen. Ob wir sie überhaupt unterstützen.«

Webster dachte einige Sekunden nach. Callow wusste, dass sein Boss in Gedanken die Risiken abwog. Wenn sie Pendragon unterstützten, hieß das, dass sie die Regierung informieren mussten. Cobra, der Krisenausschuss, der sich mit Bedrohungen der nationalen Sicherheit und Infrastruktur befasste, würde einberufen werden, und der Nationale Sicherheitsrat würde möglicherweise die höchste Terrorwarnstufe ausrufen. Das Komitee zum gemeinsamen Erkenntnisaustausch musste alarmiert werden, genau wie die Antiterroreinheit von Scotland Yard. Kurzum, innerhalb weniger Stunden würde etwas, was bisher nur drei Personen wussten, unzähligen Menschen bekannt sein, und ihre Zahl würde unweigerlich exponenziell ansteigen und sich nicht mehr eindämmen lassen. Zwar konnten sie die Art der Bedrohung offen lassen, konnten Maßnahmen ergreifen, um sie zu verschleiern, aber die Nachricht, dass ein wie auch immer gearteter Anschlag bevorstand, würde dennoch sofort durchsickern. Callow wusste, dass Webster befürchtete, es werde doch nichts passieren und man setze sich dem Vorwurf aus, umsonst die Pferde scheu gemacht zu haben.

Das war allerdings immer noch besser, als wenn wirklich etwas passierte und hinterher das Versagen des MI5 offenbar wurde, die Tatsache, dass man trotz besseren Wissens nicht gehandelt hatte, versucht hatte, sämtliche Befürchtungen unter Verschluss zu halten. Ein Albtraum. Dann war ihnen nicht mehr zu helfen, der MI5 würde einen regelrechten Shitstorm auf sich ziehen. Webster konnte einem nur leidtun, denn er befand sich in einer unmöglichen Situation. Gegen derartige Risiken gab es keine Absicherung.

»Ich muss mit Pendragon sprechen, um sie näher kennenzulernen, um herauszufinden, wie sie tickt«, sagte Webster nach langem Schweigen. »Wie lange arbeitet sie schon für uns? Sie wurde von einer anderen Behörde zu uns versetzt, oder?«

»Ja, vorher hat sie für verschiedene Bankenaufsichten gearbeitet, dann bei SOCA, der Behörde für Schweres und Organisiertes Verbrechen, und schließlich beim Finanzministerium und der Finanzmarktaufsichtsbehörde. Die hat sie dann vor fast drei Jahren an uns ausgeliehen. Expertin für Geldwäsche. Ein kluger Kopf, aber keinerlei Geheimdiensterfahrung. Von Terrorismus hat sie keine Ahnung. Sie ist nur gut darin, der Spur des Geldes zu folgen. Das ist ihre Spezialität.«

»Bessere Hälfte?«

»Ihr Mann war bei einer Spezialeinheit der britischen Armee und wurde im Irak getötet. Vor vier Jahren. Seither gab es offenbar niemanden mehr, der von Interesse gewesen wäre.«

»Hm«, machte Webster und ließ seinen Rollstuhl wieder vor- und zurückgleiten. »Hören Sie sich doch bitte ein wenig über sie um. Wir dürfen in dieser Angelegenheit kein Risiko eingehen. Bisher scheinen wir über diese Frau nur zu wissen, dass sie eine ziemliche Einzelgängerin ist, wie die meisten unserer Mitarbeiter.«

»Könnte hinkommen. Fanatische Laufsportlerin.«

»War dieser tote Banker, Holahon, nicht auch ein Läufer?«

»Habe ich zumindest gelesen. Zum Mord an ihm hat sie übrigens auch ihre Theorie. Ihrer Ansicht nach war es eine persönliche Geschichte, keine berufliche.«

Websters Rollbewegungen beschleunigten sich. »Gibt es irgendetwas, wozu diese Frau keine Theorie hat?«, murmelte er. Dann sah er Callow an. »Was erhalten wir an Unterstützung von unseren amerikanischen Freunden?«

»Noch weniger als sonst. War vielleicht auch nicht anders zu erwarten. Ich wüsste nicht, warum die CIA scharf darauf sein sollte, dass wir ihrer Strohbank zu nahe kommen. Sie wissen sicher von den Gerüchten, die CIA habe die Higgs Bank sogar selbst gegründet?«

»Es sind schon seltsamere Dinge passiert«, erwiderte Webster. »Wir haben auch jede Menge Tarnfirmen in Nordirland eröffnet. Einige waren eine Zeit lang sehr erfolgreich und haben mehr Geld erwirtschaftet als viele unserer Geheimdienstabteilungen als Budget zur Verfügung hatten.«

»Bei den heutigen Etats wäre das definitiv keine Kunst mehr.«

»Da haben Sie recht«, pflichtete ihm Webster bei und hielt dann nachdenklich inne. »Warten Sie mal. Pendragon ... Ein ziemlich ungewöhnlicher Name. Ihr Vater war nicht zufällig auch bei uns, oder? Es gab nämlich mal einen Pendragon beim MI5, der bei einem Autounfall in der Nähe von Belfast ums Leben kam. Der totale Naturfreak. Kletterer, Skifahrer. Sogar Marathonläufer, glaube ich. Und ein Frauenmagnet, wenn ich mich recht entsinne.«

»Soviel ich weiß, war das ihr Vater, ja.«

Webster rieb mehrmals die Handflächen gegeneinander. »Schreckliche Geschichte«, murmelte er, als würde er mit sich selbst sprechen. »Es sah aus wie ein Unfall, und genau das war das Problem. Zu glatt, zu eindeutig. Pendragons Vater war ein

Abenteurer, der gern Risiken einging, das hat ihn vielleicht zur Zielscheibe gemacht. Tja, der Apfel fällt nicht weit vom Stamm, was? Schicken Sie sie hoch.«

Callow verließ Websters Büro. Hätte er sich noch einmal umgedreht, hätte er seinen Vorgesetzten mit angespanntem Gesicht auf seinem Daumennagel herumkauen sehen. Webster machte den Anschein eines Mannes, der auf einer Party unverhofft seiner Exfrau über den Weg gelaufen war. Er wirkte in die Enge getrieben, nervös und schuldbewusst. Fast panisch begann er, auf seinem Rollstuhl vor- und zurückzugleiten.

Das kleine Düsenflugzeug jagte mit kreischenden Motoren die Startbahn entlang. Es war wenig mehr als ein verschwommener schwarzer Fleck, der knapp über dem Boden dahinsauste. Die Maschine war eindeutig zu schnell unterwegs und schlingerte heftig, als wüsste ihr Pilot nicht, welche Richtung er einschlagen sollte.

Dann beschleunigte sie plötzlich noch einmal, als sie sich dem Ende der Startbahn und einem Hangar näherte, in dem ein Löschfahrzeug untergebracht war. Mit einem letzten Schlingern erhob sie sich in die Lüfte und schrammte dann, als sie den Hangar bereits sicher passiert zu haben schien, an dessen Dach entlang und trudelte spiralförmig abwärts, schlug auf der Startbahn auf und zerbrach in tausend Stücke.

Prinz Faisal klatschte vor Begeisterung in die Hände. Er hatte seine helle Freude an diesem Akt der vorsätzlichen Zerstörung. »Hervorragend«, sagte er zu der kleinen Gruppe Männer, die mit ihm zusammen der Demonstration beigewohnt hatte. »Wir machen gute Fortschritte. Sehr gute. Aber es ist eine Sache, ein Modellflugzeug fernzusteuern, und eine ganz andere, dasselbe mit einem Gulfstream Jet zu tun. Andererseits sagte mein geliebter Vater immer zu mir: Man muss sich hohe Ziele stecken. Hohe Ziele, haha. Lustig, nicht wahr? Wir müssen nach den Sternen greifen, müssen ehrgeizig sein.«

Das Quest-Team rang sich ein kollektives Lachen ab, das den meisten Teammitgliedern sichtlich schwerfiel. Normalerweise hätte Carlyle in solchen Situationen die Führung übernommen, er war die menschliche Brücke zwischen ihnen und dem Prinzen gewesen. Doch seit er ohne jede Erklärung verschwunden war, wurden sie zunehmend nervös. Keiner wollte seine Befürchtungen laut aussprechen, aber es war auf unangenehme Weise offensichtlich, worauf sein Verschwinden hinwies: dass sich der Einsatz dramatisch erhöht hatte.

Die Quest-Wissenschaftler waren daran gewöhnt, sich mit Algorithmen und gesichtslosen Gleichungen zu befassen, wohingegen ihnen der Umgang mit Menschen schwerfiel. Jetzt, da Carlyle fehlte, bekamen sie es mit der Angst zu tun. Sogar der stets optimistische Schwartz wirkte gereizt. Der Prinz hatte versucht, seinen Mitarbeitern ihre Sorgen zu nehmen, und jedem von ihnen eigenes Sicherheitspersonal zur Seite gestellt, doch die Anwesenheit von Leibwächtern erhöhte nur ihre Beklemmung, weil sie ihnen ihre Verwundbarkeit bewusst machte.

Nach und nach war den Quest-Mitgliedern klar geworden, dass etwas, was als gewagter Versuch der Marktmanipulation begonnen hatte, zu einem Unternehmen mit gewaltigem persönlichem Risiko für jeden Einzelnen von ihnen geworden war. Doch es wäre mindestens genauso riskant gewesen, den Dienst zu quittieren. Das Team fürchtete die Konsequenzen. Allen war aufgefallen, dass der Prinz die Neuigkeit von Carlyles unerwartetem Verschwinden erstaunlich gelassen aufgenommen hatte. Zu gelassen. Er hatte gleichmütig, fast schon desinteressiert auf den Verlust seines Stellvertreters reagiert, und sein Verhalten hatte in ihnen die Frage ausgelöst, ob er die Beseitigung Carlyles vielleicht sogar selbst initiiert oder zumindest sanktioniert hatte. Ein hässliches Gefühl der Paranoia hatte sich unter ihnen breitgemacht, und sie wünschten sich alle, nie in das »Projekt Apokalypse«, wie der Prinz es beharrlich nannte, eingestiegen zu sein. Sicher, am Ende würden sie womöglich um einige Millionen Pfund reicher sein, doch es war genauso gut möglich, dass sie auf dem Weg dorthin ihr Leben einbüßten.

Ein hohes Brummen ertönte, als ein zweites Modellflugzeug die Startbahn entlangzurasen begann. Die Gruppe beobachtete es ohne jede Regung, während der Prinz erneut in die Hände klatschte und strahlte. Sein Lächeln wurde noch breiter, als auch das zweite Flugzeug gegen den Hangar prallte und zerschellte.

»So weit, so gut«, sagte der Prinz zu dem Ingenieur, der es ferngesteuert hatte. »Aber denken Sie bitte daran, dass Sie bei einem Gulfstream Jet nur eine einzige Chance haben. Wenn Sie damit Ihr Ziel verfehlen, können Sie es nicht noch einmal versuchen.«

Der Prinz sah sich nach Carlyle um, in der Erwartung, dass er jeden Moment irgendwo auftauchte. Dass Carlyle tot war, vergaß er immer wieder. Das Ableben seines Stellvertreters hatte ihn angesichts dessen, was er über Carlyles jahrelanges Doppelspiel wusste, nicht wirklich überrascht. So etwas passierte nun einmal mit Verrätern. Man statuierte ein Exempel an ihnen, und sie bezahlten mit dem Einzigen, was sie nicht gestohlen hatten: ihrem Leben.

Dennoch erschwerte Carlyles Tod die Lage, wie der Prinz fand. Das Zusammenleben mit einem Spion war irgendwie beruhigend gewesen. Wenn man eine Information an den Mann bringen wollte – zum Beispiel an die Geheimdienste, im Zuge des groß angelegten Vorhabens, das globale Bankensystem zu manipulieren –, war es gut, Carlyle um sich zu haben. Alles, was Carlyle getan hatte, jedes Gespräch, das er geführt hatte, jede SMS oder E-Mail, die er ausgetauscht hatte, war von der NSA überwacht und an die für ihn zuständigen Kontaktleute beim Geheimdienst weitergeleitet worden. Für den Prinzen war das so gewesen, als hätte er rund um die Uhr seinen eigenen CIA-Agenten zur Verfügung gehabt. Diese Art von Überwachung war unbezahlbar, hatte der Prinz immer gedacht.

Ja, er würde Carlyle wirklich vermissen. Mehr als seinen Vater, wenn er ehrlich war. Vatermord war so ein hässliches Wort. Dadurch klang es wie ein widernatürlicher, ungerechtfertigter Akt, wenn ein Sohn seinen Vater tötete. Dabei konnte es eine Million völlig legitime Motive dafür geben. War es überhaupt Mord, das Leben eines sterbenden Mannes zu beenden, oder war es so etwas wie Sterbehilfe? Sein Akt der Gnade hatte zugegebenermaßen den positiven Nebeneffekt gehabt, dass sein Vater nicht Milliarden von Pfund für sein lächerliches Vermächtnis verschleudern konnte. Es gab bessere Möglichkeiten, einen bleibenden Eindruck zu hinterlassen, hatte der Prinz beschlossen. Er strich sich über den Bart, zwirbelte ihn am Kinn zusammen, bis er spitz war wie ein Dolch. Sein Vater hatte beim Nachdenken ein ähnliches Ritual gepflegt, wie ihm nun einfiel.

Der Prinz beobachtete, wie ein drittes Flugzeug gegen den Hangar prallte, und verkniff sich ein Grinsen. Eine teure Angelegenheit, die Verbreitung von Angst und Schrecken. Aber die Zerstörung war notwendig. Sie würde nicht unbemerkt bleiben. Kameras, Satelliten, Handys, Computer – sie alle sahen zu. Außerdem gab es da noch die Finanzdaten, die unzähligen vermeintlichen Transaktionen, die Quest vorbereitet hatte und die von einer übereifrigen, dämlichen NSA aufgesaugt wurden, die überall nur Terror sah. Angesichts dieser Transaktionen, die scheinbar nur darauf warteten, aktiviert zu werden, konnten die Geheimdienste nur eine Schlussfolgerung ziehen: dass die Apokalypse unmittelbar bevorstand. Nun, er würde sie nicht enttäuschen. Nicht bis zur allerletzten Minute jedenfalls. Sie wollten Angst und Schrecken, und die würde der Prinz ihnen liefern.

Er blickte zum Himmel empor, als könnte er die unzähligen Objektive sehen, die von Satelliten aus auf ihn gerichtet waren und lautlos unscharfe Aufnahmen von seiner Modellflugzeugzerstörung machten. Ja, man muss sich hohe Ziele stecken, dachte er. Das war ein wirklich guter Rat. Vielleicht der beste, den er je von seinem Vater erhalten hatte. Vielleicht der einzige. Man musste sich hohe Ziele stecken, vor allem wenn man bluffte. Denn sonst konnte man es von vornherein bleiben lassen.

Sorrenson verlangsamte per Mausklick das Video auf seinem Computerbildschirm. »Also«, sagte er, »was habe ich übersehen? Hilfst du mir auf die Sprünge?«

»Was siehst du auf dem Video?«

Er blickte auf den Bildschirm. »Dicke Männer im Anzug und ein paar attraktive Frauen mit kurzen Röcken und hohen Absätzen. Eine typische Londoner Straßenszene. Du ziehst mich von einer Mordermittlung ab und zitierst mich hierher, um mir *das* zu zeigen? Ich meine, ich freue mich natürlich, dich zu sehen, aber …«

Kate brachte ihn mit einem ungeduldigen Kopfschütteln zum Schweigen. »Sieh noch einmal genauer hin.« Sie nahm ihm die Maus aus der Hand.

Sorrenson tat ihr den Gefallen. Was er auf Kates Arbeitscomputer sah, waren Aufnahmen aus Überwachungskameras, viele Stunden Bildmaterial, offenbar aus verschiedenen Geräten zusammengestückelt. Die Strecke, die die Aufnahmen nachzeichneten, führte von der Fleet Street den Kingsway hinauf zu den Bahnhöfen Euston und King's Cross, bevor sie knapp fünf Kilometer dem York Way nach Norden bis Tufnell Park folgte und schließlich nach Hampstead Heath gelangte.

»Lass es mich noch ein bisschen offensichtlicher für dich machen.« Sie zeigte auf eine bestimmte Stelle auf dem Video. Dort waren zwei Jogger zu sehen, wie sie durch eine Drehtür das Gebäude verließen, in das sich Sorrenson kürzlich verliebt hatte: die Higgs Bank. »Einmal zu lange geblinzelt, und man übersieht die beiden. Ich habe unsere Technikabteilung darauf angesetzt, weil ich mir gedacht habe, dass ich die Aufnahmen aus Gründen der Terrorbekämpfung wahrscheinlich schneller auswerten lassen kann als du im Zuge deiner Mordermittlung.«

»Klingt logisch«, sagte Sorrenson. »Für Terror stehen nun einmal großzügigere Mittel zur Verfügung als für einfache Morde.«

Sie betätigte wieder die Computermaus. »Jetzt sieh ganz genau hin. Unsere joggenden Freunde tauchen hier, hier, hier, hier und hier auf.« Der Bildschirm spaltete sich in mehrere Fenster auf, von denen jedes ein unscharfes Standbild zweier Männer in Laufkleidung zeigte.

Sorrenson nickte. »Okay, ich kann dir folgen. Wir haben zwei Jogger gefunden, die aus dem Higgs-Gebäude kommen. Dein Büro habe ich mir übrigens größer vorgestellt.«

»Als ob es nur auf die Größe ankäme«, erwiderte sie mit gespielter Entrüstung. Dann grinste sie. »Und? Kapierst du es jetzt?« Stirnrunzelnd quittierte sie sein anhaltendes Schweigen. Dabei lag es doch auf der Hand!

»Na ja, wenn ich das hier richtig überblicke, verlassen an dem Abend, an dem mutmaßlich Holahon ermordet wurde, zwei Jogger die Higgs Bank und laufen nach Hampstead Heath«, erklärte Sorrenson schließlich. »Mehr sehe ich beim besten Willen nicht.«

»O Mann. Bist du so begriffsstutzig, oder tust du nur so?«

»Sorry, ich versuch's noch mal: Zwei Jogger, die Holahon vermutlich kannte, verlassen die Higgs Bank und machen sich auf den Weg zum mutmaßlichen Tatort. Allerdings muss ich gestehen, dass ich ihre Gesichter auf den Aufnahmen nicht besonders gut erkennen kann.«

»Stimmt, aber das brauchst du auch nicht.«

»Wieso?«

Sie lachte. »Mir ist es auch erst aufgefallen, als ich versehentlich auf Schnellvorlauf gedrückt habe. Dadurch wurden die Bewegungen beschleunigt und irgendwie auch akzentuiert. Der Laufstil unserer beiden Jogger wurde betont, und der kam mir plötzlich sehr bekannt vor. Jeder Läufer hat seine ganz eigene Bewegungsmechanik, das muss ich dir nicht erzählen, und die ist so individuell wie ein Fingerabdruck. Ich weiß jetzt, wer die beiden Jogger sind. Ihr Laufstil hat sie verraten. Darf ich vorstellen: Ennis und Brockman.«

Sorrenson nickte zögernd. »Ich freue mich schon darauf, sie zu verhaften und ihnen zu erklären, was sie überführt hat: ihr verdächtiger Laufstil. Ein ganz klarer Fall.«

»Das nennt sich dann wohl skandinavischer Humor, nehme ich an.«

»Oder abgrundtiefe Hoffnungslosigkeit. Nach meiner Erfahrung gibt es da keinen großen Unterschied.«

»Wie auch immer, kannst du sie nicht trotzdem höflich zu einem unverbindlichen Gespräch zitieren und sie bitten, dir bei deinen Ermittlungen zu helfen? Du musst sie ja nicht gleich verhaften und ihnen ihre Rechte vorlesen. Vielleicht entlockst du ihnen auf die Weise etwas. Kaffee?«

»Ja danke.«

Sie verschwand auf dem Flur, und Sorrenson starrte weiter auf den Bildschirm. Er doppelklickte auf eins der Fenster und vergrößerte das Bild. Aufmerksam beugte er sich näher heran. Konnte es sein, dass sie recht hatte, oder freuten sie sich zu früh? An den Handgelenken der Männer waren Schatten zu erkennen, die sich bei näherer Betrachtung als Uhren herausstellten. Vielleicht war es eine unrealistische Hoffnung, aber Banker waren ein exzentrisches, selbstgefälliges Völkchen. Er traute ihnen zu, ihre Laufuhren auch an besagtem Abend getragen zu haben. Und sie eingeschaltet zu haben, denn wozu hätten sie sie sonst anziehen sollen?

Kate kehrte mit zwei Tassen zurück. »Ich bitte um Entschuldigung, der Kaffee ist höchstens lauwarm. Die Maschine ist kaputt. Wir haben Geräte zum Aufspüren von radioaktiven Isotopen im ganzen Land, aber keine funktionierende Kaffeemaschine. Willkommen in meiner Welt.«

Sorrenson zeigte auf die Handgelenke der Männer.

»Interessant«, sagte Kate. »Gut entdeckt. Allerdings unwahrscheinlich, dass …«

»Dass sie sie eingeschaltet haben, ich weiß. Einen Versuch ist es trotzdem wert, meinst du nicht? Allerdings habe ich keine Ahnung, wie wir an die Satellitendaten kommen.«

»Für so etwas haben wir Fachleute, die wir uns wegen der Etatkürzungen mit dem MI6 teilen. Sie hacken sich zum Beispiel in die Rechner des iranischen Geheimdienstes ein oder zapfen China an, die üblichen Ziele. Unsere Ergebnisse tauschen wir oft mit der NSA aus. Vieles wird in Australien und Neuseeland ausgewertet, und dort sagen sie uns dann, ob etwas Brauchbares dabei ist. So sind wir außen vor, falls mal wieder ein Politiker wissen will, wie viele Daten wir im eigenen Land sammeln und speichern. Wie du siehst, hat auch bei uns das Outsourcing Einzug gehalten. Für unsere lieben Freunde *down under* dürfte es eine Sache von Minuten sein, sich in eine kalifornische Firma für Navigationssoftware zu hacken, oder wo auch immer die Laufdaten dieser Uhren gespeichert sind.«

»Vielen Dank. Ich weiß es zu schätzen.«

»Na ja, ich habe schließlich auch ein Interesse daran. Wenn wir den Mord an Holahon endlich auflösen, sehe ich vielleicht auch klarer, was die Higgs Bank angeht. Ich habe immer noch so viele unbeantwortete Fragen und keine Ahnung, was eigentlich passiert ist …«

»Da geht es uns beiden gleich.«

Sorrensons Aussage blieb in der Luft hängen. Kate blickte zu Boden, biss sich auf die Lippe.

»Ich meine natürlich die Ermittlungen«, fügte Sorrenson schnell hinzu.

Sie merkte, wie ihr das Blut in die Wangen schoss. Es war weder der richtige Ort noch der richtige Zeitpunkt, um diese Tür aufzustoßen.

»Wie läuft es denn bei dir, hast du schon etwas Neues ausgegraben?« Sie gab sich Mühe, unbeschwert und sachlich zu klingen. Ihre Stimmbänder schienen unter der Anstrengung zu knarzen.

Sorrenson nahm einen Schluck von seinem Kaffee und zuckte zusammen. »Autsch! Das Zeug ist wirklich grausig. Ihr Geheimagenten seid hart im Nehmen, das muss man euch lassen.«

»Ja, das gehört bei uns zur Amtseinführung. Du solltest mal das Gebräu probieren, das sie den Agenten im Auslandseinsatz zu trinken geben. Egal. Was wolltest du gerade sagen?«

Er zuckte mit den Schultern und kratzte sich die Bartstoppeln. »Na ja, der im Teich gefundene Kopf und die Hände haben nicht viel ergeben. Sie scheinen lediglich zu bestätigen, dass Holahon in Hampstead Heath oder in der Nähe von Hampstead Heath getötet und zerstückelt wurde. Wir haben außerdem eine fast leere Flasche Whiskey in der Tüte mit den Körperteilen gefunden und einen kleinen Plastikbeutel, in dem sich womöglich das Koks befand. Falls sich das als zutreffend herausstellt, wäre es ein Hinweis darauf, wie sorgfältig die Sache im Voraus geplant war. Jemand muss das Zeug vorher im Park deponiert haben. Ich kann mir nicht vorstellen, dass unsere beiden Jogger auf ihrer Route nach Hampstead Heath eine Flasche Whiskey und ein Säckchen Schnee im Gepäck hatten.«

»Vermutlich nicht, aber sie haben die Gegenstände vielleicht tatsächlich schon vorher im Wäldchen versteckt, und am Tatabend sind sie wieder hingejoggt, weil sie wussten, dass auch Holahon zum Laufen auftauchen würde. Und zack, haben sie zugeschlagen! Das perfekte Verbrechen.«

»Du hast zu viele Krimis gelesen.«

»Und du offenbar zu wenige. Na los, komm mir wenigstens ein Stück entgegen und gib zu, dass nichts, was du bisher herausgefunden hast, meine Theorie widerlegt.«

»Na gut, ich gebe es zu. Vorausgesetzt, du isst mit mir zu Abend.«

»Wann?«

»Heute wäre gut.«

»Heute kann ich nicht, sorry. Ich muss zu meiner Mutter.«

Sorrenson sah sie an.

Wirre Sätze schossen ihr durch den Kopf, schienen miteinander zu kollidieren. »Das ist keine Ausrede«, platzte sie heraus. »Ich muss wirklich zu ihr, ehrlich. Uns bleibt nicht mehr viel gemeinsame Zeit. Sie wird bald sterben. In vielerlei Hinsicht ist sie schon tot. Tut mir leid, dass ich dir das alles erzähle, aber … na ja, es ist die Wahrheit. Seit mein Vater und Michael tot sind, ist sie der einzige Mensch, der mir noch bleibt. Wenn sie auch noch stirbt …« Kate beendete den Satz nicht. Sie war noch nicht bereit, sich dem Gedanken an die Zukunft zu stellen, sich mit sich selbst auseinanderzusetzen. Genau aus diesem Grund war ihr Leben derzeit ein einziges ausgedehntes Ablenkungsmanöver. Sie starrte in Sorrensons dunkelbraune Augen. Michael hatte ganz ähnliche Augen gehabt. Sie war immer der Ansicht gewesen, dass sie zu lieb waren für seinen Beruf, zu sanft. Ablenkungsmanöver, das traf es genau. Sie wollte sich verlieren, an nichts mehr denken müssen.

»Vielleicht könntest du mich danach abholen?« Sie hasste sich dafür, dass sie so bedürftig klang.

Sorrenson legte seine Hand auf ihre. Es machte ihn nervös, mit dieser großen eigenartigen Frau in diesem kleinen eigenartigen Büro zu sitzen. Dieser großen Frau, die so stark wirkte und dennoch nur mit Mühe die Fassade aufrechterhielt. Er war zwar nervös, aber auch ungewöhnlich optimistisch. Glücklich lächelte er sie an. »Danach. Das wäre schön. Ich freue mich.«

Webster las den Bericht, den er vor sich hatte, und stöhnte dann. »Im Ernst?«

Callow nickte knapp und begutachtete seine Finger, die fleckig waren vom Nikotin.

»Wie lange?«

»Nicht sehr lange. Nur ein paar Monate. Es war schon wieder vorbei, bevor es richtig angefangen hatte.«

»Trotzdem.«

»Trotzdem, ja. Macht keinen guten Eindruck.«

»Sind wir uns diesbezüglich sicher?«

»Wir haben McLures Exfrau befragt, und die hat uns erzählt, sie habe damals seine SMS an Pendragon gefunden. Er hatte offenbar ein zweites Handy, das uns durchs Netz geschlüpft ist. Es besteht kein Zweifel daran, dass die beiden ein Verhältnis hatten. Allerdings war es wohl nichts Ernstes.«

»Sie scheint keine besonders hohen Ansprüche zu haben, wenn sie jemandem wie McLure Zugang zu ihrem Bett gewährt hat.«

»Das ist allerdings wahr«, entgegnete Callow. Typisch Webster, dachte er. Für ihn war eine Affäre ein simpler technischer Prozess wie das Öffnen einer Tür.

»Was für ein Kuddelmuddel«, murmelte Webster. »Als wäre die Sache bisher nicht schon verworren genug gewesen.« Er überlegte, ob seine Kraft ausreichen würde, um so schnell auf das bodentiefe Fenster seines Büros zuzurollen, dass die Scheibe zerbarst und er mitsamt Rollstuhl nach unten stürzte. Was für eine verheißungsvolle Vorstellung, auf dem Boden aufzuschlagen und in Besinnungslosigkeit zu versinken, erlöst zu sein von all seinen Problemen. Wenn die Angelegenheit, von der er da gerade erfahren hatte, jemals nach außen drang, würde er zur Lachnummer werden. Zwei seiner Agenten waren miteinander ins Bett gegangen, und jetzt schien die Überlebende der beiden wild entschlossen, den Ruf ihres toten Kollegen zu demolieren. Das war Stoff für eine Seifenoper und hatte beim Thema nationale Sicherheit nichts zu suchen. Das Einzige, was Webster nach seiner jahrelangen Aufopferung für den Geheimdienst nicht ertrug, war der Gedanke, zur Zielscheibe von Gespött zu werden. Hassen durfte man ihn gerne. Über ihn lachen nicht.

»Nun ja, das rückt das Ganze natürlich in ein völlig anderes Licht«, sagte er säuerlich. Er fuhr mit der Hand über seinen

Krawattenknoten und ertastete, wie fest er saß. Wenn er ihn doch noch ein bisschen fester hätte ziehen können.

»Pendragons Verdacht bezüglich McLure muss deshalb nicht hinfällig sein«, merkte Callow an. »Bisher gibt es keine Hinweise darauf, dass sie aus Gehässigkeit handelt. Und die knapp eine Million Pfund auf McLures Offshore-Konto muss schließlich irgendwie erklärt werden.«

»Jetzt machen Sie aber mal einen Punkt!«, explodierte Webster. »Heutzutage haben doch die meisten unserer Leute irgendwo eine Million herumliegen! Vererbter Wohlstand, so ungewöhnlich ist das nicht. McLures Eltern sterben, und schon erbt er ein Haus, das eine Million wert ist. Ohne diese Art von Privatzuschüssen würde es den MI5 gar nicht mehr geben. Die Hälfte unserer Agenten könnte es sich anders gar nicht leisten, für uns zu arbeiten. Im Grunde subventionieren die begüterten Gesellschaftsschichten unsere Geheimdienste. Dafür müssten sie vom Finanzministerium eigentlich Steuererleichterungen bekommen.«

Callow wusste, dass Websters fehlendes Einfühlungsvermögen eine echte Schwäche war, wenn auch eine verständliche angesichts seines Schicksals. Sein Vorgesetzter hatte seinen ganzen Schmerz und seine ganze Wut kanalisiert und in den Geheimdienst gesteckt. Zwischenmenschliche Beziehungen waren ihm hingegen fremd. Er verstand die Menschen nicht wirklich. Das war ein Manko, ein gewaltiges Manko, das bei den psychometrischen Tests, denen er sich regelmäßig unterzog, immer wieder konstatiert wurde. Ideologien, Codes, Modelle, Strukturen, Bedrohungen – damit konnte er umgehen, mit Abstraktem kam er klar. Mit Menschen nicht. Er hatte nie geheiratet.

»Wo steckt sie eigentlich?«, blaffte Webster. »Ich habe sie seit Tagen nicht mehr gesehen.«

»Sie hat sich freigenommen, weil ihre Mutter gestorben ist.«

»Ach je«, schnaubte Webster. »Wie unpassend. Wir müssen sie trotzdem dringend sprechen. Das hat man davon, wenn man sich Mitarbeiter von anderen Behörden ausleiht. Keinerlei Sinn für Geheimdienstkultur. Manchmal könnte ich wirklich verzweifeln.«

Dazu sagte Callow lieber nichts. Webster würde sich mit der Zeit wieder beruhigen, das wusste er aus Erfahrung. Aber er wusste auch, dass er so lange nicht warten konnte. Die Uhr tickte, er musste selbst aktiv werden und gewisse Anrufe tätigen. Das war der Nachteil daran, wenn man der Stellvertreter des Chefs war. Machte man es richtig, heimste der Boss die Lorbeeren ein. Setzte man die Sache in den Sand, war man geliefert. Callow räusperte sich. »Die Beerdigung ist heute, glaube ich.«

»Dann treiben Sie irgendwo einen schwarzen Anzug auf und fahren Sie hin, um ihr unser Beileid auszusprechen. Aber bevor Sie gehen: Was ist das hier?« Webster hielt ein Formular hoch.

Callow tat so, als musterte er es aufmerksam, obwohl er längst wusste, um was es sich handelte. »Ein Antrag auf Observierung.«

»Das sehe ich. Aber warum stellt sie diesen Antrag?«

»Sie ist der Ansicht, dass wir die Zielperson noch engmaschiger überwachen sollten.«

»Diesen Prinzen?«

»Ja.«

»Herrje, ich hoffe, die Saudis kriegen nichts davon mit. Wenn sie spitzkriegen, dass wir ein Mitglied ihres Königshauses observieren, machen sie uns die Hölle heiß. Das hätte auf jeden Fall ein diplomatisches Nachspiel. Vielleicht würden sie sogar aufhören, uns Informationen von ihren Abhörstationen weiterzuleiten. O Gott, das wäre …«

»Er ist nicht die einzige Zielperson«, unterbrach ihn Callow. »Es geht um den gesamten Mitarbeiterstab seines Hedgefonds Quest. Wir schnappen immer mehr Gerüchte aus dem Londoner Finanzdistrikt und von der Wall Street auf. Die Superrechner des Finanzministeriums scheinen ebenfalls außergewöhnliche Handelspositionen ausgemacht zu haben, die allerdings erst noch aktiviert werden müssen. Man ist diesbezüglich mit der amerikanischen Financial Intelligence Unit im Gespräch. Kurz, es häufen sich die Hinweise darauf, dass jemand im großen Ausmaß Maßnahmen gegen eine bevorstehende terroristische Bedrohung ergreift. Wie ich bereits neulich zu Ihnen gesagt habe: Denken Sie daran, was vor dem elften September passiert ist. Schon damals gab es Anleger, die die Sache vorhergesehen haben. Und deshalb verfallen auch jetzt wieder alle in Panik.«

Webster stieß erneut ein entnervtes Stöhnen aus. »Panik ist ein gutes Stichwort. Ich für meinen Teil befinde mich in ständiger Alarmbereitschaft. Dieser Frau scheint nicht bewusst zu sein, wie viele Agenten just in diesem Moment für uns Zielpersonen observieren: mehr als zweitausend allein in diesem Land. Ein Verfolgungsspielchen, bei dem man niemals nachlassen darf. Und Sie erzählen mir etwas von Superrechnern und Handelspositionen?«

Callow sah seinen Boss mitleidig an. Er hätte niemals mit ihm tauschen wollen. Seine eigenen Gedanken wurden von der reizvollen Aussicht auf seine Pensionierung bestimmt. Noch drei Jahre, dann lockte ein *mas* in der Provence. Die ehemalige Seidenfarm, die er gekauft hatte, war eine Ruine, aber seine Frau und er würden es als Herausforderung betrachten, sie nach und nach zu renovieren. Das Haus war umgeben von Olivenbäumen und Weinbergen. An manchen Tagen hätte Callow sein Leben am liebsten bis zu dieser sonnengesprenkelten Zukunft vorgespult. Er nickte Webster zu. Was Pendragon anging, waren ihm die Hände gebunden, wenn sein Chef nicht mitspielte. Er konnte sie nur bis zu einem gewissen Punkt unterstützen, sonst setzte er Kopf und Kragen aufs Spiel. Und seine Risikofreude hielt sich in Grenzen.

»Herrgott«, murmelte Webster. »Herrgott«, wiederholte er dann noch einmal mit mehr Nachdruck. Nachdem er einen Schluck von seinem kalten Kaffee genommen hatte, verzog er angewidert das Gesicht. »Während des Nordirlandkonflikts war alles viel leichter. Damals haben die Leute Terrorismus noch ernst genommen. Heute zieht das Thema ständig den Kürzeren, weil es nur noch um Erderwärmung und Vogelgrippe und die nächste Weltwirtschaftskrise und die Gefahr eines Meteoriteneinschlags geht und was weiß ich was noch alles. Wie sollen wir gegen diesen ganzen Mist konkurrieren? Wir stehen ganz unten auf der Albtraumliste. Eigentlich müssen Terroristen gar keine Terrorakte mehr verüben, um uns in Angst und Schrecken zu versetzen. Das schafft die Welt schon ganz allein. Und genau das bricht uns jedes Mal, wenn die da oben Etatentscheidungen treffen, das Genick. Ein größeres Terrorszenario ist vielleicht genau das, was wir brauchen, um den Stein wieder ins Rollen zu bringen. Um die Leute wachzurütteln.«

Websters Stimme war kaum noch ein Flüstern. Zehn Jahre hielt er nun schon das Ruder beim MI5 in der Hand, und in diesen zehn Jahren hatte sich alles verändert. Die Welt war ungleich komplexer und gefährlicher geworden, während die Geheimdienste immer weiter beschnitten und eingeschränkt wurden, in ihren Strukturen immer mehr erstarrten. Dieses Ungleichgewicht würde eines Tages schwerwiegende Folgen haben, da war er sich sicher. Es würde sich rächen. Kein Wunder, dass sie jetzt auf Superrechner zurückgreifen mussten, um Bedrohungen zu erkennen. Die Welt, in der sie lebten, die Risiken, die auf die Menschen zukamen, waren für den menschlichen Verstand nicht mehr zu erfassen.

Er blickte aus dem Fenster auf die Themse und die modernen Betongebäude am gegenüberliegenden Ufer, auf die warm die frühsommerliche Sonne herabschien. Menschentrauben in Shorts und Sommerkleidern schlängelten sich am Flussufer entlang. Die Leute sprühten förmlich vor Lebensfreude. Webster beneidete sie um ihre Ahnungslosigkeit.

# Kapitel 12

Superintendent Steven Cassidy stand hinter dem Empfangstresen der Victoria-Polizeiwache in der Londoner Innenstadt und gab sich Mühe, die beiden Servicemitarbeiter, die neben ihm herumlungerten, nicht zu hassen. Cassidy hatte zwanzig Jahre Polizeidienst auf dem Buckel und war eigentlich der Ansicht gewesen, dass ihn nichts mehr erschüttern konnte. Aber die Einführung von zivilem Servicepersonal in den Polizeiwachen war eine äußerst unwillkommene Neuerung, eine, die auch nach Monaten noch nicht leichter zu verdauen war, wie vertraut ihm seine beiden Assistenten mittlerweile auch geworden waren.

Seiner Meinung nach vermittelte es einfach das falsche Bild, wenn die Bevölkerung ein Revier betrat und dort von Zivilisten betreut wurde. Es sendete die falschen Signale aus, vermittelte den Eindruck, dass Polizisten und ihre Uniformen nicht mehr wichtig seien, Gesetz und Ordnung keine Rolle mehr spielten. Aber so war nun einmal die allgemeine Entwicklung, wie Cassidy einsehen musste. Immer mehr Teile des Polizeiapparats wurden an anonyme, nicht zur Verantwortung zu ziehende Privatunternehmen ausgelagert, die versprachen, den jeweiligen Service billiger, schneller und besser anzubieten. Wie lange wird es wohl noch dauern, bis auch Ermittlungen und Antiterroreinsätze und Krawallbekämpfung und alles andere ausgegliedert werden, fragte sich Cassidy und starrte die beiden Mittzwanziger an, die heimlich auf ihren Handys herumtippten. Wann würden die privaten Sicherheitsleute anfangen, ihren staatlichen Kollegen Befehle zu erteilen? Ihm kam plötzlich ein deprimierender Gedanke: Und wann würden erste Polizeifunktionen durch Computer ersetzt werden? Wahrscheinlich früher, als er dachte. Zum Glück war er bis dahin nicht mehr im aktiven Dienst. Hoffentlich. Aber es würde eine knappe Geschichte werden. Er würde gerade so entkommen, bevor alles in sich zusammenstürzte. Heutzutage ging es doch nur noch um Zielvorgaben und Einsparungen und Gesundschrumpfen. Er hätte es wissen müssen, als die Polizei aufgehört hatte, eine »Truppe« zu sein, und stattdessen zum »Dienstleister« verkommen war, als wäre man eine Hotelkette oder etwas ähnlich Absurdes.

Cassidy blickte von seinem Empfangsschalter auf, als er Schritte hörte. Ein schwitzender, bleicher Mann im Anzug wankte auf ihn zu. Es war kurz nach drei Uhr nachmittags an einem heißen Donnerstag Ende Juli. Das gerötete Gesicht des Mannes verriet, dass er betrunken war.

Cassidy wartete und fragte sich, was der Mann wohl wollte. Wahrscheinlich einen gestohlenen Geldbeutel melden. Das hätte gepasst. Im Umkreis der Victoria Station gab es viele wie ihn, und es wurden mit zunehmender Hitze immer mehr. Wer in seiner Mittagspause zu viel Alkohol trank, war ein leichtes Opfer für Taschendiebe. Er nahm seine Umgebung nicht mehr wahr, war zu sehr darauf konzentriert, die warme Leber mit kaltem Weißwein zu kühlen.

Cassidy gab seinen beiden Mitarbeitern mit einer Geste zu verstehen, dass er sich um den Fall kümmern würde. Er roch die Alkoholfahne des Mannes schon von Weitem, sah die Schweißperlen auf seiner Stirn. Cassidy versuchte es mit einem beruhigenden Lächeln. »Wie kann ich Ihnen helfen, Sir?«

Der Betrunkene starrte Cassidy an, augenscheinlich erstaunt über diese Frage. Sein Anzug war teuer gewesen, das war nicht zu übersehen. Die Schuhe auch. Er war keiner der üblichen Bahnhofssäufer. Vielleicht war er auf dem Weg zum Pferderennen gewesen. Der Mann klammerte sich haltsuchend an den Tresen und holte tief Luft.

»Ich möchte einen Mord anzeigen.«

Cassidy stöhnte innerlich auf. Der Mann war eindeutig geistig umnachtet, was bedeutete, dass er sich stundenlang die Probleme des Kerls würde anhören müssen. Es gab keine Unterkünfte, die ihn aufgenommen hätten, und die psychiatrischen Einrichtungen in der Gegend waren ebenfalls voll, wie er aus leidiger Erfahrung wusste. Er hatte keine Ahnung, wann oder warum psychische Probleme in den Zuständigkeitsbereich der Polizei gefallen waren. An den meisten Tagen kam sich Cassidy eher wie ein Sozialarbeiter vor als wie ein Polizist. Sollten *das* doch mal die privaten Sicherheitsfirmen übernehmen. Oder die Computer. »Verstehe«, sagte er schließlich.

»Allerdings war es am Anfang gar kein … gar kein Mord«, nuschelte der Betrunkene. »Es ist dann später einer geworden. Mehr oder weniger. Aber das war nie so gedacht. Das müssen Sie mir glauben.«

Cassidy steckte sich ein Nikotinkaugummi in den Mund und fühlte sich sofort ruhiger. Er griff nach einem Stift und einem Notizblock. »Okay.«

Der Mann wirkte aufgebracht. »Sie nehmen meine Beschwerde nicht ernst! Meine Anzeige, meine ich. Beziehungsweise meine Aussage. Sie haben keine Ahnung, wie viel Mut es mich gekostet hat, hier reinzukommen und Ihnen zu erzählen, was passiert ist!« Er sah aus, als würde er jeden Moment in Tränen ausbrechen.

Mut, den du dir mühsam angetrunken hast, dachte Cassidy.

Er legte den Notizblock beiseite und schlug stattdessen ein Protokollbuch auf, das vor ihm auf dem Tresen lag. »Ich bitte vielmals um Entschuldigung, Sir. Also, lassen Sie uns noch einmal von vorn anfangen: Sie wollen einen Mord anzeigen, der eigentlich keiner werden sollte.«

»So ist es«, erklärte der Betrunkene mit beinahe kindlicher Freude. »Jetzt haben Sie es verstanden.« Er verzog das Gesicht zu einem Lächeln.

»Und Ihr Name ist?«

»Ennis«, lallte der Mann. »Scott Ennis.«

Kate stand an der Kirchentür und schüttelte den herauskommenden Trauergästen die Hände, ein Strom aus schwarzen und grauen Mänteln, die nicht zu der Sommersonne passen wollten. Sie erinnerte sich an Michaels Beerdigung. Damals war die Hälfte derer, die ihr Beileid ausgesprochen hatten, in Uniform erschienen, behängt mit farbenfrohen Ordensbändern, die im Widerspruch standen zum Ernst des Anlasses. Die heutige Trauerfeier ihrer Mutter war etwas vollkommen anderes. Die Gottesdienstbesucher waren allesamt ältere Semester und hatten sich vorbereiten können auf Maggies Tod. Er war sogar insgeheim von vielen herbeigesehnt worden, die gnädige Erlösung von der Geisel Krebs. Während der Trauerzeremonie waren daher nur wenige Tränen geflossen, niemand hatte laut geschluchzt.

Während Kate nichtssagende Umarmungen und Küsse mit den letzten Trauergästen austauschte, flankiert von dem nervösen jungen Pfarrer, der sich Sorgen machte, mit seiner wirren Predigt diesem ausgehauchten Leben nicht gerecht geworden zu sein, ging ihr auf, dass sie nie wieder so im Mittelpunkt stehen würde wie heute. Nie wieder würde ihr das Mitleid derart vieler Menschen zuteilwerden, nie wieder würden Hunderte Gesichter auf ihres gerichtet sein. Der Gedanke gab ihr Kraft. Es würde keine massenhaften Ergüsse der Trauer oder der Liebe mehr in ihrem Leben geben, denn alle ihre Angehörigen waren tot. Sie würde niemals wieder heiraten, würde niemals Kinder haben und zusehen, wie sie getauft wurden, wie sie die Schule oder die Uni abschlossen und heirateten. In ihrem Leben würde es keine großen Feierlichkeiten mehr geben. Die Zukunft, ihre Zukunft, würde gleichförmig und ruhig und einsam werden. Sie war allein, vollkommen allein.

Ihr war nicht entgangen, dass Callow zögernd auf dem Friedhof stand, eine lauernde Gestalt etwa zwanzig Meter vom Grab ihrer Mutter entfernt, halb hinter kunstvoll verzierten viktorianischen Grabmälern versteckt, die der äußerst wohlhabenden Toten gedachten, der Hedgefonds-Manager und Investmentbanker der damaligen Zeit. Auf den Inschriften ihrer Gräber war von Philanthropie und epischen Taten die Rede. Damit machen sie niemandem etwas vor, dachte Kate. Ihr Wohlstand gründete auf Ausbeutung, auf menschlichen Opfern. Man konnte nicht derart reich werden, ohne eine Schneise der Verwüstung zu hinterlassen, und diese Tatsache ließ sich auch nicht mit noch so vielen Wohltaten verschleiern.

Callow näherte sich ihr erst, als die letzten Trauergäste gegangen waren, und beendete damit die angespannten Minuten, die sie mit dem Versuch verbracht hatte, in die Sonne zu blinzeln und aus der Ferne seinen Gesichtsausdruck zu deuten. Dass er nicht hier war, um ihr sein Beileid zu bekunden, stand fest.

»Wie nett, dass mir auch der MI5 in meiner Stunde der Trauer beisteht«, sagte sie zur Begrüßung.

Callow erwiderte nichts. Er betrachtete die in der Nähe der Kirchentür abgelegten Trauerkränze, las die Karten, die sich zwischen die Blumen schmiegten. »Gute Trauerfeier?«

»Großartig. Ein Traum.« Sie riss sich zusammen. »Entschuldigen Sie, zu Sarkasmus besteht kein Anlass. Ich bin nur ein bisschen aufgedreht, weil ich kaum geschlafen habe. Und weil mich die Zweifel plagen, ob ich ihre Beerdigung so gestaltet habe, wie sie es sich gewünscht hätte.« Sie riss ihren Blick von den Grabsteinen los und richtete ihn auf Callow, der den Friedhof so eingehend musterte, als suchte er bereits seine eigene letzte Ruhestätte aus. »Da kennt man jemanden sein ganzes Leben lang, aber wenn es darum geht, diesen Menschen zu porträtieren, ihm ganz am Ende gerecht zu werden, hat man das Gefühl, ihn im Stich zu lassen«, sagte sie. »Wie soll man sich an diesen Menschen erinnern, was würde er sich wünschen? Wie soll sein Vermächtnis aussehen? Und das Schlimmste ist, dass man gar nicht weiß, ob das überhaupt noch eine Rolle spielt, weil er schließlich tot ist. Das war es dann, er ist weg. Man muss sich keine Gedanken mehr um ihn machen, es besteht nicht mehr die Gefahr, ihn zu enttäuschen. Und das ist ein fast noch schlimmeres Gefühl. Als hätte man einen Freifahrtschein erhalten, die Lizenz, sich nie wieder um diesen Menschen kümmern zu müssen. Einfach furchtbar.«

Von allen Personen, denen sie sich hätte offenbaren können, war Callow die wahrscheinlich schlechteste Wahl. Unerbittlich, unmöglich, unzugänglich – die perfekte Verkörperung des MI5. Callows mürrische Art war etwas, was er mit allen anderen männlichen Agenten des Geheimdienstes gemeinsam zu haben schien, so als wären diese Männer über Jahre auf Unnahbarkeit getrimmt worden. Callow war die Sorte Mann, die auf Beerdigungen ganz in ihrem Element zu sein schien.

Der Friedhof war eine kleine, stille steinerne Stadt, ein friedlicher, von gepflegten Pfaden, sorgfältig gestutzten Grünstreifen und Rosengärten gesäumter Ort. Es herrschte eine

Atmosphäre der Ordnung, der Ausgewogenheit. Die Toten wissen besser zu leben als die Lebenden, dachte sie, denn diese versinken unterdessen im Chaos. Sie sah Callow an. »Also, warum sind Sie hier?«

Callow war das Ganze sichtlich unangenehm. »Webster will wissen, was zwischen Ihnen und McLure gelaufen ist. Sie sollen ihm die Sache erklären.«

Sie hatte Mühe, sich das Lachen zu verkneifen. Unglaublich, wie lange es gedauert hatte, bis ihre Vorgesetzten von ihrer Affäre erfahren hatten. Und so etwas nannte sich Geheimdienst. Das Timing hätte unpassender nicht sein können. Sie kannten wirklich keine Gnade, diese verbohrten Idioten. »Ihnen ist aber schon klar, was für ein Tag heute ist, oder? Die Hinweise sind ja wohl kaum zu übersehen: schwarz gekleidete Menschen, ein Friedhof …«

»Ja, und es tut mir aufrichtig leid. Er hat darauf bestanden. Irgendwie muss er herausfinden, wie vertrauenswürdig Sie sind, wie glaubwürdig Ihre Theorie ist. Sie wissen, wie er ist, Menschenführung ist nicht seine Stärke. Es macht ihn nervös, wenn sich Persönliches mit Öffentlichem vermischt. In Gedanken sieht er bereits die Schlagzeilen in den Zeitungen vor sich, die möglichen Auswirkungen auf die Reputation des MI5. Ich glaube, in Websters Idealvorstellung wären alle seine Mitarbeiter Drohnen.«

Sie riss ungläubig die Augen auf. Ihr war, als hätte sie gerade ein Fremder auf der Straße überfallen. »Wie vertrauenswürdig ich bin? Meine Güte! Glaubt er, ich hätte mir das alles ausgedacht, um meine Chancen auf Beförderung zu erhöhen? Wie glaubwürdig meine Theorie ist – das hört sich an, als wäre ich irgendeine drittklassige Informantin. Wir kämpfen auf derselben Seite, schon vergessen? Oder entgeht mir da was?«

Das Geräusch schwerer Schritte ließ sie aufmerken. Die Totengräber trafen ein. Der finale Akt des Verbergens, dachte sie. Die letzte Verschleierung. Und dann würde sie ganz allein auf der Welt sein.

»Webster ist einfach ein bisschen nervös«, sagte Callow. »Na gut, mehr als nur ein bisschen. Er weiß, dass Sie die Observierung intensivieren wollen, und jetzt muss er entscheiden, wie viele Männer wir dafür abstellen. Sie wissen ja, dass wir voll ausgelastet sind.«

Sie funkelte ihn böse an. »Und weiter? Dass ich mit einem Kollegen im Bett war, hat Auswirkungen auf diese Entscheidung, oder wie? Wollen Sie mir ernsthaft weismachen, dass Sie mich aufgrund meines Privatlebens nicht unterstützen in dieser Sache? Das ist doch Wahnsinn! Sie gefährden Menschenleben, nur weil Sie persönliche Vorbehalte gegen mich haben. Ich hoffe, das ist Ihnen bewusst.«

Callow versuchte, ihr einen Arm um die Schultern zu legen, und kam sich furchtbar unbeholfen vor. Alt, unbeholfen, unsicher, überfürsorglich. Keins dieser Gefühle behagte ihm. Er musterte ihr Gesicht einige Sekunden lang und gab dann den Versuch auf, sie zu trösten. Stattdessen zündete er sich eine Zigarette an und sog dankbar den Rauch in die Lunge. »Wenn Sie sich irren, haben wir unsere ohnehin schon knappen Mittel in einen großen Fehler investiert, wodurch uns vielleicht andere Gefahren durchs Netz schlüpfen. Und dann gute Nacht. Webster will sich einfach sicher sein, bevor er den Startschuss gibt.«

Kate fand, dass er wie ein Steueranwalt klang, der einen Klienten über seine Optionen aufklärte. Sie sah Callow erbittert an und spie die Worte geradezu hervor: »Richten Sie Webster aus, er kann mich mal.«

Callow kaute auf seiner Lippe herum und sah zu, wie die

Männer Erde auf den Sarg häuften. Der Vorgang machte ihm Angst. Er selbst hatte beschlossen, dass er nach seinem Tod eingeäschert werden wollte. Die Furcht davor, lebendig begraben zu werden, war einfach zu groß. Er unterdrückte einen Schauder. Sein ganzes Berufsleben lang hatte er Dinge verdeckt und verborgen. Nach seinem Tod sollte das Versteckspiel ein Ende haben.

»Hören Sie, Kate«, sagte er in sanftem Plauderton. Sie sah ihn überrascht und misstrauisch an. »Heute ist der denkbar ungünstigste Tag für dieses Gespräch, aber Webster steht auf Ihrer Seite. Er war ein Bewunderer Ihres Vaters, müssen Sie wissen.«

Die unerwartete Erwähnung ihres Vaters ließ sie zusammenzucken. »Was?«

»Die beiden haben zusammengearbeitet, damals in Belfast. Webster möchte irgendwann in Ruhe mit Ihnen darüber sprechen, aber na ja … im Moment hat er natürlich dringendere Probleme, um die er sich kümmern muss.«

Es hätte sie nicht überraschen dürfen, dass Webster ihren Vater gekannt hatte, aber es war ein eigenartiges Gefühl. Erneut drang ihr Privatleben in ihr Berufsleben ein. Seltsame Synergien schienen am Werk zu sein und diese Bereiche immer wieder miteinander verschmelzen zu lassen. Sie wünschte, sie hätte beide Welten strikt voneinander trennen können. Sie musste sich ausklinken, musste weg von hier. »Sagen Sie ihm, ich komme morgen ins Büro.«

»Sind Sie sicher? Sie haben doch noch nicht einmal angefangen, um Ihre Mutter zu trauern.«

»Ich trauere seit Langem um sie. Verloren habe ich sie eigentlich schon vor Monaten. Außerdem waren wir uns doch einig, dass die Zeit drängt. Wir müssen möglichst schnell etwas unternehmen.«

Callow lächelte durch einen Rauchkringel hindurch und brachte sie damit ganz aus dem Konzept. Sie hatte noch nie seine Zähne gesehen.

»Das freut mich zu hören«, sagte er. »Genau aus diesem Grund habe ich bereits die Observierung der Zielpersonen angeordnet.«

»Interessant. Weiß Webster davon?«

»Noch nicht. Ich setze ihn heute Nachmittag darüber in Kenntnis.«

Sie nickte. »Vielleicht habe ich Sie unterschätzt, Callow. Sie sind anscheinend doch nicht nur ein Befehle ausführender Roboter.«

»Um etwas anderes zu sein, wurde ich viel zu lange indoktriniert. Wie auch immer, auf das hier sollten Sie unbedingt einen Blick werfen.« Er gab ihr einen braunen Umschlag, der voll war mit aus der Ferne aufgenommenen Schwarzweißfotos.

»Was soll das sein?«

»Ich rätsele auch noch. Vielleicht hat er ein neues Hobby.«

»Mit ferngesteuerten Modellflugzeugen herumzufliegen?«

»Nicht nur damit herumzufliegen. Sie abstürzen zu lassen. Er und sein Team müssen bereits mindestens ein Dutzend der Dinger zerstört haben. Die Fotos haben wir von den Amerikanern. Sie sind auf dem privaten Flughafengelände des Prinzen an der Küste entstanden. Die Rollbahn wurde erst kürzlich verstärkt. Jetzt hält sie Jets aus, große, voll beladene Jets mit siebzig Tonnen Gewicht. Prinz Faisals Vater wollte den Flughafen für ein wohltätiges Projekt nutzen. Mit Airbus A380-Maschinen sollten Medikamente und andere Hilfsgüter in die Krisenregionen der Welt gebracht werden, ein riesiges humanitäres Hilfsnetz sollte mithilfe seiner Ölmilliarden entstehen. Er war besessen davon, ein bleibendes Vermächtnis zu hinterlassen und als Wohltäter in die Geschichte einzugehen. Bei seinem Sohn liegt die Sache ein wenig anders. Wer weiß, was *er* mit dem Flughafen vorhat. Sein pubertäres Verhalten weiter auszuleben vielleicht. Es scheint ihm schon immer großen Spaß gemacht zu haben, Dinge zu zerstören.«

Sie gestattete sich ein mattes Lächeln. »Danke.«

»Wofür?«

»Sie wissen, wofür.«

Callows Gesicht blieb unergründlich. »Sie brauchten einen Verbündeten.« Er wandte sich zum Gehen, blieb zögernd stehen und drehte sich dann noch einmal zu ihr um. »Mein herzliches Beileid übrigens. Ich selbst habe meine Mutter nie gekannt. Sie starb, als ich zwei war. Das ist es, was ich im Leben am meisten bedaure: dass ich sie nie kennenlernen durfte.«

Sie lächelte ihn an, diesmal richtig. Was er ihr gerade erzählt hatte, überraschte sie nicht. Der Geheimdienst war voll mit elternlosen Kindern. Waisen gaben die besten Agenten ab. Sie hatten wenig Liebe erfahren und machten daher den Geheimdienst zu ihrer Familie. Dadurch waren sie gleichzeitig stark und verletzlich. Man konnte sie hervorragend gefügig machen, und sie waren auch hervorragend darin, andere gefügig zu machen.

Während Callow durch den Rosengarten zum Friedhofsausgang ging, blickte sie ihm nachdenklich hinterher. Sie hatten mehr gemeinsam, als sie geglaubt hatte. Sie zog ihren BlackBerry aus der Tasche und schaltete ihn ein. Es kam ihr wie Verrat an ihrer Mutter vor, dass sie hier auf dem Friedhof mit der Außenwelt in Kontakt trat. Ihr Sarg war noch nicht einmal ganz mit Erde bedeckt, da war ihre Tochter in Gedanken schon wieder ganz bei der Arbeit. Sie las ihre Kurznachrichten. Sorrenson schrieb, es gebe eine wichtige neue Entwicklung im Fall Holahon. Als Nächstes checkte sie ihre

E-Mails. So viele neue Nachrichten, so viele Informationen. Zu viele Informationen. Die Entscheidung, was wichtig war und was sie getrost löschen konnte, fiel ihr schwer.

Anfangs las sie darüber hinweg. Ihr Verstand blendete es aus, schließlich war es absolut unmöglich. Erst als sie sich ein zweites Mal durch ihre E-Mails scrollte, drang der Name zu ihrem Bewusstsein vor. In ihrem Kopf fand eine kleine Explosion statt. McLure. Da war eine E-Mail von McLure in ihrem Postfach. Eine E-Mail von einem Mann, dessen Trauerfeier sie erst vor wenigen Wochen besucht hatte. Ihr blieb die Luft weg. Sie sah noch einmal genauer hin, um jeden Irrtum auszuschließen. Es gab keinerlei Zweifel: Die E-Mail stammte definitiv von McLure, verschickt über das MI5-Intranet. Sie starrte weiter auf ihren Posteingang, wie um die E-Mail kraft ihrer Gedanken verschwinden zu lassen. Die Totengräber hatten ihre Arbeit inzwischen fast beendet. Ihre Mutter wandelte nicht länger auf Erden, sondern ruhte in ihr. Die Trennung zwischen Mutter und Tochter war beinahe vollzogen.

Nachdem Kate mühsam geschluckt hatte, klickte sie auf die E-Mail. Dabei kam sie sich vor, als würde sie den Deckel eines Sargs aufstemmen und einen Leichnam wieder zum Leben erwecken. Zitternd stand sie zwischen den Grabsteinen in der Sommersonne und fühlte sich verloren und verängstigt und allein.

»Er muss eine Art Zusammenbruch erlitten haben. Nicht unüblich in unserer Branche. Investmentbanking ist ein aufreibendes Metier.«

Die Aussage wurde in schleppendem texanischem Tonfall vorgetragen, so lakonisch, als spräche der Mann über ein Wehwehchen des Familienhaustiers. Brockman lächelte die beiden Detectives an, die ihm gegenübersaßen. Er wusste, dass sie nichts in der Hand hatten. Nur deshalb hatte er sich bereit erklärt, ihrer Bitte um Mithilfe bei den Ermittlungen nachzukommen und die Wache in Margate aufzusuchen. Eine überaus zivilisierte Art, der Polizei seine Hilfe zu verweigern, dachte Brockman: Man einigte sich einfach auf eine Zeit und einen Ort für eine Befragung. Sehr altmodisch, sehr englisch. Zum Glück hatten die britischen Polizisten noch nicht die Methoden ihrer amerikanischen Amtskollegen übernommen. Letztere waren so viel ungehobelter, so viel draufgängerischer.

Ennis konnte gern herumerzählen, was er wollte. Nichts von seinem Gefasel würde hängen bleiben, da war sich Brockman sicher. Es gab keinerlei Beweise, die ihn mit dem Mord in Verbindung brachten. Selbst die beiden Detectives hatten einräumen müssen, dass Ennis an der Schwelle zu einem Nervenzusammenbruch zu stehen schien. Und auf die Aussagen Verrückter konnte man nicht bauen. Sonst wären die Gefängnisse voll gewesen mit Bankern, die von ihren ausgebrannten Kollegen angeschwärzt worden waren.

Brockman warf einen Blick auf seine Uhr. Er wurde nun schon seit einer guten Stunde befragt, ohne dass die Kriminalbeamten auch nur einen Treffer gelandet hätten. Was sie da machten, war Schattenboxen. Spätestens in zwei Stunden würde er es hinter sich haben und sich als Entschädigung für diesen spektakulär vergeudeten Tag ein üppiges Abendessen gönnen. Er hatte Lust auf Surf 'n' Turf. Schon wieder. Und er würde eine Menge Rhino Dollars ausgeben, das nahm er sich fest vor.

Sorrenson zog einige Überwachungskamera-Bilder hervor und schob sie über den Tisch. Brockmans Anwalt beugte sich darüber, und Brockman nickte seinem Rechtsbeistand zu. Bei ihrem letzten Aufeinandertreffen war Brockman vom Betrugsdezernat in die Zange genommen worden. Es war um gewaltige Schmiergeldsummen gegangen, die die Higgs Bank an einen saudischen Scheich gezahlt hatte, als Gegenleistung für einen Waffendeal mit einem Kunden von Brockman, der diesem Milliarden eingebracht hatte. Bei diesem Kunden hatte es sich um einen Waffenhersteller im Besitz einer großen amerikanischen Venture-Capital-Firma gehandelt. Damals war ebenfalls nichts an Brockman hängen geblieben. Nichts blieb jemals an einem hängen, wenn die Waage der Justiz zu den eigenen Gunsten ausschlug. Geld wog eben schwer. Vor allem saudisches Geld.

Brockman unterdrückte ein Gähnen. Diese beiden Provinzpolizisten fischten im Trüben. Sie gingen stur ihrer Arbeit nach, und das auch noch verdammt schlecht. Bei den lächerlichen Gehältern wohl nicht weiter verwunderlich. Kein halbwegs vernünftiger Mensch ging zur Polizei. Da war einfach kein Geld zu holen. Absolut keins. Wie konnten die Bullen mit ihren begrenzten Talenten und Mitteln glauben, sie könnten komplexe Verbrechen aufklären?

Beinahe hätten sie ihm leidgetan. Beinahe. Aber so war das nun einmal mit dem Kapitalismus und der Handlungsfreiheit. Diese Kombination verhieß nichts Gutes für die Zukunft, das musste er zugeben. Die Welt wurde immer gesetzloser. Und die staatliche Polizei war ihrer Aufgabe nicht mehr gewachsen, kam nicht an gegen ihre übermächtigen Feinde. Die Menschen würden anfangen müssen, ihre eigene Privatpolizei zu bezahlen, wenn sie wenigstens ansatzweise Recht und Ordnung in ihrem Leben wollten. Der Status quo würde sich nicht mehr lange aufrechterhalten lassen. Die Welt dort draußen wurde immer wilder und brutaler.

Sorrenson zeigte auf die Fotos auf dem Tisch. Er drehte sie um, damit Brockman sie richtig herum betrachten konnte. »Wir glauben, dass diese Bilder Sie und Ihren Kollegen Scott

Ennis zeigen, wie Sie zusammen am Abend des Mordes an Brad Holahon nach Hampstead Heath gejoggt sind.«

Brockman warf einen gelangweilten Blick auf die Fotos und gab jeden Versuch auf, sein Gähnen zu unterdrücken. Anschließend nahm er einen Schluck Wasser aus seinem Pappbecher. »Ich jogge häufiger.«

»Waren Sie je mit Holahon joggen?«

Brockman richtete seine Aufmerksamkeit auf den Fragensteller, den jüngeren Detective mit dem stechenden Blick, der vor Wut beinahe zu platzen schien. Oder war es gar keine Wut? Vielleicht war es etwas ganz anderes, was ihn so aufwühlte. Brockman roch Angst schon von Weitem. Deshalb war er so ein guter Banker, weil er die wunden Punkte seiner Mitmenschen aufspürte, ihre Nervosität ausnutzte, mit ihren Ängsten spielte. »Wir waren Mitglieder im selben Laufsportverein.«

»Haben Sie auch zusammen an Rennen teilgenommen?«

»Manchmal.«

»Er war besser als Sie, nicht wahr?«

Brockman runzelte die Stirn. »Ich denke, die Ergebnisse sprechen für sich. Spekulieren Sie auf einen Job bei einem Sportsender? Kommentatoren verdienen sicher mehr als Polizisten. Insofern: weiser Entschluss, Sherlock.«

Hughes wickelte ein Karamellbonbon aus und steckte es sich in den Mund. Er würde sich von diesem Banker nicht aus der Reserve locken lassen. Es war wichtig, dass er ruhig blieb und die Rolle spielte, die Sorrenson ihm zugedacht hatte. Sie hatten erst kürzlich gestritten wegen Hughes' mangelnder Beherrschung. »Sie sagen also, dass Sie am Abend von Holahons Ermordung nicht in Hampstead Heath waren.«

»Nein, ich sage nur, dass ich mich nicht mehr erinnere.«

»Wie praktisch.«

»Wenn Sie so wollen. Es ist trotzdem die Wahrheit. Können

*Sie* sich noch erinnern, wo Sie am Abend von Holahons Ermordung waren?«

Hughes öffnete den Mund, um ihm zu antworten, aber Sorrenson brachte ihn mit einer Handbewegung zum Schweigen. Diese Eingriffe seines Vorgesetzten häuften sich in letzter Zeit. Sie machten Hughes wahnsinnig.

»Wir hätten gern, dass Sie sich diese Bilder genau ansehen«, sagte Sorrenson mit ruhiger Stimme und schob die Aufnahmen näher an Brockman heran. »Halten Sie es für möglich, dass Sie darauf zu sehen sind? Die beiden Jogger arbeiten eindeutig bei Higgs, man erkennt, wie sie das Bankgebäude durch die Drehtür verlassen. Die Aufnahmen sind ein wenig unscharf, das muss ich zugeben, aber für mich sieht es trotzdem stark danach aus, als wären das Ennis und Sie.«

Brockman zuckte mit den Schultern. »Unmöglich festzustellen, fürchte ich.«

Sorrenson starrte ihn an. »Sie haben einen sehr speziellen Laufstil, müssen Sie wissen. Unverwechselbar. Personen, die Sie schon laufen gesehen haben, haben mir berichtet, dass Ihre Armbewegung recht ausgeprägt ist. Genau wie bei dem Burschen auf den Aufnahmen.« Er zeigte auf einen der beiden Jogger.

Brockman fing an zu lachen. »Dann erheben Sie doch Mordanklage gegen mich und zeigen das hier den Geschworenen. Eine absolut hieb- und stichfeste Beweisführung, das muss ich schon sagen, Sie Teufelskerl. Mein Laufstil lässt natürlich gar keinen anderen Schluss zu, als dass ich Holahon ermordet habe. O Mann, ist das wirklich alles, was Sie haben? Muss ich noch länger hierbleiben?« Er warf seinem Anwalt einen fragenden Blick zu und sah demonstrativ auf die Uhr.

Sorrenson wies mit dem Finger auf das Gerät. »Haben Sie die schon lange?«

»Die Uhr? Ein paar Jahre.«

»Schönes Modell.«

»In der Tat. Geschenk an mich selbst, nachdem die Boni verteilt wurden.«

Sorrenson lächelte ihn an. »Live-Satellitenverbindung und Herzfrequenzmesser, stimmt's? Die Uhr hat sogar einen Alarmknopf, damit man im Notfall einen Rettungshubschrauber rufen kann. Wie hoch ist noch mal der Jahresbeitrag für diesen Service? Dreißigtausend Dollar, oder? Sehr nützlich, falls man tatsächlich einmal in eine Notlage gerät und zum Beispiel aus einer Lawine gerettet werden muss. Mit Geld lässt sich eine Menge Sicherheit kaufen. Diese Sicherheit kann sich natürlich nicht jeder leisten.«

Die letzten Worte klangen eine Weile nach.

»Und stellen Sie sich vor: Eine Zeitanzeige hat die Uhr ebenfalls«, entgegnete Brockman trocken.

»Ich habe auch so eine GPS-Uhr«, murmelte Sorrenson und tat so, als würde er laut über ein Problem nachdenken. »Natürlich kein Luxusgerät wie Ihrs, sondern ein Einstiegsmodell. Ich könnte mir gar nicht mehr vorstellen, ohne das Ding zu joggen. So geht es vielen Laufsportlern, habe ich mir sagen lassen. Man will seine Läufe unbedingt aufzeichnen, jeden einzelnen von ihnen, will sich ständig verbessern. Und um so viele Daten über die eigene Leistung zusammenzutragen wie möglich, muss man die Uhr einfach ständig tragen. Schließlich weiß man nie, wann man seine persönliche Bestzeit erreicht. Die mit der Uhr ermittelten Daten sind so nützlich, weil sie einem verraten, wozu man in der Lage ist. Mit ihrer Hilfe lassen sich Algorithmen aufstellen, die Rückschlüsse darauf erlauben, wie weit man beim nächsten Mal gehen kann, wie weit man sich und seine Leistung treiben kann. Wie viel Risiko man eingehen kann. Es hängt alles von der Analyse der Daten ab.«

»Als Banker ist das nichts Neues für mich«, erklärte Brockman. »Bei Higgs haben wir Superrechner, die Nanosekunde für Nanosekunde Daten auswerten. Was Risiken angeht, macht uns niemand etwas vor. Kleinste Bewegungen auf den Märkten? Wir erkennen sie sofort. Uns entgeht nicht das winzigste Ereignis, weil wir sämtliche verfügbaren Daten aufsaugen. So können wir uns gegen jede Eventualität absichern. Das macht uns unverwundbar.« Er lehnte sich zurück und fragte sich, warum dieser dämliche Detective Chief Inspector Zeit damit vergeudete, mit ihm über seine Uhr zu plaudern. Diese beiden Provinzbullen waren sogar noch dümmer, als er anfangs gedacht hatte.

»Ennis hat uns erzählt, was an jenem Abend passiert ist«, sagte Sorrenson. »Die Geschworenen hätten dafür bestimmt Verständnis.«

»Ennis ist übergeschnappt.«

»Er hat uns erzählt, dass Sie Holahon auf die Schliche gekommen waren und herausgefunden hatten, dass er seine Laufzeiten fälscht. Zum Beispiel die Zeit bei diesem Ultramarathon – The Wall, nicht wahr? Er hatte einen Teil der Strecke mit dem Mountainbike zurückgelegt und sich dann versteckt, um die Seniorenwertung zu gewinnen.«

Brockman schwieg.

»Sie hatten ihn offenbar schon länger im Verdacht«, fuhr Sorrenson fort. »Laut Ennis hat es Sie beide wahnsinnig gemacht, dass Sie sich nicht erklären konnten, wie er das macht. Selbst als Sie ihn diesbezüglich zur Rede gestellt haben, wollte er es nicht zugeben.«

Brockman starrte auf den Tisch.

»Also haben Sie ihm eine Knarre an den Kopf gehalten und ihn gezwungen, eine Flasche Whiskey zu trinken und ein paar Lines Koks zu schnupfen«, schaltete sich Hughes ein. »Nur leider hat er danach immer noch nicht gestanden. Also haben Sie seinen Kopf unter Wasser gedrückt. Ihre eigene Version des Waterboarding, hat Ennis es genannt.«

Sorrenson übernahm wieder: »Und dann, nun ja … Wir wissen, was dann passiert ist. Er gab alles zu und lachte über Sie, woraufhin Sie wütend wurden und ihn ein paar Minuten zu lang unter Wasser hielten. Und dann war er plötzlich tot, und Ihr harmloser Versuch, ihn ein wenig zu erschrecken und seiner gerechten Strafe zukommen zu lassen, ist ganz schrecklich schiefgegangen. Sie hatten natürlich die besten Absichten – einen Mann für seine Taten zur Rechenschaft zu ziehen –, doch aus einer Belanglosigkeit wurde bitterer Ernst. Ihnen steht eine lange Gefängnisstrafe bevor, wenn Sie für Totschlag verurteilt werden, sogar eine noch längere, wenn die Geschworenen einer eventuellen Mordanklage der Staatsanwaltschaft folgen. Schließlich hatte Ihr Angriff auf Holahon eindeutig ein vorsätzliches Element.«

Brockman begutachtete seine Fingernägel. Wenn Beweise gegen ihn vorgelegen hätten, hätten diese Bullen ihn längst angeklagt. Sie stocherten herum, suchten verzweifelt nach Indizien. Wenn er schwieg, konnte er sich auch nicht selbst belasten. Er musste es einfach aussitzen. Zeit für sein Pokerface.

»Mir fällt auf, dass Sie gar nichts dazu sagen«, bemerkte Sorrenson. »Verständlich, das ist Ihr gutes Recht. Weniger verständlich ist mir, was danach passiert ist. Nachdem Holahon tot war, meine ich. Warum wurde seine Leiche zerstückelt? Und wer hat sie an der Küste abgelegt? Nicht Sie oder Ennis, das steht fest. Sie haben beide todsichere Alibis für den fraglichen Abend, weil sie irgendeinen Finanz-Award in der Londoner City entgegengenommen haben. Wofür wurden Sie beide ausgezeichnet, helfen Sie mir auf die Sprünge. Herausragende Kundenintegration, nicht wahr? Jedenfalls waren Sie verhindert. Es sieht also ganz danach aus, als hätte jemand hinter Ihnen aufgeräumt, nur habe ich offen gestanden keine Ahnung, warum. Was macht Sie so wichtig, dass Sie beschützt werden müssen? Wer hat da auf Sie aufgepasst? Ach ja: Erzählen Sie uns doch mal von dem Transporter.«

Sorrenson entging nicht, dass Hughes merklich zusammenzuckte. Er sah den jüngeren Kollegen, der sich in letzter Zeit so eigenartig benahm, fragend an. Irgendetwas stimmte nicht mit ihm.

Brockman inspizierte weiter seine Nagelhäute. Er musste unbedingt bald wieder zur Maniküre. Am besten gleich morgen, oder sogar noch heute Abend, sobald er wieder in London war. Es war eher unwahrscheinlich, dass es in Margate ein Nagelstudio nach seinen Vorstellungen gab. Brockman war sich nicht einmal sicher, ob hier überhaupt noch Menschen lebten. Das Städtchen wirkte wie ein einziger großer, vor sich hin gammelnder Vergnügungspark. Kein Banker, der etwas auf sich hielt, wäre freiwillig an einen solchen Ort gekommen. Was für ein Dreckskaff. Je eher London seine Unabhängigkeit erklärte und den Rest der elenden, von Armut geplagten Britischen Inseln im Meer versinken ließ, desto besser. London war der einzige Teil Großbritanniens, für den sich seine Heimat, die USA, interessierte. Vielleicht sollten wir es ein für alle Mal hinter uns bringen und die Hauptstadt einfach kaufen, dachte Brockman. In London wimmelte es ohnehin schon von Amerikanern.

»Darf ich mal?« Sorrenson zeigte auf Brockmans Uhr.

Brockman runzelte die Stirn, schnallte die klotzige schwarze GPS-Uhr ab und gab sie dem Detective.

»Danke«, sagte Sorrenson. »Eine echte Schönheit. Die Dinger kosten über fünftausend Pfund, wenn man die Variante mit Herzfrequenzmesser haben will. Und dann ist da natürlich noch der stolze Jahresbeitrag für die Helikopterrettung. Ich hätte nie gedacht, dass ich mal so ein Exemplar in der Hand halten würde.«

Er drehte die Uhr um und lächelte. »Ach, Sie haben auf der Rückseite sogar Ihren Namen eingravieren lassen. Sehr stilvoll. Verleihen Sie die Uhr manchmal?«

»Natürlich nicht. Warum sollte ich?«

»Ich war nur neugierig.« Sorrenson kramte in einer Tasche unter seinem Schreibtisch herum, zog ein weißes Verbindungskabel hervor und schloss die Uhr an seinen Laptop an. Dann drückte er einige Knöpfe an der Uhr, tippte etwas auf dem Laptop und starrte auf den Bildschirm, als hätte er alles andere um sich herum vergessen. »Ich vermute, Sie stellen gerade einige Kalkulationen an«, sagte er nüchtern. »Und ich könnte mir vorstellen, dass Sie ungefähr bis hierhin gekommen sind: Sie wissen, dass sich Ennis an der Grenze zum Wahnsinn bewegt, dass er einen Nervenzusammenbruch erlitten hat und seine Aussage daher nicht viel Eindruck hinterlassen wird. Ihnen ist außerdem klar, dass es nichts gibt, was Sie mit der Leiche in Verbindung bringt. Keine DNA, keine direkten Kameraaufnahmen der Tat, keine Augenzeugen, gar nichts. Also denken Sie: Noch ein paar Stunden durchhalten, dann kann ich wieder nach Hause. Tja …«

Sorrenson öffnete eine elektronische Landkarte auf dem Bildschirm seines Laptops und drehte ihn so, dass Brockman die Karte sehen konnte. »Achten Sie auf das Datum.«

Zunächst wusste der Texaner nicht, was er vor sich hatte. Dann ging ihm auf, dass er es auch gar nicht wissen wollte. Er fing an zu zittern und zog ein Taschentuch hervor, mit dem er sich die Lippen abtupfte, während er mehrmals mühsam schluckte. Seine Solariumbräune schien eine Nuance blasser geworden zu sein.

»Fürs Tonband: Wir zeigen Mr Brockman gerade die von seiner Satellitenuhr aufgezeichneten Daten«, erklärte Hughes. »Zu sehen ist die Laufroute der Person, die diese Uhr getragen hat, und zwar von der Londoner Zentrale der Higgs Bank bis zum oberen Teil von Hampstead Heath. Die Route endet genau dort, wo Mr Holahons Satellitenuhr gefunden wurde. Unserer Ansicht nach liefern diese GPS-Daten den hinreichenden Beweis dafür, dass Mr Brockman sich zum Zeitpunkt von Mr Holahons Ermordung am selben Ort befand wie dieser. Das bezeugen die von beiden Uhren aufgezeichneten Zeiten. Mr Brockman hat ausgesagt, dass er seine Uhr noch nie verliehen hat. Wir haben die Beweise bereits der Staatsanwaltschaft vorgelegt, zusammen mit der Aussage von Mr Ennis und den Aufnahmen aus verschiedenen Überwachungskameras, die dessen Laufroute in Richtung Hampstead Heath untermauern. Laut Staatsanwaltschaft liegt damit eine ausreichende Grundlage für eine Anklage vor.«

Brockmans Körper zitterte jetzt heftiger. Er versuchte, nach seiner Uhr zu greifen, doch Sorrenson positionierte sie außerhalb seiner Reichweite. Daraufhin wandte sich Brockman hilfesuchend an seinen Anwalt.

»Mein Mandant hat zu diesem Thema nichts zu sagen«, erklärte dieser. »Ich schlage vor, dass Sie ihn entweder unter Anklage stellen oder mit sofortiger Wirkung entlassen.«

»Gute Idee«, erwiderte Sorrenson. »Jonathan Julius Brockman, ich klage Sie des Totschlags an Bradley Francis Holahon am 3. Februar dieses Jahres an. Die gleiche Anklage wird auch gegen Scott David Ennis erhoben. Sie müssen sich nicht dazu äußern, aber alles, was Sie dazu sagen, kann vor Gericht gegen Sie verwendet werden …«

Brockman zitterte immer noch. Vor seinem inneren Auge tauchte ein Silbertablett mit einem riesigen Steak und einem Hummerschwanz auf, das von juwelengeschmückten, lächelnden Striptänzerinnen an seinen Tisch gebracht wurde. Die Vision erschien ihm so real, so greifbar, bis sie sich auflöste und er wieder auf die trostlose weiße Wand des Vernehmungszimmers starrte, eine leere Fläche ohne jede Farbe, ohne jede Hoffnung.

# Kapitel 13

Von: McLuretx14ygh9@xeromail.com
An: PendragonKate@ssfive.gsi.gov.uk
Betreff: Überraschung!

Du hast natürlich Fragen. Die erste ist vermutlich, warum du eine E-Mail von einem Toten kriegst. Ich gehe nämlich davon aus, dass ich tot bin, da diese E-Mail nur abgeschickt wird, wenn es so ist. Verdammt. Du liest sie, ich bin tot, und die Aussichten sind wohl ziemlich düster.

Ich habe einen E-Mail-Account eingerichtet und ihn mit einer Zeitschaltuhr versehen, damit diese E-Mail versendet wird, falls ich sie nicht zurückpfeife. Du vernimmst meine Stimme also sozusagen aus dem Grab. Ganz schön gruselig, was?

Okay, soweit der Versuch, das Intro heiter zu gestalten. Lassen wir das. Während du jetzt bitte tief durchatmest und dich am Riemen reißt, werde ich versuchen, dir ein paar Dinge zu erklären. Zunächst einmal könnte ich mir vorstellen, dass du das Geld gefunden hast. Das Konto auf der Isle of Man. Du bist ein schlaues Köpfchen, Kate, also hast du es bestimmt ausgegraben. Eine knappe Million. Du hältst mich für korrupt, stimmt's? Verständlich. Hätte ja auch durchaus sein können. Ich kann dich nicht vom Gegenteil überzeugen, schließlich ergibt das alles derzeit noch keinen Sinn für dich. Du bist dir wahrscheinlich noch nicht einmal sicher, ob ich es wirklich bin, der dir hier schreibt. Ich könnte natürlich ein paar intime Details ausgraben, aber das wäre zu peinlich. Da der Geheimdienst diese E-Mail bestimmt irgendwann zu lesen bekommt, beschränke ich mich auf die Aussage, dass ich einen Containerverleih aufmachen werde, falls ich jemals wiedergeboren werde. Hoffentlich überzeugt dich das davon, dass ich bin, wer ich zu sein vorgebe.

Aber jetzt zur Kohle. Sie stammt von unserem lieben Freund Holahon. Er wollte mir Informationen darüber entlocken, was der MI5 über Higgs weiß. Ihm war klar, dass es nur eine Frage der Zeit war, bis die Londoner Filiale den Geheimdiensten auffiel, so viel Fluchtgeld, wie durch ihre Konten floss. Holahon wollte unbedingt wissen, wie viel Zeit ihm noch blieb, um die Leichen zu vergraben. Im Gegenzug half er uns dabei, ein paar offene Fragen zu klären, auf die ich später noch zurückkommen werde. Sein Geld anzunehmen war eine gute Möglichkeit, eine Beziehung zu ihm aufzubauen. Dadurch glaubte er, mich in der Hand zu haben, und Banker lieben dieses Gefühl.

Ich weiß, ich hätte es dir sagen müssen, aber du wärst nun einmal ein Risikofaktor gewesen. Je weniger Menschen wussten, dass ich Holahon als Informanten angeworben hatte, desto besser. Nicht, dass ich dir nicht vertraut hätte. Das Problem war eher, dass ich zu großes Vertrauen in dich hatte. Wenn du gewusst hättest, dass Holahon unser Mann ist, wärst du sofort mit Pauken und Trompeten zum Angriff übergegangen, und das wollte ich nicht. Wer sich mit Higgs anlegt, muss mit aller Vorsicht vorgehen. Die Bank ist ein Monstrum. Zunächst war es wichtig herauszufinden, was hinter der Fassade wirklich vorgeht, daher meine Bitte, dass du dir die Konten ansiehst. Wir mussten unsere eigenen Indizien zusammentragen und durften uns nicht nur auf die Aussagen eines Informanten verlassen, der letztlich persönliche Interessen verfolgte. Higgs anzugreifen, ohne handfeste Beweise zu haben, wäre zu riskant. Es könnte Personen hier beim MI5 geben, die es aus politischen Gründen – in erster Linie wegen unserer Beziehung zu unseren amerikanischen Freunden – vorziehen würden, wenn wir keine US-Bank plattmachen würden, die im Wesentlichen eine Dependance der CIA ist. Falls die Gerüchte stimmen, und ich bin mir sicher, dass sie stimmen. Ich habe jedenfalls in der Vergangenheit genug gesehen, um zu wissen, dass die Bank eine geradezu symbiotische Beziehung zur CIA unterhält. Mein Verdacht geht sogar dahin, dass die CIA die Bank selbst gegründet hat, auch wenn sie inzwischen ein Eigenleben entwickelt hat und der Geheimdienst sich schwer damit tut, sie im Zaum zu halten. So erklärt sich auch meine Reise nach New York: Ich wollte den Amerikanern Gelegenheit geben, uns um Zurückhaltung zu bitten, falls wir durch unseren Angriff auf die Higgs Bank die Handlungsfähigkeit der CIA bedroht hätten.

Als Holahon umgebracht wurde, glaubte ich, jemand wäre ihm auf die Schliche gekommen, jemand wüsste, dass wir ihn anzapfen und umgekehrt. Das glaube ich immer noch. Oder habe ich zumindest geglaubt, bevor ich starb (du hast keine Ahnung, wie schrecklich es ist, das zu schreiben). Aber in diese Richtung musst du allein weiterermitteln. Vielleicht ist meine Theorie auch ein wenig zu simpel.

Wer auch immer mich um die Ecke gebracht hat (erneut hast du keine Ahnung, wie furchtbar sich das anfühlt), er muss von meiner Verbindung zu Holahon geahnt haben.

Irgendjemand ist sehr nervös geworden wegen der Informationen, die er mir womöglich geliefert hat. Holahon hatte natürlich ein paar interessante Kunden, könnte also sein, dass die ein Motiv haben. Wahrscheinlicher ist aber, dass es jemand von Higgs war. Vielleicht jemand von jenseits des Großen Teichs. Die Amerikaner können natürlich nicht zulassen, dass britische Agenten in ihrer Bank herumschnüffeln. Und dass Bankmitarbeiter Informationen nach außen weitergeben. Die Higgs Bank ist hoffnungslos verloren, sie ist vollgepackt mit Schulden, davon bin ich überzeugt. Sie könnte jeden Moment in die Luft gehen. Nimm dir noch einmal die vielen Schwarzgeldgeschäfte vor, da *muss* etwas zu finden sein. In Anbetracht dessen, was ich bereits gesehen habe und was du wahrscheinlich noch herausfinden wirst, ist es das Letzte, was Higgs gebrauchen kann, dass jemand aufdeckt, wie aussichtslos die Lage tatsächlich ist. Mit mir und Holahon sind bereits zwei mögliche Bedrohungen eliminiert. Eigentlich ziemlich schlau. Irgendjemand will verhindern, dass allzu genau hingesehen wird.

Holahon wollte unbedingt herausfinden, wie viel die Geheimdienste über die Großkunden der Bank wissen. Ich hätte gedacht, dass er als Ex-CIA-Agent leichten Zugang zu solchen Informationen hätte, aber er behauptete beharrlich, nicht mehr zum Kreis der Eingeweihten zu gehören, was ich ihm sogar abgenommen habe. Auch er hielt Higgs für eine Art Marionette der CIA, auch wenn er offenbar keine Ahnung hatte, wie tief die Bank tatsächlich vom Geheimdienst durchdrungen ist. Um genau das abzuklären, bin ich nach New York geflogen, im Glauben, dass die Amerikaner mir in einem persönlichen Gespräch vielleicht mehr verraten. Da ich tot bin, kann ich natürlich nicht mehr sagen, ob ich Erfolg hatte.

Eines solltest du wissen: Ich habe jederzeit im Interesse der nationalen Sicherheit gehandelt. Schwer zu glauben, ich weiß, und um ehrlich zu sein, ist mir der Ausgang des Ganzen nun, da ich tot bin, auch egal, aber wenn ich wirklich korrupt gewesen wäre, hätte ich das Geld genommen und meinen Dienst quittiert.

Es tut mir wirklich leid, dass ich *dir* das alles aufhalse. Ich wüsste nicht, wem sonst. Hatte ich wenigstens eine schöne Beerdigung? Wurde »Nimrod« von Elgar gespielt? Ein Klischee, ich weiß, aber ich dachte, es wäre ein passender Abschied. Pass gut auf dich auf. Vertraue niemandem. Der Geheimdienst kann ein tückisches Milieu sein.

Tony

Kate las McLures E-Mail viermal, und mit jedem Mal wurde seine Stimme lauter in ihrem Kopf. Die Informationen in seiner Mail waren veraltet und nur noch von historischem Interesse, aber Kate fühlte sich bestätigt. Sie war sich sicher, dass die Nachricht von McLure stammte. Sie trug seine Handschrift, war eine kuriose Mischung aus ödem Bausparkassen-Jargon und gewieftem Geheimdienst-Slang. Sie ertappte sich bei einem Lächeln, als sie an ihren früheren Kollegen zurückdachte. Was er über Holahon geschrieben hatte, war interessant, auch wenn es ein komplexes Thema noch komplexer machte. Stimmte McLures Theorie über ihn, war ihr Bauchgefühl bezüglich des Mordmotivs von Anfang an falsch gewesen. Dann hätte ihn jemand aus dem Weg geschafft, weil er Informationen über Higgs an den MI5 weitergegeben hatte. Sie dachte an ihr Whiteboard im Büro. Es fehlten natürlich immer noch einige gestrichelte Linien, aber das Muster, das McLure erkannt hatte, war klar: Alles hing mit allem zusammen. Alles hatte irgendwie mit Higgs zu tun.

Sie steckte ihren BlackBerry wieder ein und betrachtete das Grab ihrer Mutter. Es würde Monate dauern, bis die Erde sich gesetzt hatte und sie einen Grabstein aufstellen lassen konnte. Dass ihre Mutter sich gegen ein gemeinsames Grab mit ihrem Mann auf dem ruhigen Friedhof in Suffolk, seiner Heimat, entschieden hatte, war für Kate eine Überraschung gewesen. Schon seltsam, was der Tod alles über die Menschen offenbart, dachte sie. Auch bei McLure hatte sie erst jetzt, nachdem er tot war, das Gefühl, ihn wirklich gekannt zu haben. Erst jetzt verstand sie, was er geleistet hatte, welchen nachhaltigen Eindruck seine Arbeit hinterlassen würde. Holahon war als Leichnam ebenfalls deutlich interessanter als zu Lebenszeiten, zumindest wenn man den Informationen über ihn glaubte, die Kate zusammengetragen hatte. Es war fast, als hätte der Tod eine befreiende Wirkung, als machte er die Verstorbenen ehrlicher, redseliger.

Mehrere Minuten stand sie reglos vor dem Erdhügel, während der Verkehrslärm von Twickenham mit dem Gesang der Vögel wetteiferte. Es würde ein brütend heißer Julinachmittag werden. Die Welt um sie herum wirkte lebendig und vital. Umso schwerer fiel die Vorstellung, dass an einem solchen Tag etwas zu Ende gehen könnte. Der Kontrast vertiefte noch Kates Gefühl der Trauer, des Verlusts, der Einsamkeit. Es war kein guter Tag, um allein zu sein. Sie stand einige Sekunden reglos da und dachte nach. Dann schrieb sie eine SMS an Sorrenson.

Der kleinere ältere Mann kniete auf der Erde, und aus seinem Mund strömte Blut. Er suchte den staubigen Hof nach seinem Gebiss ab, das in hohem Bogen davongeflogen war, als die Faust seinen Kieferknochen getroffen und ihn niedergestreckt hatte. In seiner Wahrnehmung hatte der tätliche Angriff eine gefühlte Ewigkeit gedauert, war in hochauflösender Zeitlupe abgelaufen, was ihn noch hässlicher und schmutziger machte.

Der deutlich jüngere, größere Mann beugte sich über ihn und bebte vor Wut, weil er sich der Möglichkeit beraubt fühlte, einseitig und erbarmungslos Gewalt auszuüben. Er hatte nur einen einzigen Fausthieb platzieren können. Was für eine Verschwendung. Er hatte gehofft, sein Opfer würde sich eine Weile auf den Beinen halten und wenigstens ansatzweise Widerstand leisten. Aber nein, es war direkt zu Boden gegangen. Wie feige.

Es war ruhig im Hinterhof des Pubs. Hin und wieder war ein Auto zu hören, das in rund hundert Metern Entfernung die Küste entlangkroch, und in unregelmäßigen Abständen ertönte das heisere Krächzen der Möwen, die ihr Gefieder in der Nachmittagssonne wärmten. Ein leiser Geräuschteppich aus Piepsen, Pfeifen und kurzen Melodien zeugte davon, dass Margates zahlreiche Spielhallen gute Geschäfte machten.

Hinter dem Pub, wo die Raucher zwischen braunen Bierkastentürmen ihrem Laster frönten, herrschte jedoch das Keuchen des alten Mannes vor, der mühsam nach Luft rang.

Davey Stone machte schließlich doch noch sein Gebiss ausfindig und wischte es an seiner Hose ab. Hughes dachte darüber nach, ihm einen weiteren Boxhieb ins Gesicht zu verpassen. Soll er seine Dritten doch runterschlucken, dachte er. Dann lernt er es vielleicht endlich. Dann lernt er, dass man nicht ungestraft Blödsinn herumerzählt.

»Fertig?« Stone blickte zu Hughes auf. Sein Mund war blutverschmiert. Dieser Dreckskerl hatte ihn ganz schön zugerichtet. Sein Kiefer fühlte sich an, als würde er jeden Moment zerbröseln.

»Bin mir noch nicht sicher«, entgegnete Hughes mit leiser Stimme, die belegt klang vor unterdrückter Rage. »Das hängt ganz davon ab.«

»Wovon?«

»Ob du aufhörst, Scheiße über mich zu verbreiten. Die Richards-Gang …«

Stone stand strauchelnd vom Boden auf. »Die Richards-Gang kann mich mal! Ich habe zu niemandem etwas über Sie gesagt. Noch nie. So eine große Nummer sind Sie hier in der Gegend auch nicht, Hughes, ob Sie es glauben oder nicht.«

»Da sagen Ben Richards und sein Bruder Charlie aber was anderes. Und ihr Vater Keith übrigens auch. Angeblich hast du in halb Margate herumerzählt, ich hätte einen Polizeitransporter ausgeliehen.«

»Und wenn Sie einen ausgeliehen hätten. Was geht mich das an?«, fragte Stone und tupfte sich mit einem Taschentuch im Mund herum. »Vielleicht hat man als Polizist ja gewisse Vergünstigungen und kann sich im Fuhrpark bedienen. Statt Firmenwagen sozusagen.«

Hughes trat näher an ihn heran.

Der alte Mann wich gegen die Rückwand des Pubs zurück. Er war nie zimperlich gewesen, was Prügeleien anging, aber inzwischen war er eindeutig zu alt, um sich noch vermöbeln zu lassen. Zumal er es überhaupt nicht verdient hatte. Hughes war korrupt, das sagte jeder. Er hatte es sich selbst zuzuschreiben, dass die Leute über ihn tuschelten. Stone fiel vor Hughes auf die Knie und hob mit Unschuldsmiene die Hände. »Ich habe doch nur gesagt, dass es mich nichts angeht, mehr nicht. Ich habe nie behauptet, dass Sie einen Transporter ausgeliehen haben.«

»Da habe ich aber was anderes gehört. Dank dir glaubt jetzt halb Kent, dass ich mich schmieren lasse. Wird ziemlich schwierig, meine Arbeit zu machen, wenn solche Gerüchte im Umlauf sind.«

»Ehrlich, ich habe nichts damit zu tun. Keine Ahnung, woher die Leute das haben«, stammelte Stone. Er leckte über die Innenseite seines Gebisses und ertastete mit der Zunge Schotter vom Hof. Die raue Seite dieser Stadt schmeckte wirklich widerlich. Wie ein Mittelstürmer, der von der Menge Bewunderung erwartete, breitete er die Arme aus. »Wahrscheinlich haben sie nach dem Mord an Bill Henry versucht, sich einen Reim auf die ganze Sache zu machen«, sagte er und spuckte ein wenig Schotter aus. »Die Menschen hier reden nun mal gern. Sie wissen doch, wie es in Margate ist. Hier gibt es nicht viel anderes zu tun, als zu reden.«

»Verschon mich mit dieser Scheiße«, knurrte Hughes. »Die Bewohner dieser Stadt haben immer schon geredet, auch als sie noch Jobs und Geld hatten. Daran wird sich nie etwas ändern, egal wie viele Kunsthallen sie hier im Rahmen des Sanierungsprojekts noch aufmachen. Es wird immer Abschaum wie dich und die Richards geben, nicht wahr, Stone? Erst wenn Leute wie ihr von hier verschwinden, hat Margate eine echte Chance.«

Stone sagte lieber nichts mehr. So wie Hughes sich aufführte, konnte ihn jede Kleinigkeit erneut auf die Palme bringen, und er wollte nicht noch einen Fausthieb riskieren.

»Wo warst *du* eigentlich an dem Tag, an dem Bill ermordet wurde?«, fragte ihn Hughes.

»Zum Saufen im The George, wie jeden Samstag.«

»Kannst du das beweisen?«

»Ich könnte bestimmt dreißig Leute auftreiben, die bestätigen würden, dass ich da war. Wollen Sie etwa andeuten, ich hätte einen meiner besten Freunde umgebracht? Ihm den Hals aufgeschlitzt? Das ist doch lächerlich!«

»Es sind schon absurdere Dinge passiert, Stone. An dieser Küste ist es nicht weit her mit der Loyalität gegenüber Freunden. Zu viel kriminelle Konkurrenz. Machen wir uns doch nichts vor: Du wolltest bei Bills Heizölgeschäft mitmischen. Und bei den illegalen Zigaretten auch, wenn ich richtig informiert bin.«

Stone stöhnte. »Sie können mich mal, Hughes. Das ist völliger Blödsinn, was Sie da reden. Bill war ein guter Kumpel. Und er hat versucht, euch Bullen zu helfen, genau wie ich. So wird es uns also gedankt. Einer von uns ist tot, und ich muss meine Zähne vom Boden aufsammeln. Mich würde mal interessieren, ob Sorrenson weiß, dass Sie hier sind.«

Jetzt war es an Hughes zu verstummen.

»Aha, verstehe«, sagte Stone nach einer Pause. »Ich frage mich, warum Sie beschlossen haben, ihm den Besuch bei mir zu verschweigen. Haben Sie Angst, er könnte Sie nach dem Grund fragen? Sie sollten nicht versuchen, heimlich durch die Gegend zu schleichen, Hughes. Darin sind Sie echt Scheiße. Sie sind viel zu groß. Irgendjemand wird Sie sehen und anfangen, Fragen zu stellen. Kommt sicher nicht so gut, wenn Sorrenson erfährt, dass Sie eigenmächtig hier bei mir aufgetaucht sind.«

Bewundernd sah Hughes seiner eigenen linken Faust dabei zu, wie sie auf Stones Nase traf. Das erregende Geräusch von zersplitternden Knochen und Knorpelstücken war zu hören, gefolgt von einem fast animalischen Heulen von Stone, aus dessen Nasenlöchern sich das Blut schwallartig auf den Boden ergoss. Hughes beobachtete den blutroten Schauer und war zufrieden mit seinem Werk. Schon besser, dachte er. So ließ sich ein Mensch doch deutlich wirkungsvoller zur Rechenschaft ziehen, als wenn man ihn nur höflich befragte. Mit Blutvergießen ließ sich vieles lösen. Dieses System der Vergeltung war über Jahrtausende erprobt und bewährt.

Wimmernd brach Stone zusammen und rollte sich wie ein Fötus auf dem Boden zusammen, wobei er seine Nase mit beiden Händen umklammerte, als wollte er beschützen, was noch davon übrig war. In seinem Hals gluckste das Blut. So schmeckt also der Tod, dachte er. Trotz seiner Schmerzen kam ihm plötzlich ein Gedanke von großer Klarheit: Eines Tages würde Hughes dafür büßen. Er würde bezahlen müssen für das, was er ihm angetan hatte. Stone rollte sich auf den Rücken und blickte in den strahlend blauen Himmel hinauf, der auch aus einem Reiseprospekt hätte stammen können. Die Wärme der Sonne auf seinem Gesicht brachte ihn zum Lächeln.

Hughes sah es und spürte die vertraute Wut in sich aufsteigen, wie immer, wenn er das Gefühl hatte, dass ihn jemand verarschte. In letzter Zeit war er fast ununterbrochen wütend. »Willst du etwa noch mehr?«

Stone schüttelte den Kopf. »Nein, bitte nicht. Wir sind fertig.«

»Gut«, knurrte Hughes. »Ich will nämlich nicht noch mehr Zeit mit dir vergeuden. Wirklich nicht. Ab heute verbreitest du die Info, dass ich nichts mit dem Transporter zu tun hatte, ist das klar? Sonst gibt es beim nächsten Mal richtig Ärger. Ich zerhacke dich in so kleine Stücke, dass sie die Spielautomaten mit dir füttern können. Haben wir uns verstanden? Und kein Wort zu Sorrenson oder sonst jemandem, verstanden? Falls doch, kriege ich es mit, und dann komme ich wieder.«

Hughes ging zurück in den Pub, während Stone liegen blieb und in den Himmel hinaufstarrte. Eines Tages wird sogar die Sonne verschwinden, dachte er. Alles würde verschwinden, sogar korrupte Bullen. Alles würde von Dunkelheit verschlungen werden. Dieser Gedanke tröstete ihn.

# Kapitel 14

Reynolds stieß das Seufzen eines Mannes aus, dessen Leben gerade unendlich viel schwieriger geworden war. Nicht, dass es vorher einfach gewesen wäre. Higgs vor dem bevorstehenden Kollaps zu retten war eine erschöpfende Aufgabe. Sie würde ihn völlig fertigmachen, so oder so. Ihm war aufgefallen, dass seine Hände nun fast immer zitterten. Er hielt nur noch mühsam die Fassade aufrecht, und die Anstrengung griff auf sämtliche Bereiche über. Sein ganzer Körper trug Kollateralschäden davon. Seine Augen waren blutunterlaufen, seine Haut fast grau. Vom vielen Trinken bekam er allmählich einen Bauchansatz. Ja, er war eindeutig erschöpft.

Und jetzt hatten die Briten auch noch angefangen, die Higgs Bank zu sezieren wie ein Gerichtsmediziner einen Leichnam. Reynolds hatte geglaubt, dass ihr Interesse erlahmen würde, nachdem er den unbequemen britischen Agenten hatte beseitigen lassen, doch stattdessen war die Fragerei in vollem Gange. Alle wollten Antworten von Higgs. Zum Glück hatte die Bank einen Marionettenvorstand, der genau nach Anweisung handelte. Wenn eine ihrer Führungskräfte Rückgrat bewiesen und angefangen hätte, unangenehme Fragen zu stellen, wäre Reynolds vollends geliefert gewesen.

Er las noch einmal McLures E-Mail. Ein cleverer Schachzug, sie nach seinem Tod abzuschicken, das musste Reynolds zugeben. Dieses Szenario war nicht unter den unzähligen anderen gewesen, über die er sich Nacht für Nacht den whiskeybenebelten Kopf zerbrach. Jetzt musste er also auch noch gegen Leichen ankämpfen. Tote waren knifflige Gegner. Sie hatten deutlich weniger zu verlieren als Lebende. Sie gingen kein Risiko mehr ein, wenn sie den Mund aufmachten.

Reynolds tippte einige Buchstaben auf der Tastatur seines Laptops und schenkte sich noch einen Drink ein. Sein Dachboden war zu seiner privaten Flüsterkneipe geworden. Inzwischen verbrachte er so viel Zeit hier, dass es der einzige Ort war, an dem er sich wenigstens ansatzweise wohlfühlte. Er dachte daran, wie er mit Carey im Central Park auf der Tribüne neben den Sportplätzen gesessen hatte. Sich derartig zu exponieren, hätte er jetzt nicht mehr ertragen. Er musste allein sein. Allein und zurückgezogen wie ein Eremit. Sein Dachboden war seine einzige Zufluchtsstätte.

Er war dabei, den Verstand zu verlieren, das war ihm bewusst. Und das Beunruhigende war, dass ihn das Ergebnis dieses Prozesses nur noch peripher interessierte. Es war fast so, als wäre er aus sich selbst herausgetreten, als würde er aus der Ferne zusehen, wie jemand einen Autounfall erlitt. Vielleicht war es seine Art, mit der Situation klarzukommen. Dadurch erlebte er alles weniger intensiv, so als würde er sich lediglich einen Film ansehen. Einen Film ohne Happy End, so viel stand fest.

Wenn er selbst doch auch so zuverlässig gewesen wäre wie der Überwachungsapparat der NSA, dachte Reynolds und las erneut McLures E-Mail. Wirklich unglaublich, was die Abhörprofis alles zustande brachten. Sie hatten sämtliche Firewalls umgangen und sogenannte Zombies auf den Servern hinterlassen, die den Datenverkehr von und zu McLures E-Mail-Account steuerten. Niemand wusste, dass diese Zombies da waren. Virentests würden sie nicht zutage befördern, und dennoch existierten sie und erlaubten Reynolds uneingeschränkten Zugang. Theoretisch hätte er die Genehmigung seiner Vorgesetzten einholen müssen, aber er war nicht in der Stimmung, mit Carey oder Brandeis zu sprechen. Wenn er ihnen erklärt hätte, warum er sich in den persönlichen E-Mail-Account eines MI5-Agenten hacken wollte, hätte das viel zu viele Fragen über Higgs aufgeworfen. Er stand also ganz allein da. Er, Reynolds, war die letzte Überlebenschance der Higgs Bank. Ihre einzige noch verbleibende Firewall. Wenn Higgs kollabierte, waren die Auswirkungen zu gewaltig, um sie begreifen zu können. Reynolds wollte nicht begreifen. Er kippte noch mehr Whiskey in sich hinein.

Sein angegriffener Verstand bemühte sich, die richtigen Schlüsse aus der E-Mail zu ziehen. Er brauchte einen Plan, musste Maßnahmen ergreifen. Die Kollegin, die McLure kontaktierte, hatte offenbar ihre eigenen Vermutungen bezüglich Higgs, und nun erfuhr sie auch noch, dass Holahon, dieser dämliche Idiot, versucht hatte, Informationen vom britischen Geheimdienst zu kaufen. Jetzt würde sie erst recht überall herumschnüffeln. Die posthume Enthüllung McLures war für sie beide ein Augenöffner gewesen. Im Bankgeschäft kann man wirklich niemandem trauen, dachte Reynolds aufgebracht. Jeder war nur auf den eigenen Vorteil aus und diente gleich mehreren Herren, was die Lage unübersichtlich machte. Man musste sich nur Carlyle ansehen …

Reynolds stürzte drei Finger breit Whiskey hinunter. Er hatte sich noch nie so allein gefühlt. Es gab niemanden, dem er sich anvertrauen konnte. Teri, seine Frau, ging ihm aus dem Weg, weil er ständig wütend war. Auch so hätte er nicht wirklich mit ihr über die Situation reden können.

Ihm war bewusst, dass er aus seinem Gefühl der völligen Isolation heraus schlechte Entscheidungen traf. Sein Urteilsvermögen war ernsthaft beeinträchtigt. Das genaue Gegenteil von Angststarre hatte ihn ergriffen: Er wurde zu unüberlegt in seinen Handlungen, hatte es zu eilig damit, Ergebnisse herbeizuführen, Dinge zum Abschluss zu bringen, was es auch kostete. Die Tatsache, dass er von seinen alten Kontakten aus der serbischen Unterwelt einen Gefallen eingefordert und sie auf den britischen Agenten angesetzt hatte, bewies, dass er allmählich verrückt wurde. Zum damaligen Zeitpunkt war ihm dieses Vorgehen vollkommen einleuchtend erschienen, doch jetzt wurde ihm klar, wie viel Verzweiflung daraus sprach. Morde schränkten seine Optionen eher ein, als ihn von Problemen zu befreien. Sie zogen Aufmerksamkeit auf sich, hinterließen eine Spur der Verwüstung, die sich bis zu Higgs zurückverfolgen ließ.

Noch drei Finger Whiskey. Und drei weitere gleich hinterher. Er hätte eigentlich dringend etwas essen müssen, aber er war so verdammt müde. Zumal nun auch noch feststand, dass er am nächsten Tag nach London fliegen musste, um sich dort um alles zu kümmern. Er würde vollkommen erschöpft sein bei seiner Ankunft, vielleicht sogar zu erschöpft, um einen weiteren Auftragsmord zu arrangieren. Das wäre gar nicht gut. Higgs war eine einzige große Eiterbeule, die nur darauf wartete zu platzen. Die Bank würde auch ihn mit in den Abgrund reißen. Seine Kollegen würden ihn nicht vermissen. Seine Frau auch nicht, so wie es derzeit lief. Seine Kinder … Er nahm noch einen großen Schluck Whiskey.

Aus der Abenddämmerung vor dem Fenster drang das Kreischen einer Kreissäge herein. Scheißzimmermänner, dachte Reynolds. Die hatten es gut. Ihr Gewerbe würde sie nie korrumpieren. Sie erledigten einfach ihr ehrliches Tagewerk, machten Feierabend, wenn es dämmerte, und begannen am nächsten Morgen von Neuem, zufrieden und mit klarem Kopf.

Für ihn hingegen gab es keinen Neubeginn. Jeder Tag brachte erneut die Schlacht gegen ein Krebsgeschwür, das drohte, ihn zu verschlingen, sie alle zu verschlingen. Selbst wenn er die Sache zu einem erfolgreichen Abschluss brachte, würde er mit dem schrecklichen Wissen leben müssen, welchen Preis er dafür gezahlt hatte. Das würde die Hinterlassenschaft sein, wenn er Higgs rettete: die vollständige und restlose Zerstörung seiner persönlichen Moral.

Er tippte ein wenig auf seinem Laptop herum, öffnete die Datei, in der er den E-Mail- und SMS-Verkehr von McLures Kollegin abgespeichert hatte. Sie scheint ein guter Mensch zu sein, dachte Reynolds, während er ihre Korrespondenz mit einem Aufflackern seines alten beruflichen Interesses studierte. Intelligent, wohlüberlegt. Offenbar hatte sie ein Verhältnis mit einem Polizisten. Und mit McLure schien sie auch eine Affäre gehabt zu haben. Was für eine Frau, dachte Reynolds. Drei Finger. Dann noch einmal vier. Die Flasche war fast leer. Im Kleiderschrank, geschützt vor den neugierigen Blicken seiner Kinder, waren weitere Flaschen versteckt. Morgen früh würde er ein Wrack sein, aber wenigstens würde ihn in Kürze die Besinnungslosigkeit einholen. Er sank nach vorn auf den Schreibtisch, legte den Kopf auf seine verschränkten Arme. Diese Frau ist zu nah an uns dran, dachte er. Alle waren zu nah dran. Er würde weitere Vorsichtsmaßnahmen ergreifen müssen. Dass er mit derart routinemäßiger Gelassenheit an Mord dachte, alarmierte ihn. Das Töten war zu einem simplen Bankgeschäft geworden, einer Form der Risikoabsicherung. Reynolds ging auf, dass er von einem unter Bankern weit verbreiteten Krankheitsbild befallen war: Er war zum Psychopathen geworden.

»Ich kannte Ihren Vater. Ein toller Mann. Sehr charismatisch. In Menschen wie mir, die ihm unterlegen waren, hat er damit regelmäßig Komplexe ausgelöst. Er war geboren für den Geheimdienst, diese Arbeit lag ihm in den Genen. Was für ein herber Verlust.« Webster schüttelte mehrmals den Kopf.

So hatte sie sich den Beginn ihrer Besprechung mit Webster nicht vorgestellt. Die Erwähnung ihres Vaters so kurz nach der Beerdigung ihrer Mutter wühlte Kate völlig auf. In ihrem Inneren begannen sich die ältere und die neuere Trauer zu einem großen Knäuel zu verknoten. Der Kummer wurde zu groß, um damit umgehen zu können, sie lief Gefahr, den Überblick zu verlieren.

Aber Webster versuchte vermutlich nur, ihr die Hand zu reichen, so gut er eben konnte. Sie hätte dankbar dafür sein müssen, konnte ihr Unwohlsein jedoch nicht verdrängen. Es war ihr zuwider, wenn sich Persönliches mit Beruflichem vermischte. Das ging nie gut. Doch die Trennung fiel schwer, wenn das Berufliche im Grunde alles war, was einem noch blieb. Dazu musste man sich nur Webster ansehen. Der Geheimdienst war sein Leben. Wenn er irgendwann pensioniert wird, ist er vollkommen verloren, dachte sie. Wahrscheinlich würde er noch eine Weile als privater Berater für eine Bank oder einen Ölriesen arbeiten, bis er schließlich nur noch eine Erinnerung sein würde, ein Fossil dessen, was er einst gewesen war. Er würde wenige Spuren hinterlassen. Ihr fiel auf, dass er sie aufmerksam musterte und eine Reaktion von ihr zu erwarten schien.

»Danke«, sagte sie und kam seiner Aufforderung nach, ihm gegenüber auf einem Stuhl Platz zu nehmen. »Ich habe gehört, dass Sie zur selben Zeit in Nordirland waren.«

»Mehr oder weniger. Ich bin nur ab und zu hingeflogen, um äh … um mich um gewisse Dinge zu kümmern. Personen zu bezahlen, manchmal auch zu bewaffnen. Informationen auszutauschen. Damals war alles sehr geheimnisumwittert, sehr abenteuerlich. Offiziell leitete ich ein kleines Maschinenbauunternehmen, das auf die Reparatur von Schiffsrümpfen spezialisiert war. Eine gute Tarnung. Dadurch konnte ich immer wieder nach Irland fliegen, ohne allzu viel Misstrauen zu erregen. Aber Ihr Vater … nun ja, der hat echte Spionagearbeit geleistet, ist monatelang als Undercover-Agent vor Ort gewesen. Ein unglaublich mutiger Mann. Gleich mehrere seiner Kollegen sind aufgeflogen und wurden zu Tode gefoltert. Es wird noch Jahrzehnte dauern, bis ihre Heldentaten der Allgemeinheit bekannt werden und die Menschen von dem Opfer erfahren, das diese Männer für unser Land gebracht haben. Ein Teil der Wahrheit muss leider noch das nächste halbe Jahrhundert unter Verschluss bleiben. Äußerst schade. Wenn die Leute davon wüssten, würden sie endlich anerkennen, wie wichtig die Arbeit des MI5 ist, und aufhören, alles als selbstverständlich zu betrachten.«

Statt etwas darauf zu entgegnen, sah sich Kate in Websters Büro um. An der Wand hing eine Serie von Kurvendiagrammen.

Webster bemerkte ihren Blick. »Wir nennen sie die ›Von null auf hundert‹-Schaubilder.«

»Will heißen?«

»Sie zeigen an, wie viele Jahre, Monate, Wochen oder Tage es von der Radikalisierung eines Selbstmordattentäters oder gescheiterten Selbstmordattentäters bis zu seinem Einsatz als tödliche Waffe gedauert hat. Früher ging es um Jahre, jetzt nur noch um Monate. Ich fürchte, bald werden es nur noch Wochen sein oder sogar Tage. Der reinste Wahnsinn, ich weiß. Das Spiel wird immer schneller. Sogar Terroristen scheinen sich heutzutage mit Lichtgeschwindigkeit zu bewegen. Es ist ein ständiger Kampf, mit ihnen mitzuhalten. In Zeiten wie diesen könnten wir wirklich jemanden wie Ihren Vater gebrauchen. Er hatte so einen blitzschnellen Verstand. Was für ein tragischer Verlust …« Webster brach ab und schob seinen Rollstuhl kaum merklich vor und zurück.

»Glauben Sie das? Dass es ein tragischer Verlust war, ein Unfall? Es gab gewisse Gerüchte.« Kate wunderte sich selbst darüber, dass sie diese Frage wirklich ausgesprochen hatte, noch dazu gegenüber dem Chef des MI5. Es gab dringendere Probleme als ein Jahrzehnte zurückliegender Verkehrsunfall. Aber irgendetwas an Websters Verhalten und seinem beinahe reuigen Gesichtsausdruck schien sie geradezu zu der Frage herausgefordert zu haben.

»Nun ja, es gab natürlich eine gründliche Untersuchung des Vorfalls«, erwiderte Webster leise. »Heute hätten wir sicher bessere Arbeit leisten können, aus kriminaltechnischer Sicht, meine ich. Aber damals sprach tatsächlich alles für einen Unfall, auch wenn mir die Sache ein wenig eigenartig vorkam …« Webster zuckte mit den Schultern und sah Kate entschuldigend an.

Kate spürte, wie ihr kalt wurde. »Eigenartig?«

Webster wischte sich mit der Hand über die Stirn. Es war der 1. August, und die Klimaanlage seines Büros war ihrer Aufgabe nicht ganz gewachsen. Kleine Schweißperlen bildeten sich unterhalb seines Haaransatzes, wie Kate erkennen konnte. Sie selbst hatte das Gefühl, in einem Kühlschrank zu sitzen. Ein Frösteln hatte sie ergriffen. Webster murmelte leise etwas vor sich hin, als wöge er seinen nächsten Schritt ab. Dann rang er sich ein schmales, kaum erkennbares Lächeln ab.

»Na ja, ich sollte das vielleicht nicht sagen, aber da Sie ja sozusagen zur Geheimdienstfamilie gehören … Mein persönliches Problem, womit ich allerdings so gut wie allein dastand, war immer, dass der Tod Ihres Vaters so sehr wie ein Autounfall aussah. *Zu* sehr. Es war alles zu perfekt, zu glatt. Der Unfall ereignete sich an einem sonnigen Tag. Kein Verkehr weit und breit.«

Sie nickte mehrmals, zu benommen, um alles auf einmal zu begreifen. Erwies sich ihre Ahnung als richtig? Wollte Webster auf etwas Bestimmtes hinaus? Wusste er mehr? Plötzlich wirkte ihr Vater viel lebendiger auf sie als ihre Mutter. Sie hatte ihre Mutter selbst begraben, hatte mit eigenen Augen gesehen, wie Erde die Überreste der Frau bedeckte, die sie zur Welt gebracht hatte. Auf dem Grab ihres Vaters hingegen schien das Erdreich zu verrutschen, so als würde er sich ruhelos herumwälzen. Zu viele Fragen stiegen aus dem Boden auf und vermehrten sich wie Unkraut. Sie versuchte, die Unfallfotos aus der Lokalzeitung, die sie damals gesehen hatte, aus ihrem Kopf zu verbannen. Ein Baum, Bremsspuren, Polizeiabsperrband, alles in körnigem Schwarzweiß. Dieses Bild hatte sich unauslöschlich in ihr Gedächtnis eingebrannt. Oft schloss sie die Augen und hatte es plötzlich vor sich, genau wie das Foto von Michael, das am Tag seiner Beerdigung auf seinem Sarg gelegen hatte. Der Tod schien gut die Hälfte ihrer derzeitigen Identität auszumachen, zumindest kam es Kate so vor. Sie war geformt aus dem Ende ihrer Mitmenschen, deren Vermächtnis ihr Schmerz war. Sie zwang ihre Gedanken, sich von der Vergangenheit loszureißen und zur Gegenwart zurückzukehren. Sie würde bald genug Zeit finden, sich eingehender mit dem Tod ihres Vaters zu beschäftigen. Im Moment gab es dringendere Sorgen.

»Danke, dass Sie so offen waren, Sir«, sagte sie. »Es bedeutet mir viel. Aber jetzt muss ich Sie zunächst über den Higgs-Fall informieren. Es hat etliche neue Entwicklungen gegeben.«

Webster runzelte die Stirn. »Ich dachte, das wäre alles geklärt?«

»Sir?«

Webster presste die Handflächen zusammen, sodass sich dazwischen eine Wölbung bildete, die er mit großem Interesse betrachtete. »Der Mord an dem Banker. Ganz entsetzlich, keine Frage. Aber die Polizei scheint der Meinung zu sein, dass es sich um einen Streit unter Sportkonkurrenten gehandelt hat. Offenbar endete eine belanglose Fehde mit der bedauernswerten äh … Tötung von Mr Holahon. Zwei seiner Kollegen wurden inzwischen des Mordes angeklagt, wenn ich richtig informiert bin. Fall abgeschlossen, wie es in diesen ordinären amerikanischen Filmen immer heißt. Wir können uns wieder wichtigeren Dingen zuwenden. Rachsüchtige Banker haben keine Chance, es in diese Galerie zu schaffen.« Webster zeigte auf die Diagramme an der Wand.

»Ich verstehe, dass Sie bei Selbstmordattentätern dringenden Handlungsbedarf sehen, aber ich glaube nicht, dass die Auflösung des Mords oder Totschlags an Holahon viel mit der Higgs Bank zu tun hat. Dort gehen andere Dinge vor, dessen bin ich mir sicher, und darauf sollten wir uns jetzt konzentrieren.«

Webster begutachtete weiter seine gewölbten Hände.

Kate versuchte es noch einmal: »Ich spreche von der Behauptung McLures, die einer weiteren …«

Webster unterbrach sie. Seine Stimme klang jetzt eisig. »Ich glaube, je weniger über Anthony McLure gesagt wird, desto besser. Meinen Sie nicht auch?«

Sie hatte Mühe, ihren Schock zu verbergen, und fühlte sich in ihre Schulzeit zurückversetzt: Leute, die hinter dem eigenen Rücken über einen redeten, die Anspielungen machten, die einem etwas unterstellten, obwohl sie die Fakten nicht kannten, und selbst wenn sie sie kannten, hatte das Ganze nichts mit ihnen zu tun, ging sie nichts an. »Ich denke nicht …«

Webster unterbrach sie erneut: »Nein, Sie denken nicht. Ich weiß. Betrachten Sie das Ganze doch bitte einmal aus meiner Sicht. Wenn es um McLure geht, sind Sie befangen. Es scheint eindeutige Beweise dafür zu geben, dass er die Hand aufgehalten hat, wie man so schön sagt. Er hat zugegeben, von dem verstorbenen Mr Holahon bezahlt worden zu sein, der bis vor Kurzem, daran muss ich Sie wohl nicht erinnern, ein führender Mitarbeiter der Higgs Bank war. Das ist der inzwischen berüchtigten, aus dem Grab abgeschickten E-Mail zu entnehmen. Wie würde dieser Umstand – ein von einem korrupten Banker bezahlter Agent – wohl auf einen überall herumschnüffelnden Sicherheitsausschuss wirken? Müssen beziehungsweise wollen wir das alles wirklich noch einmal aufwärmen?«

Webster warf erneut einen Blick auf die Diagramme. Ihre geschwungene Form beruhigte ihn irgendwie, ihre nüchterne Analyse des Wegs, den ein Mensch bis zur totalen Zerstörung zurücklegte.

Kate bebte vor Wut. Websters abweisende Haltung war ihr völlig unerklärlich. »Sir, ich erkenne durchaus an, dass der MI5 jederzeit mit unmittelbar bevorstehenden Terroranschlägen rechnen muss, aber ich bin der festen Überzeugung, dass bald etwas passiert, was zur Finanzierung Tausender Terroranschläge beitragen wird. Meiner Ansicht nach liegen überwältigende Indizien dafür vor, dass wir die Higgs Bank ins Visier nehmen müssen, und ich glaube, dass uns dazu nicht mehr viel Zeit bleibt.«

»Verschonen Sie mich mit Ihrer Theatralik, Pendragon. Was soll dieses ganze Gerede über die Higgs Bank? Ist Ihnen die Realität nicht dramatisch genug? Wir haben mutmaßliche terroristische Schläferzellen in jeder größeren Stadt dieses Landes, haufenweise wütende junge Männer, geblendet von irrlichternden Geistlichen, die uns ins Zeitalter der Kreuzzüge zurückführen wollen, und Sie sorgen sich um den Zustand einer amerikanischen Bank?«

Webster fing wieder an, mit seinem Rollstuhl vor- und zurückzugleiten. Er starrt mich an, als wäre ich eine Bedrohung für ihn, dachte Kate. Sie probierte es mit einem anderen Argument.

»Das Attentat auf Prinz Aldud ist immer noch nicht aufgeklärt. Er war ein Großkunde von Higgs. Vielleicht …«

»Aldud wurde von einem Killerkommando umgebracht, dahinter stecken irgendwelche großen Ölinteressen«, murmelte Webster. »Angesichts seiner Pläne war er wohl von Anfang an dem Tod geweiht.«

»Welcher Pläne?«

»Er wusste, dass er bald sterben würde, und wollte vorher noch einen bleibenden Eindruck auf Erden hinterlassen. Deshalb war er dabei, eine riesige Hilfsmission aufzubauen, die von seinem privaten Flughafen in Kent aus dringend benötigte Medikamente und Einsatzteams in alle Welt fliegen sollte. Dafür wären Milliarden Pfund seines Vermögens draufgegangen, und die Amerikaner waren ganz scharf darauf, ihn zu unterstützen, um Hilfe in benachteiligte Regionen bringen zu können, in denen der Terrorismus oft einen dankbaren Nährboden findet. Prinz Alduds wichtigstes Vermächtnis – falls man das so sagen kann – wären allerdings Informationen gewesen. Er wollte aller Welt die genaue Erdölmenge mitteilen, die noch in Ghawar übrig ist.«

Kate war völlig perplex. Der Gedanke, dass ausgerechnet ein Saudi-Prinz enthüllen sollte, wie viel schwarzes Gold noch im weltweit größten Erdölspeicher verblieb, erschien ihr absurd. Was hätte er davon haben sollen? Die Enthüllung einer solchen Information hätte ein wahres Erdbeben nach sich gezogen. Wenn er gewollt hätte, dass die Welt sich an ihn erinnerte, *damit* hätte er es mit Sicherheit geschafft. »Es wäre das Ende der OPEC, wenn diese Information an die Öffentlichkeit gelangen würde«, sagte sie. »Wenn es noch viel Öl in Ghawar gibt, sinken die Preise, und viele Scheiche im Nahen Osten haben ernsthafte Geldsorgen. Wenn hingegen nur noch wenig Öl vorhanden ist, wird sich die technologische Entwicklung zur Nutzung alternativer Energien beschleunigen, und Saudi-Arabien wird zum Rohrkrepierer. Die OPEC würde innerhalb weniger Jahre obsolet. Es wäre also auf jeden Fall tödlich, wenn Fakten über die Ölreserven durchsickern würden. Ich sage nicht, dass es nicht stimmt. Abwegig erscheint es mir trotzdem, denn …«

Websters Augen blitzten vor Zorn. »Ich weiß Ihren Einsatz zu schätzen und auch Ihre Aussagen über Higgs, aber Sie wagen sich zu weit vor. Das ist eine Angelegenheit für den innersten Kern des MI5, nicht für Sie.«

Der Geheimdienst rückte also zusammen und schloss sie aus. Offenbar wollte man partout nicht wissen, was bei Higgs vor sich ging. Kate kochte innerlich. Webster fuhr sich unterdessen mit dem Finger unter den Augen entlang, als versuchte er, seine Tränensäcke loszuwerden. »Es tut mir leid, Pendragon. Der MI5 teilt Ihre Bedenken bezüglich Higgs nicht. Dass Sie diese haben, ist verständlich, schließlich haben Sie McLures Anweisungen Folge geleistet und sich voll auf das Thema konzentriert, für das Sie offenbar eine äh … ähnliche Besessenheit entwickelt haben. Aber vielleicht sollten Sie sich eine Weile freinehmen. Die letzten Wochen waren bestimmt nicht leicht für Sie.«

Kate dachte kurzzeitig darüber nach, wie es wohl wäre, einen querschnittsgelähmten Menschen anzugreifen. Sie fragte sich, ob es sich wie eine ekelhaft feige Tat anfühlen würde, Webster zu schlagen, oder wie ein tapferer, heroischer Akt, der ihr ein wenig Erleichterung verschaffen würde. Sie schluckte und unternahm einen letzten Versuch, ihn zu überzeugen.

»Wenn ich mich wirklich irren sollte, stecke ich hinterher gern die Prügel ein, aber ich mache mir große Sorgen, dass ich recht haben könnte.«

»Aber Sie würden die Prügel doch gar nicht einstecken!«, blaffte Webster sie an. »Sie sind nicht diejenige, die den Angehörigen der nächsten Terroropfer erklären muss, dass Sie sich zu sehr auf einen an den Haaren herbeigezogenen Fall von Finanzbetrug konzentriert haben, um das Selbstmordattentat vorherzusehen. Sie sind nicht diejenige, die die Suppe hinterher auslöffeln muss, Pendragon. Das bin nämlich ich. Ich lebe jeden Tag mit dieser Verantwortung. Denken Sie doch bitte mal darüber nach, ja? Und überlegen Sie sich das mit der Auszeit. Ruhen Sie sich ein wenig aus und kommen Sie frisch und erholt zurück, dann sehen wir, auf welchem Gebiet wir Sie einsetzen können. Was halten Sie davon?«

Es kostete sie große Konzentration, langsam und beherrscht auf die Tür zuzugehen. Jeder Schritt war eine Versuchung. Sie wollte rennen, schneller rennen als je zuvor, wollte rennen, bis sie an der Küste angelangt war, und von dort weiter bis zum Horizont, bis zu dem Punkt, an dem Ende und Anfang verschmolzen. Unter einem gewaltigen Küstenhimmel entstanden Gewissheiten. Nur dort, wo Land und Ozean aufeinandertrafen, konnte es wahre Klarheit geben. Städte verdarben die Menschen, verfälschten die Wahrheit. Sie politisierten ihre Einwohner, verwandelten sie in Spieler, machten sie zu verängstigten Strichjungen, die immer mit dem Schlimmsten rechneten, die stets fürchteten, dass ihre Schwächen von der erbarmungslosen, irren Grausamkeit der Menschenmassen entblößt wurden. Die Weite der Küste rückte die Dinge wieder in die richtige Perspektive. Webster hatte recht. Es war Zeit, sich eine Weile freizunehmen.

# Kapitel 15

Ghent blieb zögernd in der Tür zu Reynolds' Büro stehen. Die Temperamentsausbrüche seines Chefs waren in den letzten Wochen immer explosiver geworden, und er hatte jetzt schon Angst vor dessen Reaktion auf die Neuigkeiten, die er zu überbringen hatte. Noch ein kleiner Stoß, und der Mann stürzte endgültig in den Abgrund. Im Laufe des Sommers war Reynolds dem Irrsinn immer näher gekommen, und nun, da der Herbst nahte, machte er erneut eine Metamorphose durch, verwandelte sich in einen düsteren, vor sich hin brütenden Menschen, dessen furchteinflößende Wutanfälle Tage dauern konnten. Vom vernünftigen CIA-Veteranen mit gutem Gedächtnis, klaren Idealen und umgänglicher Persönlichkeit war er zu einem verkrampften, zornigen Ausbund an Boshaftigkeit geworden, der jederzeit ohne Vorwarnung auf Kollegen losgehen konnte. Es war offensichtlich, dass er unter großem Druck stand. Ghent hatte eigentlich keine Lust, diesen Druck noch zu erhöhen, aber als Leiter von Reynolds' Eliteteam, dessen Aufgabe es war, auffällige Permutationen auf den Aktienmärkten aufzuspüren, war es seine Pflicht, seinen Chef in Kenntnis zu setzen.

Er wartete, bis Reynolds einige beunruhigend große Pillen eingeworfen und einen langen, müden Schluck aus einer Wasserflasche genommen hatte, bevor er deutlich hörbar hustete. Reynolds hob den Kopf. Sofort erschien ein mürrischer Ausdruck auf seinem Gesicht. »Was gibt es?«

Ghent schwieg. Er ging auf Reynolds zu und legte einen Stapel Papiere auf seinen Schreibtisch. Reynolds sah erst die Papiere an und dann Ghent. »Was ist damit?«

»Wir haben vielleicht gerade den Grund dafür gefunden, dass wir existieren. Uns sind ungewöhnliche Aktiengeschäfte aufgefallen, die der Hedgefonds Quest möglicherweise in Kürze aktivieren wird.«

Reynolds zögerte. »Ist das Prinz Faisals Verein?«

»Ja, der drittgrößte Fonds der Welt nach den Staatsfonds der Chinesen und der Katarer. Saudisches Geld. Quest kann Berge versetzen.«

»Aha«, murmelte Reynolds.

Ghent war erstaunt über den offenkundigen Mangel an Interesse. Die Gleichgültigkeit seines Vorgesetzten war mit Verstreichen des Sommers immer auffälliger geworden. Anfangs hatte er nur distanziert gewirkt, als sei er ganz von einem persönlichen Problem in Anspruch genommen. Aber dann hatte er sich immer weiter von seinem Team entfernt, ein Satellit, der sich aus seinem Orbit befreit hatte. Irgendetwas musste passieren, das wusste Ghent. Mit Reynolds in seinem derzeitigen Zustand konnten sie nicht bis Jahresende weitermachen. Das war zu riskant. Sie hatten Jahre damit verbracht, nach Anzeichen für ungewöhnliche Aktivitäten auf den Aktienmärkten Ausschau zu halten, und jetzt schienen sie zum ersten Mal auf etwas gestoßen zu sein. Wenn Ghent und sein Team die Signale richtig deuteten, würde in sechs Tagen, am 3. September, etwas Schreckliches passieren. Und dennoch schien Reynolds völlig weggetreten zu sein, nicht bereit und nicht gewillt, wichtige Neuigkeiten aufzunehmen. Es war, als würden ihn geheimdienstlich relevante Informationen nicht mehr interessieren. Ghent ließ nicht locker. »Den verschlüsselten Bankdaten nach zu urteilen, die die NSA aus den transatlantischen Tiefseekabeln abgefangen hat, bereitet sich der Hedgefonds darauf vor, seinen gesamten Aktienbestand zu veräußern. Und ich meine restlos alles. Das Geld fließt anschließend in Gold. Na ja, hauptsächlich Gold. Ein bisschen auch in Platin, ein bisschen in Kupfer und Zinn, ein Teil in Silber. Aber hauptsächlich wird Gold gekauft. Wir reden hier von fast hundert Milliarden Dollar, die vom Aktienmarkt abgezogen werden, um damit Edelmetalle zu kaufen. Das ist verheerend, beispiellos und, um ehrlich zu sein, ziemlich beängstigend. Quest ist von irgendetwas beunruhigt. Der Hedgefonds glaubt, dass etwas Schlimmes passieren wird. Die Frage ist nur: was?«

Reynolds starrte Ghent stumpfsinnig an. »Die Märkte sind schon seit einer ganzen Weile in Schieflage«, murmelte er. »Vielleicht glaubt Quest, dass die Kurse noch weiter fallen werden und es daher an der Zeit ist auszusteigen. Einen sicheren Rückzugsort zu finden und dort ein paar Jahre auszuharren. Absolut vernünftig, wenn Sie mich fragen.«

Der alte Reynolds, dachte Ghent, wäre wenigstens neugierig gewesen. Er hätte sich aufgeschlossen gezeigt, hätte Fragen gehabt. »Kann schon sein, dass ein Rückzug vernünftig wäre«, erwiderte er. »Aber warum gerade jetzt? Die Märkte sind doch schon länger in Aufruhr. Seit Neuestem nehmen sie wieder an Fahrt auf. Die Ölpreise steigen, die Aktienmärkte verzeichnen Zuwächse, Chinas BIP, Indiens BIP – alles am Wachsen. Die Arbeitslosenquote in den Vereinigten Staaten sinkt, die Löhne in den Fabriken steigen. Alle Ampeln stehen auf Grün. Unmengen positiver Daten sind im Umlauf, die Menschen setzen auf einen weltweiten Aufschwung. Seltsamer Zeitpunkt, um sich von der Börse abzuwenden, finden Sie nicht auch? Vor allem für einen Hedgefonds. Das ergibt doch überhaupt keinen Sinn. Es sei denn, der Fonds hätte Insiderinformationen. Genau auf so etwas haben wir gewartet.

Das rechtfertigt alles, was wir bisher getan haben. Denken Sie mal darüber nach. Es wird den Kongress veranlassen, uns einen fetten Scheck auszustellen.« Ghent merkte, dass seine Stimme vor Aufregung immer schriller klang. Nach jahrelanger Flaute endlich ein möglicher Anhaltspunkt, und Reynolds machte ein Gesicht, als hätte ihm sein Arzt gerade eröffnet, dass er unheilbar krank sei.

»Hm, nun ja … behalten wir das Ganze besser vorerst für uns«, schlug Reynolds mit ausdrucksloser Stimme vor. »Ich will nicht für eine Massenpanik an den Märkten verantwortlich sein. Könnte ziemlich unschön werden, wenn hinterher herauskommt, dass die Info von uns stammt. Riskant.«

»Aber die Sache geht in sechs Tagen über die Bühne!«, protestierte Ghent und hatte Mühe, seinen Frust zu verbergen. »Und was Quest angeht: Sie kennen doch Prinz Faisal und seine Sympathien für gewisse Gruppierungen. Wir wissen, dass er in der Vergangenheit bereits mehrfach militante islamistische Frontkämpfer mit Geld versorgt hat. Wenn *er* Kenntnis darüber hat, dass etwas Schlimmes bevorsteht, etwas wirklich Verheerendes, dann ist man doch geneigt anzunehmen, dass es mit Terrorismus zu tun hat. Das ist jedenfalls die wahrscheinlichste Information, zu der er Zugang hätte.«

Reynolds musste auf Zeit spielen. Er musste es irgendwie schaffen, Ghent und sein Team bis zum 3. September hinzuhalten. Und dann war endlich Zahltag. Higgs würde riesige Gewinne einstreichen, während so gut wie jede andere Bank pleitegehen würde. Inmitten des entstehenden Chaos würde er persönlich Higgs retten, seine einstige Schöpfung. Und die CIA würde er auch retten. Und dann würde er zurücktreten. Mit sofortiger Wirkung. Niemand würde erfahren, wie kurz Higgs davor gewesen war, die CIA und ihn ins Verderben zu reißen. Nur noch ein wenig Zeit schinden, dann ist es geschafft, rief er sich zum wiederholten Mal ins Gedächtnis und konnte nicht umhin, Ghent erneut einen finsteren Blick zuzuwerfen. Sein Kollege drohte alles zunichtezumachen mit seiner verdammten Gewissenhaftigkeit. Ein übereifriger Angestellter war ein weiterer Risikofaktor, auf den er hätte verzichten können. Er seufzte tief und zeigte mit einem zitternden Finger auf Ghent. »Überlassen Sie das vorerst mir, verstanden? Haben Sie gehört? Ich werde für ein paar Tage verreisen, weil ich etwas Dringendes zu erledigen habe, aber wir bleiben in Kontakt wegen der Sache. Sprechen Sie auf keinen Fall mit Personen außerhalb unseres Teams über das Thema, kapiert? Alles klar? Das bleibt unter Verschluss.«

Ghent starrte Reynolds ungläubig an. Ihm fiel auf, dass sein Chef nur noch Haut und Knochen war. Es gingen Gerüchte über seinen Alkoholkonsum um. Just in dem Moment, in dem sie endlich den lange ersehnten Durchbruch erzielten, den Durchbruch, auf den sie seit Jahren gewartet, nach dem sie gesucht, auf den sie gehofft hatten, ließ er sein Team im Stich. Reynolds' Gespür für Risiken war vollkommen abhandengekommen. »Okay«, sagte Ghent. »Was auch immer Sie sagen.«

Sorrenson saß auf der Ufermauer, ließ die Beine baumeln und blickte über den vertrauten breiten Strandabschnitt. Hinter ihm buhlten Spielhallen und halb leere Ladenlokale um die Aufmerksamkeit der wenigen Menschen, die Margates Strandpromenade entlangschlenderten, bevor die Stadt vollends erwacht war.

Es war acht Uhr morgens an einem Montag, doch die warme Sonne leckte bereits am Strand und verlieh dem gelben Sand einen goldenen Schimmer. Es würde wieder ein glühend heißer Tag werden. Die Trockenheit hatte jede Feuchtigkeit aus der Seeluft gesaugt, und der Himmel erstrahlte in einem satten, intensiven Blau. Fühlt sich eher an wie Marokko als wie Margate, dachte Sorrenson.

Er ließ den Blick über den Strand zu dem alten, ins Meer gebauten Schwimmbecken schweifen. Bei Flut waren seine Seitenwände unsichtbar, aber bei Ebbe ähnelte das steinerne Viereck einer Festung, die die darin schwimmenden Badegäste beschützte und sie vor Strömungen bewahrte. Im Osten dominierte der wuchtige Quader des Turner Contemporary Museums den Hafen, und im Westen war die alte, aus roten Backsteinen errichtete Heilklinik zu sehen, in der in viktorianischen Zeiten die Kurgäste abgestiegen waren, weil Margates Wasser verjüngende Kräfte zugeschrieben wurden.

Sorrenson nahm begierig die Aussicht in sich auf, von der er nie genug kriegen konnte. Margate war in letzter Zeit ein wenig in Verruf geraten, doch Sorrenson liebte diesen Ort. Er erinnerte ihn an ein Gemälde von Edward Hopper. Über den Häusern lag bei aller Depression und Verzweiflung auch eine Atmosphäre der Hoffnung. Wenn das Licht auf gewisse Weise auf Margate fiel, wenn es die alten Stuckfassaden anstrahlte und ihre langen Schatten quer über die Promenade und die perfekte Sichelform des Strands warf, eroberte sich die Stadt eine gewisse Erhabenheit zurück, besann sich auf ihre alte viktorianische Pracht. Schließlich hatte sie glorreiche Zeiten hinter sich, war im Besitz sonnengebleichter Erinnerungen. Ihr altes Ich kam immer wieder zum Vorschein, kehrte aus dem Jenseits zurück, lebte fort.

Sorrenson betrachtete den fast unnatürlich blauen Himmel. Am Abend würde es einen glühenden Sonnenuntergang geben. Er verstand absolut, warum Turner regelmäßig hier zu Gast gewesen war. Margates Himmel war eine einzige riesige Leinwand.

Er nippte an seinem Pappbecher mit Kaffee und sah

Hughes näher kommen. Sein Kollege war wirklich ein Stier von einem Mann, unbeholfen und stark. Und gefährlich, das dachte er immer wieder. Wenn Hughes nicht aufpasste, würde er noch einmal großen Schaden anrichten. Er musste unbedingt ruhiger werden.

Sorrenson hatte das bevorstehende Gespräch viele Male in Gedanken durchgespielt. Es war wichtig, dass er Ruhe bewahrte und sich zurückhielt. Er musste Hughes Raum lassen, denn wenn der sich in die Enge getrieben fühlte, ging er zum Angriff über. Sorrenson hob die Hand zur Begrüßung.

»Wie siehst du denn aus?«, murmelte Hughes und setzte sich neben ihn auf die Mauer. Er zog seine braune Lederjacke aus und rieb sich mit der Hand die Bartstoppeln, während er seinen Chef musterte, der Jeans und Polohemd trug. »Du bist ja angezogen wie ein Tourist.«

»Manchmal fühle ich mich auch wie einer«, erwiderte Sorrenson. »Eigentlich meistens, wenn ich nach Margate komme. Ich wohne nur ein paar Kilometer weiter die Küste hinunter, aber das hier ist jedes Mal eine vollkommen andere Welt. Kosmopolitisch. Hier trifft man die unterschiedlichsten Leute. Eine bunte Mischung, die den Ort erst interessant macht. Viele Geschichten. Manche gut, andere weniger.« Sorrenson sah Hughes aufmerksam an und hoffte, dass sein Kollege die Warnung verstanden hatte. Ihr heutiges Gespräch konnte durchaus Konsequenzen nach sich ziehen.

»Ja, stimmt schon«, murmelte Hughes.

Sorrenson trank seinen Kaffee mit kleinen Schlucken und beobachtete, wie eine Mutter lachend ihr Kleinkind über den Strand jagte.

»Ich habe von der Sache mit dir und Davey Stone gehört«, sagte Sorrenson. »Und bevor du etwas sagst: Es war nicht Davey, der mir davon erzählt hat.«

»Er hatte es verdient.«

»Vielleicht.«

»Weißt du, was er über mich erzählt hat?«

»Das mit dem Transporter?«

»Ja.«

»Ich glaube nicht, dass er es war, der geredet hat«, sagte Sorrenson leise. »Jedenfalls haben mir die Richards-Brüder etwas anderes erzählt. Offenbar haben dich eine ganze Menge Leute auf dem Kieker, Hughes. Woran liegt das wohl, was glaubst du?«

Hughes zuckte mit den Schultern. »Vielleicht daran, dass ich vielen Leuten auf die Füße trete. Ich mache nur meine Arbeit, das ist alles.«

»Kann schon sein. Trotzdem komisch, dass die Leute dich für die Sache mit dem Transporter verantwortlich machen. Von allen Dingen, die sie dir anhängen könnten, suchen sie sich ausgerechnet das aus.«

Eine Möwe näherte sich ihnen, auf der Suche nach weggeworfenen Pommesverpackungen. Die beiden Detectives beäugten sie misstrauisch, und der Vogel starrte finster zurück. Hughes schwang die Faust, woraufhin sich die Möwe mit einem entrüsteten Krächzen in die Luft erhob. »Anscheinend haben sogar die Möwen was gegen mich«, sagte Hughes.

»Dann können sie sich ja hinten anstellen«, erwiderte Sorrenson. »Das heutige Gespräch führen wir eigentlich gar nicht, okay? Ich will nicht, dass das Ganze eine offizielle Verwarnung wird oder so etwas. Allein der Papierkram, der damit einhergehen würde … Also: Du musst aufhören, gegen die ganze Welt ankämpfen zu wollen. In letzter Zeit wirst du immer aggressiver. Komm einfach wieder runter, ja? Du hast zu viele amerikanische Polizeiserien gesehen, scheint mir. Wenn Davey Stone wollte, könnte er dafür sorgen, dass du deinen Job verlierst. Du weißt schon, dass dieser Pub Überwachungskameras im Hof hat, oder?«

»Nein.«

»Anscheinend wird dort öfter eingebrochen.«

»Wer sollte denn hier einbrechen wollen? Das Bier ist völlig ungenießbar, und die Stammgäste sind alle Ganoven.«

Sorrenson seufzte. »Spar dir dein streitsüchtiges Verhalten fürs Rugbyfeld auf. Für so etwas haben wir momentan wirklich keine Zeit. Wir haben den ungelösten Mord an Bill Henry und das Attentat auf den Saudi-Prinzen, und wir wissen immer noch nicht, wer die kopflose Leiche eines Bankers hierhertransportiert hat, nur wenige Tage nachdem dieser in Hampstead Heath umgebracht und in die Büsche geworfen wurde. Falls man dem Gefasel eines ausgebrannten Bankers Glauben schenken kann. Es gibt also eine Menge zu tun. Machen wir uns nicht noch mehr Arbeit.«

Sorrenson sah Hughes abwartend an. Sein Kollege schwieg. »Wir sind in Margate, nicht in Miami«, fuhr Sorrenson fort. »Solche Verbrechen dürften hier eigentlich nicht passieren, aber sie sind passiert, und wir müssen damit umgehen. Ich frage dich also ganz direkt, und es wird das letzte Mal sein, dass ich dir diese Frage stelle: Hattest du irgendetwas mit dem Transporter zu tun?«

Der junge Detective schüttelte vehement den Kopf. »Wie oft denn noch? Nein! Es gab diesen verdammten Polizeitransporter nie. Das ist nur der übliche Mist, den Davey Stone erzählt. Er versucht mir was anzuhängen, weil er genau weiß, dass ich ihn für alles Mögliche drankriegen könnte.«

»Wenn du meinst«, sagte Sorrenson.

Hughes warf seinem Chef einen bösen Blick zu. »Könntest du bitte aufhören, mich so anzusehen?« Er sprang auf die Füße und zog sich die Jacke um die Schultern.

»Wie sehe ich dich denn an?« Sorrenson sagte es leise und wohlüberlegt.

»Als ob ich ein Tatverdächtiger wäre. Frag dich lieber mal, warum ich mit einer kopflosen Leiche im Gepäck in einem Polizeitransporter herumfahren sollte. Das ist doch totaler Humbug!«

Sorrenson nahm noch einen Schluck von seinem Kaffee. »Korrupte Polizisten gibt es wie Sand am Meer«, sagte er nachdenklich. »Vielleicht bist du ja gar keine Ausnahme. Vielleicht hast du nur jemandem einen Gefallen getan.«

Hughes fuhr herum und rammte Sorrenson seine linke Faust in den Kiefer. Der Kaffee ergoss sich auf den Boden. Sorrenson fiel nach hinten auf die Promenade und bot Hughes so Gelegenheit, ihn mehrmals in den Brustkorb zu treten. Schwankend versuchte Sorrenson, wieder auf die Beine zu kommen, aber er kriegte keine Luft, und die Anstrengung überstieg seine Kräfte. Er schaffte es immerhin, sich hinzuknien, wodurch er auf genau der richtigen Höhe war, um von Hughes drei kräftige Schläge ins Gesicht zu empfangen, die Platzwunden an seiner rechten Augenbraue und seinem linken Wangenknochen verursachten. Er schmeckte Blut auf der Zunge, und vor seinen Augen tanzten kleine schwarze Sterne. Nachdem er zusammengebrochen war, übergab er sich. Einige Sekunden lag er reglos da und war sich bewusst, dass Hughes davonging. Ich hätte ihm mehr Raum lassen müssen, dachte er. Vorsichtig tastete er mit dem Finger seinen verletzten Wangenknochen ab und spähte zu der Mutter hinüber, die immer noch mit ihrem Kind am Strand spielte. Sonst war niemand in der Nähe. Der Angriff auf ihn war von niemandem beobachtet worden. Das war auch schon das einzig Positive an diesem Morgen. Das und die Tatsache, dass Hughes gerade so etwas wie ein Geständnis abgelegt hatte.

»O Gott!«

»Allerdings.«

Sie sprang auf und kam quer über das Sonnendeck hinter Sorrensons Haus auf ihn zugerannt. »Und wie sieht der andere Kerl aus?«

»Hat keinen einzigen Kratzer abbekommen«, antwortete Sorrenson entschuldigend.

»O mein Gott.«

»Das sagtest du bereits.«

»Hast du einen Verbandskasten?«

»In der Küche, unter der Spüle.«

»Okay«, sagte Kate. »Versuch bitte, in den zwei Minuten, die ich weg bin, nicht wieder in eine Schlägerei zu geraten.« Sie ließ ihn auf dem Sonnendeck zurück, wo er sich mit Blick aufs Meer auf den Holzplanken niederließ.

Dankbar hatte Kate Sorrensons Einladung angenommen, ein paar Tage bei ihm an der Küste zu verbringen. Seine Strandhütte mit ihrem Holzofen, ihren groben Dielen und ihrem Meerblick aus fast allen Fenstern erschien ihr als größtmöglicher Gegensatz zu ihrem städtischen Alltag. Nur dass sie plötzlich vom Gast zur Krankenschwester mutiert war. Sie stöberte ein wenig Desinfektionsmittel und Verbandsmaterial auf und kehrte damit nach draußen zurück.

Sorrenson versuchte zu grinsen.

»Dann erzähl mal«, forderte sie ihn auf.

»Nichts weiter«, gab er zurück. »Eine kleine Meinungsverschiedenheit unter Kollegen, das ist alles.«

»Hughes?«

»Richtig getippt. Guter Detective, aber manchmal ein ganz schöner Hitzkopf.«

»Scheint mir auch so. Du hast ihn nach dem Transporter gefragt, oder?«

»Hm.« Sorrenson zuckte vor Schmerzen zusammen, als sie seine Wunden desinfizierte.

»Und was hat er dazu gesagt?«

»Nicht viel. Er hat seine Fäuste sprechen lassen.«

»Das sehe ich.«

»Es scheint, als hätte er bei der Sache eine gewisse Rolle gespielt, auch wenn sich schwer sagen lässt, welche und warum. Er war nicht besonders entgegenkommend.«

»Verstehe.«

»Ich werde das Thema noch einmal ansprechen müssen.«

»Dann mach es beim nächsten Mal besser an einem gut besuchten Ort. Dein Gesicht hält eher keine Rückrunde mehr aus.«

»Das nächste Mal bin ich vorbereitet.«

»Red dir das nur weiter ein, du Champion. Ich bin ernsthaft schockiert, weil ich niemals gedacht hätte, dass sich Menschen über dreißig heutzutage noch prügeln. In unserem Alter sind doch alle viel zu erschöpft, um gewalttätig zu werden, viel zu abgekämpft, viel zu sehr in Sorge um ihr Geld oder ihre Arbeit oder eine Million andere Dinge. Aber offenbar habe ich mich getäuscht. Ihr Männer legt das nie ab, oder? Den Drang, euch gegenseitig zu vermöbeln?«

Sie beendete ihre Bemühungen, ihn zu verarzten. Er sah furchtbar aus und schien große Schmerzen zu haben. Das gefiel ihr gar nicht. Sei bloß vorsichtig, ermahnte sie sich.

»Danke«, sagte er. »Dafür hat es sich beinahe gelohnt, sich so zurichten zu lassen.«

»Lass es besser trotzdem nicht zur Gewohnheit werden.«

Sie starrten aufs Meer hinaus und lauschten auf den Kies, der von den Wellen vor und zurück gespült wurde. Am Horizont kreuzten die Supertanker. So viel Aufwand, um Dinge von A nach B zu transportieren, dachte sie. Autos, Öl, Waffen,

Leichen … »Den Transporter zu finden wäre schon gut«, sagte sie nachdenklich.

»Ja, dann hätte ich vielleicht etwas gegen Hughes in der Hand und könnte ihn strafrechtlich belangen. Er verheimlicht etwas, das steht fest.«

»Das wäre aber noch nicht alles.«

»Was meinst du?«

»Na ja, der Transporter könnte uns auch gewisse andere Antworten liefern.«

»Zum Beispiel darauf, wer Brockman so unbedingt schützen wollte, dass er bereit war, eine Leiche für ihn zu beseitigen?«

»Genau. Es ist allerdings nicht so sehr das Wer, das mich interessiert, als das Warum. Warum ist Brockman so wichtig? Wer legt so großen Wert auf ihn, dass er für ihn gegen das Gesetz verstößt und seinen Mord an Holahon verschleiern hilft? Was ist so besonders an Brockman?«

»Wir könnten ihn einfach fragen. Es ist ja nicht so, als wäre er derzeit besonders beschäftigt. Er sitzt in Wandsworth in U-Haft, wenn ich mich nicht täusche.«

»Was ist mit Ennis?«

Sorrenson schüttelte den Kopf. »Steht wegen Selbstmordgefahr unter Beobachtung. Der ist völlig durch den Wind. Ich bezweifle, dass er uns sonderlich nützlich wäre.«

»Schade.«

Sorrenson betastete seinen Kiefer. »Wer waren noch mal Brockmans Kunden?«

»Sein Hauptkunde war Prinz Faisal«, antwortete sie. »Viel mehr brauchte er auch nicht.«

»Klingt einleuchtend. Mit einem Milliardär als Kunden schreiben sich die Schecks quasi von allein.«

Sie schüttelte den Kopf. »Brockmans Starkunde ist wirklich ein wandelndes Mysterium. Du solltest mal seine Akte lesen. Eine heimliche homosexuelle Neigung, die mit seinen offenbar streng religiösen Überzeugungen in Konflikt steht. In der Vergangenheit sind seine Gelder immer wieder in verschiedene Tarnfirmen islamistischer Terrorgruppen geflossen. Er leitet einen riesigen Hedgefonds, der größer ist als die meisten Volkswirtschaften, behauptet jedoch, dass ihm Geld nicht viel bedeutet. Es gibt Hinweise darauf, dass er sehr aufmerksam von der CIA überwacht wird, die bis vor Kurzem einen Informanten unter seinen Mitarbeitern hatte. Trotzdem wirkt er nicht wie eine ernsthafte Bedrohung, eher ein wenig unreif. Er verbringt viel Zeit damit, ferngesteuerte Flugzeuge auf seiner privaten Rollbahn starten zu lassen. Die meisten lässt er gleich wieder abstürzen. Seltsames Hobby.«

Sorrenson dachte einen Moment nach. »Ja, das ist allerdings seltsam. Er weiß sicher, dass er genauestens überwacht wird. Leute wie er werden immer überwacht.«

»Stimmt. Ihm ist also klar, dass die Geheimdienste der halben Welt mitkriegen, was er tut. Daher …«

»Daher was? Glaubst du, er *will* gesehen werden?«, fragte Sorrenson. »Macht er das alles nur für die Kameras? Das ergibt doch keinen Sinn. Warum sollte jemand wie er Aufmerksamkeit auf sich ziehen wollen?« Er befühlte die Wunden in seinem Gesicht. Der Tag, an dem er der großen Frau mit den langen schwarzen Locken, die nun neben ihm saß, zum ersten Mal begegnet war, schien einem anderen Zeitalter anzugehören. So viel war passiert, seit Holahons Leiche am Strand aufgetaucht war. Ein einzelner Mord war zu einer Angelegenheit geworden, die vielleicht sogar die nationale Sicherheit bedrohte. Eine persönliche Geschichte war zu einer politischen geworden, ein örtlich begrenztes Problem zu einem internationalen. Sorrensons kleiner Küstenabschnitt war in etwas so Großes verstrickt, dass nicht mehr zu erkennen war, wo es anfing und wo es aufhörte. Warum war es ausgerechnet hier passiert und nicht irgendwo anders? Diese Halbinsel besaß keine besonderen Eigenschaften, jedenfalls keine, die Außenstehende zu schätzen gewusst hätten. Bis auf ... »Prinz Faisals Privatflughafen«, murmelte er. »Er liegt direkt neben dem Atomkraftwerk.«

Kate spürte, wie sich etwas in ihr verkrampfte. »Was willst du damit andeuten?«

Sorrenson zuckte mit den Schultern. »Gefährliche Mischung«, sagte er. »Ein Flugzeug, ein Atomkraftwerk, das ist doch der Stoff, aus dem Albträume sind. Wie der elfte September, nur mit noch verheerenderen Folgen. Die Vorstellung ist der absolute Horror. Er würde diese Küste in eine riesige schmutzige Bombe verwandeln.«

»Aber warum sollte er so etwas an die große Glocke hängen? Was hätte er davon, dass die Leute wissen, was er vorhat?«

Das Geräusch von Kies in der Brandung beantwortete ihre Frage. Sie erinnerte sich an den eisigen Tag Anfang Februar, als sie dieses Geräusch zum ersten Mal gehört hatte. Damals hatte McLure sie an diese Küste geschickt, weil er besessen gewesen war von der Frage, was im Inneren der Higgs Bank vor sich ging. Anfangs war ihr das Ganze beinahe komisch erschienen. Jetzt nicht mehr. Sie dachte an seine posthume E-Mail, in der er ihr seinen Verdacht bezüglich Higgs und der CIA mitgeteilt hatte. Higgs, Higgs, Higgs. So oder so, es lief alles auf Higgs hinaus, wenn auch nicht auf geradlinige Weise. Higgs schien wie eine Spinne im Netz immer komplexere Fäden zu spinnen, um alles, was in die Nähe der Bank kam, einzufangen und zu verschlingen.

Sie starrte angestrengt aufs Meer hinaus. In Gedanken war sie längst nicht mehr an der Küste, sondern in Websters Büro, bei ihrem letzten Gespräch, bei dem, was er über den Tod ihres Vaters gesagt hatte. *Zu perfekt, zu glatt.*

Sie dachte an die sauberen Reihen mit Transaktionen, die Quest vorbereitet hatte und die alle in einem einzigen elektronischen Moment von einem Superrechner aktiviert werden sollten, einem Superrechner, der in Lichtgeschwindigkeit Befehle ausführte und mehr kostete, als das Bruttoinlandsprodukt vieler kleiner Staaten betrug. Sie dachte an die Präzision, mit der diese Befehlsreihen erstellt worden waren, die perfekte Symmetrie, mit der gewaltige Geldsummen aus den Aktienmärkten der Welt abgezogen und in den Kauf von Edelmetallen gesteckt wurden. Genau die Art von Defensivschachzug, die man ausführte, wenn man ein schreckliches Ereignis vorhersah, ein Ereignis, das die Märkte ins Bodenlose abstürzen lassen würde. Zum Beispiel eine Nuklearkatastrophe.

Aber was, wenn …

Sie griff in ihre Tasche und zog ihren Laptop hervor, auf dem sie so heftig herumtippte, als wollte sie ihn zerstören. Mehrere Fenster gingen auf dem Bildschirm auf. Sie klickte sich durch und drang immer tiefer in das Labyrinth ihrer Dateien über Higgs ein. Dabei nickte sie hin und wieder, wie um sich selbst zu versichern, dass sie recht hatte. Oder, wenn sie schon nicht recht hatte, dann zumindest nicht völlig unrecht. Nichts, was sie las, widerlegte ihre Theorie. Nichts. »Wir müssen mit Brockman sprechen«, sagte sie schließlich und sprang auf die Füße.

»Was, jetzt?« Sorrenson hatte keine große Lust auf die Fahrt nach Südwestlondon. Er wollte Salzwasser auf seiner malträtierten Haut spüren.

»Ja, jetzt«, antwortete sie.

»Das Essen ist nicht schlecht, danke der Nachfrage. Es stehen vier Gerichte zur Auswahl. Vegan, halal, vegetarisch und eine Alternative mit Fleisch. Für gutes Verhalten gibt es sogar Kabelfernsehen. Das ist ganz nützlich, weil ich so die Börsennachrichten verfolgen und mich auf dem Laufenden halten kann.«

»Sie werden aber dick, wenn Sie den ganzen Tag herumsitzen und nur essen und fernsehen«, merkte Kate an.

Brockmans Gesichtsausdruck wurde säuerlich. »Tja, kein Wunder. Es ist fast unmöglich, Zugang zum Fitnessraum zu kriegen. Die haben hier verdammt noch mal fünf Laufbänder, die nie benutzt werden, und trotzdem komme ich nicht mal in ihre Nähe! Dieser Knast ist dermaßen beschissen geführt. Je eher er von einem Privatunternehmen übernommen wird, desto besser. Wir brauchen mehr Wettbewerb im Gefängniswesen. Euer System könnte diesbezüglich viel von Texas lernen. Wenn ich in ein paar Wochen wieder auf freiem Fuß bin, steige ich ganz groß in die Branche ein.«

»Muss schwer sein, nicht mehr regelmäßig joggen zu können«, sagte Sorrenson. »Vor allem für jemanden wie Sie, der das Laufen so sehr liebt.«

Brockman blickte sich im Besuchsraum des Gefängnisses um, ohne etwas zu sagen. Außer ihm waren noch drei andere Häftlinge mit ihren Besuchern anwesend. An der Rückwand des Raums war ein Wärter postiert, und in der Nähe wischten zwei Inhaftierte den Boden und verdienten sich so ihren Lohn.

»Wir könnten Ihnen da vielleicht weiterhelfen«, sagte Kate. »Ihnen Zugang zum Fitnessraum verschaffen, meine ich. Vermutlich wollen Sie ja in Form bleiben für den Prozess.«

»Allerdings«, blaffte Brockman. »Wenn ich freigelassen werde, möchte ich topfit sein. Von euch Wichsern lasse ich mir die

Physis nicht kaputt machen. Der Aufenthalt hier wird mich ganz sicher nicht zurückwerfen.«

Sie lächelte. »Sehr gut. Immer positiv denken.«

Brockman starrte sie finster an. Er wünschte sich in seine Zelle zurück. Ein Achtquadratmeterzimmer mit einem kettenrauchenden Bankräuber als Zellennachbar war immer noch besser, als sich mit diesem dämlichen Detective und seiner Kollegin unterhalten zu müssen. Zumindest vermutete Brockman, dass die große, athletisch wirkende Frau seine Kollegin war. Sie war ihm nie wirklich vorgestellt worden. Er musterte sie eingehender. Sie sah eigentlich nicht aus wie eine Polizistin, hatte eher die Ausstrahlung einer Börsenfachfrau oder Finanzberaterin. Brockman stöhnte innerlich auf. Er war dieser Frau schon einmal begegnet, auf dem Hügel in Hampstead Heath, wo sie behauptet hatte, sie sei Buchhalterin. Eine so einfallslose Lüge, dass er sie geschluckt hatte, ohne Fragen zu stellen. Ihm war plötzlich eiskalt. Er wusste, dass er auf der Hut sein musste. Diese Frau war gefährlich, eine *Femme fatale*. Und gerade deshalb so interessant. Ihr Selbstvertrauen machte sie attraktiv, und er fragte sich, wie sie wohl nackt aussah. »Wie wollen Sie es schaffen, mir Zugang zum Fitnessraum zu verschaffen?«

Hab ich dich, dachte sie. »Wir könnten mit dem Gefängnisdirektor reden. Mein Arbeitgeber könnte ein gutes Wort für Sie einlegen. Das hätte einen gewissen Einfluss, denke ich.«

Brockman schnaubte verächtlich. »Gute Frau, ich will Sie ja nicht beleidigen, aber ich glaube nicht, dass die Provinzpolizei eines ausgestorbenen Kaffs an der Küste hier in der Gegend allzu viel Einfluss genießt. Und auch sonst nirgendwo.«

»Hm«, machte sie und schob ihre Visitenkarte über den Tisch.

Brockman nahm sie in die Hand. »Financial Intelligence

Unit, MI5. Ich fühle mich geehrt. Um Längen besser als Buchhaltung, würde ich sagen.«

»Sollten Sie auch. Sich geehrt fühlen, meine ich. Ich biete sonst nur selten meine Hilfe an. Aber Sie sind ein besonderer Fall, Mr Brockman. Sehr besonders. Und ich bin offenbar nicht die Einzige, die so denkt. Es scheint sehr viele Personen zu geben, die Ihre Talente zu schätzen wissen. Personen, die versucht haben, Sie zu schützen.«

Brockman ballte die Hände zu Fäusten. Ein Gefühl der Beklemmung machte sich in ihm breit. Diese Frau schien mehr zu wissen, als ihm lieb sein konnte. Eine unangenehme Machtverschiebung zu seinen Ungunsten hatte stattgefunden, ein seltenes, beinahe noch nie da gewesenes Gefühl für ihn, zumal im Umgang mit einer Frau. »Nun ja, so besonders bin ich auch nicht.«

»Da sind wir ganz anderer Meinung«, erwiderte Sorrenson.

»Allerdings«, stimmte ihm Kate zu. »Es gibt nicht viele, die von sich behaupten können, Prinz Faisals persönlicher Banker gewesen zu sein. Quest ist ein Koloss von einem Hedgefonds. Das Ding kann ganze Märkte beeinflussen.«

»Die Vergangenheitsform können Sie sich sparen«, herrschte Brockman sie an. »Der Prinz hat mich nicht fallen lassen. Ganz und gar nicht. Er ist gerade dabei, das Anwaltsteam für meine Verteidigung zusammenzustellen, so sehr schätzt er mich.«

»Da haben Sie aber Glück«, sagte Sorrenson. »Auf die Weise erhalten Sie Zugang zu der besten rechtlichen Vertretung, die man für Geld bekommen kann. Mit derartiger juristischer Unterstützung kann die Sache ja nur gut für Sie ausgehen.«

Brockman strich sich übers Kinn und sparte sich eine Antwort. Diese idiotischen britischen Detectives.

»Aber ist das nicht das Mindeste, was der Prinz für Sie tun

kann?«, fragte Kate. »Nach allem, was Sie bei Higgs für ihn geleistet haben. Ihre Fähigkeiten in Sachen Kundenbindung müssen wirklich beeindruckend sein. Haben Sie übrigens auch schon die Gerüchte gehört? Quest scheint zu glauben, dass äußerst schlechte Nachrichten im Anmarsch sind. Dass die Leute besser vorsorgen. Die Schotten dichtmachen. Weil ein großes Unwetter heraufzieht.«

Sorrenson fiel auf, dass Brockmans Schultern sich sichtlich verspannten. Der Texaner sah aus, als könnte er jeden Moment explodieren.

»Ziemlich beunruhigend für alle, die nicht vorsorgen konnten«, fuhr sie fort. »Die werden nämlich von der Sturmflut davongerissen.«

Brockman starrte sie an. »Es ist ja wohl kein Verbrechen, sich gegen Risiken abzusichern, vor allem in diesen schwierigen Zeiten. Um nichts anderes geht es im Bankgeschäft.«

»Absolut kein Verbrechen«, pflichtete sie ihm bei. »Aber eins müssen Sie mir erklären. Diese ganzen Quest-Transaktionen, die über Higgs abgewickelt werden – ich habe sie mir ganz genau angesehen, und etwas macht mich wirklich stutzig.«

»Ist das so?«, knurrte Brockman. »Dann schießen Sie mal los, aber seien Sie vorsichtig, Sie könnten jemanden treffen.«

Sie starrte ihn unbeeindruckt an. »Die Sache ist die, dass diese Transaktionen unglaublich akkurat sind. Perfekt geradezu. Reihenweise Hochfrequenzgeschäfte, die alle nur darauf warten, dass irgendein Superrechner den Schalter umlegt und sie aktiviert. Diese Geschäfte flüstern ›Katastrophe‹. Sie schreien es förmlich. Wenn ich bei Higgs arbeiten würde und auf sie aufmerksam geworden wäre, würde ich mir ernsthaft Sorgen machen. Ich würde mich fragen, was Quest weiß. Und ich würde versuchen, mich ebenfalls gegen die nahende Apokalypse abzusichern.«

»Übersichtlichkeit kann in der Finanzwelt recht nützlich sein«, sagte Brockman langsam, wie ein Lehrer, der mit einer begriffsstutzigen Schülerin sprach. »Sie hilft dabei, die Dinge nicht zu verkomplizieren. Hält die Leute davon ab, kostspielige Fehler zu machen.«

»Hm«, murmelte Kate. »Das mag sein. Dann erzählen Sie mir doch bitte von dem Schwarzgeldkonto, das Sie für Quest führen. Dem Konto, das Sie eingerichtet haben. Auf den Britischen Jungferninseln. Da herrscht nicht so viel Übersichtlichkeit, oder? Das ist eine eher versteckte Geschichte, würde ich behaupten.«

Brockman verschränkte die Arme. Sein Herz raste wie bei einem Sprint. Wie hatte sie das Konto gefunden? Diese Frau war wirklich gefährlich. Toxisch sogar. »Was soll damit sein? Die meisten unserer größeren Kunden nehmen ihr Recht in Anspruch, an steuergünstigen Orten Zweigunternehmen zu gründen und Konten zu eröffnen.«

»Das ist es nicht, was mich interessiert. Mich interessiert die Tatsache, dass dieses Konto so eingerichtet wurde, dass es die Handelspositionen, die Quest über Higgs eröffnen will, genau ins Gegenteil verkehrt. Und da frage ich mich natürlich, wozu? Wozu eine zweite Reihe mit geplanten Transaktionen? Was könnte ihr Ziel sein? Und warum eine Reihe über Higgs laufen lassen und die andere versteckt über ein Schwarzgeldkonto?«

Plötzlich wurde Brockman ganz schlecht vor Angst. Diese Frau hatte zu viel herausgefunden. Er dachte an den Prinzen und daran, wie er wohl reagieren würde, wenn sein Plan aufflog. Dann wäre alles umsonst gewesen. Die große hypnotische Lüge, die Quest über Monate den Geheimdiensten und Higgs aufgetischt hatte, würde entblößt werden. Und ihn würde man dafür verantwortlich machen, das wusste er, denn wenn er Holahon nicht umgebracht hätte, würden die Geheimdienste jetzt nicht überall herumschnüffeln und Higgs auf den Kopf stellen. Er hatte geglaubt, Carlyle wäre vorsichtig gewesen, als er den Transport der Leiche und all die anderen grausigen Dinge organisiert hatte, um die Bullen auf die falsche Fährte zu locken. Doch nun wurde Brockman schmerzlich bewusst, dass er ein Feuer entzündet hatte, das sich nicht mehr eindämmen ließ und drohte das ganze Projekt zu zerstören. Eine Gefängnisstrafe würde sein geringstes Problem sein, wenn die Pläne von Quest in Flammen aufgingen.

Zum ersten Mal, seit er in Wandsworth einsaß, hatte er das Gefühl, wirklich gefangen zu sein. Er wog seine eingeschränkten Optionen ab und versuchte sich zu beruhigen, indem er mehrmals tief ein- und ausatmete. Er musste dringend telefonieren. Ja, das war das richtige Vorgehen. Inzwischen hatte er festgestellt, dass es nicht schwer war, im Gefängnis an ein Handy zu kommen. An Trainingszeit schon. Waffen, Drogen, Alkohol, Handys – das alles war hingegen kinderleicht zu beschaffen. Die Chancen, dass jemand seine Beziehungen spielen ließ und seine baldige Freilassung forcierte, würden sich verflüchtigen, sobald der Quest-Plan platzte, das wusste er. Diesbezüglich machte sich Brockman keine Illusionen. Seine Macht gründete allein darauf, dass er für einflussreiche Personen arbeitete und wertvolle Dienste für sie leistete. Wenn er die Unterstützung des Prinzen einbüßte, konnte er sich auf mindestens ein Jahrzehnt hinter Gittern gefasst machen, und wenn er dann wieder freikam – falls er wieder freikam –, würde nichts auf ihn warten, kein Job, kein Geld, gar nichts. Im Gefängnis konnten schlimme Dinge passieren. Brockman wusste, wem seine Loyalität galt. Den Bullen schuldete er gar nichts. Die konnten ihn nicht beschützen. Und seinem Arbeitgeber schuldete er auch nichts.

Higgs wurde nur noch künstlich am Leben erhalten, so viel hatte er schon vor Monaten herausgefunden. Die Bank war schwach und würde bald sterben, und niemand würde sie vermissen. Quest erlöste sie lediglich von ihren Qualen. Es würde ein Gnadentod sein, und er musste auf der Seite derer bleiben, die ihn herbeiführten.

Brockman blickte noch einmal mit ausdruckslosem Gesicht auf die Frau, die vor ihm saß und die er sich nun nicht mehr nackt vorstellte. »Ich habe keine Ahnung, wovon Sie sprechen«, sagte er. »Tut mir leid, aber ich kann Ihnen wirklich nicht helfen.«

# Kapitel 16

Reynolds passierte die Einreisekontrolle in Heathrow und zog seine schlechte Laune hinter sich her wie ein störrisches Gepäckstück. Er hatte versucht, während des Flugs seinen Alkoholkonsum einzuschränken, und war aufgrund des plötzlichen Entzugs nervös und reizbar. Für einen Drink hätte er absolut alles gegeben, aber das große Ereignis stand kurz bevor, und bis es so weit war, musste er alles so gut wie möglich unter Kontrolle behalten.

Er ertappte sich dabei, wie er glucksend in sich hineinlachte. Das große Ereignis, dachte er. Ja, so konnte man es nennen. Dass Quest plante, im großen Stil die Märkte zu manipulieren, war bei Weitem die wertvollste Information gewesen, die er von dieser Schlange Carlyle erhalten hatte. Der Plan war simpel. Er war haarsträubend. Und er würde funktionieren, da war sich Reynolds ganz sicher. Ein Flugzeug auf ein Atomkraftwerk stürzen zu lassen und Vogelschlag dafür verantwortlich zu machen – das hatte völlig irrsinnig geklungen, als Carlyle ihm davon erzählt hatte. Reynolds hatte nicht zum ersten Mal geargwöhnt, dass ihm sein Informant einen Bären aufbinden wollte. Aber dann hatte er durch Recherche herausgefunden, dass ähnliche Vorfälle gar nicht so selten waren, man musste nur einmal an die Notwasserung auf dem Hudson denken. Und aus Carlyles Informationen war deutlich hervorgegangen, dass Quest seine Hausaufgaben gemacht hatte. Die Startbahn, die benutzt werden sollte, auf einem Privatflughafen irgendwo südöstlich von London, befand sich direkt neben einer der größten Vogelpopulationen Europas, daher war es statistisch betrachtet nicht unwahrscheinlich, dass hier ein Schwarm Kanadagänse in das Triebwerk eines Jets geriet. Allerdings wusste niemand genau, welche Schäden der Aufprall des Flugzeugs hervorrufen würde. Niemand kannte die genauen Folgen.

Reynolds hatte sich gefragt, warum Quest die Katastrophe auf ein Naturereignis schieben wollte. Warum nicht einfach ein paar verdammte Turbanträger dafür verantwortlich machen, hatte er Carlyle gefragt. Sein Informant hatte mit den Schultern gezuckt.

»Es hat mit der Denkweise des Prinzen zu tun, mit seiner Weltsicht«, hatte Carlyle erklärt. »Er will damit eine Botschaft vermitteln: Ein einziger simpler Zufall, die Kollision eines Vogels mit einem Flugzeug, kann Higgs und die CIA in die Knie zwingen. So anfällig ist die amerikanische Hegemonie. Ziemlich demütigend, wenn man eingehender darüber nachdenkt.«

Der Plan war genial, das musste Reynolds zugeben. Quest würde ein herrliches, lukratives Chaos entfesseln. In der Phase nach dem Flugzeugabsturz, wenn die Welt entsetzt eruieren würde, ob sie es mit einer vollständigen Kernschmelze zu tun hatte, und die umliegenden Länder panisch verfolgen würden, in welche Richtung der radioaktive Wind blies, würden die Finanzmärkte unweigerlich abstürzen. Die Massenflucht in sichere Geldanlagen wie Gold und andere Edelmetalle würde beispiellos sein, jeder würde versuchen, dem taumelnden Aktienmarkt rechtzeitig zu entkommen. Allerdings würden Quests Superrechner einen entscheidenden Vorsprung haben, sie würden bereits abgesahnt und die Tür hinter sich verriegelt haben. Der Hedgefonds würde Sekundenbruchteile vor allen anderen reagieren, was nicht viel zu sein schien, aber in der hypervernetzten Bankenwelt den entscheidenden Unterschied ausmachen konnte zwischen einem Platz im Rettungsboot und dem sicheren Ertrinken. Und auch Higgs würde im Rettungsboot sitzen. Indem die Bank Quests dicht gesponnene Transaktionsreihen kopierte, würde sie ihren Schuldenberg tilgen. Ein Glück, dass er, Reynolds, dieses unsägliche Holahon-Fiasko aus der Welt geschafft hatte. Wenn der Prinz nervös geworden wäre und sein Geld einer anderen Bank anvertraut hätte, hätte es Higgs längst nicht mehr gegeben. Aber jetzt hatte die Bank wieder eine Zukunft. Eigentlich war es Alchemie, was Higgs vollbringen würde: das Schmieden von Gold aus den Trümmern eines zerstörten Atomkraftwerks. Higgs' Rettung bedeutete gleichzeitig die Rettung der CIA. Nur schade, dass ein mit islamistischem Terror in Verbindung stehender Hedgefonds ebenfalls den großen Reibach machen würde. Reynolds tröstete sich damit, dass noch genug Zeit bleiben würde, sich mit Quest zu befassen, wenn er die CIA erst einmal vor dem Absturz bewahrt hatte. Gottlob gibt es den Markt, dachte er. Der Markt war unerbittlich, er war das effizienteste System der Welt. Reynolds musste an ein Zitat denken, das er einmal irgendwo gelesen hatte: Es genügt nicht zu gewinnen, jemand muss auch verlieren. Genauso war es. Es gab jene, die abkassierten, und jene, die bei diesem Prozess das Nachsehen hatten. So war es nun einmal. Und so würde es immer sein.

Mit Angst ließ sich Geld verdienen, das hatte Reynolds schon vor langer Zeit verstanden. Verängstigte Märkte waren die Zukunft des Bankwesens. Geld setzte sich nur in Bewegung, wenn die Leute in Panik gerieten.

»Sie müssen mit ihm reden. Sie müssen Webster mitteilen, dass wir alle an der Nase herumgeführt werden. Quest versucht nicht, ein Kernkraftwerk in die Luft zu jagen, Quest versucht, eine Bank in die Luft zu jagen.«

Callow seufzte schwer. »Sie wissen, dass Sie diesbezüglich ein Rufer in der Wüste sind, Pendragon. Inzwischen fangen wir immer mehr Gerüchte auf, dass tatsächlich irgendein Spektakel zu erwarten ist, ein riesengroßes Spektakel. Aus unseren Abhörstationen in Saudi-Arabien erreicht uns eine wahre Informationsflut. Es ist von einem Reaktorzwischenfall die Rede, der offenbar aussehen soll wie ein Unfall, aber einen terroristischen Hintergrund hat. Die Märkte werden abstürzen. Viele Investoren im Nahen Osten setzen auf ein apokalyptisches Szenario, und das sind Leute, die dem Westen nicht gerade wohlgesinnt sind. Es werden riesige Summen darauf verwettet. Mit diesen Beträgen könnten die Terroristenfreunde dieser Investoren eine Menge Bomben kaufen, damit könnten sie ganze Armeen rekrutieren.«

»So ist es. Genau das will uns Quest weismachen. Aber das ist eine geschickt konstruierte Lüge. Die lassen immer wieder Infos nach außen sickern, konspirative Telefonate, verschlüsselte E-Mails, kodierte Finanzgeschäfte – wohl wissend, dass alles von der NSA und dem britischen Abhördienst aufgesogen wird und so der Eindruck entsteht, es stünde eine gewaltige Katastrophe bevor. Wir haben die Satellitenfotos von den Vorgängen auf dem Flughafen neben dem Atomkraftwerk doch selbst gesehen. Genau wie die CIA und Gott weiß wer noch alles. Von Quellen aus der Luftfahrtindustrie wissen wir, dass ein Gulfstream Jet gerade mit einem Fernsteuerungssystem ausgestattet wird. Ich gebe Ihnen recht, dass alle diese Informationen auf einen desaströsen Anschlag hinzudeuten scheinen, aber ich versichere Ihnen, dass es nicht dazu kommen wird. Es handelt sich lediglich um eine Illusion.«

Callow zündete sich eine Zigarette an und sog den Rauch

so gierig in seine Lunge, als hinge sein Leben davon ab. »Sie wissen doch genau, was vor dem elften September passiert ist, Pendragon. Damals haben saudische Kapitalanleger kurz vorher ihre Anteile an Airlines verkauft, was alle Welt in höchste Alarmbereitschaft hätte versetzen müssen. Der elfte September ist ein einziges gigantisches Versagen, der Beweis dafür, dass alle geschlafen haben. Kein Geheimdienst möchte sich ein zweites Mal dem Vorwurf aussetzen, so etwas übersehen zu haben. Wahrscheinlich würde es weder der MI5 noch die CIA überleben, wenn herauskäme, dass es zwar Anzeichen für ein Horrorszenario gab, aber nichts dagegen unternommen wurde.«

Kate hätte am liebsten gestöhnt vor Frust. Sie wurden hinters Licht geführt, merkte das denn keiner? Die Fixierung der Geheimdienste auf das Thema Terror bedeutete, dass sie auch nur Terror wahrnahmen. Für die Bedrohung der Finanzmärkte, die in diesem Fall vorlag, hatten sie keinen Blick. »Haben Sie sich die Aufnahme angehört?«

»Die Aufnahme von Brockman, wie er Quest aus dem Gefängnis anruft? Hatten Sie eine richterliche Anordnung für das Abhören seines Handys?«

»Ja«, beeilte sie sich zu sagen. »Das Innenministerium hat die Aktion wenige Minuten nach unserem Besuch in Wandsworth abgesegnet. Die Aufnahme ist der Beweis, dass meine These stimmt. Man hört, wie verzweifelt Brockman ist. Er hat wirklich Mühe, seine Stimme zu kontrollieren. Was er sagt, ist ziemlich kryptisch, aber es wird deutlich, dass er Quest zu warnen versucht. Die Mitarbeiter des Prinzen sollen wissen, dass wir ihnen auf der Spur sind. Er rät ihnen, alle Optionen zu erwägen. Und sich abzusichern.«

»Sein Gesprächspartner von Quest wirkt aber nicht sonderlich beunruhigt von seinem Anruf«, murmelte Callow.

»Weil das Quest-Team natürlich weiß, wie wahrscheinlich

es ist, dass es abgehört wird. Das sind Hedgefonds-Manager, keine Cheerleader. Solche Leute neigen nicht zu Gefühlsausbrüchen. Aber sie werden kapiert haben, was er ihnen mitteilen wollte, und entsprechend in Aufruhr sein. Brockman ist jemand, der die Ängste der Menschen durchschaut und Kapital daraus schlägt. Das ist es, was ihn antreibt. Wenn ein Mann wie er in Panik gerät, geraten die von Quest auch in Panik.«

Callow schüttelte zweifelnd den Kopf.

»Stellen Sie sich doch einmal folgende Frage«, forderte sie ihn auf. »Finden Sie es nicht auch eigenartig, dass Quest ausgerechnet Higgs für seine Transaktionen nutzt? Von allen Banken dieser Welt sucht sich der Hedgefonds die aus, die laut ›CIA-Bank‹ schreit. McLure war jedenfalls der festen Überzeugung, dass die CIA Higgs selbst gegründet und gesteuert hat, bevor alles aus dem Ruder geriet. Inzwischen hat Higgs laut McLures Recherchen Unmengen versteckter Schulden angehäuft und steht kurz vor dem Kollaps.«

»Und weiter?«

»Noch einmal: Warum sollte Quest ausgerechnet Higgs nutzen? Weil die Amerikaner mitkriegen sollen, was der Hedgefonds vorhat. Quest hat aktiv die Überwachung gesucht, weil er Higgs und dem Rest der Welt eine Lüge verkaufen will. Die geplanten Transaktionen sind ein Köder. Die Bank soll glauben, dass die Apokalypse naht, sie soll Quests Handelspositionen kopieren, um so den Schulden zu entfliehen. Wenn Higgs jedoch auf diesen Zug aufspringt und es dann doch keine nukleare Katastrophe gibt, ist sie geliefert. Das wäre ein herber Rückschlag für die CIA. Callow, wenn Sie wirklich wollen, dass die Welt ein sichererer Ort wird, fangen Sie an, sich um ein Horrorszenario zu sorgen, das nicht stattfinden wird.«

Callow stand auf, ging mit großen Schritten zu seiner

Bürotür und schloss sie leise. Dann drehte er sich zu ihr um. »Ich verstehe, was Sie mir sagen wollen, Kate, aber Sie sollten eigentlich im Urlaub sein. Glauben Sie nicht, dass Sie sich mal gründlich ausruhen sollten? Unsere Aufgabe sind Bedrohungen, nicht ausbleibende Bedrohungen. Alle Anzeichen für eine Katastrophe sind da. Wir wissen, dass sich Quest seit Monaten auf diesen Moment vorbereitet. Wie gesagt: Wir erhalten ständig neue Informationen von der NSA und dem GCHQ, die übereinstimmend darauf hindeuten, dass das Ereignis unmittelbar bevorsteht. Die Startbahn des Prinzen wird von uns genauestens überwacht. Außerdem haben wir Flugzeuge in Alarmbereitschaft und Einsatzgruppen der Armee auf Stand-by. Wenn es zum Äußersten kommt, sind wir vorbereitet. Wir werden ganz sicher nicht zum Telefon greifen und den Amerikanern erzählen, unserer Meinung nach sei ihre CIA-Bank drauf und dran, ihr ganzes Hab und Gut auf eine Katastrophe zu verwetten, die nicht eintreten wird.«

Kate schluckte mühsam und konzentrierte sich darauf, langsam und gleichmäßig zu atmen. Am liebsten hätte sie laut geschrien, aber damit hätte sie ihre letzte Chance vertan, Callow doch noch zu überzeugen. Sie versuchte es erneut: »Was Quest mit den Märkten vorhat, könnte die westliche Welt um Jahrzehnte zurückwerfen und breite Schneisen der Armut reißen. Sie wissen genauso gut wie ich, dass Terrorismus sich aus Armut speist. Irgendjemand muss der Higgs Bank zu verstehen geben, dass sie Quests Lüge nicht schlucken darf, weil sie sonst endgültig in den Abgrund stürzt. Die Hochfrequenzgeschäfte, die Higgs vorbereitet hat, sind so getimt, dass sie Sekundenbruchteile vor dem angeblichen Anschlag in Kraft treten. Wenn dieser Anschlag ausbleibt, bricht Higgs in sich zusammen. Die Bank wird Milliarden von Pfund verlieren, weil sie Quest gefolgt ist und aufs falsche Pferd gesetzt hat, während die Superrechner aller anderen Banken sofort die tatsächlichen Transaktionen des Hedgefonds kopieren werden. So funktioniert Hochfrequenzhandel, er fördert ein gewisses Rudelverhalten. Ein Anruf, mehr verlange ich ja gar nicht. Ein verdammter Anruf. Rufen Sie die US-Notenbank an. Erzählen Sie ihr von unserem Verdacht.«

Callow schwieg und zog weiter gierig an seiner Zigarette. Kate merkte, dass sie langsam zu ihm durchdrang.

»Wenn Higgs untergeht, gerät der ganze Markt in Schieflage. Dann verfallen alle in nackte Panik. Es wird ähnlich werden wie bei der Lehman-Pleite, nur schlimmer, weil niemand mehr das damalige Durchhaltevermögen und die damalige Zuversicht besitzt. Mit einer weiteren Hiobsbotschaft kommen die Player auf den Finanzmärkten nicht klar. Die meisten Banken sind extrem anfällig. Wenn die Anleger anfangen, ihr Geld abzuziehen, könnte die gesamte Weltwirtschaft ins Bodenlose abstürzen. Und Sie wissen, was passiert, wenn die Leute keine Jobs haben, keine Hoffnung, dass sich ihre Lage wieder bessert. Dann werden sie anfällig für Extremisten, die ihnen vermeintlich Antworten auf alle ihre Fragen liefern. Das ist die wahre terroristische Bedrohung hinter der ganzen Geschichte. Was Sie wirklich fürchten sollten, sind nicht Terrorbomben, sondern toxische Banken. Sie werden auf lange Sicht deutlich mehr Schaden anrichten.«

Callow strich sich mit der Hand über die eiskalte, wächserne Stirn. Sein ganzer Körper fühlte sich an, als gehörte er ins Leichenschauhaus.

»Und denken Sie daran, was für die Amerikaner auf dem Spiel steht«, fuhr sie fort, nachdem sie einen Hauch von Unsicherheit in seiner Körpersprache entdeckt zu haben glaubte. »Faisal ist sich darüber im Klaren, dass Higgs die Bank der CIA ist und dass alles, was er tut, von dieser überwacht wird.

Er weiß genau, was er tut. Was er in Gang setzen will, ist das wirtschaftliche Äquivalent zu den Anschlägen des elften September. Und er nutzt dazu die eigene hoch verschuldete Bank der CIA. Ziemlich raffiniert, das müssen Sie zugeben.«

Callow blinzelte mehrmals und dachte an seine Pensionierung in drei Jahren. Er weigerte sich, auf den letzten Metern noch einen Herzinfarkt zu erleiden. »Und wie fügt sich Prinz Aldud in dieses Bild ein? Das Attentat auf ihn wird doch irgendwie mit alldem in Verbindung stehen, oder nicht?«

Sie zuckte mit den Schultern. »Ich weiß es nicht. Vielleicht hatte es gar nichts damit zu tun. Vielleicht stimmt Ihre Information aber auch, und er wollte wirklich enthüllen, wie viel Erdöl noch in Ghawar verbleibt. Eher unwahrscheinlich, aber ich habe gelernt, dass eine Krebserkrankung die seltsamsten Auswirkungen auf einen Menschen haben kann. Und denken Sie nur, wie fatal eine solche Enthüllung für Quests Pläne gewesen wäre. Alles an diesem Plan ist genau kalibriert, und die mit einer Indiskretion Alduds einhergehende Erschütterung des Systems würde vermutlich Jahre brauchen, um sich wieder zu legen. Erst dann könnte Quest erneut eine derart gigantische Marktmanipulation versuchen.«

»Wollen Sie etwa andeuten, Faisal hätte seinen eigenen Vater ermordet?«, unterbrach Callow sie verärgert. »Das ist doch absurd!«

»Ich weiß, die Argumentation ist noch nicht in allen Punkten schlüssig. Wenn wir mehr Zeit hätten, würde ich Sie auch nicht so bedrängen. Um die Sache zu stoppen, ist lediglich eine dringende Mitteilung an die Amerikaner nötig. Ich bitte Sie nicht, Panzer in die Schlacht zu schicken.«

Der Big Ben schlug elf.

»Für so etwas gibt es kein vorgesehenes Protokoll«, murmelte Callow. »Das ist jenseits von allem, was üblich ist.«

»Sie tauschen doch ständig brisante Informationen mit den Amerikanern aus.«

»Ja, aber da geht es um Drittparteien, Schurkenstaaten, Sicherheitsinitiativen. Wohingegen wir der CIA diesmal vorwerfen würden, ihre Bank würde Casino-Kapitalismus spielen, mit einem Terrorakt als Einsatz und keinerlei Gewinnaussichten. Damit würden wir eine schwere diplomatische Krise auslösen. Jede Kooperation zwischen unseren Geheimdiensten würde versiegen. Den Zugang zu Satelliten-, Telekommunikations- und Dronendaten der NSA könnten wir uns mit sofortiger Wirkung abschminken. Wir haben den Amerikanern nicht vorzuschreiben, was sie zu tun haben. Es ist umgekehrt, denn sie haben die Macht und das Geld. Großbritanniens gesamte Sicherheitsstrategie basiert darauf, dass wir die Amerikaner auf unserer Seite haben.«

»Ein Anruf«, flehte sie. »Nur ein einziger Anruf.«

Callow schüttelte den Kopf. »Es tut mir leid.«

»Ein Telefonat.«

»Wie gesagt, es tut mir sehr leid.«

Der Prinz betrachtete die Fotos von seinem neuen Gulfstream Jet mit der Begeisterung eines Vaters, der seinen Erstgeborenen im Arm hält. Das Flugzeug war wunderschön, so anmutig wie ein Falke. Auch die Farbgebung erinnerte an einen Raubvogel.

»Der Jet landet heute Nachmittag?«

Sein Assistent nickte. »Ja, um kurz nach drei.«

»Gut«, murmelte der Prinz. »Sehr gut. Der neueste Besucher unserer frisch verlängerten Landebahn. Der Jet hat in etwa die Größe eines Blauwals, nicht wahr?«

Der Assistent wollte gerade antworten, als Schwartz im Sitzungssaal von Quest auftauchte. Der Prinz hob erwartungsvoll die Augenbrauen. Die beiden Männer warteten, bis der Assistent den Raum verlassen hatte.

»Das Fernsteuerungssystem ist eingetroffen«, verkündete Schwartz. »Es wird noch heute Nachmittag angepasst und eingebaut, was unsere diversen Beobachter bestimmt sehr interessieren wird.«

Der Prinz lächelte. »Dann sind wir also startklar?«

»Wir sind startklar«, erwiderte Schwartz.

»Der Anruf von Mr Brockman?«

»Es gibt keine Anzeichen dafür, dass etwas zu den Märkten durchgesickert ist«, beruhigte ihn Schwartz. »Brockman dreht offenbar allmählich durch. Vielleicht plagt ihn das schlechte Gewissen wegen seines Anteils am bevorstehenden Untergang von Higgs. Es wäre dennoch vernünftig, sich für den Notfall abzusichern.«

»Durchaus. Sind wir abgesichert?«

»Ob wir einen Plan B haben?«, fragte Schwartz. »Ja, natürlich. Aber wir werden ihn nicht brauchen. Wie gesagt, es ist nichts nach außen gedrungen.«

»Ausgezeichnet«, sagte der Prinz. »Ich kann Ihnen gar nicht sagen, wie sehr ich mich an der Aussicht ergötze, die Central Intelligence Agency zu zerstören, und zwar schlicht und ergreifend dadurch, dass wir ihr eine simple Lüge auftischen. Wann genau werden unsere vermeintlichen Transaktionen deaktiviert?«

Schwartz zuckte mit den Schultern. »Etwa fünf oder sechs Hundertstelsekunden, bevor die echten Transaktionen in Kraft treten. Die plötzliche Umstellung wird den Markt völlig kopfscheu machen. Überall werden rote Alarmleuchten blinken, aber für Higgs wird es bereits zu spät sein. Die Bank wird bereits angefangen haben, Anteile im Wert von vielen Milliarden Dollar abzustoßen, Anteile, die es mit geliehenem Geld gekauft hat. Und schon Sekundenbruchteile nach dem Verkauf wird sich herausstellen, dass wir die glücklichen Käufer sind. Die Higgs Bank wird gar nicht wissen, wie ihr geschieht. Alle anderen Banken werden uns folgen, sobald ihre Superrechner erst einmal angelaufen sind und unsere Transaktionen nachgeahmt haben. Das wird die Preise für die Vermögenswerte, die Higgs noch hält, in den Keller fallen lassen. Wir reden hier von gigantischen Handelsvolumen. Dem Herrn sei gedankt für die geniale Technologie, die uns den Hochfrequenzhandel ermöglicht. Dadurch werden Marktmanipulationen so viel leichter. Wenn alles in Lichtgeschwindigkeit vonstattengeht, kommt niemand dazu, irgendwelche Vorgänge zu hinterfragen. Und es hat niemand Zeit für ein Ausweichmanöver. So als würde – *Rums!* – ein Flugzeug abstürzen, bevor der Pilot überhaupt einen Notruf abgesetzt hat.«

Der Prinz lachte. »Ich würde vermuten, dass der Freund des verstorbenen Mr Carlyle, Mr Reynolds, derzeit ein sehr nervöser Mann ist. Er setzt auf das Ende der Welt und wird zutiefst gedemütigt sein, wenn dieses Szenario nicht eintritt. Wie schade für ihn, dass der Terror nicht so allgegenwärtig ist, wie er befürchtet hat. Schade auch für die anderen Banken, wenn sie in den kommenden Tagen und Wochen die Auswirkungen von Higgs' Absturz zu spüren bekommen. Kollateralschaden könnte man es wohl nennen.«

Er wies aus dem Fenster des Sitzungssaals. »Die Menschen werden auf den morgigen Tag zurückblicken und sagen: Das war der Tag, an dem die Hegemonialstellung der USA geendet hat. Und an dem der amerikanische Traum endgültig starb. Es ist zu schön, um es in Worte zu fassen.« Er fing an, »Somewhere over the Rainbow« vor sich hin zu pfeifen und zitierte dann aus dem *Zauberer von Oz:* »Wir sind nicht mehr in Kansas, was, Schwartz? Nein, wir sind nicht mehr in Kansas.«

# Kapitel 17

Ein Klack, Klack, Klack von Pfennigabsätzen auf poliertem Marmor. Es war noch früh. Die mexikanischen Reinigungskräfte waren gerade erst mit dem Putzen fertig, und die Geschäftsräume von Quest glänzten wie der Ausstellungsraum einer Porsche-Dependance. Die Sonne schien durch getönte Fenster herein. Es herrschte die Atmosphäre eines Mausoleums. Düster. Kalt. Wohlhabend.

Der Wachmann blickte von seiner Zeitung auf und runzelte die Stirn. Zu so früher Stunde betrat sonst nie jemand das Gebäude. Er musterte die Frau, die auf ihn zukam, registrierte ihre hohen Absätze, ihren kurzen Rock, ihr stark geschminktes Gesicht. Für reguläre Besucher war es eindeutig zu früh, aber vielleicht hatte jemand eine … Nein, niemand von der Geschäftsleitung des Hedgefonds war im Haus. Die Edel-Escort-Damen von Mayfair würden heute woanders ihr Glück versuchen müssen, zumal er strenge Anweisung hatte, die leitenden Angestellten von Quest nicht zu Hause zu stören.

Die Frau traf einige Sekunden nach ihrem Parfum am Empfangstresen ein. Teurer Duft, dachte der Wachmann. Auch die Sonnenbrille war teuer. Sie betrachtete ihn durch die getönten Brillengläser und entblößte dann lächelnd ihre strahlend weißen Zähne. »Hallo, ich bin Angela Warwick. Vom Beratungsunternehmen Icarus. Wir machen Krisen-PR für Quest.«

»Verstehe«, sagte der Sicherheitsmann und nickte.

»Ich habe in zehn Minuten ein Meeting mit dem Quest-Vorstand.«

»Heute nicht, Madam. Es ist niemand hier.«

Die Frau runzelte die Stirn und zog umständlich ihren BlackBerry aus der Handtasche. Nachdem sie auf dem Gerät eine Seite aufgerufen hatte, legte sie erneut ihre Stirn in Falten. »Doch, das Meeting ist definitiv heute.«

»Nein, das kann nicht sein«, widersprach der Wachmann.

Die Frau murmelte etwas Unverständliches und verkündete anschließend: »Na ja, ich rufe einfach den Prinzen an, dann werden wir ja sehen.«

»Tun Sie das, Madam.«

Sie fluchte leise. »Mein Handy hat gerade den Geist aufgegeben, der Akku ist leer. Darf ich?« Sie wies auf das Telefon auf dem Empfangstresen. Der Wachmann willigte zögernd ein. In letzter Zeit hatten immer wieder Kapitalismusgegner versucht, das Gebäude zu stürmen, deshalb war er misstrauisch gegenüber Fremden. Aber diese Frau war ein einziges großes Designerlabel. Dass sie Geld liebte, war nicht zu übersehen. Sie stellte keine Bedrohung dar.

Die Frau klappte ein kleines Notizbuch auf, bedachte ihn erneut mit einem Lächeln, las laut eine Nummer vor und tippte sie in das Handy. Dabei sah sie sich ausgiebig um und lächelte in die Überwachungskameras hinauf, die an vier Stellen angebracht waren. »Ganz schön scharfe Sicherheitsvorkehrungen haben Sie hier«, sagte sie zu dem Wachmann. »So viele Monitore. Denen entgeht bestimmt nichts.«

Der Wachmann schwieg, und die Frau lächelte erneut. Offenbar nahm jemand am anderen Ende der Leitung den Hörer ab, aber der Sicherheitsmann konnte das Gespräch nicht verstehen, da die Frau ihm den Rücken zudrehte und die Stimme senkte.

»Herr Botschafter, entschuldigen Sie, dass ich Sie so früh am Morgen störe. Ich bin eine Whistleblowerin und rufe von Quest aus an, dem saudischen Hedgefonds … Ja, mir ist klar, dass Ihre Handynummer nicht öffentlich ist. Ich war dennoch der Ansicht, dass Sie über eine schwerwiegende und akute Bedrohung der Vereinigten Staaten in Kenntnis gesetzt werden sollten. Sie werden verstehen, dass ich meine Identität schützen muss, aber wenn Sie bei der NSA nachfragen, wird diese Ihnen sicher bestätigen, dass ich diesen Anruf von der Londoner Zentrale des Quest-Hedgefonds aus tätige, etwa eineinhalb Kilometer von Ihrer Botschaft entfernt. Ich glaube, dass die NSA Quest schon seit einer ganzen Weile überwacht … Nein, ich kann Ihnen leider nicht sagen, woher ich das weiß. Allerdings sollten Sie wissen, dass Quest über diese Überwachung Bescheid weiß. Was ich Ihnen heute mitteilen muss, betrifft die Higgs Bank, die für die Central Intelligence Agency zur Gefahr zu werden droht. Ich weiß es übrigens zu schätzen, dass dieses Gespräch wie alle bei Ihnen eingehenden Telefonate aufgezeichnet wird. Diese Art von Kontrolle ist absolut sinnvoll, damit alles protokolliert und festgehalten wird. Ich selbst werde unser Telefongespräch selbstverständlich auch aufzeichnen. Es wäre wirklich ärgerlich, wenn sich herausstellen sollte, dass Sie trotz Kenntnis von der Sache nicht entsprechend gehandelt hätten. Solche Versäumnisse tauchen gern einmal in der Presse auf …«

»Ungewöhnlicher Ort. Sehr ungewöhnliche Zeit.«

»Ja, tut mir leid. Ich hätte nicht angerufen, wenn es nicht äußert dringend wäre.«

Der kleinere, ältere Mann kratzte sich den graumelierten Bart. »Äußerst dringend also«, wiederholte Brandeis. »Das habe ich mir schon gedacht.«

Carey zeigte auf die leere Tribüne, deren weiße Holzlatten vom fahlen Licht der anbrechenden Morgendämmerung beschienen wurden. »Hier können wir uns ungestört unterhalten«, sagte er. »Was ich zu sagen habe, kann nicht innerhalb der Financial Intelligence Unit besprochen werden, auch nicht innerhalb der CIA. Es muss unbedingt unter uns bleiben.«

»Aha.«

»Wir haben ein Problem.«

Brandeis seufzte und zupfte weiter an seinem Bart herum. »Das habe ich mir schon gedacht. Sonst würde ich wohl nicht um fünf Uhr morgens mitten im Central Park sitzen. Ich nehme an, es geht um Higgs.«

»So ist es«, bestätigte Carey. »Higgs. Higgs, Higgs, Higgs, Higgs. Es geht immer nur um Higgs. Ich wünschte, wir hätten diese Bank nie gegründet. Wie dem auch sei, uns ist eine Information zugespielt worden, von der wir wissen, dass sie von unseren britischen Freunden stammt. Ich werde Sie nicht mit Einzelheiten darüber langweilen, woher wir das wissen, aber die betreffende Person glaubt, dass Higgs im Begriff ist, eine verhängnisvolle Entscheidung zu treffen und gewaltige, von anderen Banken zusammengeliehene Summen zu verspielen. Angeblich wurde Higgs manipuliert.«

»Gewagte Behauptung«, lautete Brandeis' Urteil. »Sehr ungewöhnlich für unsere Freunde von der Insel. Die sind normalerweise sehr zurückhaltend in Sachen Risikoeinschätzung. Wenn sie sich täuschen, kann das spektakulär nach hinten losgehen. Ist an der Sache was dran?«

»Es scheint so. Unsere Leute prüfen die Fakten gerade genauer.« Carey senkte die Stimme zu einem Flüstern. »Sie wissen, dass an der Sache was dran ist, denn genau so etwas haben wir schon seit langer Zeit befürchtet. Man kann kein Ungeheuer wie Higgs erschaffen und dann erwarten, dass es sich für immer kontrollieren lässt. Es entwickelt natürlich ein Eigenleben. Higgs ist Frankensteins Monster und Todesstern zugleich.«

»Wo ist Reynolds?«, fragte Brandeis.

»In London, behauptet Ghent.«

»Ghent?«

»Unser Informant in Reynolds' Team. Eine überaus nützliche Sicherheitsmaßnahme.«

Brandeis pfiff leise durch die Zähne. »Wie lange spioniert er dort schon für uns?«

»Eine ganze Weile. In letzter Zeit liefert er ziemlich besorgniserregende Informationen über Reynolds. Seiner Ansicht nach ist der Gute kurz vor dem Durchdrehen. Sein Alkoholkonsum ist offenbar völlig ausgeufert.«

»Kann ich mir vorstellen«, murmelte Brandeis. »Er steht mächtig unter Druck. Seine Schöpfung Higgs ist am Ende, und er weiß nicht mehr weiter. Was macht er in London?«

»Keine Ahnung, aber ich vermute mal, dass er zu retten versucht, was noch zu retten ist. Oder zumindest weitere negative Auswirkungen verhindern will. Ich habe bereits eine Lagebesprechung vorbereitet. Die Briten scheinen ausnahmsweise auf der richtigen Fährte zu sein. Higgs ist ernsthaft verschuldet. Wir hätten es natürlich früher merken müssen, auch wenn die Bank Maßnahmen zur Verschleierung ihres Verlustrisikos ergriffen hat. Jetzt ist sie drauf und dran, alles auf eine Karte zu setzen, nämlich auf ein Ereignis, von dem sie glaubt, dass es den Weltmarkt ins Chaos stürzen wird.«

»Meine Güte«, sagte Brandeis. »Und dieses Ereignis wäre?«

»Den Briten zufolge geht Higgs davon aus, dass ein Flugzeug auf ein Atomkraftwerk stürzen wird. Es soll so aussehen, als wäre ein Vogelschlag für den Absturz verantwortlich, während das Flugzeug in Wirklichkeit ferngesteuert wird.

Die CIA weiß davon, sie ist informiert. Der Plan ist ziemlich ausgeklügelt. Bestätigt wird er mittlerweile von allen Seiten. Der MI5 hat im Rahmen einer größeren Überwachung jede Menge Gerüchte aufgeschnappt und verfügt über eine Tonbandaufnahme, die Ähnliches zu bestätigen scheint. Auch der MI6 erhält seit Tagen entsprechende Berichte von Abhörstationen in Saudi-Arabien, die wir durch eigene Satellitendaten ergänzen können. Der von der NSA ausgewertete Datenverkehr weist ebenfalls darauf hin, dass ein größeres Ereignis bevorsteht. Zudem sind laut der Bankdaten, die wir von den transatlantischen Tiefseekabeln abgefangen haben, zahlreiche verschlüsselte Aktiengeschäfte geplant, die über die Frankfurter Börse laufen sollen. Die Anzeichen sind also eindeutig da.«

Brandeis seufzte. »Ich spüre, dass da noch ein Aber folgt. Habe ich recht? Ein großes Aber?«

»Sie haben recht.« Carey nickte. »Die Briten glauben, dass alles nur ein Schwindel sein könnte. Unser Botschafter in London behauptet, er sei diesbezüglich persönlich gebrieft worden. Er war ganz aufgeregt am Telefon. Wenn er so weitermacht, lässt ein Schlaganfall nicht mehr lange auf sich warten. Der Botschafter wollte wissen, wie lange die NSA Quest schon überwacht, und welche Art von Überwachung wir Higgs angedeihen lassen. Wie viel Eigenkapital die Bank hat. Diese Frage habe ich lieber nicht beantwortet. Na ja, jedenfalls sind die Briten der Ansicht, dass Higgs und die anderen Banken an der Nase herumgeführt werden, genau wie wir alle. Aber das steht alles hier drin.« Carey wedelte mit einem Bündel Papieren.

»Verstehe«, sagte Brandeis leise. »Und was halten wir davon?«

»Es scheint in der Tat so zu sein, dass Higgs einige sehr extreme Handelspositionen geplant hat, deren Eröffnung unmittelbar bevorsteht. Wenn die Briten recht haben, wird die Bank kollabieren, sollte sie die geplanten Transaktionen nicht zurückpfeifen. Sie hat in der Vergangenheit offenbar immer wieder Fremdkapital aufgenommen – es handelt sich um Milliardenkredite von anderen Banken –, um Anteile zu kaufen, die sie nun veräußern und in Edelmetalle investieren will. Wenn Higgs wirklich aufs falsche Pferd setzt ... tja, dann wird man die Explosion bis ins Weltall hören. Den Fall-out würde auch die CIA nicht überleben, die Trümmer würden überall landen.«

Brandeis überflog die Papiere, wobei er sie so hielt, dass er das Licht einer nahen Straßenlaterne nutzen konnte. Er biss sich in die Fingerknöchel, ob aus Konzentration oder Wut konnte Carey im Dämmerlicht nicht erkennen. »Bestimmt nicht leicht für Reynolds, sich auf fremdem Terrain um alles zu kümmern«, sagte Brandeis.

»Stimmt.«

»Er muss am Verzweifeln sein.«

»Ja«, sagte Carey. »Also?«

»Es ist, wie es ist. Fest steht, dass wir nicht so weitermachen können wie bisher.«

»Endphase?«

»Endphase.« Brandeis schüttelte den Kopf. »Ich hätte nicht gedacht, dass es zu meiner Amtszeit jemals dazu kommen würde.«

»Natürlich nicht. Parker?«

»Ja, Parker«, murmelte Brandeis. »Ich informiere ihn. Wird Zeit, dass der Vorstandschef sich sein völlig überzogenes Gehalt verdient. Eine Schande, das Ganze. Fühlt sich irgendwie falsch an, die Notbremse zu ziehen, zumal uns ein Riesenchaos erwartet.«

»Stimmt, aber es ist trotzdem besser so«, sagte Carey. »Wenn die anderen Banken Higgs folgen, haben wir den ganz großen Knall, und dann sind wir die Ursache. Man würde die CIA dafür verantwortlich machen, die nächste große Weltwirtschaftskrise ausgelöst zu haben. Ich hoffe nur, dass Parker nicht kneift. Das wäre mehr als unglücklich. Von seinem Auftreten hängt entscheidend ab, was in den nächsten vierundzwanzig Stunden passiert.«

»Er wird nicht kneifen«, versicherte Brandeis. »Parker ist General und wird die Angelegenheit als ultimatives Opfer für sein Land betrachten. Er wird es für die CIA tun. Das hier ist sein Alamo.«

Sie zog weiße Knöchelsocken an und darüber die dünnsten und leichtesten Laufschuhe, die Sorrenson je gesehen hatte. Die Dinger sind eindeutig für Geschwindigkeit gemacht, dachte er. Seine eigenen Joggingschuhe waren auf Haltbarkeit ausgelegt, darauf, dass sie etwas aushielten. »Wie ist es gelaufen?«, fragte er.

Kate sah ihn an. Sein Gesicht zeugte immer noch von seinem verlorenen Kampf. Die hässliche Collage aus roten Striemen und violetten Blutergüssen wirkte deplatziert in ihrem kargen Loft-Apartment, wie verschütteter Wein. Plötzlich war da zu viel Farbe, die mit den weißen Wänden und dem Eichenparkett kontrastierte. Andererseits würde jedes Männergesicht in meiner Wohnung deplatziert wirken, dachte Kate. Sorrenson war der Erste, der es über die Türschwelle geschafft hatte. »Ganz okay, glaube ich. Puh, was bin ich froh, aus diesen Kleidern rauszukommen. Die Zeiten, in denen ich mich derart aufgetakelt habe, sind definitiv vorbei. Fühlt sich schon viel besser an.« Sie zeigte auf ihre Sportschuhe.

»Du willst jetzt wirklich laufen gehen?«

Sie zuckte mit den Schultern. »Ich kann doch sowieso

nichts mehr tun. Laufen hilft immer. Vor allem bei Kontrollverlust.«

»Trotzdem …«

»Trotzdem.«

»Du könntest doch …«

»Was?«

»Ach, ich weiß auch nicht«, sagte Sorrenson.

»Aber ich weiß es: Du findest, dass ich noch mehr hätte unternehmen können. Habe ich auch. Ich habe mich abgesichert und Kopien der von Higgs geplanten Transaktionen an die CIA, die amerikanische Zentralbank, die NSA und verschiedene Mitglieder des Sicherheitsausschusses des amerikanischen Senats gemailt. Und zwar anonym von einer verschlüsselten Dropbox aus, damit die E-Mails nicht zu mir zurückverfolgt werden können. Higgs wird also inzwischen von allen Seiten beobachtet, und es gibt jetzt eine Menge Leute, die hinterher nicht behaupten können, sie wären nicht vor Higgs' Absturz gewarnt worden.«

Sie schnürte ihre Schuhe zu und zog ihre GPS-Uhr an.

»Was glaubst du, wie es jetzt weitergeht?«, fragte Sorrenson.

Kate schnallte einen Brustgurt mit Herzfrequenzmesser unter ihrer Laufweste fest. »Ich glaube, mein Ruf ist nicht ungehört verhallt. Ich habe mir gerade noch einmal die Handelspositionen von Higgs angesehen, und es sieht so aus, als würden sie aufgelöst. Irgendjemand räumt bei Higgs gründlich auf. Das wird nicht reichen, um die Bank zu retten, dafür hat sie viel zu viele Schulden angehäuft. Sie wird also auf jeden Fall untergehen, aber vielleicht nicht sofort. Sie wird einen würdigen Tod sterben, nachdem sie noch eine Weile künstlich am Leben erhalten wurde, um sie häppchenweise an andere Banken zu verscherbeln. Niemand wird je erfahren, wie toxisch die Higgs Bank wirklich war.«

Sorrenson suchte auf dem Boden nach seinen eigenen Laufschuhen. »Ich komme mit. Gib mir nur kurz Zeit.«

»Gern.«

»Was, wenn du dich irrst?«, ertönte Sorrensons Stimme aus dem Schlafzimmer. »Ich meine, was, wenn wirklich ein verheerendes Ereignis bevorsteht und du die falschen Schlüsse gezogen hast?« Er sah die Anspannung auf ihrem Gesicht. Dieser Gedanke schien ihr auch schon gekommen zu sein.

»Also erstens wird die Startbahn immer noch überwacht. Wenn ich mich täusche und doch etwas passiert, kann das Militär eingreifen. Und zweitens vertraue ich meinem Instinkt. Menschen lügen, Geld nicht. Das wissen die Geheimdienste eigentlich schon seit Jahren. Wenn man verfolgt, wohin die Leute ihr Geld verschieben, durchschaut man auch ihre Gedanken. Nein, es wird keine Katastrophe geben – jedenfalls nicht morgen. Ich hoffe nur, dass die Sicherheitsbehörden damit klarkommen. Zu verstehen, dass die Dinge, die *nicht* passieren, auf lange Sicht die gefährlichsten sind, ist nicht gerade ihre Stärke. Wenn sie einen Selbstmordattentäter festnehmen, halten sie sich für die großen Helden und feiern sich, aber was ist mit den Typen, die durch ihr Raster fallen, den vermeintlichen Langweilern, die jahrelang, sogar jahrzehntelang stillhalten? Den Strippenziehern im Hintergrund, die sich selbst die Hände nicht schmutzig machen, jedoch Rekruten in die extremistischen *madrasas* schicken, wo sie indoktriniert und in Vernichtungsmaschinen verwandelt werden? Auf lange Sicht sind diese Männer doch weit gefährlicher. Ich bin mir allerdings nicht sicher, ob die Geheimdienste zu einem derart nachhaltigen Denken fähig sind. Sie brauchen Action und schnelle Ergebnisse. Dieses Machogehabe, das in meiner Branche bis heute vorherrscht, ist eine große Gefahr. Weil es die Leute blind macht für die wahren Risiken.«

Sorrenson zog sich seine Laufweste über. »Tirade vorbei?«

»Tirade vorbei.«

»Hampstead Heath?«

»Hampstead Heath.«

Sie liefen durch die Straßen von Clerkenwell, das so ausgestorben wirkte wie eine nicht mehr benutzte Filmkulisse, da die gesamte Bevölkerung tagsüber in den Kanzleien, Banken und Beratungsunternehmen des Londoner Finanzdistrikts weilte. Anschließend überquerten sie einen grünen, gut gepflegten Platz, auf dem Marx einst gegen die Ungerechtigkeit des Kapitalismus gewettert hatte, und joggten vorbei an Cafés mit weißen Leinentischdecken, Agenturen für digitales Branding und Börsenmaklern im Maßanzug. Dann folgten sie dem Lauf des unterirdischen Flusses Fleet Richtung Norden, dessen starke Strömung sich früher die Getreidemühlen der Hauptstadt zunutze gemacht hatten, und kamen am frisch sanierten Bahnhof King's Cross vorbei. Als Nächstes ging es einen Kanal entlang, vorbei an einst halb zerfallenen Lagerhallen, in denen sich nun schicke Wohnungen für all jene befanden, die eine Million Pfund übrig hatten. Sie liefen durch eine Stadt, der das Geld immer neue Formen verlieh.

Den Lieferwagen, der ihnen folgte, bemerkten sie nicht.

# Kapitel 18

Hughes, dem der Schweiß in den Augen brannte, betrachtete leidenschaftslos das von ihm erwählte Verkehrsmittel. Es war nicht wirklich als Boot zu bezeichnen, eine Nussschale, kaum groß genug für zwei Personen. Die blaue Farbe blätterte schon ab, und der Kahn sah aus, als könnte er jeden Moment mit Wasser volllaufen. Aber Hughes hatte kein besseres Boot stehlen wollen, keins, das sein Besitzer schmerzlich vermisst hätte. Er hatte schon genug Schaden angerichtet.

Keuchend zog er das Boot durch den Kies zum Wasser hinunter, überrascht über dessen Widerwillen, aufs Meer zurückzukehren. Es war beinahe, als wüsste es, was passieren würde, als sei es fest entschlossen, Hughes' Pläne zu durchkreuzen, seine Hoffnungen zu enttäuschen, so wie der Rest der Welt es ständig tat.

Sobald die Wellen sanft um die Seitenwände des Boots plätscherten, ging Hughes noch einmal ans Ufer und schnappte sich die zwei hölzernen Ruder. Nachdem er sie auf dem Boot verstaut hatte, kehrte er ein zweites Mal an den Strand zurück und schleifte eine schwarze Tasche durch den Kies. Nach anfänglichen Schwierigkeiten schaffte er es, sie in sein Wassergefährt zu hieven. Er blickte in den blauen Himmel hinauf. Das warme Wetter hielt sich nun schon seit Monaten an der Küste, zumindest kam es ihm so vor. Allmählich verstand er, was Sorrenson an diesem Streifen Land fand.

Er riss seinen Blick los. Es gab dringende Dinge zu erledigen. Er öffnete die Tasche und zog eine Flasche hervor, während die Wellen das untere Drittel seiner Jeans durchnässten. Am ganzen Strand war niemand, nur er selbst, ein paar baufällige Bretterbuden und eine Million versteinerte tote Organismen. Aber Hughes interessierte sich nicht für Fossilien. Ihm war nicht daran gelegen, die Vergangenheit zu konservieren oder auch nur die Gegenwart. Es war zu spät, um noch irgendetwas bewahren zu wollen.

Hughes nahm einen tiefen Schluck aus der Flasche. Er wurde immer schläfriger. Der beinahe tödliche Cocktail aus Alkohol und Schmerztabletten, den er eingenommen hatte, erschwerte ihm die Konzentration. Wie warm es ist, dachte er. Die Sonne brannte auf sein Gesicht herunter. Seine Kehle war trocken von den eineinhalb Flaschen Wodka, die er hastig hinuntergestürzt hatte, bevor der Morgen angebrochen war, bevor er seine mühsam erkämpfte betrunkene Klarheit erlangt hatte. Ich hätte vielleicht auch ein bisschen Wasser trinken sollen, dachte er. Dann hätte sein Hals wenigstens nicht ganz so sehr gebrannt. Aber das spielte im Grunde auch keine Rolle mehr. Nichts spielte mehr eine Rolle.

Er spähte zum Himmel hinauf, zur unerschrockenen Sonne, und warf dann einen Blick auf seine Digitaluhr. Es war fast zwei Uhr nachmittags. Das Datum auf dem Display der Uhr überraschte ihn: 2. September. Sein Geburtstag, wie ihm nun einfiel. Er unterdrückte ein Lachen. Wie passend.

Müde schob er das Boot durch die Wellen, dankbar dafür, dass das Meer an diesem Tag ruhig war. Über ihm ließen sich Möwen vom Wind treiben und beobachteten ihn.

Als er die Brandung hinter sich hatte und das Wasser ihm bis zur Taille ging, zog sich Hughes ins Boot hinauf. Es erstaunte ihn, wie anstrengend das war. Jetzt war er noch erschöpfter. Er war so unendlich müde, nicht nur von der körperlichen Anstrengung, sondern von allem. Vom Leben. Er trug immer noch seine Lederjacke, die in letzter Zeit zur zweiten Haut für ihn geworden war, zur Schutzmontur, die er anlegte, wie warm das Wetter auch war.

Er setzte sich im Boot auf und griff nach dem Ruderpaar. Während er ruderte, sah er zu, wie die Küste immer kleiner wurde. Der sich verändernde Ausblick beruhigte ihn. Er ließ das Land hinter sich, seine Probleme. Alles schrumpfte bis zur Bedeutungslosigkeit. Das Atomkraftwerk schien vor seinem Blick zurückzuweichen, bis es nicht mehr wie ein von Menschen geschaffenes Bauwerk wirkte. Stattdessen glich es einem großen Schatten, der Öffnung eines Tunnels in eine andere Welt.

Alles veränderte sich so schnell. Die Zeit brachte eine Vielzahl neuer Perspektiven. Hughes dachte an die Leiche, daran, dass sie nicht menschlich ausgesehen hatte, als er sie am Strand abgeladen hatte. Wenn er doch damals nur gewusst hätte, was er heute wusste. Er hatte geglaubt, es handle sich um den Leichnam eines Konkurrenten, den er für die Harrison-Gang entsorgen sollte, die sich im Gegenzug um seine offenen Rechnungen kümmerte. Spielschulden. Poker. Hughes hatte sich nie als Spieler betrachtet. Bis es zu spät gewesen war. Viel zu spät. Zu dem Zeitpunkt hatte er einer Vielzahl von Syndikaten Hunderttausende Pfund geschuldet und Spielverbot in ganz London und Südostengland gehabt. Vielleicht hatte er deshalb ein Problem mit Margate. Die allgegenwärtigen Glücksspielautomaten erinnerten ihn an sein jämmerliches Versagen, an seinen Leichtsinn.

Die Harrison-Gang hatte angeboten, seine Schulden zu konsolidieren. »Genau wie eine Bank das machen würde«, hatte Jonno Harrison, das siebzigjährige Oberhaupt des Familienklans, versprochen. »Und dann arbeiten wir einen einfachen Schuldentilgungsplan aus, so wie es immer in der Fernsehwerbung angepriesen wird. Du bist nicht der erste Bulle, für den wir das machen. Ganz und gar nicht. Irgendwas in eurer DNA scheint euch besonders glücksspielanfällig zu machen. Jeder trifft mal falsche Entscheidungen im Leben, aber wir bieten dir die Chance, deine Altlasten loszuwerden. Was sagst du dazu?«

Nein, für ihn war die Leiche kein Mensch mehr gewesen, kein Fleisch und Blut, keine Person, die geliebt oder bemitleidet, gehasst oder begehrt worden war. Und er war ganz sicher nicht davon ausgegangen, dass diese Leiche so viel Ballast mit sich brachte. Nie hätte er sich vorstellen können, dass ein toter Mensch noch eine solche Macht ausüben könnte.

Wenn Holahon kein Banker gewesen wäre, wäre alles anders gekommen, da war sich Hughes mittlerweile sicher. Dann wäre seine Leiche für die Lebenden nicht so interessant gewesen, nicht so wichtig. Es wären keine Fragen gestellt worden, unendlich viele Fragen, und es hätte keine Verbindungen gegeben, die um die halbe Welt zu reichen schienen und alles miteinander verknüpften. Ohne die Leiche hätte sich Sorrenson nicht eingeschaltet. Und auch nicht die Frau mit dem mysteriösen Beruf, den Sorrenson nie erwähnte. Davey Stone, Bill Henry, sie alle hätten nichts davon mitbekommen. Bill Henry hätte es dabei belassen sollen, gefälschte Zigaretten zu schmuggeln und Fisch zu stehlen, dachte Hughes, verbittert über die Ungerechtigkeit der ganzen Geschichte. Er sah immer noch Bills Augen vor sich, das Entsetzen in ihnen, ihr Glühen im Dämmerlicht der Räucherkammer.

Und alles nur, weil Hughes etwas transportiert hatte. Er hatte etwas von A nach B gefahren, wie es Millionen von Menschen jeden Tag machten. Und dennoch hatte eine so simple, scheinbar harmlose Handlung die Welt um ihn herum zum Einsturz gebracht. Er erkannte immer noch nicht, wie alles zusammenhing, wie sich das Bild vollständig zusammensetzte, aber er wusste, dass er die Ereigniskette ausgelöst hatte. Scheißbanker. Warum hatte Holahon kein Asylbewerber sein können? Um die scherte sich niemand. Niemand stellte Fragen, wenn sie verschwanden.

Hughes ruderte weiter, obwohl sich seine Arme zunehmend schwertaten. Seine Augen brannten jetzt durchgehend, ohne dass er hätte sagen können, ob es am Schweiß lag oder an den Tränen. Er hatte seit Jahren nicht mehr geweint. Es gab so vieles, wofür er sich hätte entschuldigen müssen. So viele Fehler. So viel verspieltes Geld, so viele falsche Entscheidungen. Es war Zeit, endlich die Verantwortung zu übernehmen, Zeit, endlich Buße zu tun. Der Abschiedsbrief, den er geschrieben hatte, würde das Fossil sein, das von ihm zurückblieb. Man würde ihn lesen, wenn man sein Auto fand, das er oben am Strand abgestellt hatte. Der Brief würde der Beweis sein, dass er existiert hatte, ein Gegenstand, der ihn überdauerte.

Die Küste war nun kaum noch sichtbar. Wie strahlend blau der Himmel ist, dachte Hughes. Er zog die Ruder ins Boot, beugte sich vor, machte den Reißverschluss der Tasche auf, trank erneut aus der Flasche. Um ein Haar wäre er ungeschoren davongekommen. Er hatte den Polizeitransporter zurückgebracht, und niemand hatte etwas bemerkt. Irgendjemand – Hughes hatte nie herausgefunden, wen die Harrisons damit beauftragt hatten –, hatte die Überwachungsaufnahmen des Tages gelöscht, an dem er den Transporter entwendet hatte, sodass es keinen Hinweis auf sein vorübergehendes Verschwinden gab. Sie hätten die Leiche einfach verbrennen sollen, dachte Hughes. Oder sie mit Steinen beschweren und auf den Grund des Meeres befördern. Bei diesem Gedanken wurde ihm flau im Magen.

Aber nein, irgendjemand hatte beschlossen, die Dinge zu verkomplizieren, die Überreste Holahons zum Symbol zu machen, zum Mysterium, um Verwirrung zu stiften. Und da hatten die Probleme angefangen. Es gab immer Probleme, wenn die Leute es zu gut meinten. Je mehr Schichten man hinzufügte, desto komplexer wurde alles, bis man nicht mehr erkennen konnte, was man eigentlich von Anfang an hätte tun sollen.

Er dachte an seine Anfangszeit an der Polizeiakademie. Damals war alles so einfach gewesen. Er hatte sich eine Arbeit gewünscht, bei der er fit blieb, gute Aufstiegschancen hatte und eine gesicherte Rente. Für Recht und Ordnung hatte er sich nie wirklich interessiert und auch keine Ambitionen gehabt, anderen zu helfen. Er war aus rein egoistischen Gründen zur Polizei gegangen.

Keiner dieser Gründe existierte noch. Durch die viele Schreibtischarbeit hatte er kräftig zugelegt, und seine Hoffnungen auf Beförderung hatten sich auch nicht erfüllt. Immer wieder hatte er zusehen müssen, wie rangniedrigere Kollegen an ihm vorbeizogen und die Karriereleiter erklommen. Und zu allem Überfluss kürzte die Regierung nun auch noch seine Pension. Ich hätte Banker werden sollen, dachte Hughes. Ein ganz ähnlicher Job im Grunde: Banker wie Polizisten waren darauf angewiesen, dass zumindest der Anschein von Ordnung gewahrt wurde. Beide Berufe verlangten vermeintlich größtmögliche Rechtschaffenheit und Seriosität, bei beiden gab es Regeln und Gesetze und Kodizes und ethische Vorgaben, beide taten scheinbar einfache Dinge, die in letzter Zeit immer komplexer geworden waren. Ja, ein Banker, das hätte besser zu ihm gepasst. Aber er hatte aufs falsche Pferd gesetzt. Schon wieder Pech im Spiel. Wenigstens war er nicht der Einzige. Alle trafen mal falsche Entscheidungen, sogar die Banker. Genau wie Jonno Harrison gesagt hatte.

Hughes konnte die Küste nicht mehr sehen, auch wenn er ihre Anwesenheit immer noch spürte. Sie war dort vor ihm, ein Seeungeheuer, das ihn angreifen würde, wenn er sich näherte. Ich muss ihm entkommen, dachte er. Es weiß, dass ich hier bin, es wird mich gnadenlos verfolgen. Dunkle Schatten krochen um seine Augen. Sein Gehirn schien in seinem Schädel zu pulsieren. Mein Gott, hatte er Durst.

Er trieb in seinem Boot dahin, ein angenehmes Gefühl, beinahe traumartig. Hin und wieder durchbrach über ihm der Schrei einer Möwe die Stille. Er hatte das Gefühl, einige Zentimeter über dem Meer zu schweben, als würde das Boot in der Luft hängen. Lichtreflexe schossen aus den Wellen wie springende silberne Fische. Hoch oben dröhnten die Triebwerke eines Flugzeugs. Hughes beobachtete seine träge Flugbahn. Es schien so langsam zu fliegen. All die Menschen an Bord, dachte er. All die Menschen mit ihren Hoffnungen, ihrem ungetrübten Optimismus, dass das Flugzeug sicher landen würde, dass alles in bester Ordnung war.

Nur leider folgte am Ende immer ein Absturz, wie Hughes schmerzlich hatte erfahren müssen. Es war nur eine Frage der Zeit, eine Frage des Glücks. Eines Tages verschlang einen die Finsternis, es gab kein Entrinnen. Er setzte die Flasche an und stellte erschrocken fest, dass sie leer war. Es war nichts mehr da. Nichts mehr, womit er sich betäuben konnte. Er warf die Flasche über die Seitenwand des Boots und lachte, als er sie mit einem satten Klatschen im Meer landen hörte. Dann holte er tief Luft und versuchte, das Brennen in seinem Hals zu ignorieren. Er faltete seine Lederjacke ordentlich zusammen und legte sie neben sich. Dann zog er die Tasche zu sich heran und schob den linken Arm hinein. Mit der rechten Hand ertastete er die Handschelle und schloss sie um sein linkes Handgelenk. Mit unsicheren Beinen stand er auf. Das Boot schwankte. Er bückte sich und hob mit großer Mühe die schwarze Tasche mit den Gewichten auf, die er an den Handschellen befestigt hatte. Er betrachtete die Tasche, wiegte sie sanft in den Armen, als wäre sie ein Baby, das schlafen sollte.

Hughes warf einen letzten Blick in die Richtung, in der die Küste zu sehen gewesen war. Er überlegte, ob er noch einmal tief Luft holen sollte, aber damit hätte er die Sache nur unnötig verzögert. Ächzend warf er die Tasche über die Seitenwand des Boots und verspürte ein eigenartiges Prickeln, als sein Körper ihr folgte. Er schmeckte Salz, es brannte unerträglich in seiner Kehle. Warum hatte er nicht noch ein wenig Wasser getrunken?

Plötzlich verspürte er den überwältigenden Drang zu leben, zu kämpfen. Aber es war zu spät. Das hellblaue Wasser über ihm wurde immer dunkler, während er rasch nach unten sank. Er musste unbedingt atmen, musste unbedingt Luft holen. Also öffnete er den Mund, um den Sauerstoff einzusaugen, nach dem er sich so verzweifelt sehnte. Doch da war nur Salzwasser.

Webster saß da und starrte aus dem Fenster seines Büros. Er nahm die Menschenmassen nicht wahr, die sich die Themse entlangschlängelten. Stattdessen sah er Gespenster. Er sah ein zerschmettertes Auto und einen Krankenwagen. Er sah Löschfahrzeuge und Polizeiautos und das Blitzen von Kameras. Er sah Bremsspuren und eine Trage. Die Szene spielte sich einige Minuten lang vor seinem inneren Auge ab, und er sah ihr zu, betrachtete sie genau, als würde er die Pinselführung eines Gemäldes begutachten.

Wenn Pendragon damals nicht ums Leben gekommen wäre, hätte er vielleicht eines Tages die Führung des MI5 übernommen, dachte Webster unbehaglich. Seine Schuldgefühle erschöpften ihn. Und seine Scham. Diese Gefühle suchten ihn nur selten heim. Er hatte geglaubt, sie vor Jahren verdrängt zu haben. Wie auch immer, es war zu spät. Die Vergangenheit ließ sich nicht mehr ändern.

Webster seufzte und nahm seine Erinnerungen aus Belfast, seine Bruchstücke und Scherben, und legte sie zurück in eine fest verschlossene Kiste, um sie in die hinterste Ecke seines Gedächtnisses zu schieben, einen Ort voller Schatten und unausgesprochener Wahrheiten. Langsam rollte er auf seinem Rollstuhl vor und zurück.

Es klopfte, und Callow betrat sein Büro. »Möchten Sie nicht den Fernseher einschalten? Ich glaube, CNN überträgt live.« Er griff nach der Fernbedienung und stellte den Sender ein. Ein ausladender Mann, der fast seinen Anzug sprengte, saß hinter einem Tisch und beantwortete die Fragen der vor ihm versammelten Reporter. Am unteren Bildschirmrand erschienen die Worte: »Eilmeldung: Higgs Bank alarmiert Staatsanwaltschaft wegen Betrugs in den eigenen Reihen, Nichteinhaltung von Vereinbarungen und offenen Verstoßes gegen Verträge. Ersucht Rettungsschirm und staatliche Unterstützung bei der Umstrukturierung. Laut US-Finanzministerium deutet eine erste Risikoeinschätzung darauf hin, dass sich der Schaden auf Higgs beschränken wird.«

Callow und Webster verfolgten schweigend Parkers Auftritt bei der Pressekonferenz. Beiden Männern war sofort klar, dass sich der Vorstandsvorsitzende der Bank sein ganzes Zivilleben lang auf diesen Moment vor den Kameras vorbereitet hatte. Nüchtern und ruhig nahm er die Fragen entgegen. Es war nichts mehr von der Extravaganz zu spüren, für die der General früher bekannt gewesen war. Callow fand, dass er wie ein Football-Trainer wirkte, der das Scheitern seiner Mannschaft beim Superbowl erklärte. Aus Parkers Blick sprach Stolz, aber auch das Gefühl, versagt zu haben. Der große Mann wusste, dass er die letzte öffentliche Ansprache seines Lebens hielt. Er war im Begriff, eine Randnotiz bei Wikipedia zu werden.

»Machen Sie doch mal ein bisschen lauter«, bat Webster.

Callow griff nach der Fernbedienung und erhöhte die Lautstärke, woraufhin Parkers Stimme durchs Zimmer dröhnte: »Unsere interne Revisions- und Compliance-Abteilung hat Geldwäsche im großen Stil quer durch Higgs' zahlreiche internationale Bereiche aufgedeckt. Die Bank scheint in illegale Transaktionen im Auftrag der iranischen Regierung, mexikanischer Drogenkartelle, der russischen und lettischen Mafia, der Hisbollah, der kolumbianischen FARC und mehrerer Untergruppen von al-Qaida involviert gewesen zu sein. Dass es dazu unter meinem Vorsitz kommen konnte, ist durch nichts zu entschuldigen und erfüllt mich mit tiefem Bedauern. Ich werde mit sofortiger Wirkung als Vorstandsvorsitzender zurücktreten, mich jedoch bemühen, den Anklägern, externen Wirtschaftsprüfern und Ermittlern zu helfen, so gut ich kann. Im Zuge dieses tiefgreifenden Skandals haben wir die sofortige Sperrung sämtlicher Transaktionen von Higgs beantragt. Kurz und gut: Higgs ist bis auf Weiteres handlungsunfähig. Keine, ich betone: *keine* Transaktionen können über die Konten der Bank getätigt werden.«

Die Reporter gerieten in Aufruhr, als Parker aufstand und sich zum Gehen wandte. Er drehte sich noch einmal zu den Pressevertretern um. »Angesichts des zu erwartenden Strafverfahrens wäre es zweifelsohne unangebracht von mir, mehr dazu zu sagen. Mir ist klar, dass Sie noch unzählige Fragen haben, aber derzeit gibt es für mich nichts mehr hinzuzufügen.«

Parker entfernte sich, und der Sender schaltete zu einem fassungslos wirkenden Nachrichtensprecher ins Studio zurück.

Callow stellte den Fernseher aus. »Clever, die Probleme der Bank auf Geldwäschegeschäfte zu schieben«, sagte er anerkennend. »Man beschuldigt die Iraner, die Mexikaner und all die anderen üblichen Verdächtigen, und schon denkt keiner mehr daran, tiefer zu graben. So gewinnen die Amerikaner Zeit, Higgs auf ihre Art und Weise abzuwickeln.«

»Ja«, stimmte ihm Webster zu. »Sie haben gern selbst in der Hand, wie etwas endet.«

»›Jetzt bin ich der Tod geworden‹«, murmelte Callow, »›der Zerstörer der Welten.‹«

Webster sah seinen Kollegen an. »Oppenheimer?«

»Ja. Nach dem Test der ersten Atombombe.« Callow zeigte auf den schwarzen Fernsehbildschirm. »Ich nehme an, Sie haben den Anruf doch getätigt?«

Webster nickte. »Ja, aber sie schienen bereits über alles informiert zu sein. Ich glaube, ich habe sie nur noch einmal daran erinnert, dass keine Hoffnung mehr besteht, die Sache auszusitzen. Sie wussten jedenfalls, dass wir Bescheid wissen. Und dass sie handeln müssen. Irgendwie beeindruckend, wie schnell sie Higgs nun dekonstruieren. Erinnert mich an den Fall Enron. Ein Blinzeln, und der ganze Riesenkonzern war nicht mehr da. Nichts war mehr übrig. Außerordentlich.«

»Hatte Pendragon also doch recht. Higgs hat sich einen Bären aufbinden lassen. Die Befürchtung, dass ein Flugzeug auf ein Atomkraftwerk stürzen würde, war nur das: eine Befürchtung.«

»Ja«, sagte Webster unwirsch. »Es spielt im Grunde ja auch keine Rolle. Die Amerikaner haben mitgekriegt, dass wir über Higgs' fatale Lage auf dem Laufenden sind – das hat schon gereicht. Da wussten sie, dass sie die Bank stilllegen müssen. Aber es wird sicher schon bald eine neue Higgs Bank geben. Dass die Amerikaner Higgs abwickeln, wird das Spiel nicht beenden. Niemand kann das Spiel beenden, weil es inzwischen mächtiger ist als wir, weil es außer Kontrolle geraten ist. Der Terror, die Finanzsysteme, alles. Wir spielen nicht das Spiel, das Spiel spielt uns.«

»Trotzdem, ihr Vater …«, begann Callow.

»Ihr Vater wäre stolz auf sie«, pflichtete Webster Callows unvollendeter Bemerkung bei.

»Tja, da ist wohl bald noch ein Gespräch mit den Amerikanern fällig«, sagte Callow.

»Ja. Ich kann mir allerdings nicht vorstellen, dass es eine besonders aufschlussreiche Nachbesprechung wird. Die ganze Sache muss der CIA doch furchtbar peinlich sein, daher ist sie bestimmt nicht scharf auf ein umfassendes Geständnis. Rechnen Sie also nicht mit der lückenlosen Offenlegung aller Fakten.«

»Mit Pendragon müssen wir uns auch unterhalten«, merkte Callow an.

»Alles zu seiner Zeit. Sie ist noch beurlaubt, oder?«

»Ja.«

Webster rollte vor und zurück. »Wir sollten versuchen, ihre vorübergehende Versetzung zu uns in eine Festanstellung umzuwandeln.«

»Das sollten wir«, gab ihm Callow recht. »Wir brauchen mehr Menschen wie sie, mehr Pendragons.«

Webster runzelte die Stirn. »Menschen wie sie?«

»Menschen, die komplexe Abläufe durchschauen, meine ich.«

Webster dachte eine Weile nach. »Ja«, sagte er schließlich. »Ja, das brauchen wir in der Tat.« Er rollte zum Fenster und drehte sich zu Callow um. »Wollen Sie wissen, welches mein Lieblingszitat von Oppenheimer ist?«

Callow nickte.

»›Der Optimist glaubt, dass dies die beste aller möglichen Welten sei. Der Pessimist befürchtet, dass dies wahr sei.‹«

»Und zu welcher Sorte gehören Sie?«, fragte Callow leise.

Webster blickte aus dem Fenster. Das Sonnenlicht sprenkelte die Blätter der Bäume, die bereits braun und trocken wurden. Die Themse glitzerte. »Ich weiß es nicht mehr«, sagte Webster. »Ich weiß es wirklich nicht mehr.«

Schwartz' Schreie hallten durch die langen, gedämpft beleuchteten Gänge der Quest-Zentrale in Mayfair, prallten von der begrünten Wand im Foyer ab, den Panzerglasfenstern, den Rothkos und de Koonings, prasselten auf den Boden wie akustische Granatsplitter.

Schwartz' Kollegen rannten in den Sitzungssaal und suchten nach dem Verursacher des Gebrülls. Sie fanden ihn vor dem großen Bildschirm an der hinteren Wand, wo er fassungslos auf die Börsennachrichten starrte. Er zitterte, und ihm rollten Tränen übers Gesicht.

Seine Kollegen mussten nicht fragen, warum sie so dringend in die Quest-Geschäftsräume zitiert worden waren. Ein Blick auf den Bildschirm genügte. Das Albtraumszenario, von dem sie geglaubt hatten, es sei völlig ausgeschlossen, war eingetreten. Reglos, wie versteinert, standen sie nebeneinander. Über ihnen auf dem Bildschirm leuchteten rote Zahlen und Buchstaben, und gelegentlich auch schwarze. Für Nichteingeweihte wären diese Codes unergründlich gewesen, ein nicht zu entschlüsselndes Wirrwarr. Für das Quest-Team hingegen war die Botschaft auf dem Bildschirm nur allzu klar ersichtlich.

»Irgendjemand hat geredet«, stieß Schwartz hervor und zeigte auf die Zahlen.

»Dieser verdammte Brockman«, murmelte einer aus dem Team. »Was für ein Versager.«

»Vielleicht«, erwiderte Schwartz und sah seine Kollegen misstrauisch an. »Vielleicht auch nicht.«

Sie starrten weiter auf den Bildschirm, als hofften sie, die Vorgänge, die sich vor ihren Augen abspielten, dadurch ungeschehen machen zu können. Die Higgs Bank neutralisierte alle ihre geplanten Handelspositionen durch gegenteilige Transaktionen, ein Vorgang, der von den Superrechnern jeder anderen Bank erfasst und kopiert wurde. Das Rudel war in Panik geraten. Quest stand allein da. Der Hedgefonds wettete gegen den Markt, gegen die kollektive Weisheit jedes anderen Finanzinstituts, jedes anderen Kapitalanlegers, jedes anderen Finanzministeriums. Quest hatte der Welt eine Lüge zugespielt, und im letzten, entscheidenden Moment hatte die Welt sie zurückgespielt.

»Wir müssen den Prinzen informieren«, sagte jemand.

Alle sahen Schwartz an.

# Kapitel 19

Sorrenson konzentrierte sich auf ihre entschwindenden Waden. Es waren die schönsten Waden, die er je gesehen hatte, glatt, leicht gebräunt, straff und gewölbt wie die Brust eines Vogels. Ihre Laufschuhe schienen über dem Boden zu schweben und sich nur selten dazu herabzulassen, die Erde zu berühren, und dann auch nur für Sekundenbruchteile. Sie glitt eher dahin, als dass sie rannte.

Er hingegen schleppte sich schwerfällig hinter ihr her. Die Steigung zum Kenwood House gab ihm den Rest. Seine Lunge hatte ihn im Stich gelassen, war desertiert, als er sie am meisten gebraucht hatte. Vor seinen Augen explodierten kleine schwarze Sterne, und sein Gesicht war schweißüberströmt. Die Adern an seinen Armen pochten, als könnten sie jederzeit platzen, und seine Beine waren so bleiern und schwer, als wäre er betrunken. Er versuchte, wütend zu werden, damit die Wut ihn anstachelte, ihm Kraft verlieh. Also dachte er an Hughes, an die Tracht Prügel, die ihm sein jüngerer Kollege verpasst hatte, und nahm befriedigt zur Kenntnis, dass er tatsächlich einen kurzen Energieschub in den Beinen spürte. Trotzdem hatte er immer größere Mühe, Kate zu folgen. Sie war einfach zu schnell. Eine leichtfüßige Bergziege, während er ein plumper Ochse war.

Als er sah, dass sie ein Stück vor ihm stehen geblieben war, weil eine Familie sich nach dem Weg erkundigte, überkam ihn Erleichterung. Er beschleunigte sein Tempo, fest entschlossen, sie einzuholen. Die Hitze machte ihm zu schaffen. Es schien, als wollte der Park den Sommer für immer festhalten. Sorrenson zog eine Staubfahne hinter sich her. Die Wege waren so trocken, dass die lehmige Erde brüchig geworden war und kleine Risse bildete. Es hatte seit Wochen nicht mehr geregnet, die schräg abfallende Rasenfläche vor dem herrschaftlichen Anwesen war gelb wie Stroh. Selbst das Unkraut an den Wegrändern schien es aufgegeben zu haben, grün zu bleiben.

Er war noch rund zehn Meter von ihr entfernt und joggte gerade an dem langen transparenten Schutzzaun entlang, von dem das Herrenhaus während der Renovierung umgeben war, als er vor sich etwas aufblitzen sah. Zuerst dachte er, ein Familienmitglied hätte eine Kamera oder ein iPhone gezückt, irgendein glänzendes Gerät, in dem sich die Sonne spiegelte. Doch dann ergriff ihn blanke Panik und löste einen Adrenalinstoß in ihm aus. Die letzten Meter bis zu Kate flog er geradezu dahin. Sein Unterbewusstsein hatte lange vor seinem Verstand erkannt, was gerade passierte. Es hatte das Messer wahrgenommen, die Gefahr gespürt.

Mit Gebrüll stürzte sich Sorrenson auf die drei Männer, die wie aus dem Nichts aufgetaucht waren und Kate plötzlich umringten. Obwohl es ein warmer Tag war, trugen sie Kapuzen und hatten sich Tücher vors Gesicht gezogen. Einer der Männer packte Kate, während ein zweiter Mann, der kleinste, versuchte, ihr ein Messer in die Seite zu rammen. Sie wand sich und schrie. Der erste Messerstoß ging daneben, aber der zweite erwischte sie. Ihr Kopf schnellte nach hinten, traf einen der Männer im Gesicht, der sich daraufhin brüllend die Nase hielt.

Zu einem dritten Messerstoß kam es nicht. Sorrenson raste voll in den kleineren Mann hinein und warf ihn zu Boden. Während sie stürzten, packte Sorrenson den Mann am Hals und drückte ihm die Kehle zu. Kate taumelte ein paar Schritte von den Männern weg und sank auf die Knie, während eine Hand nach ihrer Wunde tastete. Ihr ganzer Körper zitterte.

Sorrenson versetzte seinem Gegner einen Kopfstoß, traf dessen Nase und spürte das Splittern von Knorpel. Der Mann fluchte in einer Sprache, die Sorrenson als osteuropäisch einstufte, und krümmte sich vor Schmerzen. Sorrensons Befriedigung war von kurzer Dauer, denn die beiden größeren Männer griffen ihn nun mit gezückten Messern an. Verzweifelt versuchte er, einem von ihnen gegen die Kniescheibe zu treten, aber seine Beine waren schwer und kraftlos vom langen Laufen. Er sah Kate auf Knien durch den Staub kriechen und eine Blutspur hinter sich herziehen. Als er sich wieder seinen Angreifern zuwandte, durchbohrten ihre Messerklingen sein Brustbein. Er spürte, wie es zersplitterte, spürte die Hitze, als das Metall sich tief in ihn hineinschob.

»Lauf!«, stieß Sorrenson mit rauer Stimme hervor. In seinem Mund war Blut. »Lauf!«, wiederholte er. Er packte die beiden Angreifer, umschlang sie in einer blutigen Umarmung und warf sich nach hinten. Sie stürzten zu dritt gegen den transparenten Schutzzaun, hinterließen rote Schmierspuren auf der Folie. Ein Grüppchen bestürzter Fußgänger, das die Schreie gehört hatte und herbeigeeilt war, blieb ängstlich in einiger Entfernung stehen.

Sorrenson rutschte am Plastikzaun nach unten und hatte Mühe, seine Umgebung zu fokussieren. Aus seinem Mund floss Blut, und auf seinem Gesicht lag ein erstaunter Ausdruck. Mit Schrecken sah er, dass die Männer sich wieder Kate zugewandt hatten und mit erhobenen Messern auf sie zugingen. Er versuchte, nach ihnen zu greifen, flehte sie an, ihn erneut anzugreifen, fiel jedoch unbeholfen zur Seite und landete mit der Wange im Staub.

Einer der Männer drehte sich zu ihm und kam mit seinem Messer auf ihn zu. Sorrenson wappnete sich. Worte hatte er keine mehr. Er schloss die Augen.

Plötzlich war das Aufjaulen eines Dieselmotors zu hören. Ein flaschengrüner Land Rover jagte den grasbewachsenen Wall vor Kenwood House herauf, und selbst der Vierradantrieb des Geländewagens schaffte nur mühsam das Fünfundvierzig-Grad-Gefälle. An der steilsten Stelle schien das Fahrzeug zunächst nach hinten zu kippen. Es hing kurzzeitig in der Luft, bevor seine Front nach unten krachte. Kurz darauf rammte es den Mann, der Sorrenson am nächsten war. Ein dumpfer Aufprall und ein lauter Schrei waren zu hören. Die beiden Komplizen des Mannes kamen zu ihm gerannt, um ihn den Wall hinunterzuziehen und Kurs auf ein Wäldchen zu nehmen.

»Rufen Sie die Polizei!«, schrie Gary Carlton den Fußgängern zu, ein Satz, den er schon immer hatte sagen wollen. Der Mann auf dem Boden schwebte eindeutig in Lebensgefahr, er verlor jede Menge Blut. Der Parkarbeiter dachte einige Sekunden nach. Er war nicht ausgebildet in Erster Hilfe, aber in der Bestie gab es einen Verbandskasten, das wusste er.

Höchstwahrscheinlich verliere ich nach dem heutigen Tag sowieso meinen Job, dachte er. Erste Hilfe zu leisten, obwohl er davon keine Ahnung hatte, war noch der kleinste Verstoß, den er sich in den letzten vier Minuten geleistet hatte. Von diesem Einsatz würde er hinterher seinen Paintball-Freunden erzählen können, die niemals echtes Blut zu sehen bekamen, wenn sie aufeinander schossen. Aber zuerst musste er handeln. Er musste den Blutverlust des Mannes irgendwie stoppen.

Nachdem er den Verbandskasten aus der Bestie geholt hatte, beugte er sich über den Schwerverletzten und fing an, Bandagen um seine Wunden zu wickeln, um so die Blutung zu stillen. Das hatte er schon oft im Fernsehen gesehen. Es war eigentlich nichts dabei, vorausgesetzt, man konnte Blut sehen. Man musste es sich nur zutrauen, das war das Wichtigste. Überrascht erkannte er in dem verletzten Mann einen der beiden Detectives, die ihn bezüglich der Uhr befragt hatten. Ein Schauer der Erregung durchfuhr ihn. Er, Gary Carlton, spielte die Hauptrolle in seiner eigenen Realitysendung. Das war tausendmal besser als Paintball!

Schwarze Wolken trübten Sorrensons Sehvermögen. Er rang mühsam nach Luft, sah plötzlich Wasser, tosende Wellen in der Wintersonne. Er war Hunderte Kilometer weit weg, irgendwo jenseits der Nordsee. An der zerklüfteten Küste erkannte er kleine, farbenfrohe Hütten, die sich an die Felsen schmiegten. Über ihm kreisten Möwen, und ein kleines Fischerboot steuerte auf eine improvisierte Anlegestelle zu. Sein Kopf hing schlaff auf die Seite. Erst schloss sich sein linkes Auge, dann das rechte.

»Hören Sie mir weiter zu«, forderte ihn Gary Carlton auf. Diesen Überlebenstipp hatte er in einer Abenteuersendung im Fernsehen aufgeschnappt. »Solange Sie meine Stimme hören, kann Ihnen nichts passieren. Ich habe den Blutverlust gestoppt, und es wird in wenigen Minuten ein Krankenwagen hier sein. Sie müssen nur noch bis dahin durchhalten. Hören Sie mir zu, Detective. Hören Sie auf meine Stimme.«

Sorrensons schwerfällige Atmung verlangsamte sich, bis sie kaum noch wahrnehmbar war. Er bekam das Eintreffen des Polizeiautos nicht mit, dessen uniformierte Insassen ihn umringten, während der Parkarbeiter ihn mit weit aufgerissenen Augen anbrüllte und zum Durchhalten animierte. Er sah nicht, wie der Krankenwagen heranfuhr, wie um ihn herum grellgelbes Absperrband gespannt wurde. Auch die Ankunft der Reporter entging ihm, mit ihren Notizblöcken und ausdruckslosen, gelangweilten Gesichtern, weil sie längst an die vielen Messerstechereien der Großstadt gewöhnt waren. Sorrenson bekam nichts von alldem mit. Er war in die Dunkelheit abgeglitten. Das letzte Bild, das er vor Augen hatte, bevor er bewusstlos wurde, war eine Vogelschwinge. Glatt und straff glitt sie über ein dunkelgrünes Meer, bevor sie zum Horizont abdrehte, dorthin, wo alles beginnt und alles endet.

Tränen brannten ihr in den Augen. Konzentration. Sie musste sich konzentrieren. Es fiel ihr schwer, einen klaren Gedanken zu fassen. Sie zitterte, und Worte sprudelten aus ihrem Mund, Worte, die keinen Sinn ergaben. Sie brauchte Trost, brauchte einen vertrauten Anblick. Weiter und weiter rannte sie, bis sie Parliament Hill erreicht hatte und durch ein Prisma aus salzigen Tränen auf die Stadt hinunterblickte, die sie so gut kannte. In der Ferne, kilometerweit vor ihr, sah sie das Hochhaus The Shard und östlich davon die Wolkenkratzer von Canary Wharf, die ausgedehnte, schimmernde Stadt innerhalb der Stadt. Eine Festung.

Ihre Atmung war nur noch ein wütendes Japsen. Die mörderischen Absichten der drei Männer lösten ein taubes Gefühl in ihr aus. Er war so willkürlich gewesen, dieser Angriff, so unerwartet. Und dennoch, dachte sie, während ihre linke Hand die nässende Wunde abtastete, eine in das Fleisch über ihrer rechten Hüfte gerissene Öffnung, muss er vorsätzlich gewesen sein. Das Vortäuschen eines Raubüberfalls verlangte vorherige Planung. In Wirklichkeit hatte es eine Hinrichtung werden sollen. Der Gedanke erschreckte sie. Sie zitterte nun heftiger, als wäre sie unterkühlt. Konzentration. Sie musste sich konzentrieren.

Sie dachte an Sorrenson, an den jungen Mann, der neben ihm gekniet und sich über ihn gebeugt hatte. Er wird es schaffen, redete sie sich ein. Er wird wieder gesund werden. Trotzdem konnte sie immer noch nicht klar denken. Sie musste Abstand zwischen sich und die Gewalt bringen. Das war ihr einziger Gedanke. Sie musste weiterlaufen, in Bewegung bleiben. Sie war eine Maschine. Wenn sie aufhörte sich zu bewegen, hörte sie auch auf zu funktionieren. Solange sie rannte, war sie nicht angreifbar. Sie musste weiterrennen. Konzentration. Sie musste sich konzentrieren.

Während sie am Damenbadeteich vorbeilief, wurde ihr bewusst, dass sie keine Ahnung hatte, was sie hier überhaupt tat. Sie konnte an nichts anderes denken als an die jüngste, brutale Vergangenheit. Jeder Meter, den sie sich vom Tatort entfernte, kam ihr vor wie ein Akt des Verrats. Immer wieder kehrten ihre Gedanken zu dem Horror zurück, den sie vor wenigen Minuten erlebt hatte, zu dem Anblick von Sorrenson, wie er gegen den Schutzzaun gefallen und zu Boden gesunken war. Was hatte sie in diesem Moment gefühlt? Angst? Entsetzen? Ja, aber auch andere Dinge, Dinge, die inmitten all der Gewalt eigentlich nichts zu suchen hatten.

Noch immer konnte sie nicht aufhören zu laufen. Bewegung war das Einzige, was noch Sinn ergab. Sie hatte zu viel Angst, um vorauszudenken, um sich den möglichen Folgen zu stellen, zu überlegen, was wohl passierte, wenn sie aufhörte, sich zu bewegen.

Plötzlich überfiel sie ein schreckenerregender Gedanke aus dem Hinterhalt, der ihr in den Büschen entlang des Pfads aufgelauert zu haben schien: Sie hatte jemanden zig Milliarden, vielleicht sogar Hunderte Milliarden Pfund gekostet. Eine gewaltige Kopfprämie. Wenn ein derart hoher Preis auf einen ausgesetzt war, konnte man sich nie wieder in Sicherheit wiegen. Denn eins hatte sie gelernt: Vor Geld konnte man nicht davonlaufen. Es schuf seine eigenen Verbindungen, schmiedete seine eigenen Ketten. Auf die eine oder andere Art lockte es jeden in die Falle. Und es würde auch sie finden.

Sie musste den MI5 anrufen, die Polizei verständigen, doch in ihrem panischen Zustand begann sie, an ihren Verbündeten zu zweifeln. Irgendjemand hatte auf irgendeine Weise herausgefunden, dass sie eine Bedrohung darstellte. Sie hatte keine Ahnung, wer und wie, aber ihr war auf einmal in höchstem Maße bewusst, wie verletzbar sie sich gemacht hatte und wie allein sie war. Ihr fiel ein, was McLure in seiner E-Mail geschrieben hatte: Vertraue niemandem.

Sie sah das Entsetzen in den Blicken der Passanten, wenn sie an der blutenden, schluchzenden, schwitzenden Frau vorbeikamen, deren Gesicht verzerrt war vor Schmerz, Verzweiflung und Wut. Das Trauma hatte sie entmenschlicht, sie war nicht länger eine Person. Sie war ein Wesen, das einem Albtraum entstiegen schien.

Was hatte sie sich nur bei alldem gedacht? Es war doch offensichtlich gewesen, dass das Aufdecken einer solchen Manipulation, einer solchen gemeinen, virtuos gesponnenen Lüge Konsequenzen haben würde. Sie war blind gewesen gegenüber den Risiken, die sie eingegangen war, und hatte damit letztlich auch anderen geschadet. Sie war wie McLure geworden. Zu besessen von Higgs, um die Gefahr zu erkennen.

Inzwischen war sie beinahe am Rand von Hampstead Heath angekommen, dort, wo der Park in das Viertel Gospel Oak überging. Der Verkehrslärm beruhigte sie. Sie war dankbar dafür.

Und immer noch lief sie weiter. Sie lief durch dichter werdende Menschentrauben Richtung Kentish Town, getröstet von der Vertrautheit, die mit dem Laufen kam, dem Gefühl von Kontrolle, das es ihr verlieh. Ihre Gedanken wurden klarer. Jeder Schritt schien größeren Durchblick zu bringen.

Konzentration. Sie musste sich konzentrieren. Immer weiter rannte sie, während ihr Verstand unter dem überfallartigen Ansturm lange vergrabener Informationen ächzte. Sie holte alles an die Oberfläche, und dieses Ausgraben war ein Akt des Trotzes. Ihre Bewegung, ihre Gedanken waren eine Form von politischem Protest. Sie weigerte sich, sich von der Zerstörungswut der Männer einschüchtern zu lassen. Die Option, sie bedrohen zu können, würde sie ihnen nicht bieten. Ihr war klar, dass sie traumatisiert war und es nichts brachte, davor davonzurennen. Das Trauma steckte tief in ihr drin. Seit vier Jahren versuchte sie, davor davonzurennen, und es hatte ihr gar nichts gebracht. Es war Zeit, mit dem Rennen aufzuhören. Sie verlangsamte ihr Tempo, bis sie fast ging, und ließ den Kopf hängen. Während sie auf den Gehweg hinunterblickte, umklammerte sie die Wunde über ihrer Hüfte. Abrupt hielt sie in der Bewegung inne, stand keuchend und schluchzend neben einer Busspur. Nein, dachte sie. Es reicht. Sie machte kehrt und fing an, wieder zurück Richtung Hampstead Heath zu rennen.

Gedanken sickerten nach und nach in ihren Verstand, bis sie so gleichmäßig tropften, wie ihre Füße den Asphalt berührten. Der Überfall war geplant gewesen; irgendjemand wollte sie umbringen; es leuchtete ein, dass es mit der Manipulation zu tun hatte, die sie aufgedeckt hatte; sie hatte jemandem die Pläne durchkreuzt. Diese Gedanken wiederholten sich, bis Kate völlig unfähig schien, irgendetwas anderes aufzunehmen.

Und dann, als sich die Gedanken gerade zu einem Mantra zusammengefunden hatten, stürzte ein neuer Gedanke auf sie herab, einer, der beinahe bewirkt hätte, dass sie wie angewurzelt stehen blieb. Ihr fiel Brockmans Anruf ein, um Quest zu warnen. Er hatte den Hedgefonds gedrängt, Sicherheitsmaßnahmen zu ergreifen. Sie hatte einen Plan zerstört, einen sorgfältig ausgearbeiteten, minutiös zusammengestellten Plan, der Jahre für seine Vollendung gebraucht hatte. Da waren gewaltige persönliche Interessen im Spiel. Natürlich ergriffen Menschen, die solche Pläne schmiedeten, Sicherheitsmaßnahmen. Das lag auf der Hand. Wenn Plan A scheiterte, gab es einen Plan B.

Und dieser Plan B würde nur funktionieren, wenn es sich dabei um das Gegenteil dessen handelte, was der Markt erwartete. Sonst wäre auch er gescheitert. Wenn der Markt also keinen Reaktorzwischenfall erwartete, dann …

Der Gedanke lähmte sie. War Quest wirklich so wild entschlossen? Wahrscheinlich. Nein, auf jeden Fall. Es stand viel zu viel Geld auf dem Spiel, um es nicht durchzuziehen. Quest hatte die entsprechenden Transaktionen ja bereits vorbereitet, sie hatte sie selbst gesehen. Der Hedgefonds musste lediglich das Programm eines anderen Superrechners aktivieren, und schon sahnte er ab. Er würde den großen Reibach machen, den er von Anfang an im Sinn gehabt hatte. Vorausgesetzt, der Weltuntergang trat ein.

Kate war fast wieder an ihrem Wohngebäude angekommen. Sie hatte sich geweigert, sich ins Krankenhaus einliefern zu lassen. Mit der Polizei hatte sie gesprochen, sich jedoch bewusst bedeckt gehalten. Ihr blieb keine Zeit für eine ausführliche Schilderung des Vorgangs. Die Ordnungshüter gingen daher vorerst von einem willkürlichen Raubüberfall aus und würden wohl noch eine Weile auf die Wahrheit warten müssen. Es gab dringendere Dinge zu erledigen.

Es war fünf Uhr nachmittags, die Aktienmärkte schlossen gerade. Aber in gut zwölf Stunden würden sie wieder öffnen, und sie war sich so gut wie sicher, was dann passieren würde. Sie hatte eine gewaltige Lüge aufgedeckt, und diese Lüge konnte der Hedgefonds jetzt nur noch in einen Erfolg verwandeln, indem er sie doch wahr werden ließ. Sie dachte an Sorrenson. Es gab nichts, was sie derzeit für ihn tun konnte. Er befand sich an einem Übergangsort irgendwo zwischen Leben und Tod, war bewusstlos, an Maschinen angeschlossen, die über seine Zukunft entscheiden würden, entscheiden würden, ob es überhaupt eine solche gab.

Sie betrat ihr Gebäude durch den Haupteingang und wollte die Treppe zu ihrer Wohnung hinaufgehen, zwang sich jedoch innezuhalten. Die letzten drei Stunden hatten ihr Gespür für Gefahren geschärft. Sie nahm ihre persönliche Sicherheit nicht mehr als gegeben an. Niemand konnte sie beschützen, das musste sie selbst übernehmen.

Sie griff nach der Reißverschlusstasche am Gesäß ihrer Laufshorts, und ihre Finger ertasteten die Konturen ihres Handys und ihres Schlüsselbunds. Mit zitternden Händen zog sie die Schlüssel aus der Tasche. Während sie auf den Bund in ihrer Hand starrte, ging sie gedanklich ihre Optionen durch. Niemand würde ihr glauben, das wusste sie. Ihr Kredit war verbraucht. Higgs erhielt lebenserhaltende Maßnahmen. Die Geheimdienste, die Finanzbehörden – sie alle dachten, es sei vorbei. Wer schon einmal Alarm geschlagen hatte, wurde nicht mehr ernst genommen, selbst wenn er recht hatte. Allerdings bestand durchaus die Möglichkeit, dass sie sich irrte. Sie folgte einer Ahnung, einem Bauchgefühl, mehr nicht. Aber sie täuschte sich lieber, als hinterher mit den Folgen ihrer Untätigkeit leben zu müssen. Nachdenklich betrachtete sie ihren Schlüsselbund. Jetzt war sie ganz auf sich allein gestellt. Sie ging durch eine zweite Tür zu der Treppe, die in die Tiefgarage führte, wobei sie ihre Schlüssel wie ein Messer vor sich ausstreckte.

Sie hatte ihre rostige Ente seit Monaten nicht mehr aus der Garage geholt, doch der Motor startete beim ersten Versuch, eine Seltenheit. Michael hatte sie ausgelacht, als sie die Ente gekauft hatte. »Das Ding geht fast schon als Antiquität durch«, hatte er zu ihr gesagt. »Kauf dir ein richtiges Auto mit einer funktionierenden Heizung.« Aber das Auto war ihr persönlicher Insiderwitz. Es war verbeult, unpraktisch, schwerfällig, das genaue Gegenteil der tiefergelegten, glänzenden Testosteronschleudern, die Londons Straßen üblicherweise verstopften. Ein Mann wäre nie in ein solches Auto gestiegen. Und genau deshalb liebte sie es so.

Sie durchwühlte das Handschuhfach und fand einige Papiertaschentücher, die sie unter ihre Weste stopfte, wobei sie jeden Blick auf ihre Wunde vermied. Dann steuerte sie die Ente aus der Garage und fuhr an den östlichen Stadtrand und von dort auf die A2. Sie kam nur langsam voran, denn ihre rote Konservendose von einem Auto schaffte nur knapp hundert Kilometer die Stunde. Auf der Fahrt sah Kate immer wieder in den Rückspiegel, weil sie Angst hatte, verfolgt zu werden. Dass diese Angst berechtigt war, erstaunte sie immer noch.

Als sie den Londoner Großraum verließ und nach Kent hineinfuhr, beruhigte sich ihre Atmung, und sie wurde ein wenig gelassener. Sie drückte das Gaspedal voll durch, obwohl sie es nicht eilig hatte. Ihr blieb noch genug Zeit, zumal sie ohnehin nicht wusste, was sie bei ihrer Ankunft tun wollte. Das konnte sie sich während der Fahrt überlegen.

Sie zog ihr Handy heraus und legte es neben sich auf den zerrissenen Ledersitz. Vielleicht gab es doch eine Person, die sie anrufen konnte. Es war ein Glücksspiel, ob diese Person ihr glauben würde. Letzten Endes lief alles auf ein finales Glücksspiel hinaus. Sie konnte sich täuschen, was Quest und den Plan B anging, spektakulär täuschen, aber sie musste ihrem Gefühl vertrauen. Und sie musste sich Rückendeckung verschaffen. Schließlich würde es sonst niemand tun.

# Kapitel 20

»Mein Vater hat hier immer Ruhe und Frieden gefunden.«

Schwartz nickte. »Das kann ich verstehen.«

Prinz Faisal wandte den Blick von den beeindruckenden Formschnitthecken seines verstorbenen Vaters ab und betrachtete den aschfahlen Geschäftsführer seines Hedgefonds. Die untergehende Sonne tauchte die grünen Blätter der Bäume in rote Farbe. Über dem Anwesen lag eine schläfrige Stille, die Schwartz an einen Friedhof erinnerte. »Ja«, sagte der Prinz, mehr zu sich selbst als zu Schwartz. »Vielleicht wird dieser Garten sein wahres Vermächtnis werden. Ich glaube, er war ihm wichtiger als seine Kinder. Gewisse Entscheidungen, die er am Ende seines Lebens getroffen hat, gewisse Pläne, was er mit seinem Geld anstellen wollte, waren …« Er schüttelte den Kopf und sah Schwartz an. »Ich frage mich, wie man sich seiner erinnern wird. Was wird sein Erbe sein? Und was meins?«

Der Prinz weiß es also bereits, dachte Schwartz. Er weiß, dass sein Plan aufgeflogen ist, ob nun durch einen Zufall oder gezielte Sabotage. Im Grunde war es egal. Es zählte nur, dass der Plan gestorben war.

»Nun denn«, sagte der Prinz. »Wir haben ein Problem. Ein sehr großes Problem, wie es scheint.« Sein Lächeln verunsicherte Schwartz. Er sah sich flüchtig um und entdeckte einen jungen Mann, der in der Nähe auf einer Bank saß. Der Lieblingsgefährte des Prinzen. Schwartz gestattete sich einen kurzen Moment der Erleichterung über die romantischen Sehnsüchte des Prinzen. Sie verrieten, dass sein Arbeitgeber doch kein vollkommener Soziopath war.

»Ja«, wiederholte der Prinz. »In der Tat ein sehr großes Problem.«

Schwartz schwieg. Er wusste aus Erfahrung, dass es am besten war, dem Prinzen Zeit zu geben, bis er sich von selbst aus seinem entrückten Zustand gelöst hatte. Schwartz beobachtete, wie der junge Mann von der Bank aufstand und zur Orangerie hinter dem Haus hinüberschlenderte. Seine Bewegungen hatten etwas Gemächliches, beinahe Katzenhaftes an sich. Schwartz war neidisch. Der Mann war eindeutig völlig sorglos.

Der Prinz nickte anerkennend und drehte sich dann wieder zu Schwartz um. Sein Lächeln war verschwunden. »Also«, sagte er. »Was ist zu tun? Wie lässt sich aus der Misere noch etwas retten?«

»Wir haben gewisse Möglichkeiten«, entgegnete Schwartz.

»Möglichkeiten?«

Schwartz korrigierte sich: »Eine Möglichkeit.«

»Aha, ja. Die Absicherung, die uns Mr Brockman am Telefon empfohlen hat. Der berühmte Plan B, über den wir vor vielen Monaten diskutiert haben. Es ist immer gut, auf den Notfall vorbereitet zu sein, nicht wahr? Gerüstet für den Regen, auch wenn sich der Sommer für immer eingenistet zu haben scheint.« Der Prinz zeigte auf die perfekt gepflegten und bewässerten Rasenflächen. »Ja, wir müssen Vorsorge treffen für den ersten Regentag. Sozusagen eine Risikoversicherung abschließen, ist es nicht so?«

»Ja.«

»Wir haben einen langen Weg zurückgelegt, seit wir zum ersten Mal über unseren Plan B gesprochen haben, der damals noch Plan A war. Unser Projekt Apokalypse«, murmelte der Prinz.

»O ja, einen weiten Weg«, pflichtete ihm Schwartz bei.

»Es wäre zu schade, wenn wir nun an der letzten Hürde scheitern würden, um eine Sportmetapher zu bemühen.«

»Das wäre es in der Tat.«

Es entstand eine Pause. Der Prinz strich sich über den Bart, zwirbelte die Barthaare an seinem Kinn. »Ich weiß nicht recht«, sagte er. »Der Plan ist nicht ohne Risiko. Wir könnten natürlich ein Flugzeug in ein Atomkraftwerk fliegen lassen. Wir könnten es aussehen lassen wie Vogelschlag. Dass sich all dies fernsteuern lässt, haben wir anhand unserer Modelle bewiesen. Allerdings können wir nicht garantieren, dass der Aufprall nicht ein radioaktives Leck verursachen würde. In der Tat ein großes Risiko.«

»Risiken lassen sich nun einmal nicht ausschließen«, gab Schwartz zu bedenken. »Sie sind überall, die Welt gedeiht durch sie. Letzten Endes ist doch alles undicht: Reaktoren, Menschen, Pläne. Das Atomkraftwerk auf der Halbinsel hat angeblich bereits ein Leck, die Regierung will es nur nicht zugeben.«

»Hm«, machte der Prinz. »Es ist ein sehr altes Atomkraftwerk. Studien zufolge wurde nie getestet, ob es einem Flugzeugabsturz standhalten würde.«

»Riskant ist die Sache auf jeden Fall«, räumte Schwartz ein. »Daran besteht kein Zweifel.«

»Wir haben gesehen, was in Fukushima passiert ist«, sagte der Prinz. »Und davor in Tschernobyl. Es ging uns doch eigentlich nur darum, die Illusion einer Katastrophe heraufzubeschwören. Wir wollten sie nicht wirklich herbeiführen, Schwartz. Und nun stehen wir hier und diskutieren genau diese Möglichkeit. Plan B.«

»Wir können die Risiken nicht völlig eliminieren«, gab ihm Schwartz recht. »Das kann niemand.«

»Nein«, sagte der Prinz leise. »Das können wir nicht.«

»Aber …«

»Aber?«

»Selbst wenn es schiefgeht, wäre die Kontaminierung vermutlich räumlich begrenzt. Und wir wären reich. Noch reicher. Denken Sie darüber nach. Wir würden gegen den Markt wetten und gewinnen. Alle anderen Banken, vor allem die amerikanischen, hätten das Nachsehen. Das würde die am höchsten verschuldeten Banken endgültig in den Abgrund stürzen. Genau das Ergebnis also, das wir wollten. Allerdings mit …«

»Allerdings mit ernsten Folgen«, unterbrach ihn der Prinz. »Bei einem radioaktiven Leck würde es unweigerlich Opfer geben.«

»Kollateralschäden«, sagte Schwartz. »In jedem Krieg gibt es Kollateralschäden. Und Sie haben die ganze Aktion doch immer schon als Feldzug betrachtet.«

Der Prinz seufzte. »In der Tat. Es liegt in der Natur von Kriegen, dass sie zerstörerisch sind, aber die Zerstörung lässt sich rechtfertigen, wenn es ein gerechter Krieg ist. Und dieser Krieg ist gerecht. Wir schlagen den Westen mit seinen eigenen Waffen. Wir diktieren, was passiert.«

»Und mit Plan B lässt sich genau das bewerkstelligen«, sagte Schwartz. »Wir können immer noch gewinnen. Dazu müssen wir nur die Karten neu mischen und den Einsatz erhöhen.«

Der Prinz lächelte anerkennend. »Den Einsatz erhöhen. Eine gute Metapher. In der Tat. Auf dem Weg hierhin gab es bereits gewisse … Opfer. Jetzt die Segel zu streichen wäre eine Verschwendung. Eine sträfliche Verschwendung. Aber unsere Freunde werden uns beobachten.« Der Prinz zeigte zum Himmel.

Schwartz hob den Blick, als könnte er die Satelliten mit bloßem Auge sehen. »Wir werden zum betreffenden Zeitpunkt weit weg sein. Sollen sie uns erst einmal nachzuweisen versuchen, dass wir etwas damit zu tun hatten. Das Cockpit und sein gesamter Inhalt werden beim Aufprall vollständig zerstört werden, wir haben entsprechende Maßnahmen ergriffen. Außerdem werden Sie selbst in Saudi-Arabien sein, wenn es losgeht. Dort sind Sie unerreichbar. Dort wird man Sie schützen.«

Der Prinz nickte. »Also dann«, sagte er leise. »Wir starten Plan B. Den ursprünglichen Plan A. A wie Apokalypse.«

»Ich aktiviere sämtliche nötigen Maßnahmen«, verkündete Schwartz.

Sie saß auf dem Sonnendeck hinter Sorrensons Haus und blickte aufs Meer hinaus. Die Morgendämmerung kündigte sich an, auch wenn am Himmel noch kein Anzeichen für Helligkeit zu sehen war. Kate saß im Schneidersitz da, eine alte Fleecejacke, die sie im Kofferraum der Ente gefunden hatte, fest um ihren Körper gewickelt. Vor sich hatte sie ein kleines Picknick ausgelegt, zusammengesucht aus den Kühlvitrinen einer Tankstelle: Hummus und Pitabrot, griechischer Salat, Bananen, Orangensaft und mehrere Energydrinks. Wie Opfergaben hatte sie alles ausgebreitet.

Es kam ihr makaber vor, ausgerechnet am Haus ihres schwerverletzten Liebhabers Zuflucht zu suchen, aber es war der einzige Ort, an dem sie sich halbwegs sicher fühlte. Sie nahm einen Schluck von einem der Energydrinks, verzog das Gesicht und richtete ihren Blick erneut aufs Meer, auf die dunkle, flüssige Fläche, die sich vor ihr erstreckte und mit der bleiernen Schwärze der Nacht verschmolz. Sie war völlig erschöpft und wurde fast überwältigt von dem übermächtigen Drang zu schlafen.

Ein Blick auf ihr Handy verriet die Uhrzeit: drei Uhr achtundfünfzig. Sie scrollte durch ihre Nachrichten, obwohl sie bereits ahnte, dass keine neuen eingetroffen waren. Es war offensichtlich, dass Callow nicht auf ihre SMS antworten, sich nicht mit ihren haarsträubenden, aberwitzigen Behauptungen auseinandersetzen wollte. Egal. Es genügte, dass sie die Nachricht abgeschickt hatte. Der MI5 konnte sie mithilfe ihres Handys orten. Das war der Sinn des Ganzen gewesen. Es war ihr Leuchtfeuer, ihr Notsignal.

Als sie sich vorbeugte und nach einem Stück Pitabrot griff, zuckte sie vor Schmerz zusammen. Die Wunde in ihrer Seite pochte immer noch heimtückisch. Sie schluckte zwei weitere Schmerztabletten und befühlte vorsichtig den Verbandsmull, der die klaffende Wunde bedeckte. Allein bei der Erinnerung daran, wie sie einige Stunden zuvor in einer Haltebucht Desinfektionsmittel aufgetragen hatte, musste sie würgen. Wenigstens nässte die Wunde nicht mehr. Offenbar hatte sie ganze Arbeit geleistet. Ihr fiel das letzte Mal ein, als sie eine Wunde versorgt hatte, und der Gedanke an Sorrenson trieb ihr die Tränen in die Augen. Sie schluchzte leise vor sich hin.

Ein Windstoß peitschte die Küste entlang. Er war kalt und kündete vom nahenden Herbst. Wahrscheinlich war er von Skandinavien herübergeweht. Sie zog die Fleecejacke noch enger um sich herum. Ihr blieben nur noch wenige Stunden, und sie hatte nach wie vor keine Ahnung, was sie tun sollte. Ihre Gedanken wanderten zu ihrer Mutter, ihrem Vater, ihrem Mann. Zu den Kindern, die sie niemals haben würde. Ihr ganzes Leben schien nur aus Verlusten zu bestehen, und bei der Aussicht auf ihre einsame Zukunft wurde sie von stillem Entsetzen gepackt.

Mit wackeligen Beinen stand sie auf und zuckte zusammen, als der Verbandsmull durch die Bewegung an der Wunde rieb.

Sie holte mehrmals tief Luft und zwang sich, noch einen großen Schluck von dem Energydrink zu nehmen. Inzwischen war der erste helle Dämmerungsstreif am Horizont zu sehen. Sie packte ihr provisorisches Picknick in eine Plastiktüte und ging zu ihrem Auto. Sie hatte einen Plan. Zumindest so etwas Ähnliches.

»Mr Andrews brauche ich wohl niemandem vorzustellen«, sagte Callow und wies auf den Innenminister. »Zu seiner Rechten sitzt Mr Chilcot, sein Staatssekretär. Für das Protokoll, das – wie ich Ihnen in Erinnerung rufen darf – dem Gesetz zur Wahrung von Staatsgeheimnissen unterliegt, halte ich fest, dass ich selbst Phil Callow bin, stellvertretender Direktor des MI5. An meiner Seite befindet sich Robert Kitson, Leiter der Antiterroreinheit von Scotland Yard, und neben ihm haben wir Susan Urquhart, Krisenbeauftragte des Innenministeriums. An ihrer Seite sitzt Lord Ouseley, Leiter des Komitees zum Gemeinsamen Erkenntnisaustausch, flankiert von Martha Townsend, Beauftragte für externe Kontakte im Auswärtigen Amt. Der Krisenausschuss wurde einberufen um null Uhr zweiundvierzig am Mittwoch, dem 3. September.«

Callow sank auf seinen Stuhl zurück. Er hatte nicht geschlafen, und sein letztes bisschen Energie war dafür draufgegangen, den Krisenausschuss der Regierung einzuberufen. Er tagte in einem schmucklosen Raum tief im Inneren des MI5-Hauptquartiers. Nicht zum ersten Mal in dieser Nacht stellte Callow sich die Frage, ob er völlig verrückt geworden war. Aufgrund einer einzigen SMS ein solches Treffen zu erzwingen, zeugte eindeutig von einem benebelten Verstand. Er erkannte sich selbst nicht wieder. Plötzlich traf er bizarre Entscheidungen, die mit einem gewaltigen persönlichen und beruflichen Risiko verbunden waren. Der Innenminister würde wohl kaum mit Wohlwollen reagieren, wenn sich herausstellte, dass Callow sich geirrt hatte. Es konnte verheerende Folgen haben, die Saudis und ihr weit verzweigtes Informantennetzwerk zu verprellen. Wenn Kate Pendragons Behauptungen falsch waren, konnte er sich nirgendwo verstecken, das wusste er. Die Fallhöhe war tief. Nach dem Aufprall würde nicht mehr viel von ihm übrig sein und von den anderen auch nicht.

Chilcot hustete und nippte an einem Glas Wasser. Er zeigte auf die unscharfen Schwarzweißaufnahmen, die Callow an die Wand gehängt hatte. »Was haben wir da?«

»Satellitenaufnahmen von Prinz Faisals Privatflughafen, der an das Atomkraftwerk Osford in Kent angrenzt«, erklärte Callow.

»Sieht mir ganz nach Modellflugzeugen aus«, sagte Chilcot kühl.

»Das sind die meisten auch«, erwiderte Callow. Es fiel ihm schwer, höflich zu bleiben. Staatsbeamte wie Chilcot führten ein bequemes, gefahrloses Leben. Sie hatten keine Ahnung, unter welchem Druck die Sicherheitsbehörden standen. Ihre Existenz war frei von Turbulenzen.

Callow zog eine weitere Aufnahme aus einem Koffer und schob sie über den Tisch. »Dieses Bild wurde gestern aufgenommen«, sagte er. »Darauf ist das Eintreffen eines Gulfstream Jets auf dem Privatflughafen zu sehen. Im Hintergrund sind auch mehrere Airbus A380-Maschinen zu erkennen.«

»Kann nicht sein«, widersprach Andrews. »Bevor ich Innenminister wurde, war ich Verkehrsminister, das dürfen Sie nicht vergessen. Und ich weiß, dass Flugzeuge dieser Größe auf einem solchen Flughafen nicht landen können.«

»Die Rollbahn würde kürzlich verlängert und verstärkt«,

erklärte Callow. »Der ermordete Vater des Prinzen wollte den Flughafen dazu nutzen, mit A380-Maschinen Hilfsgüter in alle Welt zu fliegen. Und nun scheint sein ältester Sohn die Startbahn für die Umsetzung eines etwas anderen Szenarios verwenden zu wollen.« Callow wies auf die Fotos an der Wand. »Wir glauben, dass eine akute terroristische Bedrohung für das Atomkraftwerk besteht, und wir glauben, dass die Umsetzung des Plans, einen Gulfstream Jet auf den Reaktor stürzen zu lassen, unmittelbar bevorsteht.«

»Ach ja?«, fragte Kitson skeptisch. »Noch vor wenigen Stunden lautete die Information, dass diese Bedrohung nur vorgetäuscht sei, um die Märkte zu manipulieren. Wie unmittelbar steht sie denn nun angeblich bevor?«

»Wenige Stunden«, antwortete Callow.

»Können Sie das etwas genauer ausführen?«, hakte Kitson nach.

»Sie wird auf größtmögliche öffentliche Aufmerksamkeit ausgerichtet sein, daher lautet meine persönliche Einschätzung, dass sie am frühen Nachmittag stattfindet, wenn die Ostküste der Vereinigten Staaten erwacht ist. Also in etwa neun Stunden.«

Kitson nickte. »Klingt logisch«, sagte er. »Genau wie am elften September.«

»So ist es.« Callow nahm dankbar zur Kenntnis, dass er den Mann von Scotland Yard offenbar zu seinen Verbündeten zählen durfte.

»Sie sagen, Sie ›glauben‹ es«, sagte Chilcot scharf. »Und worauf fußt Ihr Glaube? Mit welcher Begründung haben Sie den Krisenausschuss einberufen?«

Callow holte tief Luft. Er hatte seine Ansprache in Gedanken geprobt, doch es ließ sich nicht leugnen, dass die Suppe, die er den Anwesenden auftischen würde, reichlich dünn war. Und

Chilcot war eindeutig an substanziellere Kost gewöhnt. »Eine unserer Agentinnen hat Hinweise auf ungewöhnliche Transaktionen auf dem Börsenmarkt aufgespürt, die auf ein bevorstehendes Ereignis hindeuten. Unserer Ansicht nach werden diese Transaktionen von einem saudi-arabischen Hedgefonds getätigt, dessen Inhaber für die Finanzierung islamistischer Terrorgruppen bekannt ist. Unsere Überwachungsteams haben daraufhin Beweise dafür gesammelt, dass die Zielperson mit ferngesteuerten Modellflugzeugen experimentiert, als Vorbereitung auf das echte Ereignis. Ziel ist es unserer Ansicht nach, den neu eingetroffenen Gulfstream Jet mittels Fernsteuerung auf das Atomkraftwerk stürzen zu lassen.«

»Also wirklich wie am elften September«, murmelte Kitson.

Callow zuckte mit den Schultern. »Nur dass sie diesmal keine Selbstmordpiloten brauchen. Wir sind uns nicht sicher, ob das Ganze überhaupt als Terrorakt verkauft werden soll. Vorrangig geht es offenbar um einen Versuch von Marktmanipulation. Es könnte sogar sein, dass sie das Ganze als Unfall ausgeben.«

»Und was für ein Unfall sollte das sein?«, fragte Chilcot kopfschüttelnd. Es war offensichtlich, dass er kein Wort von dem glaubte, was Callow erzählte.

»Triebwerkausfall«, mutmaßte Callow. »Oder vielleicht Vogelschlag.«

Schweigen breitete sich in dem kleinen bombensicheren Büro aus. Selbst Kitson schien nicht überzeugt zu sein. Callow beschloss, seine Trumpfkarte auszuspielen. »Die CIA teilt unsere Vermutung, dass die ungewöhnlichen Handelspositionen auf eine bevorstehende Katastrophe hindeuten«, behauptete er. Das entsprach nicht ganz der Wahrheit, aber er wusste, dass selbst die kleinste Erwähnung der Amerikaner den Ausschuss beeindrucken würde. Die Welt der Geheimdienste machte noch immer Kniefälle vor Langley, vor Amerika. Washington und New York gaben nach wie vor den Ton an. Ausnahmsweise war Callow einmal dankbar dafür.

»Na was für ein Trost«, sagte Chilcot ohne zu lächeln. »Jetzt mal im Klartext: Aufgrund einiger seltsamer Börsengeschäfte wollen wir einen großen Antiterroreinsatz starten, den wir noch vor wenigen Stunden ausgeschlossen haben. Habe ich das richtig verstanden?«

»Ja«, antwortete Callow nachdrücklich. »Haben Sie.«

»Gut zu wissen«, erwiderte Chilcot. »Dann besteht ja kein Zweifel, wer die Verantwortung trägt und die Beweisgrundlage für den Einsatz geschaffen hat.«

Die in trockenem Beamtenjargon vorgebrachte Aussage hing in der Luft wie ein verklingender Klavierakkord.

»Kein Zweifel«, bestätigte Callow. »Es ist unsere Verantwortung, unsere Entscheidung. Sie werden hinterher wissen, wem Sie die Schuld zuschieben können. Dem MI5.«

Chilcot starrte Callow an. »Gut«, sagte er schließlich.

Die Ausschussmitglieder betrachteten noch einmal die Fotos, bevor ihr Blick zu Callow zurückwanderte. Andrews trommelte mit den Fingern auf den Tisch. »Was schlagen Sie also vor?«, fragte er.

Callow dachte einige Sekunden nach. Er hatte nicht wirklich eine Antwort auf diese Frage. »Nun ja, wir wissen alle, dass die Zeit drängt«, erwiderte er schließlich. »Der Flugzeugabsturz soll den Markt in Aufruhr versetzen, damit der Hedgefonds aus der Panik Kapital schlagen kann. Wenn es uns irgendwie gelingt, den Absturz zu verhindern, können wir auch die Panik verhindern, und der Fonds kann nicht den erhofften Reibach machen. Zumal wir auf die Weise höchstwahrscheinlich auch eine ganze Anzahl von Banken vor dem Ruin bewahren würden.«

»Ich erkenne die Logik dieser Argumentation durchaus an«, unterbrach ihn Andrews barsch, »aber es geht doch in erster Linie darum, den Flugzeugabsturz zu verhindern. Wie wollen wir das anstellen? Offen gestanden können mir die Märkte gestohlen bleiben. Die sollen selbst auf sich aufpassen. Mir ist allein daran gelegen, eine atomare Katastrophe abzuwenden.«

Callow verfluchte sich selbst. Er war so müde, dass er nicht mehr klar denken, geschweige denn argumentieren konnte.

»Ich würde behaupten, dass ein Einschreiten unerlässlich ist«, sagte Kitson. »Es stimmt, dass Prinz Faisal in zahlreichen Geheimdienstberichten als wichtiger Geldgeber islamistischer Gruppierungen auftaucht. Er mag die Bomben nicht selbst legen, aber er liefert die Infrastruktur für diejenigen, die es tun.«

Callow nickte. »Und er ist vollkommen skrupellos. Unter saudi-arabischen Dissidentengruppen geht die Behauptung um, er hätte seinen Vater ermorden lassen.« Das war zwar keine Lüge, entsprach aber auch nicht ganz der Wahrheit. Die Information stammte aus einer einzigen Quelle, von einem regimekritischen Geistlichen, auf dessen Aussagen nicht immer Verlass war. Callow betete, dass ihm der Krisenausschuss nicht zu viele Fragen stellte. Es war ein abstraktes Bild, das sie heute malen mussten. Zu viele Details hätten es zerstört.

»Könnte es sich um einen Bluff handeln?« Andrews' Stimme war heiser vor Müdigkeit.

»Gut möglich«, räumte Callow ein. »Das Ganze könnte ein gewaltiger Schwindel sein, aber unsere Analysen sprechen eine andere Sprache. Vielleicht soll das Flugzeug auf den Reaktor stürzen, ohne ein radioaktives Leck hervorzurufen. Ich betone allerdings, dass sich so etwas nicht vorherplanen lässt. Es gibt keinerlei Erfahrungswerte, lediglich Planungsspiele und Risikomodelle, die jedoch …«

»Die jedoch?« Andrews' Stimme hatte eine neue Dringlichkeit angenommen.

»Die jedoch veraltet sind«, antwortete Callow. »Ein solches Szenario wurde zuletzt vor vier oder fünf Jahren durchgespielt. Und niemand weiß, wie porös diese Atomkraftwerke wirklich sind. Ein Bericht legt nahe, dass Osford auch ohne Flugzeugabsturz extrem gefährdet ist. Dort gab es bereits mehrere kleinere radioaktive Lecks, die bisher nicht an die Öffentlichkeit gedrungen sind.«

Alle Blicke richteten sich auf Urquhart.

»Dasselbe könnte man im Prinzip von jedem Atomkraftwerk im Land sagen«, erklärte sie. »Die Reaktoren wurden meist in den Sechzigerjahren erbaut und werden nun nach und nach stillgelegt. Es ist nicht genug Geld da, um sie auf dem hohen Sicherheitsniveau zu halten, das wir uns wünschen würden. Das sind nun mal die Risiken, die man mit der Atomenergie eingeht. Entweder das, oder wir müssen mehr Gas von den Russen kaufen.«

»Ersparen Sie mir das Gejammer«, knurrte Andrews. »Mir scheint, es läuft auf folgendes Fazit hinaus: Aufgrund äußerst dürftiger Beweise halten wir es für möglich, dass ein mit einem höchst prominenten saudischen Geschäftsmann in Verbindung stehender Hedgefonds vorhaben könnte, ein Flugzeug auf einen unserer Atommeiler stürzen zu lassen.«

»Korrekt«, sagte Callow.

»Was hält Webster davon?«, fragte Andrews.

»Er hat mir die Verantwortung übertragen«, antwortete Callow. Typisch Webster, dachte er. Der alte Taktiker hielt sich aus dem direkten Entscheidungsprozess heraus. Eigentlich konnte er das eine oder andere von seinem Chef lernen. Zum Beispiel, wie man in diesem Haifischbecken überlebte.

»Interessant«, sagte Chilcot. »Sehr interessant.«

Callow presste die Fäuste in seine Augenhöhlen, ein Versuch, seine Erschöpfung ein wenig zu lindern.

»Unsere Beziehung zu den Saudis könnte nachhaltig Schaden nehmen«, merkte Townsend an. »Wenn wir uns irren und die falsche Entscheidung treffen, werden sämtliche diplomatischen Bemühungen nicht reichen, um die Kluft wieder zu schließen. Verstehen Sie? Es wird Jahrzehnte dauern, bis an eine Aussöhnung auch nur zu denken ist.«

»Das ist mir bewusst«, gab Callow zurück.

»Und dennoch verlangen Sie von uns, beim Special Air Service in Hereford anzurufen, damit er eine Sondereinsatztruppe an die Südostküste schickt, und das Ganze am besten sofort«, schaltete sich Chilcot ein.

»Ist wohl eher was für den Special Boat Service«, murmelte Kitson. »Das Atomkraftwerk liegt direkt am Meer.«

»Das hat ja wohl der Innenminister zu entscheiden«, sagte Chilcot und zog eine Grimasse.

Sie blickten zu Andrews, der wiederum die an der Wand hängenden Fotos betrachtete.

»Nicht gerade viel, auf das wir uns stützen können, nicht wahr?«, murmelte Andrews. »Das Risiko ist groß. Sehr groß. Und die Folgen …«

»Wir sind schon in anderen Ländern einmarschiert mit dürftigeren Begründungen«, schnauzte Callow, der sich nicht länger zurückhalten konnte. Die Uhr tickte. Es war Zeit für eine Ansage, in welche Richtung auch immer. Der Ausschuss musste endlich zu einer Entscheidung gelangen.

»Ein tolles Argument«, erwiderte Chilcot. »Man sieht ja, was uns das eingebracht hat. Umso mehr Vorsicht sollten wir in Zukunft walten lassen, und umso eingehender sollten wir über die Risiken nachdenken, bevor wir uns in den nächsten Einsatz stürzen und aus allen Rohren schießen.«

Aus dem Augenwinkel beobachtete Callow, wie Andrews Chilcot zunickte. Seine Zuversicht schwand. Er hatte im letzten Moment seine Maske der Sachlichkeit fallen gelassen und sich entblößt, hatte zu erkennen gegeben, wie verzweifelt er Andrews von der Notwendigkeit eines Eingreifens überzeugen wollte. Diese Unbesonnenheit würde sich nun rächen.

Andererseits war das Blatt, das er in den Händen gehalten hatte, von Anfang an schwach gewesen, und Andrews hatte es gewusst. Man konnte es einem Politiker nicht vorwerfen, wenn er auf Nummer sicher gehen wollte. Callow blickte auf die Uhr. Es war schon nach fünf Uhr morgens. Dann sah er wieder Andrews an, der sich nicht mehr die Mühe machte, sein Gähnen zu verbergen. Es herrschte Totenstille im Raum. Als wären die Mitglieder des Krisenausschusses zu Stein geworden, dachte Callow. Die Angst davor, die falsche Entscheidung zu treffen, hatte sie erstarren lassen. Sie waren menschliche Fossilien, versteinerte Muscheln, die irgendwo tief im Inneren eines gesichtslosen Londoner Gebäudes in einem schwach beleuchteten Glaskasten ausgestellt waren. Es war erbärmlich. Erbärmlich und vorhersehbar.

# Kapitel 21

Sie beobachtete, wie der schmale graue Streifen am Horizont immer breiter wurde. Er begann als hauchzarter Faden, der von Licht und Hoffnung zeugte, und vergrößerte sich, bis der ganze Himmel ein metallisches Grau angenommen hatte. Es würde ein verregneter Tag werden. Dunkle Wolken waren übers Meer heraufgezogen, und der Wind hatte aufgefrischt. Der Sommer war endgültig vertrieben.

Stundenlang saß sie reglos da, starrte in den herbstlichen Himmel und lauschte, lauschte, lauschte. Als sich der Mittag näherte, öffnete sie einen weiteren Energydrink und schälte sich eine Banane. Regen prasselte auf das Faltdach der Ente. Sie sah halb fasziniert, halb gelangweilt zu, wie ein Wasserrinnsal sich seinen Weg durch ein Loch bahnte und auf den Beifahrersitz sickerte. Der Rhythmus der Tropfen beruhigte sie. Sie beobachtete sie beim Fallen, zählte bis hundert und schaltete dann das ramponierte Autoradio ein. Die leiser werdenden Klänge von Elgars »Nimrod« schallten blechern aus den alten Lautsprechern. Beim Gedanken an McLure unterdrückte sie ein verbittertes Lächeln. Sein Tod schien so lange her zu sein, einem anderen Zeitalter zu entstammen. Damals war sie ein anderer Mensch gewesen, hatte zu wissen geglaubt, wie die Welt funktionierte, war sich ihres Platzes darin noch sicher gewesen.

Und jetzt, nun ja, jetzt durchschaute sie alles nur zu gut und gleichzeitig überhaupt nicht. Sie erkannte, wie alles zusammenhing, dass sie alle Teil einer riesigen Maschine waren, die ihnen vorgab, wie sie zu leben hatten, die ihre Chancen im Leben bestimmte, sogar ihr Schicksal. Überall auf der Welt waren hochspezialisierte, komplexe Systeme am Werk, über die niemand mehr die geringste Kontrolle hatte. Das machte es noch schwieriger, als Mensch seine Rolle darin zu finden, so etwas wie Eigenständigkeit zu entwickeln.

Die letzten ergreifenden Akkorde verklangen. Der Regen rauschte und trommelte aufs Auto. Ja, dachte Kate, Systeme kann man nicht bezwingen. Genau das war ihr Sinn und Zweck. Sie waren größer als einzelne Individuen, sie kontrollierten Märkte, Kontinente, die Welt. Sie waren Ungeheuer, die man nicht besiegen konnte.

Sie blickte durch die beschädigte Windschutzscheibe ihrer Ente auf die Koniferenreihe jenseits der Straße. Links von ihr erstreckte sich das Meer. Die Küste sah aus wie die Kulisse für einen Film über die Landung der Alliierten in der Normandie. Rostiger Stacheldraht und weggeworfene Ölfässer auf Sand und Gestrüpp. Ein verblichenes gelbes Schild warnte: »Betreten verboten.«

Sie wusste, was sich jenseits der Koniferen befand, denn sie hatte die Satellitenbilder auf ihr Handy geladen und sie vergrößert, damit sie sich sämtliche Details einprägen konnte.

Kate sah zu, wie der Regen an der Windschutzscheibe hinunterrann. Der Radiomoderator kündigte die Nachrichten um zwölf Uhr mittags an. Sie starrte auf die Bäume, als könnte sie durch sie hindurchblicken. Aber es waren jahrzehntealte Nadelhölzer, ein dichtes Bollwerk, das die Startbahn bewachte, ihre Geheimnisse bewahrte. Das machte nichts. Sie würde auch so merken, ob ihre Ahnung sich als zutreffend erwies. Sie würde es merken, weil sie es hören würde. Sie würde die Triebwerke hören, ihr unverwechselbares Dröhnen.

Die Zimmertür fiel ins Schloss, und die in eine Burka gehüllte Gestalt trat auf den Hotelflur hinaus und ging in aller Ruhe zu den Aufzügen. Überwachungskameras verfolgten ihren Weg durchs Foyer und hinaus auf die Straße. Es war kurz nach zwölf, und die Portiers des Hotels schenkten der Gestalt wenig Beachtung. Sie wussten aus Erfahrung, dass sie für die Burka-Brigade kein Taxi rufen mussten. Die Frauen der reichen Saudis hatten ihre eigenen Fahrer, ihre eigenen Bodyguards.

Früher einmal waren Burkas ein exotischer Anblick gewesen, aber das war lange her. Das Savoy war das Hotel der Wahl für London-Besucher aus den Golfstaaten. Je höher der Erdölpreis stieg, desto mehr Gattinnen von milliardenschweren Scheichs kamen in die Hauptstadt, um Grundbesitz zu kaufen, um schwarzes Gold in Immobilien anzulegen, um sich gegen das Versiegen ihrer wertvollen Ressource abzusichern.

Niemand bemerkte, wie die Person mit der Burka in einen dunkelblauen Bentley stieg, der anschließend die Straße hinunter Richtung Trafalgar Square verschwand. Niemand sah, wie die Person im Wagen die Burka auszog und sich als muskulöser kleiner Mann in weißer Weste und schwarzer Jeans entpuppte. Niemand bekam mit, wie der Bentley durch Mayfair fuhr und den Grosvenor Square ansteuerte, wo die Tore der US-Botschaft nach innen aufglitten, um den Wagen hineinzulassen, bevor sie hinter ihm wieder zugingen.

Reynolds' Leiche wurde erst gefunden, als das Zimmermädchen am folgenden Tag seine Suite betrat. Er lag zusammengesackt in der Badewanne, mit aufgeschlitzter Kehle. Bei der Autopsie kam später heraus, dass er zum Zeitpunkt seiner Ermordung bewusstlos gewesen war. Eine Kombination aus Tabletten und Alkohol hatte ihn wirksam sediert. Der Gerichtsmediziner hielt als Ergebnis der Leichenschau fest, dass

Reynolds seinem Leben womöglich selbst habe ein Ende machen wollen, bevor dies jemand anders für ihn übernommen habe. Darüber könne man jedoch nur spekulieren. Es tauchte kein Abschiedsbrief auf.

# Kapitel 22

Sie schaltete das Radio aus, brachte die Nachrichtensprecherin mitten im Redefluss zum Schweigen. Die Frau mit der gelangweilten Stimme hatte gerade berichtet, dass Regierungen auf der ganzen Welt Maßnahmen ergriffen, um Higgs-Konten einzufrieren und die gewaltigen Schulden der Bank zu isolieren, damit sie nicht das gesamte Bankensystem mit in den Abgrund rissen. Eine solche internationale Kooperation sei ein beispielloser Vorgang, hatte die Sprecherin erklärt. Sie bestätige Befürchtungen, wonach der Higgs-Kollaps fatale Konsequenzen für Banken in aller Welt hätte haben können, wenn ein Contagion-Effekt eingetreten wäre.

Die Nachrichtensprecherin hatte auch von der Anfälligkeit der Finanzsysteme gesprochen, von einer tiefen Angst, die unter den Bankern umging. Eine für den Bericht interviewte Expertin hatte gewarnt, die Bankenwelt sei einmal mehr nur knapp am Abgrund vorbeigeschlittert. Bei der kleinsten Erschütterung könne sie endgültig abstürzen. »Uns bleibt nichts anderes übrig, als weiter blind in unser Finanzsystem zu vertrauen«, hatte sie hinzugefügt. »Dieses Vertrauen wird sich allerdings beim nächsten Schock verflüchtigen. Wie damals beim Kollaps von Lehman Brothers, nur das Ganze hoch zehn.«

Das plötzlich einsetzende Dröhnen von Triebwerken riss Kate aus ihren Gedanken. In diesem Moment wusste sie, dass ihr Gefühl sie nicht getrogen hatte. Plan B trat in Kraft. Die

Katastrophe nahm ihren Lauf. Sie blickte in den Rückspiegel. Kein Anzeichen dafür, dass man ihr Verstärkung geschickt hatte. Sie war auf sich allein gestellt.

Ein wenig im Stich gelassen fühlte sie sich schon, auch wenn sie nicht wirklich damit gerechnet hatte, dass man ihr glaubte. Sie machte Callow keinen Vorwurf und auch sonst niemandem. Es war nur logisch, dass keiner Interesse daran hatte, ihr, einer eigenmächtig handelnden Agentin mit einer völlig absurden Theorie, den Rücken zu stärken. Das Risiko, sich zu blamieren, war einfach zu groß. Vielleicht wussten ihre Vorgesetzten aber auch etwas, was sie noch nicht wusste. Das wäre ebenfalls eine Erklärung dafür gewesen, dass niemand aufgetaucht war. Vielleicht täuschte sie sich ja doch. Vielleicht gab es eine andere Erklärung für das Starten der Triebwerke …

Für einen kurzen Moment zweifelte sie an sich selbst. Sie konnte nicht klar denken, befand sich immer noch im Schockzustand. Seit sie aus London geflohen war, der Stadt, in der man ihr nach dem Leben getrachtet hatte, schien ihre Risikobereitschaft nicht kleiner, sondern noch größer geworden zu sein. Schuld daran war zweifellos das erlittene Trauma.

Ihr blieb keine Zeit mehr, sie musste sich entscheiden. Das Dröhnen der Triebwerke war zu einem Heulen angeschwollen. Es war offensichtlich, dass das Flugzeug auf den Start vorbereitet wurde. Sie warf einen letzten Blick auf ihr Handy. Keine neuen Nachrichten. Plötzlich überkam sie das dringende Bedürfnis, durch ihre gespeicherten Fotos zu scrollen. Lächelnd betrachtete sie die Bilder ihres verstorbenen Mannes. Er war so unglaublich attraktiv gewesen. Sie versuchte sich auszumalen, wie er wohl heute ausgesehen hätte. Er hätte sich bestimmt kaum verändert. Dasselbe breite Grinsen. Dieselbe Furchtlosigkeit. Es wäre gut gewesen, in diesem Moment einen Mann wie ihn an der Seite zu haben.

Sie legte das Handy neben sich auf den Sitz und drehte den Schlüssel im Zündschloss. Die Scheibenwischer erwachten zum Leben und verschafften ihr freie Sicht. Kate trat auf die Kupplung und legte den ersten Gang ein. Das Auto setzte sich in Bewegung und rollte langsam auf die Koniferen zu. Sie beschleunigte und schaltete in den zweiten Gang. Als sie im dritten Gang ankam, bebte die Ente vor Anstrengung. Begleitet vom Geräusch abknickender Äste und zermalmter Zweige durchbrach das Fahrzeug das fünf Meter breite Koniferendickicht. Dann wurde es plötzlich hell, als die Ente die Bäume hinter sich ließ und aufs offene Feld hinausschoss.

Jetzt trennte sie nur noch ein dünner Stacheldrahtzaun von der Startbahn. Kate drückte das Gaspedal voll durch und hörte den Motor der Ente gehorsam aufheulen. Mit voller Wucht traf das Fahrzeug den Zaun und riss ihn mit, schleifte Metallteile hinter sich her.

Direkt vor Kate tauchte nun die Rollbahn auf, an deren Ende sie den glänzenden Gulfstream Jet ausmachte. Er sah unheimlich aus von vorn, wie ein nahender Raubvogel.

Sie legte den vierten und letzten Gang ein und spürte, wie das Rütteln nachließ, als die Räder der Ente den glatten Belag der Startbahn erreichten. Das Flugzeug war Kates Schätzungen zufolge etwa vierhundert Meter entfernt. In einiger Entfernung entdeckte sie rechts von sich einen Geländewagen, neben dem zwei Männer standen.

Sie drehte den Radioknopf und wurde mit den Klängen des *Adagio for Strings* von Samuel Barber belohnt. Inzwischen war das Flugzeug nur noch dreihundert Meter weit weg. Die beiden Männer neben dem Geländewagen zeigten auf sie und rannten über die Startbahn auf sie zu. Ein dritter Mann sprang aus dem Jeep und folgte ihnen.

Das Flugzeug war jetzt auf zweihundert Meter herangekommen. Kate sah, dass kein Pilot im Cockpit saß. Die Geschwindigkeit des Jets war gleichmäßig; die Maschine hatte noch nicht zum Take-off beschleunigt. Kate blieben nur noch Sekunden für ihre Entscheidung. Wenn sie sie hinauszögerte, verbaute sie sich alle Optionen, gab jeden Einfluss auf die Situation auf. Wenn sie handeln wollte, dann jetzt.

Sie riss heftig das Lenkrad nach links, und die Ente rutschte schlingernd in die Rollbahn des nahenden Flugzeugs. Aus dreißig Metern Entfernung wirkten die Räder des Jets riesig und schienen mit Leichtigkeit in der Lage zu sein, die Ente zu einer flachen Blechplatte zu zermalmen.

Noch zwanzig Meter. Das Flugzeug versuchte, dem Auto auszuweichen, aber Kate riss erneut am Lenkrad und sorgte dafür, dass die Ente und der Gulfstream Jet auf Kollisionskurs blieben. Noch zehn Meter. Der Lärm war ohrenbetäubend. Sie erkannte die Hydraulik des Fahrwerks, die verschwommenen Markierungen unter den Flügeln. Fünf Meter. Sie dachte an ihre Mutter, ihren Vater und ihren Mann. Drei Meter. Sie dachte an McLure. Zwei Meter. Sie dachte an Sorrenson. Ein Meter. Sie drehte leicht das Steuer, lenkte die Ente ein kleines Stück nach rechts und verhinderte so einen direkten Zusammenstoß mit dem Vorderrad des Flugzeugs. Jet und Auto streiften einander, und Kate schrie vor Angst, vor Wut, vor Hoffnung, vor einer Vielzahl anderer Empfindungen, die sich erst jetzt, da ihr keine Zeit mehr blieb, in ihr Bahn brachen.

Die vordere linke Ecke der Ente wurde beim Zusammenstoß mit dem Flugzeugrad förmlich weggesprengt. Splitterndes Glas und ein dumpfer Knall waren zu hören, als erst die Windschutzscheibe und danach das Faltdach den Aufprall zu spüren bekamen. Der linke Vorderreifen des Autos schoss über die Rollbahn und hüpfte auf die dahinterliegende Wiese. Kate nahm den Himmel wahr, der durch das klaffende Loch im

Dach zu sehen war, die Luft, die hereinströmte, das furchterregende Kreischen der über ihr rotierenden Turbinen. Der Rückspiegel brach von der Windschutzscheibe ab und traf mit voller Wucht ihren linken Wangenknochen. Sie fühlte sich, als hätte ihr jemand den Knauf seiner Pistole ins Gesicht gerammt. Ihr Kopf flog nach hinten und prallte gegen die Kopfstütze. Funken sprühten durchs Innere des Wagens, durch ihren Verstand. Die Anwesenheit dunkler Schatten vor ihren Augen verriet, dass sie ohnmächtig zu werden drohte. Eine große Angst ergriff sie. Sie würde sterben, obwohl sie noch so vieles nicht wusste; sie würde nie erfahren, welche Konsequenzen ihr Handeln gehabt hatte, würde nie herausfinden, was ihrem Vater wirklich zugestoßen war, würde nie über die genauen Umstände von Michaels Tod aufgeklärt werden. Sorrenson. Würde er überleben? Sie verließ diese Welt mit zu vielen unbeantworteten Fragen. Es würde niemand mehr da sein, der sie für sie stellte, der für sie abrechnete.

Das *Adagio for Strings* plärrte weiter, während die Überreste der Ente von der Wucht des Zusammenstoßes herumgeschleudert wurden. Das Auto zeigte in die gleiche Richtung wie der Jet, als dessen linke Tragfläche über sein durchlöchertes Dach schrammte. Instinktiv zog Kate den Kopf ein, kurz bevor Metallteile von vorn nach hinten durchs Fahrzeug flogen und die Rückscheibe zertrümmerten. Sie spürte, wie Blut an ihrem Gesicht hinunterlief. Es erklang ein Zischen, ein Schleifgeräusch war zu hören, und dann setzte lähmende Stille ein. Der Gulfstream Jet hatte seine Fahrt auf dem Rollfeld gestoppt.

Die schwarzen Schatten schienen Kate nun ganz zu umhüllen. Sie erbrach sich, und plötzlich war ihr Mund voll mit dem Geschmack des Energydrinks und der Banane. Ihr Kopf sank nach vorn.

Die Kollision hatte nur wenige Sekunden gedauert, die ihr

vorgekommen waren wie endlose Minuten. Sie versuchte auf die Uhr zu spähen, aber ihre Augen nahmen kaum noch etwas wahr. Ihr Gesicht war nass von Erbrochenem, von Tränen und Blut. Ihr halbes Auto war nicht mehr da. Sie roch den Regen auf dem Teer der Startbahn.

Kate überlegte, ob sie aus der Ente klettern sollte, aber die Anstrengung erschien ihr unüberwindlich. Sie war gelähmt vor Erschöpfung. Auch so wäre sie nicht weit gekommen, denn ihre Beine versagten ihr den Dienst. Blut rann an ihrer Wade hinunter. Es war vergebliche Mühe, diesen Beinen den Befehl zum Davonlaufen zu erteilen. Sie hatte keinerlei Kontrolle mehr über sie, keinerlei Macht.

Schemenhaft nahm sie die drei Männer wahr, die nur noch wenige Meter entfernt waren. Sie hoffte, dass sie ohnmächtig werden würde, bevor sie eintrafen. Einer der Männer hatte eine Schusswaffe und fuchtelte damit wütend über seinem Kopf herum. Es handelte sich zweifellos um Prinz Faisals Männer, und ihre Vergeltungsmaßnahmen würden schrecklich sein. Sie musste an Sorrensons schmerzverzerrtes Gesicht denken, als die Messer ihn durchbohrt hatten.

Sie sehnte die Dunkelheit der Bewusstlosigkeit herbei, musste jedoch feststellen, dass es wieder ein wenig heller wurde um sie herum. Obwohl ihre Umgebung unscharf blieb, konnte sie alles erkennen. Ein Schwarm Gänse erhob sich am Ende der Startbahn in die Lüfte.

Die Fahrertür wurde aufgestemmt, und sie wurde aus der Ente gezogen. Alle drei Männer hatten kurz geschorene Haare und olivbraune Haut. Sie schleuderten sie auf den Boden und schrien sie an. Interessiert musterte sie ihre Gesichter. Sie konnte sie sehen, aber nicht hören. Das *Adagio for Strings* schien alles zu übertönen. Ein eigenartiger Klangteppich, halb tröstend, halb aufwühlend.

Dass die Männer wütend waren, war offensichtlich. Gleichzeitig wirkten sie verunsichert, schienen auf weitere Befehle zu warten. So ist das also, wenn man steinreich ist, dachte sie. Man kann sich seine eigenen Soldaten kaufen, kann Krieg anfangen, mit wem man will. Geld war die ultimative Waffe.

Sie sah einen der Männer ein Handy hervorziehen, in das er etwas hineinbellte. Er blickte auf sie herunter und nickte hektisch, bevor er seinem Kollegen mit der Waffe etwas zurief, der die Stirn runzelte und dem dritten Mann bedeutete, von ihrem ausgestreckt daliegenden Körper zurückzutreten. Der bewaffnete Mann kam auf sie zu und umklammerte mit der linken Hand die auf ihren Kopf gerichtete Pistole. Sie bemerkte, dass er einen Knopf im Ohr trug, über den er Anweisungen zu erhalten schien.

So endet es also für mich, dachte sie. So verlasse ich diese Welt. Bedeckt mit Blut, Tränen, Erbrochenem. Im Grunde ein ganz ähnlicher Zustand wie bei ihrer Geburt. Sie grinste in das pockennarbige Gesicht ihres Mörders hinauf. Ein grausames Gesicht, dachte sie. Grausam geworden durch das, was es gesehen hatte. Diesem Mann war Gewalt eindeutig nicht fremd.

Sie würde ihm ihre Angst nicht zeigen. Den Gefallen tat sie ihm nicht. Sie würde nicht vor ihm davonrennen. Eine Waffe war immer ein Totem, ein Zeichen der Schwäche, nicht der Stärke. Mit einer Pistole in der Hand konnte jeder Macht ausüben.

»Tu es«, flüsterte sie. »Tu es jetzt.«

Ihr Scharfrichter kniff ein Auge zu, beugte sich über sie. Diese Bewegung erinnerte sie an einen Priester, der einem sterbenden Soldaten die letzte Ölung verabreichte. Plötzlich wirkte der Mann abgelenkt. Für eine Sekunde stieg Hoffnung in ihr auf. Würde ihre Hinrichtung sich verzögern? Aufgeregte Betriebsamkeit neben der Startbahn hatte die Aufmerksamkeit des Killers erregt. Aber nein, es waren nur die Gänse, die wieder auf der Wiese gelandet waren. Der Mann zeigte auf die Vögel, sagte etwas zu seinen Kollegen und richtete dann erneut die Waffe auf Kate.

Jetzt wusste sie, dass ihr Ende gekommen war. Sie hatte nur noch wenige Sekunden zu leben – ein eigenartiges, schreckliches Gefühl. Und eine seltene Erfahrung, denn die meisten Menschen wurden bewusstlos, bevor sie starben. Nur wenige waren sich vor ihrem Tod bewusst, dass ihr letzter Moment gekommen war.

Ihr hingegen war nur allzu klar, was gleich passieren würde. Jemand würde das Licht ausknipsen, und dann war die Vorstellung vorbei. Vermutlich würden sie ihre Leiche anschließend irgendwo entsorgen. Wenn sie es im Meer tun wollten, hatten sie es nicht weit.

Sie dachte an die Küste, ihre Kraft, ihre Beständigkeit. Ihre physische Beschaffenheit tröstete sie. Die Klippen, die Ozeane, die Küsten, sie werden uns alle überleben, dachte sie.

»Tu es«, wiederholte sie noch einmal, diesmal mit strenger, autoritärer Stimme. Sie gab ihrem Mörder einen Befehl, sorgte dafür, dass er keine andere Wahl hatte, als zu gehorchen.

Der Mann ragte drohend über ihr auf. Halb fasziniert, halb erschrocken beobachtete sie, wie seine Hand sich um den Abzug spannte. Ihre Augen füllten sich mit Tränen, und sie schmeckte Salz auf der Zunge.

Als der Schuss durch die Luft peitschte, flatterten die Gänse unbeholfen davon, verärgert über die erneute Störung.

Blut spritzte auf die Karosserie der Ente, und in den Kerben der Autotür bildeten sich blutrote Rinnsale.

# Kapitel 23

»Ich kann das selber.«

Callow sah seinen Chef zweifelnd an.

»Ich sitze schon länger in diesem Rollstuhl, als Sie beim MI5 sind, jedenfalls fast«, schnauzte Webster. »Mich muss niemand schieben.«

»Also gut«, gab sich Callow geschlagen und dachte wieder einmal, dass sie wie ein zankendes altes Ehepaar wirkten. Es war wirklich dringend Zeit für seine Pensionierung. Die beiden Männer verharrten am Rand des Friedhofs, Komparsen in einem großen Theaterstück. Der stellvertretende Leiter des MI5 zündete sich eine Zigarette an und betrachtete die schwarz gekleideten Menschen, die in die Kirche strömten. Irgendwie kamen ihm die dunklen Farben unangemessen vor für den heutigen Gedenkgottesdienst. Sie wollten doch das Leben eines Menschen ehren, seine Arbeit, seinen Dienst an der Öffentlichkeit, und nicht eine zweite Trauerfeier begehen.

Aber es lag wohl in der Natur der Sache, dass Todesfälle nicht mit Freude zu vereinbaren waren. Zumal der Tod in diesem Fall ein Leben schonungslos verkürzt hatte. Callow spähte durch die offene Kirchentür und bewunderte den Weihnachtsbaum neben der Krippe. Es war lange her, dass er das letzte Mal in einer Kirche gewesen war. Die einzigen Hochzeiten, die er heutzutage besuchte, waren zweite Ehen, und die wurden nur selten vor Gott geschlossen. Die letzte Taufe war eine Ewigkeit her, und bis zu der Flut an Beerdigungen, die ihn mit Beginn des Seniorenalters erwartete, waren es hoffentlich noch einige Jahre.

Wie wenig sich die Kirchen doch verändert hatten, seit er als kleiner Junge zur Sonntagsschule gegangen war. Er bewunderte das normannische Exemplar, das er vor sich hatte, seine Proportionen, sein Mauerwerk. Die Kirche hatte etwas Robustes an sich, strahlte eine solide Beständigkeit aus. Callow konnte verstehen, dass der Glaube den Menschen die Antworten bot, nach denen sie suchten. Im Grunde war Glaube wie Geld. Beides versprach Erlösung, solange man nur darauf vertraute. Wenn man das Heilsversprechen jedoch hinterfragte, zerbrach es. Banker glaubten an die unsichtbare, alles durchdringende Macht des Geldes. Terroristen glaubten an die unsichtbare, alles durchdringende Macht der Furcht. Callow glaubte nur an das, was er anfassen konnte. Er drückte seine Zigarette aus und zündete sich die nächste an.

Webster zeigte auf die Menschentraube vor der Kirche. »Da ist der Innenminister.«

»Ganz schön gut besucht, der Gottesdienst«, merkte Callow an.

»Wundert Sie das?«, fragte Webster. »Wir vom MI5 kümmern uns um unsere Leute.«

Seltsame Aussage, dachte Callow. Der Geheimdienst vereinnahmte ungefragt die Toten, die sich nicht mehr wehren konnten. Er zog an seiner Zigarette und blies den Rauch in den dunkler werdenden Dezemberhimmel. Ihm fiel ein, wie aufregend ihm die Weihnachtszeit als kleiner Junge erschienen war. Wo ist diese kindliche Freude hin, fragte er sich. Wo ist die Unschuld hin? Und wann kam die Angst? »Also dann«, sagte er.

»Also dann«, wiederholte Webster und zog sich seinen Schal enger um den Hals. Eine eisige Kälte war heraufgezogen und hatte das ländliche Worcestershire fest im Griff. Am nächsten Morgen würde alles von einer dicken Frostschicht bedeckt sein. Die Fahrt zurück nach London würde zu einem Wettrennen gegen die Streufahrzeuge ausarten. »Wollen wir?«

»Ja«, sagte Callow. »Es wird langsam ungemütlich hier draußen. Diese Art von Kälte gibt es nur auf dem Land, die kennen wir in London gar nicht.«

Webster setzte sich in Bewegung, brachte seinen Rollstuhl jedoch noch einmal zum Stehen. »Das alles hätte verhindert werden können«, sagte er und wies auf die schwarz gekleideten Menschen, die immer noch in die Kirche drängten.

»Vielleicht«, antwortete Callow. »Vielleicht auch nicht.«

Ein leichter Regen hatte eingesetzt und prasselte auf den Pfad, der sich durch den Friedhof schlängelte. Es hörte sich an wie ein rauschender Radiosender.

»Wir haben Opfer zu beklagen, und wozu das alles?«, fragte Webster aufgebracht. »Was hat es uns gebracht? Was hat es überhaupt irgendjemandem gebracht?«

»Unserem Freund, dem Prinzen, hat es diplomatische Immunität gebracht«, murmelte Callow.

»Eine strafrechtliche Verfolgung wäre ein Albtraum geworden«, sagte Webster. »Bei wohlwollender Betrachtung könnte man natürlich behaupten, dass wir doch gewisse Erfolge vorzuweisen haben: Ein Angriff auf unsere marode nukleare Infrastruktur wurde verhindert, und ein führender Anwerber von Kämpfern für die islamistische Sache ist fürs Erste aus dem Verkehr gezogen. Und wir haben uns die Amerikaner gewogen gehalten. Die sind uns noch was schuldig dafür, dass wir die unglaublichen Vorgänge bei Higgs unter Verschluss gehalten haben. Heutzutage sind das schon beachtliche Errungenschaften. Damit sind wir regelrecht über uns selbst hinausgewachsen.«

»Aber um welchen Preis?«, fragte Callow. »Sie haben selbst einmal zu mir gesagt, dass sich die Flut nicht eindämmen lassen wird. Das Geld wird weiter strömen. Vom MI6 wissen wir, dass an britischen Staatsbürgern, die sich im Ausland zu Terrorkämpfern ausbilden lassen, nun wirklich kein Mangel besteht. Wenn sie erst anfangen, aus Syrien oder dem Irak zurückzukehren, werden wir die Auswirkungen zu spüren bekommen. Alle diese wütenden jungen Männer werden sich neue Schlachtfelder suchen.«

Als die beiden Männer Schritte hinter sich hörten, drehten sie sich um und blickten dem sich nähernden Paar entgegen.

»Wir hatten uns schon gefragt, ob Sie auch kommen«, sagte Webster.

»Es wäre nicht richtig gewesen, diesem Anlass fernzubleiben«, erwiderte Kate. Sie nickte den beiden Männern höflich zu, blieb jedoch auf Distanz. Wieder einmal fühlte sie sich wie das neue Mädchen auf dem Spielplatz.

»Sie sehen deutlich besser aus als bei unserem letzten Aufeinandertreffen«, sagte Callow. Er nickte Sorrenson zu. »Sie sehen beide besser aus. Das freut mich sehr.«

Kate fröstelte in der kalten Luft und zog Sorrenson näher zu sich heran. »Danke, es geht uns gut. Irgendwelche Neuigkeiten, seit wir das letzte Mal miteinander gesprochen haben?«

»Es wird eine gerichtliche Aufarbeitung geben müssen, aber das kann noch Jahre dauern. Die Staatsanwaltschaft erwägt immer noch eine Anklage gegen die anderen beiden.«

»Und?«

»Sie werden ungeschoren davonkommen«, schaltete sich Webster ein. »Wir können ihnen nichts zur Last legen. Weder den versuchten Mord an Ihnen noch eine Verschwörung zur Zerstörung eines Atomkraftwerks durch ein Flugzeug. Schließlich können wir nicht beweisen, dass das ihr Ziel war.

Zumal, na ja … zumal es eine ziemliche Schlammschlacht nach sich ziehen würde, wenn vor Gericht Einzelheiten herauskämen. Das wäre vor allem für unsere amerikanischen Freunde äußerst unangenehm.«

Kate war nicht überrascht. Geheimdienste mochten es nicht, wenn man sie bloßstellte. Vor allem amerikanische Geheimdienste. Sorrenson drückte ihre behandschuhte Hand. »Dachte ich mir schon«, sagte sie. »Und die Quest-Leute?«

»Gleiches Problem«, entgegnete Callow. »Wir können ihnen die versuchte Marktmanipulation nicht nachweisen. Sie haben hervorragende Anwälte, deutlich bessere als wir jedenfalls. Daher schätze ich die Chancen der Finanzaufsicht oder des Betrugsdezernats eher gering ein. Der öffentliche Dienst kann der Privatwirtschaft in diesem Punkt nicht das Wasser reichen. Außerdem scheint die Hälfte der Quest-Angestellten aus CIA-Informanten bestanden zu haben. Genau wie Higgs. Alle haben sich nach allen Seiten abgesichert, auf mehreren Hochzeiten getanzt, in jede Richtung Informationen ausgetauscht.«

Sie schüttelte den Kopf. »Wer solche Informanten hat, braucht keine Feinde mehr.«

Callow zuckte mit den Schultern. »Stimmt schon.«

»Ziehen Sie nicht zu sehr über die Amerikaner her«, mahnte Webster. »Immerhin waren es ihre Informationen, die den Innenminister davon überzeugt haben, dass – ich zitiere – ›nach Abwägung aller Wahrscheinlichkeiten‹ ein Angriff auf ein britisches Atomkraftwerk unmittelbar bevorstand. Wenn die Amerikaner nicht eingeschritten wären …«

»Ja, ich weiß. Ich habe es der CIA zu verdanken, dass ein Scharfschützenkommando des Special Boat Service vor Ort postiert wurde. Mir hat ebenjener Geheimdienst das Leben gerettet, der die ganze Misere überhaupt erst verursacht hat.«

Callow nickte. »Willkommen in der Realität.«

Sie schüttelte den Kopf. »Gut zu wissen, dass mein ehemaliger Arbeitgeber mir von Anfang an den Rücken gestärkt hat.«

Die beiden Männer schwiegen.

Callow zündete sich am verglimmenden Stummel seiner zweiten Zigarette die dritte an. »Ehemaliger?«

»Mein Zeitvertrag ist während meiner Rehaphase ausgelaufen. Ich bin jetzt offiziell arbeitslos. Und da ich eine Geheimhaltungsklausel unterschrieben habe, kann ich potenziellen zukünftigen Arbeitgebern noch nicht einmal verraten, was ich die letzten drei Jahre getrieben habe.«

»Das ist selbstverständlich nur ein bürokratisches Versäumnis, das im Handumdrehen in Ordnung gebracht wird«, winkte Webster ab. »Wir können Sie jetzt sofort wieder in die Dienste des MI5 aufnehmen. Beziehungsweise direkt nachdem wir Danke gesagt haben für das Leben und Wirken von Anthony McLure«, fügte er hinzu und sah sie erwartungsvoll an.

Sie starrte ihn an, während ihr die Kälte durch die Kleidung bis in die Knochen drang. Eine dünne Nebelschicht waberte um die Grabsteine, und die Klänge der Kirchenorgel erfüllten die Abenddämmerung. Sie war erleichtert, dass ihr Gesicht im Halbdunkel nicht gut zu erkennen war. Webster sollte ihre Wut nicht sehen, er hätte sie nicht verstanden. Und genau das war das Problem: Der Geheimdienst verstand nie etwas. Er betrachtete alles und jeden als Teil einer großen Maschine, als etwas, was man reparieren, in Angriff nehmen, behandeln, formen, korrigieren konnte.

Dabei waren die wichtigen Dinge im Leben – die elementaren Beweggründe, die Menschen zu Massenmördern und Selbstmordpiloten machten, die sie dazu brachten, mit Bolzenschneidern und Brandbomben Flugzeuge zu kapern, mit Rucksäcken voller Düngemittel in U-Bahnen zu steigen, professionell bearbeitete Videos darüber zu drehen, wie sie Geiseln in orangefarbenen Overalls Messer an die Kehlen hielten – nicht maschinengemacht. Sie entstammten einem Ort, den man niemals mit einem Diagramm oder Schaubild erfassen konnte, einer Übergangszone, einer Küstenlinie, geformt von den Gezeiten der Liebe und des Hasses.

Schlussendlich ist die Welt der Geheimdienste auch nicht anders als die Finanzwelt, dachte sie. Beide wiesen dieselben Schwächen auf. Sie nahmen nur Strukturen und Prozesse wahr, dachten in abstrakten Begriffen. Und übersahen das Menschliche. Sie sahen nur, was sie sehen wollten: eine Welt, die sie kontrollieren konnten, eine Welt, in der sie sich der Illusion hingaben, sie hätten das alleinige Sagen. »Danke«, erklärte sie und blickte Sorrenson an. »Aber ich bin fertig mit dem MI5.«

»Fertig?«

Callows Reaktion überraschte sie. Er wirkte aufrichtig betroffen.

»Leute wie wir sind niemals fertig«, sagte Webster.

Sie lächelte Sorrenson an. »Ich schon. Ich ziehe nämlich an die Küste. Wollen wir?« Sie zeigte auf die Tür, und die Männer folgten ihr ins kerzenbeschienene Innere der Kirche. Als Kate stehen blieb, um einige Münzen in eine Sammelbüchse zu schieben, sahen alle drei Männer sie fragend an. Sie zuckte mit den Schultern.

»Zur Absicherung«, sagte sie.

# Dank

Ein großes Dankeschön an Peter Buckman, der seinen Ruf riskierte, indem er den Autor unter Vertrag nahm; an Hazel Orme fürs Erspähen der Schnitzer; an Edie fürs erste Lesen; an den Sea Dog, der auch dann glaubte, als mir dieser Glaube fehlte.

# Unsere Leseempfehlung

440 Seiten
Auch als E-Book
und Hörbuch
erhältlich

Ein abgelegenes Bauernhaus in Somerset wird zum Schauplatz eines brutalen Mordes: Zwei Frauen, Mutter und Tochter, werden eines Nachts von einem skrupellosen Mörder hingerichtet. Chief Superintendent Ronnie Cray bittet den erfahrenen Psychologen Joe O'Loughlin um Hilfe, der gleich mit mehreren verdächtigen Personen konfrontiert ist, die alle ein Motiv hätten. Spätestens aber, als eine weitere Leiche gefunden wird, auf deren Stirn der Buchstabe „A" eingeritzt ist, weiß O'Loughlin, dass er es mit einem verstörten und gefährlichen Täter zu tun hat. Jemand, der sich rächen will, für etwas, das ihm einst angetan wurde. Jemand, der vor niemandem haltmacht, auch nicht vor O'Loughlins Familie …